读客外国小说文库

激发个人成长

小心，沙漠有人

[德] 沃尔夫冈 · 赫伦多夫 著
孙雪珂 译

文汇出版社

SAND

Wolfgang Herrndorf

目　录

第一部　大　海

第二部　荒　漠

第三部　群　山

第四部　绿　洲

第五部　黑　夜

第一部
大　海

第一章　海边的塔吉特

年复一年，我们派出一艘艘船只前往非洲，无论是生命还是金钱，不惜付出一切代价，为的是找到这些问题的答案：你们是谁？你们的法律是怎样的？你们说的是什么语言？但是你们却从来没有派出过一艘船只来我们这里。

——希罗多德（古希腊作家）

一个上身赤裸的男人站在土坯垒成的墙头，他双臂向两侧伸展着，好像钉在十字架上。他一手拿着一把生锈的螺丝扳手，一手拿着一只蓝色的塑料油罐。他的目光越过一片帐篷和棚屋，越过堆积如山的垃圾和塑料棚盖，越过一望无际的荒漠，最后落在了太阳即将升起的地平线的一点上。

当那一刻到来的时候，他把手中的螺丝扳手和塑料油罐猛烈撞击在一起，大声喊道："我的孩子们！我的孩子们！"

棚屋东侧的墙面染成了一片橙色，低沉而缓慢的节奏在灰色的小巷里渐渐沉寂。在沟沟坎坎中像木乃伊似的蒙着面纱的人们醒过来了，干裂的嘴唇吐出喃喃的话语，唱着赞美万能上帝的颂歌。三只狗把舌头浸在泥泞的小水洼里。整个夜晚的温度都没有降到三十度以下。

太阳并不理会这一切，照样升过地平线，照在活着的和死去的、信教的和不信教的、贫困的和富贵的人们身上。太阳照在白铁皮、胶合板或厚纸壳搭成的屋顶上，照在红荆树和满地的污垢上，照在一道由三十米高的垃圾堆砌而成的屏障上，垃圾山把盐工区、荒芜区和这座城市的其他居住区分隔开来。

太阳照在不计其数的塑料瓶子和废弃的汽车残骸上。满地都是报废的电池盒、破碎的砖瓦、霉烂的杂物、堆积如山的粪便和动物尸体。太阳越升越高，最终越过垃圾屏障，照耀在新城区的第一排房子、几栋西班牙风格的两层小楼和近郊伊斯兰寺院破损的塔尖上。

阳光无声地掠过军用机场的跑道、废弃的幻影五型战机的机翼、商贸集市和毗邻的塔吉特市政大楼。阳光照射在手工业作坊门铺前垂放下的金属帘子上，透过这个时候还没有上班的警察总署的百叶窗，沿两边长满茅草的港口大街一路直上，把金色的光泽抛洒在二十层的喜来登大酒店的外墙上。六点刚过的时候，太阳终于照到了被沿海山脉缓缓隔开的大海。这是1972年8月23日的早晨。

海面上风平浪静。大海就像一块巨大无比的铁板，一直延伸到天际线的另一端。一艘竖着黄色烟囱的大型游轮熄灭了灯火，沉睡般地停泊在岸边。许多喝光的香槟酒杯散落在甲板上。财富，就像我们那位举着蓝色塑料油罐的朋友常说的那样，属于所有的人。去夺回财富吧。

第二章　警察总署

你们知道希腊人怎么回事吗？是同性恋毁了他们。当然，就像我们知道的那样，亚里士多德是同性恋，苏格拉底也是。你们知道罗马人怎么回事吗？罗马的最后六个皇帝也是同性恋。

——尼克松（美国前总统）

波利多里奥的智商是102，这是根据一份为法国十二至十三岁的学生设计的问卷算出来的。波利多里奥和卡尼萨德斯在警署找到了这份问卷，当时它被用来包裹在马赛印刷的表格。他俩在规定的时间内先后用铅笔填写了这份问卷。填写问卷的时候，波利多里奥已经喝得烂醉，卡尼萨德斯的情况也差不多。那晚他们要处理许许多多的卷宗。

一年中有两次，工作人员会把各种文件纸张堆积在警署的走廊上，粗略地翻阅一遍后，就把它们搬到院子里烧掉。这是一份令人厌烦而又不得不做的工作，常常要持续到第二天拂晓，而这份工作历来最后总是落到署里最年轻的同事身上。没有人能够解释，为什么有的卷宗被扔掉了，而有的却保存了下来。整个管理制度都是从法国人那里照搬过来的，就像照搬的那些客套话一样，而为此所消耗的人力物力与由此带来的效益完全不成正比。这里的被告很少有会读书写字的，而法庭的审判过程往往十分简短。

那天半夜，警署里断了电，波利多里奥和卡尼萨德斯花了好几个小时，想找个有方扳手的人来打开保险丝的盒子。他们点着蜡烛继续工作了好一阵子。在大麻和酒精的作用下，疲倦陡然变成了亢奋。他们在院子里用揉成团儿的纸张打起了雪仗，在走廊里翻滚着文件柜玩起了警察捉强盗的游戏。卡尼萨德斯自诩为埃默森·菲蒂帕尔迪（著名的巴西赛车手），波利多里奥则用烟头把一堆垃圾点着了。这时从一个推倒的文件柜里掉出来一捆殖民时期的特殊证件。他们把证件放到打字机上，打上了虚构的名字（“道德委员会特别调查员，某某人的名字”）。晨曦中，他们带着这些证件跌跌撞撞地奔妓院而去。

这是一次灾难性的智商测试。之后波利多里奥对当晚大部分经历的记忆都已模糊不清，唯独智商测试结果却总在他的脑海中浮现：102。

“酒精，压力，断电？”卡尼萨德斯大声叫道，一个平胸的黑人女孩双膝跪在地上，“这难道是原谅自己的理由？把我们的智商凑个整数降到一百才好。”

卡尼萨德斯的智商测试结果实际上要比波利多里奥高出许多。但是具体高了多少，波利多里奥已经记不清了。唯独他自己102的测试结果牢牢地印在了他的记忆里。虽然他坚信，在清醒的状况下他的成绩一定会高出不少，即使不会比卡尼萨德斯高，但也绝对会比现在的结果高。

现在每当搞不懂某件事情的时候，他都会想起那次智商测试，比如面对同一件事他总得比别人多费些许工夫才能理解的时候，又比如听了一则笑话他总要比他的同事慢半拍才笑出声的时候。

波利多里奥本来一向认为自己是个天资聪慧的人。现在回想起来，他也不知道，为何会对自己有这样一种判断。虽然他在上学和职业培训期间以及应付其他形形色色的考试时没有遇到过什么大的困难，但也从来没有获得过特别出色的成绩。他总是在一个中等水平。

大多数人都会在人生的某一时刻突然意识到，自己不过是个凡人。很多人是在学校阶段快结束时或是在职业培训刚开始时有了这个认识，而聪明的人往往比不聪明的人更容易看清楚这一点。面对这样一种现实，不同的人经受的打击程度往往有所不同。在童年时没有被过多地灌输过那种追求个人成就、力图卓越超群的崇高理想的，也许就比较容易接受自己只是一个凡夫俗子的现实，就像比较容易接受自己长了一个太大的鼻子，或是长了一头太过稀疏的头发。

相比之下，另有一些人则表现出大家熟悉的那种逃避现实生活的举动，他们会穿上古怪的衣服，过上诡异的生活，去狂热地追寻假想出来的内在的自我，就像是寻觅一份深藏在某处的价值连城的宝藏。即便是最最愚蠢的白痴，仁慈的心理分析学家也会认为他们心中有着这样一份宝藏。而对于敏感的人来说，他们的反应则是抑郁。

卡尼萨德斯把那天晚上的神奇经历告诉了所有的同事和朋

友。没过几天波利多里奥就发现，他柜子上703的编号，被一个爱搞恶作剧的人用圆珠笔改写了：7被改成了1，3被改成了2。

二十八年来，他从来没有关心过自己的智商高低，也没有想到过要去测智商。但现在，他的思绪却总是纠结在他的智商上。

第三章　咖啡和偏头痛

一定是疯子，一个一受惊吓就爱尿裤子而又自我感觉良好的疯子，这样的人总有办法体面地脱身。

——约瑟夫·康拉德（英国小说家）

“这跟我有什么关系？这样的事你可以跟别人去说，对着你家的灶台去说，但没必要对我说。”波利多里奥给自己倒上了咖啡，又用圆珠笔把咖啡搅了搅。蓝色的百叶窗关着，只是从狭窄的缝隙里透过一丝白色的午间热浪。“你也不能不问一声就冒冒失失地闯进来，随便就拽过来什么人。看看这台霍勒内斯计算机！你甚至不知道这是什么东西。不过这跟我也没什么关系。我唯一感兴趣的是：这是在什么地方发生的？如果说是在廷迪尔玛发生的，那么谁是那里管事儿的？就这样吧，东西放那儿，你走人。不，你住嘴，不要唠叨个没完。你都说了一个小时了。现在听我说。”

但是胖子没有听他的。他穿着一身肮脏的制服站在波利多里奥的办公桌前，就像所有其他人一样，当他们不想合作时，就会随便瞎扯一通。如果追问其中的来龙去脉，他们又会胡乱编造出另外一套瞎话。

波利多里奥没有给胖子倒咖啡，也没有让把椅子给他坐，他对胖子以“你”相称，虽然这个男人要比他大三十岁，警衔也跟他一样。通常这是贬损这类人屡试不爽的办法。但胖子似乎对此毫不在乎，他继续无动于衷地讲述着他不久就要退休的事儿，还有那些开着公车外出的旅途经历、花园的建设问题和缺乏维生素的营养状况。他重复了三五遍他那辆车子油箱的容量和他发明的运送犯人的办法，念叨着公正、偶然和不可抗拒的命运等。他用手指了指房间两面的窗户（沙漠和大海）、房门（那条穿过盐场不见尽头的路）和天花板（真主）——下面还悬挂着一架坏了的吊扇，他又用脚踢了踢放在地上的那捆东西（万祸之源）。

所谓的万祸之源是那个被捆住手脚的男孩，名叫阿玛窦。胖子是在塔吉特和廷迪尔玛之间的沙漠里把他逮着的，而胖子在他没完没了的述说中却极少提到这个事实，即便提起，也只是轻描淡写。

波利多里奥问胖子知不知道什么是警察要担负的职责，得到的回答却是：警察工作的成功与否主要是一个技术问题。他问胖子技术跟作案现场有什么关系，得到的回答却是：在绿洲的附近种植农作物有多么不容易。波利多里奥问，农作物跟本案有什么关系，胖子却讲起了供给不足、流沙和缺水问题以及邻里间的相互嫉妒，还有繁荣富裕、电脑智能和高水平的警察组织。胖子又看了一眼那台无法启动的霍勒内斯计算机，带着一副故意着迷的神情把屋子环视了一遍。然后，因为旁边没有椅子，他一屁股坐在了被逮捕的嫌疑犯身上，但整个过程中他始终都在滔滔不绝地讲个不停。

“安静”，波利多里奥说，“安静，听我说。”他把两个手掌水平悬放在写字台桌面的上方，然后十指用力地捧住了咖啡杯的左右两边。胖子又唠叨了一遍他刚刚说过的那句话。波利多里奥看到胖子的裤子上少了两粒纽扣，肉肉的耳垂上满是颤动的汗珠。波利多里奥忽然一下子忘了想说什么，他感觉到太阳穴在微微跳动。

他的目光落到了杯中咖啡搅动后产生的无数个小气泡上，这些小气泡现在嗞嗞地汇成了一片。当咖啡的转动渐渐慢下来的时候，小气泡涌到杯子的边缘，在那里叠成了一个圆形的垒墙。他看到每个气泡里都有一个脑袋，正眯着眼注视着他。在小气泡里有一个小脑袋，在中气泡里有一个中脑袋，在大气泡里有一个大脑袋。这群观众一小步一小步挪动着，像军人一样整齐划一，几秒钟后却又变成僵尸一般一动不动。突然间，所有的脑袋都变大了，当波利多里奥深深吐出一口气的时候，他的观众死了一小半。

加油券、黄沙、口蹄疫、多子女家庭、叛军、总统府，波利多里奥知道，胖子不关心的是什么。但是他不知道，胖子关心的是什么。把嫌疑犯移交到塔吉特来其实没有什么意义。波利多里奥猜想，大概是因为胖子或多或少认识他屁股底下的那个人，所以想避免自己卷进去。或者他是想利用这次来海边遣送嫌疑犯的机会办私事，又或者他来这里有生意要做。也许他只是想见识一下港口区。但有一点是毫无疑问的，这一切跟钱有关，所有的人所有的事最终都跟钱有关。有可能他想出售一些什么东西。他不是第一个想通过出售打字机、空白信笺或公务手枪来补偿欠发工资的村警。如果不是和钱有关，那一定是和他的家人有关。也许他想看看生活在这里的儿子，或者是那个到了已婚年龄的胖乎乎的女儿，或者他自己想去妓院逛逛，或者他的胖女儿自己也在妓院工作，他想把自己的公务手枪卖给她。一切均有可能。

一阵沉闷的闹钟铃声打断了他的思路。波利多里奥从他写字台最底下的抽屉里取出一个布袋子，用手掌在只有他知道的地方砸了一下。铃声戛然而止。他又从同一个抽屉里拿出一盒阿司匹林，不耐烦地说："够了，快滚吧，滚回到你的那个绿洲去，把那捆东西也带走。"

他从透明的塑料盒里抠出两粒药片。他现在并不头痛，但如果不马上服药，过半个小时头痛肯定会发作。每天下午四点钟的时候都是这样。这种周期性的发作究竟是什么原因，谁也搞不清楚。他的上一个医生看过他的X光片后说，情况的确有点不正常，建议他去看心理医生。心理医生给他开了处方，而药剂师却说从来没有听说过处方上的这种药物，并把他介绍给一位巫师。这家伙体重只有四十公斤，蜷曲着身体躺在大街上。巫师卖给波利多里奥一张写着咒语的纸条，让他晚上放到床底下。最后还是他太太给他从法国带来了一大盒阿司匹林。

这个病与心理毫无关系。波利多里奥拒绝相信他得的是心理疾病。每天准点在这个时间引发剧烈疼痛的怎么可能是一种心理疾病呢？下午四点钟没有什么特别的事情发生。这肯定不是因为工作，休息日的这个时间剧痛也会如约而至。头痛从四点钟开始，直到他晚上入睡。波利多里奥还很年轻，有着运动员的体魄，饮食也跟在欧洲的时候毫无区别。在喜来登大酒店旁边有一家专门供应进口货的商店。当地的水他从来不喝，连刷牙都不用。难道是气候？但他为什么不是一天二十四小时都头痛呢？

夜晚孤独一人的时候，当酷夏的热浪透过蚊帐向他袭来，当不知其名的海水拍打着不知其名的岩石发出巨大的声响，当各种虫子在他的床底下群魔乱舞时，他断定：这个疾病既不是身体的也不是心理的，真正的原因在这个国家本身。在法国的时候，他从来没有过头痛的毛病。到非洲两天后，头痛就开始发作了。

他把药片放进嘴里，喝了两口咖啡，在吞咽中感觉到食道里有一阵轻微的压力。这是每天必行的仪式。而这一切今天竟被这个毫无顾忌说个没完的胖子看到了，他不禁感到一种耻辱。他把药盒重新放回抽屉里，说："你是不是觉得我们这里是专门接收穷乡僻壤疑难杂案的地方？滚回你的绿洲去吧，白痴。"

鸦雀无声。白痴。他等待着胖子的反应。隔了不到一秒钟，反应就来了：胖子睁大眼睛扮了个鬼脸，把嘴嘟成一个小小的圆圈，抬起胳膊懒懒地晃动着。接着他又开始没完没了地说了下去：绿洲、街道境况、霍勒内斯计算机。

波利多里奥到这里上任已经两个月了。两个月来他唯一的愿望就是重新回到欧洲去。抵达这里的第一天他就发现（为了这个发现他付出了一台照相机的代价），面对这么多陌生的面孔，他对人的判断能力完全失灵了。他的祖父也是阿拉伯人，但很早就移民到了马赛。波利多里奥拿的是法国护照，父母离异后他随母亲在瑞士长大。他在比尔上的中小学，后来去巴黎读了大学。业余时间他常去的地方是咖啡馆、电影院和网球场。周围的人都喜欢他，但若与旁人发生争吵时，他们会叫他"黑脚"。要是他的发球更出色一点的话，也许他能成为职业网球运动员。最后他成了一名警察。

就像他人生中的许多其他事情一样，当上警察完全出于偶然。他的一个朋友去参加警察录用考试，邀他一同前往。结果他的朋友被拒绝了，他却被录取了。在他接受培训的那几年里，社会上发生了很多变化，而他却对此一无所知。他对政治没有兴趣。他从来不读报纸。无论是巴黎的五月和楠泰尔的疯子，还是张着嘴大口喘气的敌对方，他对所有这一切都毫无兴趣。对他来说，公正和法律大体是一回事。他不喜欢留长发的人，不过主要是出于审美的原因。萨特的书他只读过十页。他的第一个女朋友跟他分手的时候说过，如果要描述他这个人，说清楚他不是什么还比较容易，而要说清楚他是什么则要难得多。

他娶了第二个女朋友。那是1969年的5月，其实他并不爱她。他的妻子很快就怀孕了。第一年的婚姻生活形同地狱。所以，当上级因为他的阿拉伯语能力推荐给他一份在昔日殖民地国家的工作时，他欣然接受。精美的画册里可以看到美如画的沙漠，还有客厅的柜子里放着的木雕，再加上那些有关祖先的废话。他对非洲实际上一无所知。

给他留下印象最深的是机场里的那股陌生的气味。其次是开始几周里的寂寞，直到他的家人也搬来此地。报纸上的一张照片：旺图山的泰文奈特。朋友寄来的一张明信片：白雪皑皑的阿尔卑斯山。可恶的臭气，可怕的头痛。波利多里奥开始养成了习惯，只要在街上听到有人说一口纯正的法语，而不是那种好似哮喘病患者发出的咕噜不清的声音，他就会停下脚步，看一眼那些逍遥自在的游客、那些活泼开朗的金发女郎。他提出了调回本土工作的申请，法国的国家机关却取笑他的幼稚。日复一日，周复一周，他变得越来越多愁善感。法国游客、法国报纸、法国商品，甚至那些总是成群结队从山里回来、怀揣着五百克大麻蜂拥而至的浪荡公子和长发披肩的人，他们虽然被他戴上了手铐，但也会让他产生一种莫名的激动。这些人是白痴，但他们是欧洲来的白痴。

胖子还在滔滔不绝。波利多里奥把写字台上的咖啡杯推到一边。他知道自己在犯一个错误。他把双手撑在写字台的边上，探出上身，看着地下。

“二十美元，好不好？”

被绑着的男孩在胖子的重压下似乎睡着了。

“总警长会来找你说话的！”胖子大声叫道，反手一巴掌打在嫌疑犯的耳朵上。

“二十美元外加一篮子蔬菜，怎么样？”波利多里奥重复说了一遍。

“什么？”

“是的，你听好了！”

“是，什么，头儿？”

“给你一些美元外加一篮子蔬菜，为此你在廷迪尔玛击倒了四个人。怎么样？”

“什么？”被绑着的嫌疑犯开始苏醒并兴奋起来，“四个人，在什么地方？”

“在廷迪尔玛，四个白种人。”

“我还从来没有到过廷迪尔玛，头儿，我发誓！”

第四章　昆斯哥尔摩女王号游轮

在性方面的征服如同获得一份核技术方面的机密资料，在艾尔斯伯格心里引起的是一种孩子般的兴奋、一种向人倾诉的渴望。面对朗德公司的人，他曾如此描述他的这一新的最爱：“她的每个牙齿之间都有一道缝。”

——安德烈·洪特（作家）

世上只有很少的人，能用简单的一句话来把他们描写清楚。要描写一个人通常需要很多词语，而要描写普通人，往往一整部小说都不够。海伦·格立泽，穿着白色短裤、白色衬衣，戴着白色太阳帽和巨大的墨镜，正半张着嘴嚼着口香糖，靠在昆斯哥尔摩女王号游轮栏杆上，望着逐渐靠近的码头上熙熙攘攘的人群。要描述这位小姐，用两个词就够了：漂亮和愚蠢。仅凭这两个形容词，随便派个什么陌生人去码头，都能把她从上百个旅客中精准无误地找出并接回来。

让人惊讶的不是这种描述的简短，而是这一描述完全不贴切。海伦并不漂亮。所有那些描写外在美的空洞套话都可以用在她身上，她过分注意身体的保养，狂热追求时尚潮流，但实际上她并不漂亮。她是那种最好从远处观察欣赏的人。她的一些照片完全可以登上时尚杂志的封面。照片上的她皮肤光滑，外形冷艳，线条凹凸有致。但是一旦照片上的这个人活生生地出现在人们眼前，就会莫名其妙地让人抓狂。海伦的表情和她的长相非常不匹配。

海伦缓慢而单调的嗓音会让人觉得她是一个每晚五时播放的那种电视剧里的女演员，剧本要求导演给她的指令是“富有”和“自命不凡”。她胳膊和手的举动就像是对同性恋者的滑稽模仿。所有这一切加上她过分的化妆和离奇的服装，可以让一个第一次接触她的人在好几分钟、好几个小时甚至好几天时间里，都不会想到，她说的每一句话其实都是符合逻辑而且经过深思熟虑的。她的思维条理清晰，她的表达轻松自如。更让人惊奇的是阅读她写的信。

换句话说，海伦的特点绝对是“愚蠢”的反义词。如果说不是“漂亮”的反义词，那至少也是和传统意义上的漂亮相距甚远。但不管怎么说，“能在码头上认出她并接回来”这个说法是灵验的，或者说本来可以是灵验的。这是海伦第一次来到非洲，事实上并没有人来接她。

第五章　狂人之举

他劝我们尽快出发，并自告奋勇愿与我们同行，保护我们以防被人出卖。一个狡猾却又上了年纪的野蛮人，他面对两个完全无依无靠的外乡人时所做出的友好举动，深深打动了我。

——莱特·哈葛德（英国小说家）

这个犯罪嫌疑人的名字叫阿玛窦·阿玛窦。每一份证据都对他不利，把所有证据汇拢起来意味着死刑判决。阿玛窦二十一岁，或许是二十二岁，一个瘦长但动作笨拙的年轻男子。他和他的父母、祖父母以及十来个兄弟姐妹住在一起。他们的住处离案发现场，也就是廷迪尔玛绿洲的那个农业公社隔了两条街。

公社里大部分是美国人，还有几个法国人、西班牙人和德国人，再加上一个波兰女人和一个黎巴嫩人。总体算起来，女人的人数是男人的两倍。他们中的大部分人是20世纪60年代中期在塔吉特的沿海地区相识的，一次偶然的机会，他们发现了与塔吉特相距二十公里的绿洲中的这处房产，一栋租金低廉的二层小楼，外加一块面积不大的农田。出于对一种回归自然而又自治自决的生活的憧憬，出于一种社会自我组织的理念，等等，他们走到了一起。公社成员中没有一人曾有过实践此类乌托邦的经验。开始的时候，他们靠那块灌溉非常费力的农田维持生活，同时把从当地人那里收购来的一些简单的废旧物品稍加处理后出口到第一世界国家去。后来他们还间或做一些违禁品的买卖。

起初，当地人对这群留着长发、多嘴多舌、漫无目的到处乱转的公社成员持有一种怀疑的眼光。但他们的坦诚和助人为乐很快赢得了新邻居的好感。他们友善大方地向当地人伸出了双手，当地人开始时还有点迟疑，接着却出人意料地紧紧地、真挚地握住了他们的手。他们和当地人惊羡地相互观赏着那些异国的饰品，小心翼翼地触摸着对方的头发，还互换了食品。那段时间可以听到大段的演说、冗长的讨论以及希望结为兄弟的暗示。后来他们和当地人有过几次规模不大的联欢，同时公社内部也第一次出现了一些不满的情绪。到了夏天，不请自来的客人越来越多，无一例外地试图从公社那里得到经济上的好处。还有人提出希望得到医疗、手艺和性方面的服务，部分也的确得到了满足。结果是一连串无休止的争论，他们称之为公社内部的误解。随之，他们开始渐渐疏远当地人，公社内起初态度还不甚明确，继而有计划地这么去做，把与当地人的交往局限于生意关系。最后，他们把公社驻地周围本来一米六的围墙又增高了一米。仅以两票之差的微弱多数，他们决定不在围墙顶端的黏土里插入玻璃碎片。这一切发生在短短几个月的时间里。

公社里最突出的两个人物：一个是苏格兰实业家的后代埃德加·法埃勒三世，另一个是曾经当过兵的法国漂泊者简恩·贝库尔茨。两人在某个尚未喝醉的片刻里想出了这个成立公社的主意。带着那种颇具感染力的热情，他们招募到了不少公社成员——其中有相当一部分是面容姣好的女性——并描绘出了他们称之为哲学理念的大致框架。

然而，沙漠很快改变了观念。开始时公社成员还处于喜好论辩马克思主义的某个灰色地带，没过多久公社里就出现了越来越多的薰香。在凯鲁亚克和卡斯塔尼达之间还有一小段发霉的托洛茨基。至于那个让肉体持久交织在一起的人力资源想法（“这只是一个比喻”）最终在那些缺乏理解力的女性的反对下落空了。本部小说所要叙述的那个故事发生的时候，公社已经颓败成了一个微不足道的仅仅出于经济目的而存在的团体。公社发展的前景显然比成立之初好不了多少。

为了弄清案发的来龙去脉以及其他的所有一切，有必要在此简要地说明一下，我们所说的绿洲究竟是怎么一回事。

考古学研究没有发现任何古时此地有人类居住的迹象。到了1850年，廷迪尔玛才出现了三间黏土棚舍。这些棚舍围绕着一个不大的水塘，依傍着从沙漠里凸起的山岩。地质学家认为这些山岩最初是由火山造成的圆锥形山体。山峰的最高处海拔250米，站在山顶远眺，即使是在万里无云的好天气，四周能够看到的除了沙还是沙。一股不断从海岸吹过来的海风把沙粒耕耘成了一片无边无际的弯弯的沙田。只有在西边地平线的一端让人感觉到也许那里会有雾气、绿色和蓝色。

围绕玛斯纳帝国的血腥战事，才使得绿洲出现在了荒漠里两条并不重要的通商之路的交会处。被击溃的富拉尼人，丢弃了他们的家产，特别是他们的牲畜，从南边流落到了这里。衣不遮体、食不果腹的他们，逐步完成了从游牧到农耕的转变。原来的三间棚舍变成了五十间，穿过蓬乱的刺槐和扇叶棕榈，沿着平缓的山岩斜坡往上延伸开去。

生活是艰难的，就像许多其他被迫背井离乡的移民一样，富拉尼人给他们现在赖以生存的这块贫瘠的土地取了一个跟他们的故乡一样的名字：新廷迪尔玛。仅仅一代人的光阴，这些不幸的人的数量增加了十倍。

关于这段历史，既没有书面记载，也没有可靠的口头流传。第一份图片资料是一张摄于1920年的黑白照片。照片上是一群满脸疤痕的男人，他们目光呆滞，被挤成了一块黑色的长方形，站在一辆Thornzcroft BX汽车的卸货平板上，汽车经刚刚平整过的主街驶入廷迪尔玛，周围还完全看不出这里是一个居民区，不过在背景上可以看到第一栋二层小楼。

到了20世纪30年代末，有两件事情使廷迪尔玛发生了翻天覆地的变化。第一件事情是：一位名叫卢卡斯·伊姆霍夫的瑞士工程师来到了这里，这位糊涂的瑞士人的汽车发生了故障，而当地人阻止他修理自己的汽车。此后的几个月里，在几乎没有任何设备的情况下，伊姆霍夫依靠几个哈拉廷黑人的帮助，硬是在卡珐依山崖的边上钻了一口四十米深的井。从此以后，绿洲有了足够的水源。钻井成功后，在一个隆重的仪式上，当地人把两个清洗干净的汽车火花塞交给了伊姆霍夫（家庭相册，正方形照片）。

第二件事情是：南方的内战愈演愈烈，使得廷迪尔玛成了走私武器和其他物品的战略要地。只有两三个家庭还在继续耕种他们的谷子地，其他的都转入了夜间行动。这给居住区带来了前所未有的富裕，而南边的土路上则堆满了死尸。

大约在同一时期，第一批阿拉伯商人偕家人从塔吉特移居到了这里。戴着墨镜、脖颈刮得干干净净的欧洲人，开着橄榄色的汽车穿过廷迪尔玛。1938年，中央管理机构在这里设置了第一个警察所。国家政权的出现并没有给当地的日常生活带来什么变化。谁想过上安定的生活并且有足够的钱，就不会受到私人军队的打扰。警察关注的更多是他们自己的安全。

直到南部和西部的内战换了地方，这里才从一个毫无法律的人口聚集区过渡到了一个半文明的社会。这个武器已经饱和了的地区开始有能力接受其他的物品。从前的走私集团首领转而投资基础设施。几家酒吧和第一家酒店进驻了当地。20世纪50年代中期，这里还曾有过一家小影院。一条几百米长、铺上沥青的街道穿过绿洲的中心，像一道无力的花剑推刺指向海岸的方向，陷入沙漠之中。两所伊斯兰寺院的尖塔伸向黄色的天空。宗教使聚集地的生活变得和缓，给那些贫穷的和信教的人带来了力量，通过上帝的旨意，通过教育和伊斯兰教法巩固了礼俗和文明。

在国家机构和宗教组织闯入的同时，曾有人多次尝试换个地名，希望借此忘却黑暗的过去。但无论是当地人、阿拉伯人还是那两三个制图员，凡是了解截止到1972年居民区情况的，没有一个人能够找到另外一个名字来替代廷迪尔玛。

1972年8月23日，星期三，据目击证人的报告，那天发生了如下事件：阿玛窦·阿玛窦喝醉了酒，驾驶着一辆本不属于他的锈迹斑斑的浅蓝色丰田车，闯进了商贸集市附近的公社院子。据五名公社成员的一致报告，他在那里先是表示可以提供一些服务项目，而这些服务项目的具体内容开始时人家并不清楚。接着，在主人给他上了茶之后，他发表了一通有关性生活的大胆但在解剖学上又说不通的讲话（四个目击证人），还开始了一段有关两性关系的哲学谈话（一名女性目击证人）。再后来，显然在无人看到的情况下他独自跑到厨房里继续喝酒。最后，他手里拿着一把忽然间冒出来的枪支在公社里横冲直撞，寻找值钱的东西。先是公用客厅里的一台高保真立体声音响设备引起了他的兴趣，但是他一个人无法运走。他要求一位女性公社成员帮他把音响抬到车上去，但是遭到了拒绝，理由是音响设备的钱款尚未全部付清。他朝她脸上开了一枪。接着有两名其他的公社成员赶来试图（不知是通过语言还是采用其他什么方法）解除阿玛窦的武装，也被阿玛窦射杀。在接着搜查公社驻地的过程中（这个时候那把枪支挂在他的胸前就像是一条牵着绳子的狗），他找到了一只装满钱款的皮箱（均为纸币，币种不详）。阿玛窦当即把一切都忘在了一边，拿着皮箱仓皇地想逃离公社小楼。此时他跑丢了一只凉鞋，鞋子卡在了楼梯的夹缝里。他开枪打死了躲在柜子里的又一名公社成员，并且在离开小楼时顺手牵羊拿走了放在厨房餐具柜上的一只装得满满的水果篮子。听到枪声，大约二十至四十名当地居民涌到了公社的院子里，他们看到阿玛窦为了驱散围拢的人群，一边往空中放着枪，一边跳上了那辆丰田车，往海滨大街的方向疾驶而去。半道上汽车没油了，在沙漠中抛了锚。尔后阿玛窦被那个矮小肥胖的村警逮捕了，并很快被带到了波利多里奥的办公室。阿玛窦被逮捕时只穿了一只凉鞋，当时未发现装有钱币的皮箱，却在那辆抛了锚的浅蓝色丰田车的副驾驶座椅上找到了那只水果篮子。在汽车的杂物箱里找到了那把还有点余温的毛瑟枪。不仅如此，后来在公社的院子里还找到了一个与手枪吻合的弹匣。卡在楼梯夹缝里的一只凉鞋，与阿玛窦脚上穿的那只正好是一对。

阿玛窦在自己的陈述中完全没有理会那些指控，他完全否认有过任何的犯罪行为。这也不奇怪。在一个男人说话还有点作数的国家，实际上是没有人会招供的。在所有案件调查中所有犯罪嫌疑人的标准陈述是：所有针对他们的指控都是凭空捏造的，他们觉得自己的尊严受到了极大的伤害。如果嫌疑人或被告人试图自己编造出一个案发经过的版本，他们一般不会顾及到其中的细节。阿玛窦也不例外。他不会想到把已有的事实依据逻辑融入到自己想象的故事中去。为什么一只凉鞋会卡在公社的楼梯夹缝里？为什么在公社的院子里会找到那只空弹匣？为什么四十名目击证人能够一眼认出他？这一切即便他再愿意配合也无法说明，而且他不明白，为什么偏偏向他提出这些问题。回答这些问题难道不是警察的任务吗？他指了指任意的一台电气设备（电传打字机、咖啡机），请求给他连上测谎仪。他向至高无上的上帝发誓，他解释说，他只能讲述事实上发生的事情，他随时愿意这样做。他，阿玛窦·阿玛窦，只是在沙漠里散了一会儿步。当时的天气很不错，所以散步持续了好几个小时（乍一听这也许有点令人难以置信，但也不是不可能的，不少绿洲居民的第二职业仍然是走私）。散步时他在荆棘丛里跑丢了一只凉鞋。后来他在土路附近发现了一辆被遗弃的浅蓝色丰田车，汽车没上锁。因为副驾驶座椅上放着一篮诱人的水果，他坐进了车子。他，阿玛窦，因为很饿，所以想着是否可以吃一些水果。为此当然可以指责他，因为水果并不是他的。他愿意对此发誓。但就在这个时候，他被一名不知从哪儿冒出来的警察逮捕了，并带到了塔吉特。至于汽车杂物箱里的手枪，他一无所知。

连续四天里，他一直重复着同样的陈述，没有改变一个字。仅有的一次，那是第四天的晚上，在极度疲劳的状态下，阿玛窦表示他在开车逃跑的过程中把皮箱扔出了窗外，但在几分钟后他就撤回了这句话，此后再也不愿提及此事。他表示，如果不马上就让他睡觉的话，他不愿意再说任何话。

然而，受害者是外国人这个事实使一切都变得异常复杂。波利多里奥只是在第一天负责审讯，第二天和第三天由卡尼萨德斯接管，他敷衍着想把案件推回给廷迪尔玛去。但接着内政部出人意料地开始插手此事，并把案件交由资历最深的卡厉米负责。

近几天来，一位政府官员正在美国谈判有关军事合作和发展援助等事项，而恰在此时美国报刊出现了有关这桩血案的报道，其详细程度异乎寻常。欧洲也开始有人关注受害者里面是否有欧洲人。在首都，有人提出了一些令人不快的质问（法国大使、美国大使、德国的一家新闻周刊）。而所有这一切引发的结果是，卡厉米和一名检察官不得不入住廷迪尔玛的一家酒店。官方的说法是，为了再次彻查此事；而实际上，是为了给人批涌到当地的新闻记者提供一些有关事件进展的小道消息，还有那些令人目眩的例子，仅仅为了说明案犯神志不清因而无法对自己的行为负责。因为，如果受害者真的都是一些吸毒的嬉皮士，并且在荒漠里领导着一个反对帝国主义的大麻工场，那么事情一旦被当真了，对于第一世界国家来说唯一作数的只有国籍这一项而已。

此事已经上升到了这样的高度，而阿玛窦全然不知。他还在继续指着那台被当作测谎仪的咖啡机，以父亲和父亲的父亲的生命发誓，以至高无上的上帝的名义发誓，他呼吁国王和他的家族帮助他，他说，就算对他严刑拷打，即使在他的脚底钻进螺钉，他也不会背离事实一毫米。

“在脚底钻进螺钉，”卡厉米说道，“这里当然不会使用这样的方法。实话说，如果我们真的对你的供词感兴趣的话，我们早就得到了。但愿你明白这一点。为此我们不需要你的脚底，为此我们不需要任何东西。只是，谁会对此感兴趣呢？你是否想过，谁会对你的陈述感兴趣？你有没有看到过那些证据？”

阿玛窦在椅子上蹭来蹭去，冷笑着。卡厉米转向律师，问道：“您有没有试着向他解释清楚情况？这些证据当中只要拿出十分之一就足以把他送上断头台。”他又转过身对着阿玛窦说道，“不管你说还是不说，都他妈的无所谓。就算是这个世界上最贪腐的法庭都无法宣判你无罪。你可以闭嘴不说话，也可以说话。唯一的区别是，如果你说了，你的家人以后可以领回一具全尸。想一想你的母亲。不，我纠正一下，这当然不是唯一的区别。另一个区别是，如果你说话，可以允许你出去撒泡尿。”

几乎整个过程都一言不发地站在一边啃着指甲的律师，这时轻声地抗议了一声。接着他要求跟他的当事人单独说几句话。卡厉米指了指放在墙角的一张沙发，警官们吸毒时通常坐在那里。

律师完全可以同阿玛窦到旁边的房间去，或者他也可以请卡厉米、卡尼萨德斯和波利多里奥到门外去。但是他没有这么做，而是把阿玛窦带到了七八米外的一个家具旁，压低了声音告诉阿玛窦（尽管他的声音警察们都能听得清清楚楚），证据的情况对他非常不利，而天又这么热。他抬高着食指又补充道，其实在真主面前一切都早有定论。但在一个人世间的法庭面前，就这一案件来说，招供既不会带来好处也不会带来坏处，只是可以缩短这个毫无疑义而又让人失去尊严的诉讼程序。而在他眼里，阿玛窦是一个有自尊心的人，等等。这个男人显然不是一个大牌律师。他长着一张农民的脸，穿着一套不合身的黑色西装，在上衣的口袋里插着一块深黄色的手帕，像是在发出绝望的求救声。警署里的人不清楚，阿玛窦的家人究竟是从哪里找来了这么一个人。八九不离十他们是用实物来支付他的薪酬的。阿玛窦有六个还是七个兄弟姐妹。

“哦，哈哈，”卡尼萨德斯眼睛望着写字台，高兴得像个孩童一样，“哦，哦。”

波利多里奥看了一眼他的手表，从口袋里取出两片阿司匹林，没喝水就这么干吞了下去。他抬高下巴盯了一会儿天花板下的吊扇。嫌疑人还在那里像演哑剧似的坚持着他的剧本：荒漠里的散步、凉鞋、水果篮子、逮捕。他在沙发上转来转去，而当律师像小学老师那样第三遍第四遍重复着他的观点时，波利多里奥忽然从被告的眼神里捕捉到了一点他至今还从未看到过的东西。这是怎样的一种眼神？这是一个不那么聪明的人的绝望眼神，在他的律师单调地喋喋不休地说个没完的时候，这个人意识到，他的生命快要到头了；尽管所有的证据都对他不利，但几分钟前从他的眼神里还透出他尚且怀有侥幸心理，觉得会有机会逃脱上断头台的命运；而此刻他的眼神不仅仅是绝望，还显得非常吃惊。看着这个人的眼神，波利多里奥想，这个人也许是无辜的。

他翻了翻卷宗。

“指纹到底在哪里？”

“什么指纹？”

“武器上的。”

卡厉米摇了摇头，从锡纸包装中剥出一颗夹心巧克力。

“我们有四十名目击证人，”卡尼萨德斯说道，“再说阿斯兹正在度假。”

“其他任何人也可以做，不是吗？”

“其他任何人也可以做什么？你会做吗？”卡厉米气呼呼地说，他想无论如何在天黑前能够回到廷迪尔玛去，他和一位《生活》周刊的记者有个约会，“阿斯兹也做不了这个。在皇宫的门岗那里，他花了一个星期把整块场地都贴了个遍，收集了四百多个指纹，但能够辨认的仅有两个，而那两个是大厦管理员八岁儿子的。”

波利多里奥叹了口气，望了一眼律师。律师不再继续唠叨了。

阿玛窦的脑袋垂了下来。

第六章　莎士比亚

有一次我从马萨诸塞州波士顿医学研究所的医生组织那里收到一封妙不可言的信件。信上说我被选为他们最乐于为之做手术的人。

——娅尼·索恩（美国演员、裸模）

海伦从不知道自己给人一种什么印象。她对自己的了解仅限于照片和镜子中的自己。按照她的判断，她觉得自己长得还不错，有些照片甚至是惊艳的。她能够主导自己的生活，但说不上是幸福还是不幸福。在和男人相处上她从来没有什么问题，至少问题不比她的女朋友们多，甚至还比她们少。从高中时候算起，她有过七八段感情，都是和她年龄相仿的男孩子。他们都很善良，教养很好，而且擅长运动。那些男孩子都不太关注他们的女朋友是否聪明，因而也很少关注到海伦的聪明才智。

这点对海伦而言无所谓。要是男人们觉得自己在智商方面有优势，她也不会因此耿耿于怀。海伦和男人间的恋情大多持续的时间不长，当一段破裂之后，海伦马上就能找到新的恋情。穿着露脐T恤在校园里走上一圈，她就会接到三个共进晚餐的邀请。海伦一直质问自己的唯一一个问题是：为什么真正有意思的男人从不和自己搭讪。她不能解释其中的原因。和其他女孩一样，她也有心情抑郁的时候，但并不常有。从众多小说中她得知，漂亮的女人总是最不幸的。她读过很多小说。

她的自尊心第一次受到打击，是她用录音机给自己录音来准备一个报告的时候。她只听了四秒钟，就失去了再次按下播放键的勇气。这是一种好似外星人发出的，抑或动画大师特克斯·艾弗里作品中的人物发出的声音，一团会说话的口香糖。她知道，一个人听自己的录音可能会觉得有点陌生，但是从录音中传来的声音何止陌生。一开始她还以为是录音机出了技术故障。

那个借给海伦录音带的满脸长痘的化学教授向她解释说，人们通常感觉到自己的声音比实际上更饱满更好听，这是因为在说话时，头骨和谐振空间会在大脑里产生共振。这种落差当然会让人有点震惊。他自己的声音就像阉人的假声。在说这番话的时候，他的目光始终盯着海伦的胸部。海伦从此不再参加这一类的任何其他实验，也渐渐忘了自己声音古怪这回事。那是她在普林斯顿大学的第一年。

海伦毫不费劲就拿到了普林斯顿大学的录取通知书，并得到了让人梦寐以求的奖学金。像其他新生一样，海伦在进入一个全然陌生的世界，在面对各种繁文缛节时，感到心里很是茫然。在学生宿舍中她感到从未有过的孤独。她让自己沉浸在学习中，但也并不回避和其他人聊一些无关紧要的话题。她尽量在一周中的大多数晚上都给自己安排一些活动或是约会。

经一个学英国文学的朋友介绍，海伦加入了一个业余演员剧社。这个剧社一年演出四五场传统经典剧目，但很少演出现代剧。剧社中的成员大多是大学生，还有两个家庭主妇、一个很喜欢脱光衣服的退休教授，以及一个年轻的轨道工人。这个年轻的轨道工人可谓是所有剧团成员都心照不宣的一颗明星。他二十四岁，拥有一张电影演员的脸、一副希腊雕塑的体魄，他唯一的缺点是记不住台词。正因为他的缘故，海伦差不多三年时间都在忙于排练演出伊丽莎白时期的各种剧目。

海伦一开始只能得到很小的角色，后来她出演了《驯悍记》中的比恩卡和另外一个叫多罗西娅·安格曼的角色。她不是没有天赋，若有机会也不是不想出演高大上的女英雄角色，但海伦知道，谁能出演最好的角色往往更多是根据演出经验而非天赋来决定的。谁在这个剧社里待的时间最长，谁就能得到《奥赛罗》中苔丝狄蒙娜的角色。

之后剧社演出了《热铁皮屋顶上的猫》。他们更多的是按照这部戏拍成的电影，而非这部戏本身来演的。那个轨道工人扮演保罗·纽曼在电影中的角色，他和保罗·纽曼出彩的荧幕形象非常相似，差不多可以以假乱真，他拄着拐杖一瘸一拐却不乏潇洒地走在舞台上，就连他和台词提示员之间的对话都像是戏中精彩的一部分。一个魅力倾人的生物系四年级黑发女生扮演俐思·泰勒在电影中的角色。海伦扮演玛艾，偏执的玛艾和她偏执的家庭。她的腰身足足被加粗了五倍，头发被撒上了灰粉，凸出的颧骨下被涂上了一团红色的重彩，就像小苹果似的。她还被套上了松垮的土豆似的戏装。那个退休教授的几个外孙被安排在她的身边，扮演她没有脖子的孩子。孩子们当然都有脖子，因此他们的整个颈椎都被某种保护材料包了起来，嘴里还被塞满了泡沫橡胶。因为不能说话，孩子们向观众发出没有辅音的呜呜声，观众兴奋得不断欢呼。

剧社的指导老师把他们的首场演出用俄国双8录像机录了下来。这是海伦自上小学以来第一次被录像。在录像首场放映的时候，海伦激动得不得不跑出放映大厅。她跑进了洗手间，看了一眼镜子中的自己，然后一下子呕吐了起来。把自己重新整理好后，她镇定自若地回到了放映大厅。在接下来的一个半小时里，她的目光一直在荧幕四周游离不定，并竖着耳朵听着放映机发出的单调的嗒嗒声。剧社计划演出的下一部戏是阿图尔·施尼茨勒的《轮舞》。海伦这次究竟扮演哪个角色本来是很让人期待的，但就在演员名单还没确定前，她就离开了剧社。

指导老师对此感到很惋惜。但除了他，其他人似乎并没有注意到海伦的离去，就像没人注意到海伦在舞台上扮演的那个可笑弱智的角色。海伦本人和她扮演的角色在一定程度上是接近的，或者坦率地说，相当接近。海伦的演出其实很成功，她的自然出演让观众丝毫感觉不到她是在刻意扮演某个形象。她的表情、她的声调！没有人觉得有什么不对劲儿的。在放映结束时的掌声中海伦又一次看了眼荧幕。当身着古怪松垮棉质戏装的玛艾向前走上一步，把两只手搭在一个没有脖子的怪物肩上，扭曲嘴角挤出愚蠢至极的笑容时，观众的噪声和口哨声不断升级。这是在片轴嗒嗒的转动下，放映机播放的最后一个画面。

在接下来的小型庆典上海伦喝了很多的葡萄酒。作为永久离开剧团前的最后一个举动，她悄悄地对那个轨道工人说，她要在当晚和他做爱。没有等他作出反应，她告诉了他地址和时间后就径直离开了。为了从一开始就避免计划泡汤，她故意选用了些赤裸裸的露骨词语，虽然这其实没什么必要。

她的计划并没有泡汤。凌晨一点钟，有人用手指轻轻抓挠学生宿舍的木头门。“保罗·纽曼”手中捧着一束像是从墓地里偷来的花。看到海伦不经意把花丢到了水盆里，之后又打开了一瓶酒时，“保罗·纽曼”顿时松了口气。在太阳升起的时候，“保罗·纽曼”一边抽泣一边向海伦坦白，他实际上已经有了一个未婚妻。海伦对此只是耸了耸肩。从此两个人再也没有见过面。

裹着白色的毛巾浴衣，海伦悄悄溜过学生宿舍的走廊，耷拉着脑袋爬了两层楼梯，来到她最好的朋友米歇尔·范德比尔特的宿舍门口。她敲起了门。米歇尔可能也算不上海伦最好的朋友，但肯定是她认识最久的朋友。她们两个小学的时候就认识了，从交朋友的第一天起，两个女孩间就表现出了一种强烈的不可逆转的主宰关系。

当年的金丝雀事件可以说是两人关系中的一个最早且最具说服力的佐证。大约是在小学三年级或者更早的时候，当时两个人正坐在堆满玩具的地板上玩，突然听到从隔壁房间传来一阵可怕的叫喊声。叫喊声是米歇尔的弟弟发出的。几秒钟后她们看到一只毛绒绒的黄色小家伙跳过门槛蹦进了房间，小脑袋无精打采地向一侧耷拉着。米歇尔害怕得跳了起来，小家伙就像被大风吹起一样给撞到了一边，沿着走廊一直滚了出去，眼看就要危险地滚到楼梯边上。海伦一脚挡住了它的去路。而此时，米歇尔的弟弟神经质似的跑来跑去，范德比尔特夫人则像失去知觉一样瘫在了椅子上，连连摆手。米歇尔对海伦大声叫道：“快去帮帮它！快去帮帮它吧！”

当年八岁的海伦，自己并没有养过宠物，除了在笼子里，也从未见过这种鸟。海伦小心翼翼地把小家伙捡了起来，用一只手指托起它的小脑袋。但它的小脑袋随即又耷拉了下去。海伦建议把小家伙放到床上，或者用火柴棍把它的脊柱固定起来。但是没有人作出任何反应。最后海伦只好一个人走到范德比尔特家的客厅，查起了百科全书。她查看了金丝雀的相关内容，从紧急处置、颈椎摔伤和骨折，一直看到下肢瘫痪。她让米歇尔最好去给医生打个电话，或者去找一位家里也养这种鸟的朋友。

最后范德比尔特太太终于给一位兽医打通了电话，兽医建议结束小家伙的生命来消除它的痛苦。太太把话筒举得高高的，大声重复着兽医的话并带着求助的眼光环视四周。但是范德比尔特家里没有一个人站出来。最后还是海伦打破僵局勇敢地站了出来。她用扫帚轻轻地把小家伙拨进了一个塑料袋中，双膝跪下压住了开口处，拿起一卷《不列颠百科全书》往塑料袋上压了很久，直到塑料袋从三维立体变成了二维平面。之后海伦和米歇尔一起把压成片儿的小家伙埋在了花园里。范德比尔特太太躲在窗帘后哭了起来。

这一天，米歇尔对她的朋友产生了一种夹杂着畏惧的敬佩。此后很多年，她对海伦的这种感情一直都没有变。有的时候，特别是在青春期的那段时间，米歇尔对海伦的感情，除了敬畏，也还有一些其他时常变换的情绪，比如不解、着迷、愤怒、嫉妒、故意的冷淡甚至怜悯……但这些复杂情绪过后，是她对海伦更强烈的敬畏和喜爱——而所有这些感情之所以不断升级，正是因为这些矛盾情感的接收体好像从来都没有觉察到其中哪怕一丝一毫的变化。

录像放映后的这一天对米歇尔而言很是特别，这是第一次也是唯一一次，她看到自己女友软弱的样子。一个痛苦欲绝的小可怜拖着鞋子，裹着白色浴衣来到她的宿舍房间，问她有没有花草茶，向她寻求安慰。米歇尔抑制不住地沉浸在这样一个难得的机会中，不禁往海伦的伤口上撒盐，“其实每个人都是这样的，”她大声说道，“一开始肯定是很震惊，我也一样，就像我第一次不经意听到录音带里自己的声音一样。当然对你而言还有那些动作，再加上表情，实际上，如果坦率地说……当然，当我们回顾过去的这些年……这其实就是友情的意义所在……最后也就习惯了。我现在就没有任何问题。”

在大学课堂上米歇尔并不擅长发言，但在私下里，当说些内心深处的真心话时，她却能长篇大论。即使是说些鸡毛蒜皮的小事，她也能不间断地说上近两个小时，比如她所说的录音带事件。要是说起失恋、挫折，或是家里小猫的病，她能说得更久。

海伦对米歇尔长篇大论的具体内容并没有听进去，她唯一的感受是米歇尔说话的冗长。她对自己说，如果有人能就一件事喋喋不休地说上两个小时，那这件事不可能不是一个重要的问题。

有一段时间海伦曾经试图用一个口授录音机把自己的口语训练得语速更快、口齿更清晰，但以失败告终。同时她想通过一种体育锻炼来改掉自己动作矫揉造作拖拖拉拉的毛病。但她又觉得这样的一种体育锻炼方式可能不能给她带来快乐，或是不适合她的身体。最后她选择了空手道。作为仅有的两名女性报名者中的一名，她在大学学起了空手道。四周后，她发现，生活中有许多东西是可以改变的，唯独生理上的某些东西无法改变。海伦变得更为强健和灵活，但是这并没有改变她动作矫揉造作、拖拖拉拉的毛病。她是穿着道服的玛艾、侧踢腿的玛艾、垫子上的玛艾。

那是段让人沮丧的时光。

虽然她的努力是徒劳的，但她并没有放弃空手道。大学里的空手道课被停了以后，她去了一个专业的体育会馆。她是那里唯一的女性，引起了班里所有其他学员的无一例外的关注。他们差不多都是附近一所警察学院的警察。

在她的学业结束时，她已经流过两次产，交往了三个或是四个警察男朋友，在空手道的两种流派中她已经达到黑带级水平，却并不知道该如何开始自己以后的生活。她高凸的颧骨、嘴角和眼角的第一道小细纹，让她的脸有了一丝坚毅。虽然这不是她以前为磨炼自己而刻意想要的那种坚毅，但也并不完全不适合她。她开始化妆装扮自己。

米歇尔建议她要听从自己的内心。但和她的朋友相反，海伦发觉不了自己的内心。她不喜欢那种小市民的生活方式，如果能把她的感知方式和强度和其他人比较一下，虽然这对大部分二十五岁的年轻人而言不怎么可能，她不得不承认自己的冷漠。让其他人陶醉痴迷的东西，对她来说不过像看到一张印象派明信片、一窝新生的小猫，或是格蕾丝·凯利的订婚一样索然无味。一个不懂得注意观察的人会以为她生性对生活缺乏热情。但她的白日梦里却充满着奇特的画面：一个消防员从燃烧着的房子中艰难地救出两个满脸通红的孩子，房子在他身后轰然倒塌……一个飞行员，手中挥舞着他的牛仔帽，叉开双腿骑在原子弹上……斯巴达克斯被钉在十字架上，简·西蒙斯在一旁哭泣……“我的爱人，死去吧，现在就死去吧。”……她喜欢英雄主义题材。

第七章　伦德格伦

故事中并不一定要有中国人出场。

——罗纳德·诺克斯（英国侦探小说家）

现在伦德格伦碰到一个问题。他死了。当他在廷迪尔玛东部的阴沟中被人拽着四周缝着线的鞋帮拖出来的时候，只有从他的衣服样式才依稀可以看出他是个欧洲人。玩耍的孩子发现了他的尸体，四个男人把他挖了出来。没有人知道死者是谁，也没有人知道他是怎么来到绿洲的以及他为何来到绿洲。没有人发现他下落不明而报警。

公社里发生血腥屠杀才过去三周，又一起针对白人的暴行，让沙漠中的居民很是激动兴奋。他们用指尖和小木棍捅遍了他的西装口袋，却没有找到什么值钱的东西，其实是什么也没找到。他们把尸体重新扔到阴沟里，注定了他不再被人发现的命运。

一个图阿雷格部落的老人，因患有河盲症，要靠小孩们用扫帚柄拉着他才能四处游走。好几天来他站在犯罪现场边，讲述着那个可怕的故事，以换来别人给他的一丁点儿小费，或是一把开心果、一杯烧酒。他的眼睛是黄蓝色的，但里面却没有了瞳孔。他眨巴着眼睛越过听众的头顶望着远方，发誓称，在发现尸体的前一天，他在沙漠里被天空中发出的一阵令人毛骨悚然的声音吓了一跳。陪伴在他身边的小孩都害怕得牙齿咯咯作响，膝盖颤颤发抖。而他，当年穆沙·阿美斯丹领导下的勇士，毫不费力就认出了这是F-5战斗机发出的超音速巨响。他的判断没错，孩子们告诉他，这时蓝天中确实划过一道飞机飞过的很细的痕迹，在飞机尾迹的中间，一个金黄色的降落伞打开了。这只降落伞和它的影子在卡珐依山崖的上空像是一对雄鹰一样盘旋着。过了不一会儿，有一个穿着高档西服的男人，从山上爬了下来，爬到一片杂乱不堪的棚屋房之后，就不见了。

听众特别喜欢有关降落伞的那一段。之后老人又编造出来一辆跑车、一个特工和四个手里拿着铁棍的男人。但过了几天之后，所有的人都已经听过了这个故事，老人没有办法再靠讲故事挣钱了。人们纷纷散去。

事实是这样的：根本就没有降落伞，也没有铁棍。事实是：谁也没有见到任何什么特别的东西。在整个绿洲里只有一个人知道一点底细，但是她什么都不说。这个人是伦德格伦来到这里后的女房东，她之所以什么都不说，是因为在她出租的小屋里，有一个装满珍贵东西却没人认领的行李箱。

伦德格伦来到绿洲的前后经过并没什么特别的。他乘火车来到塔吉特，在那里他套上了一件当地的传统长袍，贴上了可笑的胡子，坐进一辆和别人合租的出租车，一言不发地来到了沙漠。在距离廷迪尔玛几公里的地方出租车抛了锚，伦德格伦为了赶时间，搭了一辆驴车。他给了驾车的人一点小钱，让他穿过一条指定的小巷。接着他让驴车一直在周围绕了好多圈，最后在离前面所说的小巷两个街区的地方，在一个破旧的小酒吧门前他下了车。小酒吧的上面是一间通常租给潦倒的小商贩们住的破旧小屋。牌子上用阿拉伯语和法语写着，这间小屋现在是空房。伦德格伦本来预订了当地的二星级酒店，但他不是外行。他让房东带他去看房间。

女房东差不多年近百岁，她带伦德格伦来到房子的一楼。她的脸上布满了皱纹，两只眼睛不如说是两个洞。她的下巴一直都在颤动着，两个深陷的嘴角边流出黑色的液体。她打开一扇低矮的门，门后面是一个洗脸盆和一个床垫，房间里没有电，成排的蟑螂在地上爬动。伦德格伦友好地笑了笑，并预付了两周的房钱。他不在乎这些害虫。老样子了，哪里有阿拉伯人，哪里就有害虫。他打开一卷塑料薄膜，在老妇人的帮助下，铺开在床上，并在耷拉下来的薄膜边上涂了层土褐色的强效胶水。接着他在房间里喷了飞力托杀虫剂，之后关上房门。本来活着的都死了。

老妇人并没有关注这些事。她请伦德格伦到厨房里吃点儿什么，但他礼貌地拒绝了。老妇人从围裙下抽出一瓶自己酿的烈酒，但他说出于宗教的原因不能喝酒。之后老妇人又请他喝咖啡，现磨的咖啡，还要给他提供一辆租来的车，向他介绍一个妓女和她自己的孙女。这是一个个子矮小的女孩，肯定还没十岁！她薄薄干裂的嘴唇发出吧唧吧唧的声响，来暗示亲人间的那种诱人的活泼和清新。伦德格伦若有所思地看了看老妇人，往她手里塞了点小费，让把房门钥匙给他。他告诉老妇人，他的名字叫海尔利希克菲，就是漂亮箱子的意思，但让她不要对任何人说起。他梳理了一下嘴唇上方的胡子，然后就出了门，走向了死亡。

第八章　舷梯上

如果你长得漂亮且穿戴得体，生活就不需要什么目标了。

——罗伯特·庞特（前白宫首席形象顾问）

对一个要在塔吉特上岸，而非只是在这儿休息片刻的乘客而言，海伦随身带的行李少得惊人。她只带了个牛皮的小行李箱和一个更小的黑色塑料材质的硬皮箱。船上的乘务长正和下岸的乘客一一告别。当看到这位一袭白衣、一头金发的女士，他愣了一下。

“再见，女士……”

“再见，金塞拉先生。”

乘客们被堵在了舷梯上。两个海员在岸上试图挡住一大群身穿灰色长袍的人，不让他们靠近游轮。还有那些拥挤成一团的搬运工、酒店推销员和小偷。身上挂满商品的小贩和残疾人的叫卖声此起彼伏。一个儿童合唱团在那里高唱：“给我一支钢笔，给我一支钢笔！”

这是海伦大学毕业以来听到的第一句法语。她把墨镜推到头发上，正考虑着是否有必要在衣服口袋里找出一支笔来，就在这时，她感到有人在拽她的行李箱。一个小男孩儿挤过人群跑到舷梯中间，他带着愠怒的神情使劲拉扯着海伦的行李。他是想帮我拿，还是想抢？海伦紧紧抓住行李箱的提手。这是个有着一头乱蓬蓬黑发、肩膀单薄的男孩，他无声而绝望地和海伦对抗着。争抢中行李箱的锁被拽开了，里面的东西一下子掉了出来。唇彩和唇膏、化妆品瓶子和化妆棉等，所有东西一起色彩斑斓地掉进了大海，连行李箱也像长了翅膀一样姿势优雅地落入了水中。海伦踉踉跄跄后退了一步。

很快，金塞拉先生从船上沿舷梯跑了下来，一个水手也从岸上挤过乘客跑了上来。被围在中间的男孩从舷梯扶手的绳索下面“哧溜”一下钻了过去，纵身跳进了游轮和码头中间那一道窄窄的海水里。站在甲板上的一个喝醉了酒的乘客鼓着掌。男孩狗刨式地向外艰难地游去。

“欢迎来到非洲。”金塞拉先生说道。他帮海伦把另一只行李箱搬到了出租车上，盯着慢慢远去的车辆久久没有离去。

出租车司机只有左边一只手臂。他转过上身用左手挂上了挡，同时用膝盖稳住方向盘。“笔芯。”他说道，空荡荡的右袖在那里摇来摆去。这是他说的唯一一句话。汽车沿着海滨山脉一条狭窄而惊险的盘山路往上开去。

喜来登大酒店并不是山顶上唯一的一座楼房，但是唯一一座高高耸立在热带丛林之上的二十层高楼。

酒店建于20世纪50年代。当年在酒店的风格定位上，建筑师在侧重功能性还是突出民俗文化之间犹豫不决。今天还可以看到墙上后来加上去的那些彩色马赛克、尖形穹顶之类的民俗元素。这是一个折中方案造成的悲剧。不过，酒店一直很受游客青睐，但肯定不仅仅是因为其风格间的不相协调，虽然这也是其中的原因之一。即使在淡季，游客也要提前很长时间预订。

我的父母在九层租了套两居室。每次他们让我出去玩而自己在紧锁的屋里干着什么神秘事情的时候，我就独自一人去探索这座宽敞气派的酒店建筑。我让游泳池的救生员告诉我如何分发毛巾，看着餐厅门口那张始终让人迷惑不解的德罗斯特可可广告，帮助酒吧里一位年轻漂亮的女招待整理吸管。我用我学会的第一句法语点了许多柠檬冰激凌和可口可乐，然后乘电梯从地下室坐到顶层观光台再坐回去。酒店的服务员都喜欢我。我穿着一件印有奥运五环标志的白色T恤和一条印有小红桃心的皮短裤。

我的父母每天都把门锁紧不让我进去，我不知道他们究竟都在里面做些什么神秘的事情。我当时只有七岁。我只知道他们在里面做的事情和性无关。性行为是禁忌，因为人生的所有能量都在精液里，而精液理应留在身体里。这是钦莫伊大师说的。现在我知道，当年父母紧闭的房门和那些小小的塑料袋有关。在塔吉特城里散步的时候，父母总是用别针把那些小塑料袋别在我皮短裤后面的背带上。但当时的我对此一点也不好奇，也不觉得不能进到屋里有什么特别不幸。我最喜欢的是站在顶层的观光台上。

站在喜来登顶层的观光台上，向海的那一边极目望去，可以看到塔吉特的海湾和小码头。许多隶属于喜来登的白色平顶别墅分散在山脉的一侧，就像倒出来的一堆方糖。锈迹斑斑的运货驳船、沙黄色的房子和黏土小巷围着海湾挤成了一个半圆形。码头上，每两周就有一艘雄伟壮观的白色游轮停靠在那里，摇摇摆摆的，好似一座浮在水面上的宏大庙宇。这对一些人而言意味着富有和享乐，对另一些人而言仅仅意味着富有。向东侧望去，越过山脉背面的岩峰远眺，可以一直看到内陆。越过满是绿色的花菜地、种植场和贫民窟构成的热带丛林，还可以看到远处一望无际的沙漠。天气晴好的时候，地平线上廷迪尔玛的岩峰若隐若现。

每当我坐在观光平台上，越过五个柠檬冰激凌球看到圆拱形的地球时，就会非常高兴。我想象着自己是沙漠中的隆美尔，违抗元首的指令营救了自己的一群士兵。我又想象着自己是海上的雅可布·罗赫芬，发现了不为人知的复活节岛。当我回到现实做我自己的时候，就会朝着距我五十米的地面，对着那些在酒店涌进涌出的金色的、棕色的或黑色的形形色色的蚂蚁吐唾沫。唾沫在半路上被风吹走了，大部分都被刮到了酒店蓝色的遮帘上。现在我不能断言，在1972年8月的最后一天，我是否站在酒店顶层的观光台上，注意到了一个美国游客和独臂出租车司机，或者只是有那么一张照片覆盖了我的记忆。不过可以肯定的是：海伦在酒店前台拿了平顶别墅的钥匙后，马上在一个帮她提小牛皮箱子的服务生的陪同下离开了大楼。那个服务生一边走一边晃动着脑袋，好像在小声哼着歌，过马路的时候，他看似不经意地好几次想去抓金发女郎的手。

海伦的平顶别墅坐落在通向大海的半山腰上，有两间房间，另加一间厨房和一个观海平台。大门上方是一片黄蓝相间的阿拉伯式花纹的马赛克，上面嵌着用红色的石头标注的门牌号581d。这道门的照片当年在许多杂志上都能看到，现在就挂在我写字台的上方。

第九章　逗笑脸和哭丧脸

我们前面讲述的事件，如同那种毫无意义的宫廷闲话，令人不知所云。看来关于今后四年的报道，也必然会充斥着此类无关痛痒的闲言碎语。

——司汤达（十九世纪法国作家）

卡尼萨德斯与当地人的相处要好一些。他出生在美国北部的一个小城市里。他的祖先原先属于上层社会，但在独立战争之后一路下滑，成了普通的行政官员。他和波利多里奥一样在法国上的大学。他曾在巴黎的一所贵族寄宿学校上了两年学，在履历里他声称自己的母亲是犹太人，但其实并不是。在塔吉特他又说自己是法国一个实业家家族的后代，这其实也是编造出来的。但除此之外，卡尼萨德斯并不算是个坏人。他编造履历的那种随性的想象力，如同他高雅的社交举止和魅力一样，是与生俱来的。还有他的那种魅力，在中欧会被人看作是油滑，而在塔吉特当地却很容易打开对方的心扉。他来塔吉特上任要比波利多里奥稍早一些，与后者不同，他很快就适应了新的环境，没有感觉到任何困难。他到任短短两周后，半个城市的人就都认识了他。他常常光顾滨海路旁的低级吸毒场所，但也频频出入美国知识分子的别墅。不过他在履行自己职责方面倒也还令人满意。

唯独他试图让他的新同事也融入当地社交圈子的努力收效甚微。虽然波利多里奥常常被他说服去参加各种各样的聚会，但面对卡尼萨德斯热心却又不加选择地介绍的那些人，他感到无所适从。他从来不会想到，因为要参加一个上层社会的派对而放弃在晚上同朋友的聚会。同所有对社会的浮华虚荣一无所知的人一样，波利多里奥很难想象把参加这类活动看作是打开人脉的有效途径。

对他来说还比较中意的倒是在深夜造访妓院。自从卡尼萨德斯在那个处理卷宗的夜晚指点了他一番之后，去港口街区成了他的喜好。很难说吸引他的究竟是什么。肯定不是为了满足性欲，因为这种时候并不多。

在那里工作的女人，出身都非常可怕。她们中几乎没有人上过学。如果有人认为她们可以通过善解人意或是身体方面的技巧来弥补智力的不足，那就完全想错了。

波利多里奥蔑视她们的营生，为他和她们做的那些事感到羞愧，但常常又过于胆怯去提出他本来想要的东西。吸引他更多的是那里的气氛，那种和日常生活不知不觉的偏离，那种对社会秩序和规则的冒犯，虽然就他的职业而言，这本来是应该加以抵制的。说到头来最重要的还是那种无以言说的激动。

他很愿意跟那里的女人聊天。这样的谈话可以让他进入一种奇特的状态，让他知道，无论他想跟这些女人做什么，只要他想，都可以做到。每次在去港口街区的路上，这种激动的心情就会如约而至，而带着这样的一种心情，波利多里奥又总是会联想到一种道德上的堕落。这是一种让人深深感到不安的东西、一种近似魔鬼般的东西，对于他这样情感简单的人来说，这样的东西本身就让他喜欢：我的人格也许还有未被发现的层面？没准儿可能是会吞没我的深渊？只不过，他关于魔鬼缠身的种种想法，也并不比那些女性杂志介绍的心理分析要高明多少。

相反，或者说也是为了减轻一些对良心的谴责，他给他喜欢的女人提供一些从物证库房带来的珍贵的化学品、政府文件和搜捕令。虽然其他警察也逛妓院，和他没什么两样，但他还是感到有那么一点可怕、堕落和可耻。而最可怕的也许是，这份堕落耗去了他三分之二的税后工资。尽管多余但还是要提一句，波利多里奥的妻子生活非常简朴，而且对这里发生的事情一无所知。

在两位警官一起审问阿玛窦的那天晚上，他们没有去港口街区。卡尼萨德斯让波利多里奥晚上不要安排活动，但又没有告诉他另外有什么安排。波利多里奥不大情愿地接受了他的建议。

“我不去那些该死的美国佬那里，”当看到卡尼萨德斯穿着他那套最好的西服出现在自己面前，波利多里奥说，“求你不要去那些该死的美国佬那里！”而卡尼萨德斯却答道：“你不要这样故作姿态好不好。”

警车挂着一挡沿着海滨山脉的盘山路慢慢往上开去，停在了一栋豪华的别墅门前。那里已经停满了黑色轿车和白色轮胎的敞篷车。别墅的主人是两位美国作家中的一位。两人平时都住在城里。别墅四周是一道很高的白色围墙，入口是一座超大规模的装饰风风格的艺术造型。平时常有游客在那里照相。大门由两根仿古埃及的圆柱组成，前面是两个大理石材质的孩童雕像，他们身材纤柔，双脚一前一后悬在空中，就像要跑去约会一样。左边的男童肘窝里夹着一把锤子和一把三角尺，脸上洋溢着微笑。右边的男童手里拿着一根鞭子和一个网兜，额头上一道深深的沟纹似乎表达着一种无以言状的愤怒。在这座别墅建造三十年之后就再也没有人知道，这些象征性的符号究竟要表达什么。

从围墙那边传来派对酒杯的叮当声和人们的欢笑声。波利多里奥叹了口气问他的同伴，住在这里的是两位作家中的哪一位。

“别说话。”卡尼萨德斯拉了一下门铃。

“我真的想知道。”

“那就去读一本他们写的书。”

“我试了。告诉我，谁住在这儿？”

“有一本帮助记忆的手册，”卡尼萨德斯说，“那里的东西看上去就像象棋的棋子一样。”

据波利多里奥所知，卡尼萨德斯的熟人圈子里有许多美国人，这些美国人有三个共同点：他们做的事情似乎都跟艺术有关，都跟毒品有关，还都跟病态的性生活有关。其中最引人注目的就是那两位作家，为方便把他们区分开来，卡尼萨德斯给他们分别起了个外号：一位叫逗笑脸，另一位叫哭丧脸。两人都是诺贝尔文学奖的有力竞争者，逗笑脸享有这一声誉的时间要长一点，哭丧脸最近才排上号，但却是暗中有力的夺标者。

逗笑脸是佛蒙特州人，但他并不怎么把自己看作是美国人。按照他的看法，他的特质更符合高贵欧洲人的类型。他身着来自巴黎的西装，他对任何技术创新产品都怀有浓厚的兴趣，他蔑视他的同行们使用的那种落后的手抄笔记本。他恪守纪律，每天都用一台黑色的旅行打字机敲打出刚好四页的文稿，每晚又在滨海路上尝试打破当地男妓们的西西里防御。

他喜欢国际象棋。为什么他对国际象棋如醉如痴，原因不大清楚。他的棋艺顶多是业余水平，而且没有什么长进。在他的上一本书里有这样一个场景：一个从黑暗的社会底层爬上来的神秘英雄运用超群的智力，以b2–b4的开局，并在中局牺牲了皇后的不利情况下，最终轻松地击败了一名塞尔维亚大师。《纽约时报》的一位书评家对此评论说，在同一作者的另外两部作品中他也曾读到过同样的或类似的场景。十四天后，时报编辑部收到了一个寄自非洲的航空小包裹，里面只有一只腐烂的老鼠。

哭丧脸与之不同，他更喜欢男性题材。他身材瘦高，属于那种体弱多病的类型。他曾得过肺结核，因没有完全治愈，带来的后果至今令他痛苦不堪。他有哲学博士的头衔，在社交圈子里却不大愿意提及此事。在他最有名的一张照片里，他戴着拳击手套。在其次有名的一张照片里，他站在塔吉特的沙滩上，脱下裤子对着同行逗笑脸的大作《象棋舍后取胜战法》撒尿。

他收集古代兵器。在抵达塔吉特不久他就成立了一个同性恋军体联合会之类的组织。他为一群十二岁的男童在马赛特别定制了白色的裤子和光鲜耀眼的裙服，还为他们配备了足以乱真的玩具枪支。在附近的荒漠里，作为这支小部队的最高指挥官他组织了一场准军事演习。演习中的主要科目是耐力长跑、身心考验、烈日下操练以及速脱小裙服。这两位作家一会儿是好友，一会儿又势不两立。无论在哪一个阶段，他们都相互挑拨对方与其家中那些身材娇小肤色黝黑的男童佣之间的关系。

此时打开大铁门的正是这样的一个只穿着一条黄色体操短裤的男童。楼前的花园被火把照得通亮，边上的大树黑影模糊不清。波利多里奥有点害怕地跟在卡尼萨德斯身后。他们走进一个大厅，大厅的楼梯雄伟壮观，一扇高耸的大门通向花园。男人们穿着西装，女人们穿着伊夫圣罗兰品牌的时装。身着体操裤、托着银盘的男童们穿梭于客人中间，给他们递上食物和饮料。晚会的主人却不见踪影。

卡尼萨德斯向周边的人频频打着招呼。波利多里奥双手叉在胸前跟在他的后边。因没有正式的介绍或者老套的繁文缛节，人们只能靠猜测来判断，面对的是一个政府的高官，还是一个身无分文的学者，或是一个不知从哪儿冒出来的精神失常的病人。而这对于波利多里奥这样一个还比较看重社会等级的人而言，相当吃力。

他还从来没有见过，也从来没有听说过自助餐的那些菜肴名称。大厅的墙上挂着一些不知是什么风格的绘画作品，酒吧周围的地上撒着一些锯末，一只挂着金色项圈的小毛绒动物在客人们的脚边穿来穿去。波利多里奥实在说不清，这到底是一只小狗，还是一只大老鼠，或是其他什么东西。

卡尼萨德斯马上找到了几个老熟人在那里聊天。波利多里奥心不在焉地站在他们旁边，但并不参与他们的谈话。他从一个穿着体操裤的男童那里拿了一杯香槟，此刻他的注意力完全被站在不远处的一位一袭白衣的女性吸引住了。苗条的身材，金黄的头发，圆润的酥胸！但是这个女人身上似乎有什么地方不太对劲儿。她的表情给人的感觉有点古怪。她的周围站着几个美军军官在全神贯注地听她讲话，女人每缓缓地吐出一个句子，他们都发出一阵显得有点过于殷勤的笑声。

“我的同事波利多里奥。”卡尼萨德斯介绍说，一只布满老年斑的手伸了过来，把警官吓了一跳。

“很高兴，真的很高兴认识您！我真希望我的生活也能像您的那样激动人心。您为什么从来不穿您那套漂亮的制服？您难道担心会因此把我的宅第变成一个名声不好的场所？”

开头的几句话波利多里奥没有听清，他不好意思地摇了摇头。这个满手老年斑的人显然是逗笑脸。这是一个高大的秃头男人。不管怎么说，这个人身上无可否认有一种征服人的东西。波利多里奥站在那里还想恭维地说上几句表示敬意的话（“我刚刚读完您最新出的书。”“您的派对就像一部精彩的文学作品一样令人兴奋。”“我真的希望我的生活能像您的书那样激动人心。”），逗笑脸早就转向其他客人，继续带着那种具有征服力的语气滔滔不绝。

接着，卡尼萨德斯又把他的同事介绍给了其他两三组客人，但波利多里奥很快感觉到，他显然已经成为他朋友的障碍，而他必须尽快让他的朋友从中解脱出来。他溜达进房间，又踱步回到花园，一会儿在这儿站站，一会儿又到那儿站站，希望给人一种忙忙碌碌的印象，但实际上他没有交上任何一位新朋友。到处都是谈兴正浓的客人。在其他社交场合经常看到的那种令人尴尬的瞬间，比如交谈中偶尔出现但其实并非令人不快的词不达意、问题和回答之间的思考间隙等，在这儿都不存在。这里所有的人都在用飞快的速度七嘴八舌地讲着话。如果他想加入其中，也不会有人注意到他，有时甚至非常明显地忽略了他。有时听别人谈到他自以为有些了解的话题，因而想插进去讲上一句时，对方表现出来的那种伤人的客气，使他突然又忘了自己想说什么。这种社交场合对他来说完完全全是一个蒙羞的地方。

整个晚上他都漫无目的地走来走去。不过他一直设法避开那个让他觉得有点古怪的金发女人。他的话越来越少，只是听别人在讲。他在观察。

如果说一名富有经验的刑事警察与一名外行相比有什么值得称道的特质的话，那就是他的感知能力。他会马上知道，必须往哪里看，他能把重要的和不重要的事情区分开来，他知道人的眼神的不可靠性。感知和观察并非天分，而是可以通过学习和练习掌握的……类似的胡说八道胡言乱语都是波利多里奥在上警校的时候老师教授给他的。不过当他在社交场合感到索然无味的时候，常常会再一次徒劳地去尝试验证这些道理。他在一旁看着那些谈话的人，听着那些毫无意义又缺乏条理的话，努力地想去理解或至少记住他们都在说些什么，但结果往往是让他更加藐视和拒绝这里所有的一切。

“说一个门牌号码吧，大概在3和5，也可能在3和7之间。”

“一百年前从交通流量的数据中也许可以预见到，1972年的伦敦将沉陷在马粪堆里。裴克同样是这样，一个没用的东西。”

“也许是南半球最有智慧的人。”

“一旦某位作家想从随便哪种形式的文学理论中捞到好处，他就会把这种理论的目的解释成他本人最擅长并且已经实践多年的东西。这不是理论。这是在夜晚漆黑的大森林里一群兔子身上产生的东西。而那些不会写作的人提出的理论：可笑。因此，这个世界上没有理论。”

“这就是所谓的真实性。”

“如果有人为我挡着门，我马上就会感到有压力，觉得自己有了某种义务。我开始逃跑。不过我本人当然也总是为旁人挡住门。为此可以说我是一个虐待狂吗？这是我今天早上突然想到的。一个为人挡门的虐待狂。”

“哦，蔡特罗伊斯先生，晚上好，晚上好！又在执行特殊任务吗？你的朋友到哪里去了？”

“我说的是南半球最有智慧的人，我知道他的《扎伊尔》，你们必须听一听。他认识每一个参与的人，他可以生动全面地给你们讲解比利时人，他知道每一个人都干了些什么，他知道他们都住在什么地方，他知道他们有几个孩子。我们在这儿说的是特工。他毕业于剑桥，法律专业。你们笑。你们不把卢蒙巴当回事，你们没有从中吸取教训。他已经掌控着半个国家。我可以向你们保证，如果有朝一日会有一位非洲合众国总统的话……你们不要被那些反对者的陈词滥调迷惑了眼睛。这是非常时期，这是一个血性的杰出人物。非他莫属。超凡绝伦。再说他才二十九岁。做好准备吧！赫尔姆斯已经在他的办公室安排了人。你们不相信，真的不相信？他真的这么做了。”

说话的人带着一点东欧的口音。听他说话的人是一位戴着礼帽的白发老人，西装口袋里插着手绢，显然不同意上面的观点。他完全不想知道什么非洲的血性领袖，对什么和平的统一更是毫无兴趣。虽然进步是值得期待的，但他要求的首先是倒退，由贫困、痛苦、牺牲和革命引起的倒退。因此不会出现非洲合众国，原因是这里的矛盾和冲突还不够突出。这里没有明确的上层和下层，从根本上说完全就没有上层，特别是没有这方面的意识。稍稍注意一下就能看到，到处都是不确定的社会形态、不可理喻的社会结构、无力的血腥屠杀。他纠正自己的用词：毫无目的的血腥屠杀。不，在实现世界合众国这一更为伟大的项目的进程中，这样的乌托邦是不可能实现的。值得信赖的必须是欧洲。美国过于自我陶醉，俄国已经力不从心，剩下的亚洲国家从来就不关注政治，只是照搬西方的国家理论而已。他预计最晚在新千年到来之际，由欧洲人发起的世界合众国将会出现。当他说到“新千年到来之际”的时候，他的谈话伙伴傻笑了一声。波利多里奥也忍不住想笑，这个词他还是第一次听到，不过好像几乎无法想象到那个时候地球上还有人类存在。那两个人还在继续争论下去。

那个金发女人独自一人站在花园的边上，仰望着夜空。从这里往下看去，整个海滨山脉尽收眼底。月光下的浪尖闪烁着银光涌向看不见的海滩。围着哭丧脸的一群客人正在翻看逗笑脸写的一本青年读物，就像一群顽皮的中学生正在翻阅一本裸体主义者的手册那样。一个穿着黄色体操裤、喝醉了酒的十五岁男童，手里拿着一管很大的针筒跟在波利多里奥后面，还不止一次地开玩笑说，要把针扎进波利多里奥（和其他客人）的屁股里去。

不知什么时候，波利多里奥站到了那位年轻的外交官身边，就是先前那个东欧人声称的会成为非洲合众国总统的年轻人——洁白的牙齿、黝黑的脸庞、明亮的西服、相当亲和的微笑。波利多里奥用他大量酒精下肚后仅存的那丁点儿感知能力可以确定，这个人的脑子的确转得非常快。他懂得幽默，他很有智慧。但这一切对他又有什么用呢？他仍然只是一个黑人。没等他说完几句复杂的客套话，波利多里奥就已经无法跟他继续交谈下去。

当颤颤抖抖的主人在两个男仆的搀扶下站到花园中的一把折叠椅上时，所有的谈话一下子静寂下来。男仆们为了以防万一仍留在椅子边上，但逗笑脸用一个家长式的手势把他们轰走了。好像在期待一个重要的讲话，众客人一起涌到他的面前。不知从哪里发出一阵自发的掌声。波利多里奥也高耸着眉毛往前走了几步，他知道，结识这些美国艺术家对卡尼萨德斯有多么重要。当周围只能听到酒杯里冰块轻微的叮当声时，逗笑脸开始讲话了。他的嗓音沙哑单调，好像还有点被故意压低，但同时又有着一种特殊的穿透力，以至于在花园的任何一个角落都能毫不费力地清楚听到他的讲话。

“具有远见是一种美德！”逗笑脸开始了他的讲话，但随即停顿了一下，好像在等酒杯中的冰块也不再发出声音似的，“为未来而心怀担忧，为未来而未雨绸缪，这是一种只有人类而非动物才具备的能力。然而出于上述担忧而发展形成的那类人，正是那些典型的老态龙钟的欧美人。我们从那里逃了出来，来到了更为无忧无虑的非洲，进入了一个全新的社会，全新的思想、全新的风格，而这儿的一切都尚处在青春焕发的阶段。我提议为这一青春干杯。我很高兴，你们来到了这里。永远都不要让沮丧的未来把光明的现在变得暗淡。请把你们的目光投向天空。”他自己也带着激昂的神情仰望着夜空，而只有很少的派对客人跟着他这么做，大部分人的目光都停留在讲话人的那个特别的姿势上：一个老年人干瘪的手臂在星空下颤抖着，“你们中有谁在死亡的那一刻不愿用人类绝大部分的财富换回自己的生命？狄德罗。如果我必须在当下的美妙和人类的永存之间作出选择，——为此我需要解释一下如下内容。如果在今后的十年当中这里的一切都将不复存在，就像我的那些罗马俱乐部的朋友们每个星期都不知疲倦地通过报纸来告诉我的那样，这如果用哲学话语来表达的话是什么意思？我们可以把人类的十分之九划去，再划去余下的十分之九，剩下的仍然只是糟粕。没有必要愤怒。不，我们清楚地知道这些。十分之九。但世界上没有什么东西可以阻止我们，泣不成声地抱住都灵马匹的脖子紧紧不放。因为我们是人。正是因为这一点，亲爱的朋友们，我的话可能有点感伤，但认识我的人都知道我的意思，我们不必再兜圈子了。把我们从启蒙运动的自大中解放出来吧！光明不属于任何一处黑暗。我们大家都深知自己感受到的这样一种直觉。给一个饿极了的孩子扔去几个铜板，看到他黑色的眼睛透出的一丝感恩的闪光。这一丝闪光要比任何星空和任何哲学家编造出来的乌托邦式的空想都要明亮。而这种直觉，我强调，这种直觉是种羞愧，是种痛楚，是种欲盖弥彰的优越感——而不是理性。请你们相信我的话。这就是人类！我们这种人类。瓦利希先生说得完全正确，应该把那些所谓增长是有极限的论调看作是一堆毫不负责的胡言乱语。到了1980年我们还会有电源，我们依然能够幸福地生活。到2000年，到2010年我们已经死了，但还会继续有电源。迦太基！”

他的手臂在那里摇晃着，就像是一把枪管，他的手指指向了一班身穿制服的乐手，打击乐手开始数一二三四。塔吉特最年轻的警官波利多里奥借口头疼向他的同事告别，到了大门口，他深深地吐了一口气。

应该往里扔一个炸弹，他想。

第十章　离心器

一听到施罗丁尔家猫的声音，我便抓起了枪。

——史蒂芬·霍金（英国物理学家）

这正是那些赶骆驼的人的问题：他们想要摆弄原子弹，但却不知道怎样使用离心器。伦德格伦的物理课成绩并不怎么好。按他自己的看法，他的才能更多在语言方面。他在音乐、体育和宗教课方面的成绩也还不错。不过，在学校里他还是学到过一些这方面的知识：离心器是一种快速旋转的东西。超速离心器是一个以非常快的速度旋转的东西。用这台设备可以把同位素分离开来，比如235号和238号铀。一个具有很大转动能的高而细的圆柱体，这对设计者来说主要是一个机械学的问题，一位有点才智的汽修工也许都能解决的问题。但赶骆驼的人却不行。他们无法解决这些问题，因为即便是使用一个旋转的离心分离机，他们也不具备所需的知识和技能。

伦德格伦想，如果他们把花费的精力，如果他们把用于酷刑、侵犯人权和与以色列争斗的钱款用于汽修工的培训，也许他们自己都能造出这个该死的离心器。也许。谁都能造出这个东西。他，伦德格伦，如果多加练习，如果在当年学校的物理课上稍微认真一些听讲，大概也能造出来。一个旋转的离心器，上帝噢，这哪有什么问题啊？唯独这里的人不行。或者是他们不想做。也许是他们不想。伦德格伦看了看表，淡绿色的表针在黑夜里发出磷光，这块表是他的妻子送给他的。他喝了一口薄荷茶，把杯子放回到翠绿色的桌面上。在街道的另一边，就在他坐着的正对面，是一栋倒塌的房子。绿色的墙面脱落了，屋顶上是一根歪斜着的旗杆，旗杆上耷拉着一块深绿色的布条，告诉我们今天是一个无风的天气。这是革命的颜色。

在这个世界上，伦德格伦已经看到过很多不幸。不知什么时候，他发现了亚、非、拉这三大洲及其居民的问题所在。除了其他的一些因素之外，那里的人认为脑力劳动是一件没有男子气概的事情。自然没有人这么说过。但他们分不清科学与那些诸如自豪、尊严之类的伟大理想之间的区别。科学是女人的事情。如果你给一个女人一百美元，她能平地踩出一家有八个员工的裁缝铺来。如果你给一个男人一百美元：互相残杀。最糟糕的是阿拉伯人。他们血管里流淌着的是无所事事、阴谋诡计和狂热主义。思考是女人们的事情，而女人，这也是明摆着的事，她们的脑子往往愚笨得不够用来思考。这是一个怪圈。伦德格伦思索着这个他称之为阿拉伯民族性格怪圈的问题。他想的时间越长，越觉得这一切其实并不陌生。因为仔细一琢磨，其实他跟他们也没什么区别。

科学是什么？科学是一群长着鸡胸脯的人的炒作。从事科学工作的都是一些妄自尊大的人，这些小个子男人穿着母亲洗净熨好的衬衣，戴着厚厚的眼镜甚至连实验室的门都看不清，却用一种居高临下的假嗓音安排着任务：你，到世界上去，把那里的脏东西都扫除干净。重要的事情我们早已核算清楚并且完成了。从哲学观点来看，物理是一种描写现实的模式。但那是一个错误的模式。物理不够全面，因为物理把最重要的东西隐没了，那就是人和人性的弱点。至少这一点赶骆驼的人还是懂的：面对最简单的暴力，就算最伟大的诺贝尔奖获得者也会束手无策。科学不联系真实的存在，不联系真实的真实存在，这是因为缺少反馈。间谍活动是有这种反馈的，间谍活动是全面的，这是一种几近艺术性的过程，而且同其他艺术门类一样，间谍活动惯用的是制造假象和错觉。不同于科学，艺术和体育接近生活。人的生活微不足道，但却是一部美妙的、伟大的、易于消失的、脆弱的艺术作品。而唯一可能让人抓狂的一点是，接头的人到现在还没有出现。也许在某个地方他正悠闲地坐在自家院子里，做着最喜爱的游戏，早已把同位素分离忘得一干二净。

接头的人没有出现……还有就是太阳。早在第一天晚上，伦德格伦就买了一顶可笑的草帽。草帽几乎保护不了他免受日晒，太阳在八分钟前作为一次核聚变的废料发出来的射线毫不妥协地正好照射到伦德格伦的额头上。但是他又不敢坐到咖啡馆里面去。洞察全貌注意安全，这是最基本的准则。电磁射线穿过草帽火辣辣地晒着，他看了看绿色的旗子，看了看绿色的房子。忽然间，他说不出话来了。

一种麻木的感觉就像一团棉球一样留在了他的舌头上。他说不出话来，感觉就像一下子想不起自己的名字。他想不起那样东西的名称，那样会旋转的东西。他为什么到这儿来。没错，是为了离心器。他脑子里一下冒出来许多其他类似的词汇。但没错，是离心器。那之前呢？情况越来越糟糕。先前他还想到过薄荷茶，小姐，来一杯薄荷茶。但究竟为什么他现在在这儿呢？为了……极端的离心器？极为高速的离心器？伦德格伦揉了好长时间的太阳穴才想起了“准”这个词，准离心器。但这不是正确的名称，或者是？是正确的名称吗？如果这不是正确的名称，那他什么时候才能想出那个正确的名称呢？你好，我是准伦德格伦。我带来了这样东西。好，谢谢。不用客气。情况真的变得越来越愚蠢。肯定因为是太阳，这该死的太阳。该死的茶。该死的离心器。

抽了两根烟喝了半杯茶之后，伦德格伦浑身颤抖得就像一片豌豆叶子一样。作为一个习惯于不信任任何人特别是不信任自己的人，从一开始他就怀疑把他派到这里来只是作为诱饵。就像对待学徒那样，让他去干那些莫名其妙的活儿，事后却又取笑他。这些长着鸡胸脯的人，用手指着他，透过他们厚厚的眼镜片看着他，还向他扔粉笔头。在这儿不同的是，他们不会扔粉笔头，而是更糟。他们最喜欢的项目是酷刑。

想看一下图纸又不被人发现，并不是没有危险的（也不那么容易）。为此他先要得到那种发光的仪器。文字是加了密的，或者是用阿拉伯文字写的，反正对他来说都一样。不过他还是拿到了设计图纸。虽然伦德格伦什么都看不懂，但上面的图像在他眼里不管怎么说是圆柱体形状的，而且看上去很神秘。总共有好几百页，显然内容不仅仅涉及离心器。他得到了一丝安慰，至少这不是一件莫名其妙的事情，他来到这里是为了一项正式的使命。他不是那么容易上当受骗的。

但是他还是感到有点不舒服。这不是那种可以容忍失败的任务。他坐在一个真空地带，在荒漠里。在街道的另一边正对着他的地方，两天来有一个掉光了牙齿的阿拉伯人坐在阴影里，一直在注视着他。有的时候，老人身体前倾，好像在对着某个方向祷告。接着他又目不转睛地盯着伦德格伦。

“这人总是坐在那里，他脑子有点问题。”十二岁的女招待告诉伦德格伦。但是女招待的话也不可信。每次，当他转过身去的时候，她都向他投来热情的目光。畜生！这些胖女人都这样，愚蠢至极，但又都长得那样标致，这是她们的本事。就像动物一样。民族性格使然。看那金色的皮肤！黑色的眼睛！这一切都流淌在她们的血液里，与生俱来。还有谁可以相信？这正是这份职业令人兴奋的所在，不能相信任何人。人是一个面具，世界只是一个表象，在所有一切的背后是一个思想和一个秘密。而在每个秘密后面还有另一个秘密，就像影子的影子一样。

伦德格伦会心地笑了。但突然之间，在第二天的下午：灾难。那个掉光了牙齿的老人不知从哪里突然弄来了一个小型电子仪器。他试图用手把仪器挡住，但伦德格伦还是从眼角里看到了。那个仪器在日照下闪了一下。阿拉伯人把小小的黑匣子放到耳边，就在这个时候一辆吉普车从街上开下来——这是信号。伦德格伦跳了起来，他跑进咖啡馆，躲进了厕所里。他两手紧紧抓住水盆的边缘，告诫镜子里的自己一定要谨慎。接着有什么声音，脚步声：伦德格伦屈身从窗户跳了出去。酷暑里连阴影处都有42度。他跃过一堵矮墙（110米跨栏赛跑，14.9秒，瑞典青少年全国纪录），他跨过一群被吓得乱叫乱跑的鸡，两次左转，飞快地来到了那家咖啡馆所在的主街上。他摸了摸胳肢窝下的武器，打开了保险，心里想着他的妻子，四处张望着。

穿过被太阳晒得微微颤动的空气，他看到了那家小咖啡馆，看到了游廊前那张小桌上放着的他的记事本、他的太阳帽和他的麦芽茶。前面是一张空空的椅子。伦德格伦形状的空气占据着他的位子。在街道的另一边，那个阿拉伯人一动不动地坐在绿房子前面，在他的耳边是一台半导体收音机。音乐，单调的歌声。吉普车已经开过去了。伦德格伦眼前的一切都是飘浮的。十二岁的选美皇后带着友好但又吃惊的表情在向他招手。伦德格伦无精打采地坐回到小桌旁，就像一块出着汗的奶酪。女孩笑着，他不去看她。她把一对还没发育好的奶子挤到前面，他视而不见。先执行任务，再跟女孩上床。这是老规矩。

下午，咖啡馆前的街上开始热闹起来。男人们都向市中心的方向涌去，好像那儿发生了什么事情。听不清内容的叫喊声，总是同一个词。伦德格伦带着一张痛苦的脸注视着这一切。几个小时后人群又涌了回来，还是同样的叫喊声。

第三天早晨，伦德格伦给了那个没有牙齿的老人一点小费，请他坐到其他地方去。老人接过了钱，还是坐在原地不动。第四天伦德格伦向他打招呼说：“你今天有没有操你家的羊？”阿拉伯人只是伸出了手。一道白色的光线从天空中直射下来。伦德格伦又给了阿拉伯老人一些比前日更多的小费。他大声笑着，容光焕发，完全抑制不住地神采飞扬。那点尚存的理智让他发觉，他身体里有什么东西，也许是他的脑子，也许是腹泻，也许是那个想出嫁的黑人公主的目光，让他充满了亢奋。亢奋可不好，亢奋是不允许的。他明白这一点。他什么都明白。他是伦德格伦。

第十一章　复审

如果你不知去往何处，每走一步都能到达你的目标。

——富拉尼人谚语

第二天，波利多里奥让人再次把卷宗送过来。这是一摞小小的用线绳捆起来的纸张。他把卷宗摊放在面前的写字台上，上面是审讯阿玛窦的记录，审讯是在警察总署进行的。波利多里奥粗略地浏览了一遍。其中有两次审讯他自己也在场，他知道，阿玛窦坚持自己的陈述。最后一份记录只有一句话：陈述见上一天的记录。

余下的卷宗尚未经过整理。波利多里奥先把目击证人的报告找了出来。大部分是用打字机打的，一小部分是手写的，有许多看不懂的缩写和速记符号。几乎所有用打字机打的报告上都没有审问人的姓名，也没有日期。估计这些报告都是卡厉米编出来的。卡尼萨德斯只是在阿玛窦被捕后不久去过廷迪尔玛一次，波利多里奥还一次没去过。不过，一大堆简单的短语（“此外他还提请记录在案。”“证人气愤地表示。”）表明，这是一个比卡厉米智力还要低下的人用打字机抄写或加工的文字。那一堆文件中有案发地的描写和位置草图以及时间表，还有酒店账单、字迹潦草得无法辨认的笔记、内政部关于如何对待外国记者的指令。在一张餐巾纸上列出的一串钱款金额。一份视察案发现场的备忘录：没有日期。某个受害人母亲的请求书：不完整。一栋房子平面图中两具尸体的位置草图：没有说明。整个卷宗完全就是一堆废纸。

关于整个事件的一份前期总结出自卡尼萨德斯之手，这是廷迪尔玛警署的第一份评估，就相当杂乱无章（“估计在外国人居住区还会发生类似的谋杀案。”）。外国观察员的到访在绿洲引起了很大的骚动。波利多里奥从卡厉米那儿听说，后者和当地的一名警察甚至还动了手，因为那个警察不仅固执地把他的脸挤到每一个照相机的镜头前，而且还试图成为那些还活着的公社成员的私人保安。

卷宗里没有一张可用的案发现场照片。波利多里奥倒是在一张白纸的后面发现一张用回形针别着的照片，这是公社入口处的名牌，自己用陶土烧制的那种，四边是上了绿色和红色釉的花卉藤蔓：

艾西·维文特、特拉维伦特、艾蒙特·毕纳·吉尔霍德斯、
埃德加·法埃勒、简恩·贝库尔茨、塔勒格·威因泰纳、
米歇尔·范德比尔特、布伦达·约翰逊、布伦达·刘、
库拉&阿普杜尔·法塔赫、莉娜·斯约斯特约姆、
穆勒、阿卡莎、克里斯蒂娜、阿卡尼罗·詹姆斯

这块名牌应该是在公社刚成立的时候立起的，上面这些名字当中只有两人是此次案件中的受害者。把这些名字和卡厉米新列的那份名单对照一下，就可发现其余的人好像也仅有一半还在公社生活。那份名单上有二十一个人名，其中四个名字后面打了叉，还有两人的名字被打了括号，意思好像是，不能确定他们在案发时间是否在场，或者是他们在此之前已经离开了公社。

波利多里奥叹了口气，吞了两粒阿司匹林，开始仔细地阅读每份目击证人的报告。一共是三十一名证人，就当地的情况来说，不仅仅对当地的情况来说，这都是一件荒诞可笑的事情。一般说来，当地的警局往往有了一个证人就心满意足了，只要他的证言正确，然后让嫌疑人陈述出与证词一致的内容就行了。但若如此，本案件就不会引起公众舆论那么大的兴趣。

三十一个目击证人中，有五人是案发时在楼里的公社成员，二十六人是行人，他们听到了枪声才涌到了公社的院子里来。五名公社成员的表述虽然准确程度不大相同，但对有关行凶杀人过程的主要情节的描写大体是一致的：阿玛窦的突然出现，他有关性生活问题的大段独白，在公社厨房里自己找酒享用，武器，企图把立体音响设备运走——打死公社女成员斯约思特约姆，找到钱箱，再杀三人，水果篮子，逃跑。

行人的陈述与前者相比显得十分贫乏，大多是冗长的对阿玛窦动机和政治背景的揣测，都是一些套话。作为动机提到的有：嫉妒、报复、被伤害的家族尊严、酷暑、灵性和困惑。但却没有提到贪财这一动机。有关事实本身的描述很少（院子里的枪声、钱箱、逃跑），但大部分这方面的证词却措辞一致，因而没有任何价值。要不就是这些人在喋喋不休地重复从别人那里听到的内容，要不就是卡厉米在听取证词时给了他们提示。

四分之三的行人表示，在阿玛窦进入公社驻地的时候就看到了他。波利多里奥让阿斯兹指给他看了地图上公社的所在位置，公社的入口在商贸区旁的一条支路上，左右两边都没有商店，但过往的车辆很多。不可能有人看见另一个人开车径直闯进了开着的大门，而且过了十五分钟在大门后面才发生了枪击。枪击的数量本身也是一个问题：一百多发，十几发，许多发，两发。

还有一些不同的说法：不是阿玛窦，而是一个北欧人在门前往空中开枪，然后把手枪给了阿玛窦（一名证人，审问人：M. M.）。一片乌云遮住了太阳，使阿玛窦得以顺利地逃脱（一名证人，审问人：Q. K.）。阿玛窦戴了一个灰色的假发，“就像电影里英国法官戴的那种”（一名证人）。阿玛窦把金粉撒向人群，以引起混乱（两名证人）。阿玛窦显然喝醉了酒（四名证人），在离开那栋房子的时候手臂指向天空用动人的语言祈求万能的上帝的帮助（一名证人）。

案发现场的调查：几个弹壳，一个空的弹匣。墙上留下的两颗子弹，还有一颗在两层楼之间的天花板上。四个受害人都分别中了好几发子弹，子弹都是近距离发射的，一发打中了受害人的背部，其他的都是正面击中的。死亡的原因毫无疑义。没有任何可能是其他嫌疑人所为。签字：卡厉米。

除了受害人是白人之外，案件没有其他特别之处。

波利多里奥把卷宗重新捆了起来。他长时间地看着自己的笔记，然后找到他的上司，请求放他两天的假。他声称家人前不久来到了这里，他想有一点时间跟他们在一起。他给阿斯兹留了一张纸条，请他检查一下武器上的指纹。然后他坐进了汽车。

第十二章　坎辛风

不同密度的两个媒介擦边流过，会产生一个波状的分界面。

——亥姆霍兹定律

有两条路可以到达通往廷迪尔玛的大道。较短的一条斜穿过盐工区和荒漠直接到那里。另一条则要经北边一条数公里长的之字形弯道绕过贫民窟，在靠近山崖的地方往右拐切入大道。这两条路波利多里奥都不熟悉，但他决定取那条较短的路，结果五分钟后误打误撞驶进了盐工区。

同每一个稍大一点的城市周围的情况一样，塔吉特的四周也围绕着一圈棚户区。政府部门不时出动推土机沿着山坡把那些糟糕的棚屋推倒，但其效果就像精心修剪植物一样，每一轮清理活动之后，都会出现更多的杂乱无章的棚屋，中间穿插着无数的大路小巷。铁皮、桶罐、瓦砾。所有这一切，包括街道，好像都是由垃圾组成，从垃圾中衍生出来。在最宽的那条街的中央突然出现了一些很深的大洞，洞里居住着人家。有几户上面遮盖着塑料薄膜，并压着一块石头作为点缀。当波利多里奥在一条死胡同里想试着掉头的时候，一群赤脚的小孩儿奔跑了过来，肮脏的手掌按在汽车副驾驶一边的窗户上。一个拄着双拐的女孩挡住了去路，又有一些小孩儿站到了她身边。一时间涌出了许多人把汽车围成了铁桶一般。残疾人、青少年，还有戴着面纱的女人。他们大声叫嚷着，使劲想把关着的车门拉开。

波利多里奥试着不去看眼前的任何人。他双手紧紧握住方向盘，噩梦般一步一蹭地慢慢挤过围着的人群。有人用拳头砸着车顶。当车头稍有一点空隙的时候，波利多里奥一踩油门，逃脱了出来，紧接着驶进了下一个小巷。他的感觉就像是出现了奇迹，这条笔直的巷子很长，而且空无一人。远处的棚屋之间已经能够看到通往荒漠的几座沙丘。

他刚想靠在椅背上松口气，一阵响声又把他吓了回来。声音好像是从汽车里面传来的。从后视镜里他看到了三个做着鬼脸的小孩儿。他们站在汽车后面的保险杠上，手指掐在车顶的导水槽里。中间的那个小孩儿只有一只手抓着车顶，另一只手拿着一把镰刀，正用力地砸着后窗玻璃。汽车的里程表上显示的车速是时速四十五公里。波利多里奥马上松了油门。旁边的两个孩子跳下了车，但中间拿着镰刀的那个还在那儿。

在沙漠里他左转右拐地把车子开成了弧形不大的蛇形曲线，砸玻璃的声音停止了。这时那个小孩儿把镰刀用嘴叼着，双手紧紧掐在汽车的导水槽里。大概离开棚户区一公里后，小孩儿终于跳下了车。从后视镜里波利多里奥看到，小孩儿带着他的工具在沙丘间跑远了。

他慢慢停下了车。汗一直流进了鞋子。他从行李箱里拿了一瓶水。他右手拿着瓶子，左手在空中摆动着，登上了周边最高的一座沙丘。环顾四周，他在斜前方发现了一溜东西走向的电线杆，估计指示的是通往廷迪尔玛的大路。除此之外，看到的只有沙。他喝了一些水，把剩下的倒在头上，然后顺着沙丘滑到了汽车停着的地方。

他在大路上已经开了三刻钟，这时他发现前方地平线上好像有什么特别的东西。一块不大的、黄色的、脏兮兮的云，正在慢慢扩展开来。他仔细地观察着。短短几分钟之后，云已经盖住了整个地平线。他还从来没有看到过这样的情景，但还是很快意识到眼前发生的情况非同寻常。沙丘上面细沙早已漫天飞舞。风越来越大，天空变成了深褐色。最后的某一时刻，风似乎停了一小会儿，但接着汽车被猛地撞击了一下，差点给推出了大路。波利多里奥紧急刹车，一道大风卷起的沙柱正对着汽车的挡风玻璃，他几乎看不清车身的前端。一阵阵噼噼啪啪、嗞嗞沙沙的响声，就好像车子停在了火堆上一样。差不多一个小时，波利多里奥就这样坐在车里，动弹不得。

坐在车里干等的时候，他突然想起，阿玛窦在杀了四个人之后或者没杀人之后，应该就是逃窜到这附近被逮捕的。他不由想到：在这样的自然条件下，不仅一个人的生命如此渺小，而且，若用哲学的语言来表达，就算是四个人的生命，甚至是全人类的生命都显得微不足道。波利多里奥不知道他怎么会这样想。如果坐在办公室里，类似的想法会让他觉得非但没有任何哲学意味，而且幼稚可笑的。他用被汗水浸湿的手指打开了收音机。收不到电台。沙漠呈水平状地在他的面前飞驰而过。当重新又能认出一点车道的时候，波利多里奥试着继续往前开，但是轮胎打滑。他拿了一块毛巾缠在头上，打开了车门。一大堆沙子飞进了汽车，他马上又关上了车门。

当风终于停下来，可以毫无危险地下车的时候，巨大的沙堆在汽车车身四周形成了一道屏障。汽车前方几米处的地方竖着一块先前没有的牌子，生了锈的三角形牌子的顶端探出一人高的沙丘，几乎看不清上面的文字。除了102这个数字，其余的完全无法辨认。

天空的颜色变成了明亮的赭色。波利多里奥用两个手臂把汽车后盖上的沙堆推走，并试着在车轮下垫上东西把车开出来。为此他花了几乎半个小时的时间，接着又花了一个小时，才到了廷迪尔玛。在那里，他又花了大概十分钟同公社的成员谈话，目的是想确认一下他们的证词是否可靠，他们是否说了实话，犯罪过程是否和警署记录上写的一致。一百零二。

第十三章　执行任务

是的，关于死刑有什么好说的？我不反对。这纯粹是报复，但对报复又有什么好指责的？

——理查德·科克

骆驼的一条腿被往上绑了起来，靠着三条腿在几个瘦小的男人中间晃来晃去。伦德格伦想，不知道总共可以把骆驼的几条腿绑起来它还不会倒下。一条腿是可行的，两条腿有点困难，绑三条腿估计就玩儿完了。物理不是他的爱好，这前面已经说过了，但这并不意味着他对物理全然没有兴趣。伦德格伦生性好奇，是一个求知欲很强的人。他考虑问题不会死抠教条，很能接受新鲜事物，但同时不至于陷入自由主义的泥潭。他善于倾听，对于别人在想些什么他有着惊人的嗅觉、极为敏锐的观察力。他早就具备了这些能力。还在上学的时候，最早感受到他这种能力的是那些女孩们。她们喜欢他。男孩们若不是因为那些女孩而吃他的醋，其实也喜欢他。伦德格伦是莫若诺社会方案的核心人物，是《狼》一样的人物。而且他还是一个具有合作精神的人。父亲是社会民主党人。如果老师在学生做课堂作业的时候转过身来，伦德格伦会第一个高举着作业本，让全班同学都能看到他。物理课、生物课上也都是这样。他笑了。他可以去一个骆驼市场，用十美元让人把骆驼的第二条腿也往上绑起来。前面右腿，后面左腿，或者是前后都是右腿。十美元。然后跷起二郎腿看着。一个疯狂的念头！伦德格伦想象着如此这般的场面，一定非常滑稽可笑。如果有机会把这个想法告诉别人的话，他一定会告诉别人。如果完成了眼下这个任务的话。先是任务，再是骆驼，然后是选美皇后。或者先是选美皇后，最后是骆驼。他笑得眼泪都流了出来。当他重又睁开眼睛的时候，他旁边的座位上坐过来一个男人。这个男人穿着晒得黝黑的衣服，皮肤上是格子图案。伦德格伦以极快的速度重又换上了他职业的外表。卡沃克！一个男人坐在他的身边。伦德格伦用眼角看着他，尽力不去看他。一定是这个男人，这个男人，这个男人，这个男人。

这个男人要了一杯茶。三分钟的沉默。伦德格伦忍不住了，问道："您贵姓？"

这个男人正把茶杯拿到嘴边要喝茶，听到他的问话，停了下来，不慌不忙地说了声："哦。"

"您贵姓？"伦德格伦轻声地重复了一遍。

"哦！"男人同样也是轻声地回复了一声。

"怎么回事？"

"什么？"

"您叫什么名字？"

"您说什么？"

那个方格子图案的男人不安地瞅着大街，察看着周围的地形，他悄悄地把手握成一个圈，为的是压低一些说话的声音，靠着伦德格伦的耳朵用几乎听不到的声音问道：“您贵姓？”

“您先说。”伦德格伦答道。

“您先开始的。”

“什么？”

“不是您先开始的吗？”

“那好吧，”伦德格伦模仿着那人的手势说道，“我叫海尔利希克菲，就是漂亮箱子的意思。”

“什么？”

“漂亮箱子。别那么大声。或者叫伦德格伦。对您来说，我是漂亮箱子。”

“对我来说，您叫漂亮箱子。”

“是的！现在请把您的名字写在这里，这里，这里。”

伦德格伦从口袋里拿出一个小本子，在桌上推给了那人。方格子图案的人在纸上画了七个印刷体字母。没过多久，伦德格伦跑回他的住处。经历了这一紧张的时刻，他内心燃起一种无以名状的感觉。一切都明白了！他的脑子正在发送着信息：已经成功地钻到了油。如果现在有部电话就好了。沙漠正在燃烧，沙漠的“沙”字少了一点。但是这里没有电话。所以他的信息只能从他的脑子里发回到他的脑子里：QZ执行完毕，空格，沙漠在燃烧，空格，C3找到了油。

不对，胡说。是UZ，不是QZ！现在千万不能出错。

第十四章　黑与白

我跟其他任何人一样，相比糟糕的美国电影和糟糕的挪威电影，我更喜欢看前者。

——戈达尔（法国导演）

卡尼萨德斯打开了电视，把脚搁到了桌子上，长时间瞅着黑黑的荧屏。显像管开始发出沙沙的响声，出现了一个模糊的时钟图像。这时是晚上差两分就到六点。

下午，卡尼萨德斯在医院里试着询问一起轮奸案可能的受害者。现在他觉得很累，无力去撰写询问的记录。其实他也完全可以省去这道手续。受害者的三个表兄弟一直守在病床边上，不让他看到那个女孩。凭借一位女医生的帮助，他才得以隔着一道临时拉起来的白色帘子和女孩说话。谈话的结果并不让人吃惊，早就在预料之中：并没有发生强奸，女孩只是从楼梯上摔了下来。卡尼萨德斯让医生给他描述了伤口的类型、瘀血的位置、被成把扯下的头发以及撕裂的伤口情况。他记下了那几个表兄弟的名字，其中有两人被指控参与了强奸。他们在同卡尼萨德斯告别的时候脸上并无紧张的表情，甚至有点轻松愉快。提出指控的是受害者十一岁的妹妹，她在窗口看到了发生的一切，然后跑到了警署。她的不幸在于，碰到了一个不可贿赂的警官。现在女孩坐在警察总署的某个地方，手里拿着一只草编的娃娃，旁边站着塔吉特唯一的女律师。也许她已经意识到，她生活中美好的部分已经成为过去。

“你在看电视？”阿斯兹嚼着口香糖，趿拉着鞋走进房间，把一摞卷宗放在写字台上。他一边把手伸到自己的后背挠着痒，一边消失在邻屋里。

“什么？”卡尼萨德斯在他身后大声叫了一句。

“卷宗。”

“给我做什么？”

“指纹。”

“什么指纹？”

“毛瑟枪上的。”

“那把毛瑟枪上的，你有病吧？今天上午就已经宣判了。”

整整五秒钟没有动静。接着阿斯兹上身探回到房门口，他停止了嚼口香糖。“不要说我有病，好不好。我只是在完成我的工作。我花了好几个小时在这把毛瑟枪上提取指纹。如果你们不需要什么该死的结果，就不要给我留什么该死的纸条。”

他又不见了。可以听到，邻屋的门打开了。

“是波利多里奥吗，还是其他什么人？”卡尼萨德斯大声问道。

“我怎么知道？”

“你说的结果是什么？”

“是啊，能是什么呢？什么呢？为了你们这帮笨蛋我花了好几个钟头……”

其余的话听不清楚了。

差一分六点的时候，传来了扣人心弦的小提琴曲。卡尼萨德斯想把卷宗拿过来，但他的双腿架搁在写字台上，手够不着。这时音乐声戛然而止。电视机里又出现了那个模糊的时钟图像，背景是新闻节目的演播室。一个年轻帅气的男人坐在一张柚木的桌子后面，桌上整齐地放着一盆插花、一个麦克风和一部黑色的电话机。年轻的男人用阿拉伯语和法语向观众问好后，开始用法语念新闻报道。

今天，为庆祝国王六十四岁的生日举行了一场阅兵式。庆典上可以看到骑着高头大马、身着白色军服的军官，随从们穿着宽松的外袍，头上插着孔雀羽毛。一名高级军官被任命为州长。一所中学被烧毁。新闻播音员的声音显得很是严肃庄重。当他身后的画面上出现一位戴着黑色头巾的女人，扑在被烧焦了的孩子尸体前打滚时，他突然说不出话来。他强压住抽泣，躲到桌子下面，擤了鼻涕，停顿了一下后，回到桌前继续念新闻。北部最新开发的磷矿的开采数量。之后画面上出现了一个穿着运动短裤的女人，正双腿水平向前跃向空中。她的下面是一个沙坑，身后是一个塑胶跑道：德国田径运动员海迪·罗森泰尔。播音员停顿了一下。荧屏上又出现了一幅新的画面，有人指着一位戴着白色帽子、脸上涂着油彩的男人，正和几个身着西装的人说着话。另外有几个男人穿着轻便的运动装，手里拿着冲锋枪正站在奥运村的平顶上。巴勒斯坦人民为自由而战……慕尼黑警察局长表示……所有人质处在……接着是一个好几分钟长的采访，一位宗教界的高层人士对局势作了精辟的分析。

卡尼萨德斯两手交叉在脑后，张大着嘴，把下颌扭来扭去发出咯咯的响声。接着他把腿从写字台上放了下来，拿起了卷宗。最上面的是那张印有指纹的A4纸。纸上有一段标准的官样文字，下面是两个方框，方框中间各有一个椭圆的指纹。

“塔吉特。”新闻播音员说道。

卡尼萨德斯抬头看了一眼。荧屏上是张照片：一辆车窗装有栅栏的白色运输车，被一辆十二吨的大卡车横着推向一栋房子的外墙，就像一只食品罐头那样炸开了花。因杀害四人在今日上午刚刚被判处死刑的囚犯阿玛窦·阿玛窦在被运往刑场的途中逃脱。新闻播音员转过身来对着照片，用双臂比画着车辆交叉的行驶方向，讲解着事故的发生经过，最后引用了一位警察将军的话，大意是不久一定会重新抓获这个在逃的囚犯，但愿真主会给他的心灵带来平安，因为警察是不会这么做了。他把那摞纸扔到了桌上，轻轻咳嗽了几声。镜头又回到了时钟的图像。这时是六点一刻。

卡尼萨德斯看着那两个方框。武器上右手拇指的指纹清晰可见，和阿玛窦十天前在警局按下的右手拇指指纹完全一致。

第二部
荒　漠

第十五章　彻底清除

从卡拉曼腾继续走了十天，又看到了一座盐山和一汪清泉。周围居住的人叫阿塔兰特。据我们所知，他们是世界上唯一没有自己名字的人，他们都叫阿塔兰特，而个人没有自己的名字。

——希罗多德（古希腊作家）

乍一看像是在戏剧舞台上一样。左右各一块深色的木板像是临时搭起的帷幕。狭长的楔子间是高高的蓝色的天空，大色很亮，甚至有点白得刺眼。下面是荒漠，荒漠里站着三个身穿长袍的男人。初看上去，分辨不出三个人的差别。仔细观察才发现他们三人中有一人是矮个，另一人是胖子，第三个人不大显眼。他们的嘴在嚅动，手晃来晃去。矮个好像在说服胖子，胖子臂下夹着一只皮箱，箱子在阳光下亮闪闪的。过了一阵子，那个不显眼的人在画面上消失了。胖子用手掌从下往上打了一下自己的下颌，撩起了嘴唇。矮个笑了，他比画起一个像卡通人物那样夸张的动作：伸出了一只拳头，另一只拳头绕在脑后，就像马上要向胖子出击一样。接着他果真砸了胖子一拳，胖子又把他一下子打倒在地。皮箱掉在沙子上，一大摞纸币撒了出来。不显眼的人又回到了画面上，和另外两个人说着话。他们弯下腰去捡那些纸币。风向转了，慢慢可以听到他们的声音。他们在说一个叫蔡特罗伊斯的人，并相互保证，问题不在自己身上，他们自己没有过错。然后他们一起停止了说话，向同一个方向呆望着。只有胖子的手还在无意识地继续在沙子里摸索着。矮个转身在不显眼的人耳边悄声说了几句。不显眼的人做了个动作，像是抓起一把钱放进了一个袋子里。远处传来一阵柴油发动机的响声，接着是关门的声音。这时第四个人出现在画面上，同样穿着白色的长袍。他的脸和声音跟其他几个人没有什么区别，只是他的举动里多了一份决断。他说着一口夹杂着阿拉伯语和英语的法文。

“你们拿到了吗？”第四个人问道。矮个回答，他们把一个人的头砸破了。

“拉尔比用千斤顶把一个人的头砸破了，咔嚓一声，就像劈开一块烂木头那样。”

“你们拿到了吗？”第四个人又重复了一遍他的问话。矮个转向胖子，胖子答道：“蔡特罗伊斯带着东西跑到沙漠里去了。”

“我说，你们把他的头砸破了？”

“不是蔡特罗伊斯的。”

“那么是谁的啊？”

“不知道。”

“蔡特罗伊斯在哪儿？”

“他还没有走远。”

“他到底在哪儿！”第四个人抓住了胖子的领子。

胖子、矮个和不显眼的人同时举起了一个手臂，努力让动作保持一致。

“你们还站在这儿干什么？”

“他是骑着一辆轻便摩托车走的。”

“我以为，他是跑步逃走的。”

“没错，但他在那里走进了仓库，很快又骑了一辆摩托车跑了出来。”

“你们的汽车呢？你们这帮混账东西，这是一只什么该死的皮箱？”第四个人一脚踢掉了胖子腋下的皮箱，钱又撒了出来。

“是，能不能让我把话说完！”矮个说。

第四个人抽出一把手枪，对着矮个。矮个急忙往边上退了一步。第四个人往他的下身狠狠踢了一脚，矮个飞出了画面。

“其实可以看到他留下的痕迹。”不显眼的人叫道。

“那就快点指给我看！”第四个人说。

矮个蜷缩着身体又回到了画面上，一只手捂着肚子，另一只手高高抬起做着防御的姿势。

“我们差一点就逮住了他，”他带着诉苦的口吻说，“我们就差那么一点，汽车头都快撞着他了！但这时蔡特罗伊斯把车开进了沙丘，这该死的沙丘，雪佛兰就这样陷在了沙里。我们继续步行去追，拉尔比紧跟着蔡特罗伊斯。攀登那些沙丘有多不容易啊！”他把手抬到肩一样高，脸上做出一个吃惊的表情。

“那里到处都是钱！”胖子补充了一句。

“我想说的是，德国的纸币！”矮个说，“我们当然把钱分成四份。三十、三十、十，像门牌号码一样。我是说，三个三十，然后……十。我们也可以分成二十八或者二十五……”

一声枪响，矮个一头倒在了地上。他先是一动不动躺在那儿，接着在那儿翻来翻去，害怕地看着自己没有受伤的身体。

“蔡特罗伊斯在哪里？指给我看那该死的车轮痕迹！”第四个人咆哮着。他站在矮个子旁边，用手枪在背后指着地平线的方向。

“那里，那里，在那里！”不显眼的人叫着，跑出了画面。第四个人跟着跑了出去，矮个也跑出了画面。

胖子弯腰去拿皮箱，第四个人却很快折了回来。他把手枪掉了个个儿，用枪把狠狠地往胖子的头上砸去。他拿了一摞纸币，按在胖子的脸上。“你知道，这是谁吗？这是歌德。不，你当然不知道！谁是歌德？该死的歌德是个该死的东德人。这是该死的东德货币，加在一起都不值二十美元。快指给我看那条可恨的轮胎印。要是我们抓不到他的话，你们就祈祷吧！祈祷。”

他又走出了画面。胖子跟着他走去。

矮个的画外音：“我们不知道那里有一辆摩托车。我们怎么会知道在仓库里会有一辆摩托。再说那个同伙……”

第四个人的声音：“哪个同伙？”

矮个的画外音：“就是被拉尔比砸破脑袋的那个。你不好好听我说！蔡特罗伊斯从那里走进了仓库，一分钟后骑着一辆摩托车跑了出来。我们追了三百米，眼看没法追上，所以就跑了回来，想进仓库去看看，也许那里还能找到一辆摩托车。然后就在仓库里碰到了那个人。我们当然问了他蔡特罗伊斯去了哪儿，他到底去了哪儿……因为我们知道。后来因为他什么都不说，拉尔比就用千斤顶把他的头给砸破了。如果步行的话我们不可能……因为我们知道，你很快就会开着吉普车到这里来……我们每时每刻……不能指责……”

他们的声音越来越小。打开和关上车门的声音。一些模糊不清的声音。在马达启动的噪声中还能听到一句：“你这个笨蛋，要是他安装了无线电抗干扰的话！”

接着就什么都听不到了。

第十六章　苏醒的可能

“鬼。”

“你说什么？”

“我说有鬼。”

“什么意思？”

“没有什么……一切！”

——皮尔·苏威斯特（法国律师兼作家）

就在那几个男人消失在画面右角的同一刻，太阳就像在通俗喜剧舞台上的一名演员一样，从左边的木板后升了起来。渐行渐远的柴油发动机在地平线下方划出了一道水平的楔形图案。

一片光亮。鸦雀无声。他试着转了转脑袋，感觉到疼痛，但却无法确定究竟痛在什么地方。就像是一只拳头，想从里面把他的眼睛挤出脑壳一样。他眯起眼睛，用手在身上摸索了一番，发现在原以为被砸开一个洞的脑壳上有一个很大的肿块。干了的血和黏液。他们砸破了他的头。为什么？他又闭上了眼睛，接着又睁开了：一切还是原样，看来自己是处在现实当中。他的第一个念头是：逃跑！他必须逃跑。他不知道为什么要逃跑，但他的身体告诉他必须这么做。他身体的每一部分都想尽快离开这里。

可棘手的问题是，他应该逃到哪里去？同时这又带出了下一个问题，他现在在什么地方？从两块木板中间望出去，看不到答案。荒凉的沙漠。他不知道是怎么来到这个地方的。他不知道为什么那帮男人砸破了他的脑袋。他不知道他们究竟是不是砸破了他的脑壳。他回忆不起任何事情。他甚至想不起来，如果他就是那个被砸破脑壳的人，那么那个人是谁。他想不起来他的名字。

第一个四分之一的转身是那样困难，使他无法确认，这是因为疼痛还是因为他的肌肉失灵了。他重新让自己倒下，试着只把头抬起来。满头大汗气喘吁吁的他看到了屋子的一部分，他自己正靠在屋子一边的墙上。头盖骨下面就像有一把小锤子在里面敲打着，掀开了一个个字眼，如同翻开一张张记忆游戏的卡片一般：阁楼、板壁、记忆缺失、滑轮、滴液烧瓶和沙堆。

他的记忆里还能有滴液烧瓶和记忆缺失这样复杂的词汇，这让他感到一丝安慰。但除了这些词语外没有出现可以帮助他了解自己处境的任何其他东西，这又让他感到不安。他的姓名没有出现。他刚才还觉得好像就在嘴边，但其实并不是那样。他把头又抬高了一点。

他能看到的，是一个七八米宽、长度不详的阁楼。阁楼的一头漆黑一片，另一头从一个类似于窗那样的洞外射进来一束布满灰尘的光线。背光的地方有几张桌子，桌子四周是一些金属器材、烧瓶和塑料油罐。桌上放着一些玻璃烧瓶，地上是大一些的烧瓶。桌子四周的地上铺满了沙子。这里是一个实验室？在荒漠里的一个阁楼上？

天花板的横梁上挂着一串很粗的铁链，铁链上的滑轮装置穿过地板上一个很大的四方形的洞垂了下去。

他长时间地观察着四周，观察着并给那些他觉得尚能明白的物件起了名字。有一阵子他故意不去多加思索，接着又一次用一种似乎不经意的努力把连接自己身份的记忆游戏卡片翻转过来。

但事实上没有卡片。

他尝试着去回忆，自己究竟还能回忆起一些什么。他并不是什么都回忆不起来。他回忆起高高的天空下的四个男人。他回忆起这四个男人在那儿说话，又互相殴打。他回忆起一个装满了纸币的皮箱。另外还有一个男人，他们叫他蔡特罗伊斯，骑着一辆轻便摩托车向沙漠逃去。他带走一样其他人也想要的东西。他回忆起耀眼的阳光和那句：要是他安装了无线电抗干扰的话。那是让马达声掩盖了的话语。要是他在……机器……克里斯蒂娜。如果机器运转正常的话。如果他现在盘问克里斯蒂娜的话。四个穿白色长袍的男人，一个皮箱，一辆吉普车。

他徒劳地竭力想把这一幕四人出演的小剧情延伸到过去。没有开始，没有结尾，就像汪洋大海中一叶小小的孤岛，什么都没有。如果海崩扩散，如果是他拐走了这条沙丘里的狗。蔡特罗伊斯。一页白纸上最先出现的几个模糊不清的字母。

他还能回忆起什么？那不是四个男人，开始时只有三个。愚蠢的男人。他们因用千斤顶砸破了一个人的脑壳而兴高采烈，他们不会把东德的货币和正确的货币区分开来。而第四个人，身上带着武器，开着一辆吉普车，看上去似乎不那么愚蠢。他回忆起，他们开走的那辆汽车是柴油发动机的。他回忆起听到了汽车关门的声音，还数了一共关了几下：一、二、三、四。头盖骨共挨了四下。四个男人开了四扇门上了一辆没有看见的吉普车走了。除一人外，其他人关了两次车门，另有一次是第一次没关好又关了一次。这样说的话，只有三个人开走了，留下了一个人守在这里。

他让自己安静下来，尽自己所能静听着四周的声音。但脑袋里的叩击声却不让他安静下来。如果真的有一个人留下来站岗的话，那么那人肯定知道在哪里可以找到他。没用了。他必须离开这里。他的身体要离开这里，他的头脑也告诉他必须离开这里。

第十七章　下楼的可能

如果一个人平时的举止都正常的话，那么他就算没有大脑，也是有能力担负法律责任的。

——汉斯·克罗贝（德国精神病科医生）

他第二次试着想站起来。现在他的肌肉比先前听使唤一些了。他挺起身来，觉得有点惊诧，原来想着肯定会经受难以忍耐的疼痛，但现在感觉到的只是头颅里的叩击。他现在才知道，在第一次尝试站起来时感觉到的身体麻痹，原来是因为有人在他后背上用皮带绑了个什么东西。他解下了皮带，一眼看到了一把笨重的冲锋枪的枪管。枪栓、扳机、枪托和弹匣：一支AK-47自动步枪。不管是真是假，枪托上有着歪歪扭扭的一行银色字母：AK-47。但那不是厂家的字样。这支枪也不是AK-47自动步枪。枪拿在手上显得很轻，而且不稳。这是一支按原型精细仿制并涂上了黑漆的木头儿童玩具步枪。

他用四肢从地上撑起身，并使劲站了起来。他闭上眼睛，又睁了开来，试着在阁楼上摇摇晃晃地走了几步。没有问题。他一边试着缓缓地呼吸，一边如是对自己说道：没有问题，没有问题，没有问题。

从阁楼顶头的那个像窗户的洞口往外望去，下面大概有五六米高。他正站在一个巨大的仓库顶楼的窗前，下面都是石头。仓库的左边他看到有一个小小的棚屋，屋顶上晾着衣服。再下去直至地平线都是无边无际的沙漠。

没有楼梯，也没有梯子。

他出汗了。

“我的名字是——”他突然大声说道，“我的名字是，我的名字是——”在说到最后一个音节的时候他把舌头停留在牙齿上，好像这样就能自动说出下面的字母来似的。但是无论是舌头还是牙齿都不知道如何是好。

不管怎么说，他都要想办法下去。唯一连接底楼的是一个三米乘三米的缺口，滑轮装置的铁链正是从这里垂下去的。底楼下面一片漆黑。他等了一会儿，想让眼睛习惯一下黑暗的环境。然后他觉得在缺口下面可以看到一个通道。从通道向两边各有两条梢有亮光的狭长物体，他估计这是把房间分成壁龛或马厩的隔板。隔板的高度和到地面的距离很难估算。黑暗让人在视觉上产生错觉，看不清到地面的确切距离。但大概可以想象，这里的高度应该和仓库外墙的高度差不多，有五六米。他用脚把一些沙子从缺口处踢下去，一秒钟里没有任何声响，接着传来一阵啪啦啪啦的声音。

滑轮装置上那根满是机油的铁链通过一个很大的定滑轮连接到天花板的基柱横梁上，它的末端钩挂在横梁上的铁钉上。他把铁链松开一点，让沉重的滑轮装置慢慢开上开下，然后又停住。

抓住五六米长油乎乎的铁链爬下去，他不敢。他观察了很长时间阁楼、缺口和滑轮，第一次问自己，他是怎么上到这里来的？用这部滑轮？那必定是有人把他从铁链的钩子上放下来，又把他拽到角落里，然后自己再想办法下去的。

也许他们有过一把梯子，后来又搬走了。也许是他自己跑到阁楼上来的，后来他们在这里打破了他的脑壳。或者：他们是在下面打破了他的脑壳，他自己用尽了最后的力气逃到阁楼上来，然后把梯子拉了上来，最后才失去了知觉。

周围的环境半明半暗的，他四处看了一遍，没有发现梯子，也没有发现其他任何可以给他提供帮助的东西。没有绳子。只有垃圾。

“我的名字是——”他说，“我的名字是——”

有没有可能在铁链上固定一个重的东西，然后自己挂在滑轮装置上就能慢慢滑到地面上去？他尝试着回忆物理定律。动力乘以动力臂，阻力乘以阻力臂。但阻力臂是多长呢？有两个滚轮，铁链从上面垂下来先在下面的滑轮上转一圈，然后再绕到上面的定滑轮。也就是说是三倍，不对，是两倍的距离。他要找到一样重的东西，重量大概是他自己的一半。或者是他重量的四分之一？他的心快要跳出来了。他又凝视了一分钟滑车，现在他都不能确定，应该把较大的负荷挂在哪一头？就算他的计算没有出错，他怎么才能知道，跟他自己的体重相对应的重量应该是多少？如果重量太轻的话，他滑下去的速度就会太快。如果太重，滑车会把他吊到屋顶下的横梁上去。

他开始再一次仔细地检查阁楼。桌子上的设备，铜壶和管件。一个砖砌成的炉子上有一个金属桶。到处撒落的沙子显然是用来防火的。他闻了闻两个装有透明液体的塑料瓶子，高度数酒精的刺鼻气味。

那几张桌子给人的印象很重很结实。他可以小心地把桌子从缺口的地方推下去，在下面叠成一个小平台。当他试着搬动一张桌子的时候，后面有什么东西给碰倒了。在沙子、灰尘和垃圾下可以看到埋着的一把梯子的横木。看来还是有梯子的。

他把梯子拉了出来，丈量了一下长度（五步半），如果把梯子从阁楼上放下去，显然不大可能够得到地面。他气喘吁吁地在中间把梯子抬了起来，就像一个时钟的指针一样慢慢转到地上缺口的地方。梯子后面的一头挂在了钉着滑轮铁链的那根基柱横梁上。铁链从钉子上滑落下来，滑轮慢慢开始滑动。他把头缩在双肩中，目瞪口呆地看着滑轮装置神气十足地往下面滑去，接着发出一阵沉闷的响声。铁链也好像幸灾乐祸似的跟着滑落下去，脱离了上面的定滑轮，叮叮当当地从画面消失了。如果他机智一点的话，也许能够挡住铁链的脱落。如果他马上把梯子放下的话，也不会出现这样的结果。但现在，他有了梯子，没有了滑轮装置似乎并不那么可怕。更让他担心的是噪音。他一动不动，屏住呼吸。但周围一点声响都没有。

他小心翼翼地把梯子沿缺口的边缘慢慢放下去。大概放了一半的时候，明显感觉到了杠杆原理的作用。他无法继续在地上把住梯子短的一头，只好把梯子又抽了上来。

把梯子垂直地放下去也不行，因为天花板太低。又无奈地试了几次之后，他觉得唯一可行的做法是，一下子把梯子推下去，希望梯子能够多多少少笔直地竖在那里。如果他的估算没错的话，应该不会偏差太多，梯子应该能够从地面够到缺口的边缘。

就像实验室里的动物正在熟悉工具的使用一样，他把梯子在支点上移来移去寻找平衡。试验和错误，智慧面对物质。突然物质自己开始运作起来。他把重心推得太远了一点，梯子开始快速地滑下去，并且挂住了他。他绝望地抓住了梯子的最后一块横板。

他的肚子被重重地撞了一下，整个人危险地从缺口的边缘滑了下去。他之所以还吊在那里，是因为右脚不知道被什么东西钩住了。也许是一条桌腿。他透不过气来。

他的右臂和上身就这样悬在那里。右手疼痛不已。肩关节疼得更厉害。但他用尽最后的力气一只手紧紧地抓住梯子。梯子在他的下面，根据他的直觉，在黑暗中就像一只巨大的钟摆一样慢慢地晃来晃去。血从他右手的手指流了下来。皮肤给撕破了。他呻吟着，头朝下地继续移了几厘米，钟摆擦到了地面停下了。他把梯子推到了垂直的角度。

现在梯子竖在了那里。从梯子两旁的竖杆到阁楼下面的边缘还差大约四十厘米。他用左手抓住梯子的竖杆，在空中摇晃着疼痛的右手，深深地吸了一口气。

另一方面，如果梯子太短的话，对他来说还有什么用？他完全可以松开梯子。显然他爬上阁楼用的不是梯子。肯定还有另外一个梯子被人从下面抽走了……他害怕地愣在那里。如果另外一个人不是沿梯子爬下去的话，那会是怎样一种情况？那人会不会躲在什么地方？他还没有找遍阁楼的每一个角落。他绝望地环顾四周，把脑袋转来转去，最后把目光停在了阁楼顶头的那个窗户上。他突然想起：出路就在那里。

如果他把梯子从窗户推出去的话，梯子就会靠在外墙上。也许他正是从那里上来的。他使劲试着抓住最上面那块横板把梯子重新拽上来。他刚把梯子拉起一点，因为用力过猛几乎喘不过气来。当他试着去抓梯子的第二块横板时，他的身体开始往下滑。很快梯子又触到了地面。他急促地喘着气。

他又试了两次，还是无功而返。他现在完全可以把梯子扔了。但他已经犯了一次错，他不想再犯一次。他决定，至少拽住梯子的竖杆再等一下，等到他想出更好的主意。

他首先想到的，是采取什么办法把梯子捆住。他也许可以脱下他的长袍，然后试着缠住梯子的横板。

他拉了一下衣领，发现自己的长袍下面穿着一件格子西服。这至少可以说明，他为什么出了那么多汗。但为什么他在长袍下穿了一件西服？正当他思考着怎样才能躺着就把长袍脱下，突然听到了很轻的什么声音。是流水的噼啪声，是水龙头滴水的声音。还有人的说话声。有人在那里轻轻地自言自语。声音是从仓库外面传来的。

阁楼尽头窗户下面有沉闷的脚步声。突然“啪嗒”一声，一缕很细的光线照进了底楼，好像是有人把门开了一条缝。一阵短促的咕噜声，然后又变得一片静寂，突然又是一阵地震般的咳嗽声。咳嗽声又传远了，重新可以听到什么地方水龙头滴水的响声。他听到有人喝水的声音，接着是关上水龙头时发出的吱吱声。

他现在无法放下梯子而不被人发现，也不能把梯子留在那里。绝望的境地告诉他必须有所行动。左手仍拽紧梯子，他在压着肚子的地方滑来滑去，同时把左腿晃向地面，试图碰到梯子最上面的那块横板。令他惊奇的是，横板离得并不远，他没有把脚放到那上面，而是直接放到了第二块横板上。接着他小心翼翼地放开梯子的竖杆。他用脚稍稍用力往下垂直地压住梯子，再把右腿也晃向地面，抵到第二节横板上。他不清楚自己在干什么，只是慌乱地目视着眼前的目标。他把身子往后退了几厘米，把一只脚钩在第二节横板下，再用另一只脚去找第三节横板。当双脚在第三节横板上保持平衡后，他的骨盆在阁楼地板的下方。

一只手抓住缺口的边缘，另一只手抓住梯子，他摇摇晃晃地又下了三节梯子。当他继续往下走的时候，他必须放开抓住缺口边缘的手。下面还有好几米的距离。他往下望了一眼，梯子还有大概十二或者十五节。外面传来越来越近的咕噜声。

他再一次把梯子保持平衡，深深地吸了一口气，然后放开了抓住阁楼边缘的手，用猴子般的速度继续沿梯子往下。他把臀部向外顶着接着又猛地收回来压住梯子，从自己的嘴里可以听到一阵阵不真实的呻吟。就这样，他又下了四五节梯子。这是马戏团的节目：他是小丑，不是走钢丝的演员。梯子危险地向一边倒去，他又蹬了一节梯子，接着就一脚踩空了。在跌下来的时候他推开了梯子的竖杆，接着“砰”的一声摔到了地上。梯子也掉在了地上，离他只有几厘米远。到处尘土飞扬。篱笆墙、金属桶、沙子、一根铁链，一声尖叫。光线照进开着的大门。门口站着波塞冬——古希腊神话中的海神，一脸大胡子，手上拿着一把三叉戟。

纠正一下：是一个拿着粪叉的农民。

他没有时间去想全身什么地方最为疼痛。骨头好像安然无恙。他踉踉跄跄地站起身来，脸上摆出一副无所谓的表情，用两个手指轻轻叩了一下前额：你好。

三叉戟弯下腰来。

他觉得在背光下透过胡子看到的是一张喝醉酒的老人脸。他试着说了一句话，听上去像是抱歉也像是控诉：“我刚才在上面。”他指了指阁楼，一边寻思着怎样从三叉戟边上绕过去。

两个男人同时向对方迈了一步。那个农民不是盲人就是斜眼儿，他的一只眼睛上有一层白色的膜，另一只眼睛盯着仓库黑暗处的不知什么地方。接着三叉戟身体转向眼睛望着的那个方向，一阵跟先前完全不同的可怕的咕噜声从农民的喉咙里滚出来。

他对面的人转过身去，看着农民看的地方。在垃圾和机器零件旁边，两块活动隔板中间昏暗的地方躺着一个人。一个穿着白色长袍的人，四肢奇怪地歪扭着。他被击碎的脑壳上压着滑轮沉重的金属吊钩。油乎乎的铁链上沾满了血和脑浆。三叉戟插入了画面。现在要是对他讲那些记忆缺失的事情似乎不合适。一具血淋淋的尸体、四个带着武器乘坐吉普车的男人、一个拿着一把粪叉眼神错乱的农民：现在的情况漫无头绪。他把粪叉推到一边，跑了出去，他穿过仓库的大门，经过棚屋直往沙漠跑去。他拼命地跑着。

第十八章　沙丘下

不是荒漠，而是一大片倒长的森林，地下埋着所有的落叶。

——塞林格（美国文学家）

仓库大门的位置决定了他逃跑的方向。他出了门笔直向前跑去。他爬上了一座沙丘，脚下磕磕绊绊的。他趴在沙丘的顶端，然后向下滑行了十五米，继续在沙丘之间的波谷里奔跑。接着他艰难地登上了下一个沙丘背风的一面。沙丘背风的一面很陡，一脚踩下去，沙子可以没到膝盖。沙丘迎风的一面比较平缓，也硬实一点。往相反的方向跑也许要容易一些，但对追赶他的人同样也是这样。

他环顾了一下四周，没有人追上来。他已经气喘吁吁，奔跑的脚步放慢了一些。在他的左前方，远处出现了一排柱子，也许是电线杆，或者是公路。他往那个方向跑去，突然听到从什么地方传来一阵嗡嗡的声音。一开始的时候他还以为是自己耳朵里发出的嗡嗡声，但仔细辨认了一下，确定不是错觉。这是一个越来越近的柴油发动机发出的噪声。也许他们没有抓到蔡特罗伊斯，现在想抓他。或者他们抓到了蔡特罗伊斯，现在还想抓住他。

他继续奔跑着。大约二十个或三十个波谷之外，一辆吉普车跳过一个沙丘，四个轮子悬在空中，接着一头冲下，带着轰鸣的马达声驶出了画面。

他弯着腰往左跑进了一个弯弯曲曲的波谷，奔跑的时候他捡起了一块拳头大小的石头，但随后又扔掉了。石头有什么用呢？用石头能打掉那帮人手中的枪吗？下午的烈日晒到他的脸上。他站住了脚，大口喘着气。他按着自己的脚印往回走了十步，转回身来，觉得自己幼稚得可笑，两串脚印的区别一眼就能认出来。马达的轰鸣声随着波谷的节奏忽上忽下。在完全来不及思考的慌乱中，他爬上了一个沙丘，又从原地滑下来，再仔细看了一下结果。接着他在沙丘间的波谷里纵横交错地走了一大圈，又到旁边一个小一点的波谷里走了一圈，直到各个方向都留下了他的脚印。

沙地上并排竖着两块平板岩石，就像放在烤面包机里的两片面包一样。背风的地方有一个很深的凹槽。他把身体躺进凹槽，脑袋藏在两块岩石中间，然后用沙子堆在自己的腿和身体上。他把手臂往两边插进沙子里。完成这一切并不难，从沙丘的斜坡上滑下来不计其数的沙粒落在他的身上。最后，他把脑袋在两块平板岩石中间转来转去。他能感觉到脑壳上的伤口又裂开了，头痛得就像要炸开了一样。从上面滚下来的沙子掉在了他的脸上，飘进了他的耳朵。发动机的噪音没有了。他只能听到自己的喘息声。他屏住呼吸，眯着眼睛看了一下。他的身体应该完全被沙子盖住了。越过盖在自己身上的沙子，他可以看到波谷、对面沙丘的侧翼和四处可见的脚印。因为眼前的平板岩石，他的视角受到了很大的阻碍。但相反的效果是：如果不是直接站在他面前，别人是看不见他的脸的。不过，毕竟还是有办法看到他的。

他深深吸了一口气，闭上了眼睛，再一次把脑袋转了一下。又有一堆沙子从上面滑落下来，滑过他的额头落到了他的颧骨上，又像细小的绵白糖一样溅撒在他的眼睑边、面颊上，掉进了他的嘴角里。自己的脸还有多少露在外面，他对此只有一个大概的印象。也许只有下巴和鼻尖。但现在他无法再转动自己的头。他轻轻地吹了一下，把鼻子里的几颗沙粒吹了出来，然后静静地等着。

眼睑的内侧出现了一幅刚刚看到的烈日下的沙丘图像。沙丘很亮，被风吹成了波纹图案，就像人的大脑的螺纹一样。太阳就像是一个黑色的圆圈，中间是一个发亮的洞。也许这是他此生看到的最后一幅图像。如果他们发现了他藏身的地方，一声不响地走到这里，往两块平板岩石中间的地方射上几颗子弹，那么他连杀害他的凶手的模样都来不及看见。发动机的噪声又来了，忽远忽近，听上去好像是在掉头。突然他感觉到一阵轻微的震动。细细的一层沙子溅落在他脚上的沙层上。他听到了叫喊声。他们好像加足了马力在他藏身的波谷里绕着圈子。他一动不动地躺在那里。他尝试着不去呼吸。当所有的噪声都消失了的时候，他不知道，他们是开走了呢，还是下了车，正步行寻找他的踪迹。

好几分钟，周围鸦雀无声。

三分钟，或许是十分钟。他觉察到，自己的时间感有多么不准确。他开始数自己的心跳。心跳很乱。他似乎能够看到他左胸上面的沙子就好似在一面锣鼓上一样蹦跳着，出卖着他的藏身之处。一分钟一百跳。大概的数字。数到一百五十跳之后，他觉得听到了什么声音，但他不很确定。

为了计算时间，也为了让自己平静下来集中精神，他继续数着。一百九十九，二百下。呼吸会不会在他鼻子底下的沙子上形成一个图案，以致让人发现？他怎么也甩不掉这个愚蠢的想法。

他数到三百，数到四百，数到了五百。五分钟的时间。数到三千两百下的时候，发动机的声音又回来了，但很轻。这一次他们没有到他的近处来。他数到六千下，数到一万两千下。他躺在那里一动不动。后脑勺的疼痛越来越严重了。他的整个身体里血液在沸腾。整个数数的时间里他始终有一种感觉，好像一直有人就站在他的面前，拿枪指着他，只是带着幸灾乐祸的心情才一直等着没有开枪。那人等着他睁开眼睛，然后微笑着用一颗子弹把他送进沙的坟墓。他数到了一万五千下。最后的一万两千下，也就是大约一百二十分钟的时间里，周围没有一点声音。他翻开下嘴唇，往自己的脸上吹了口气，试着眨了眨眼睛。从两块岩石之间的窄缝望出去，可以看到波谷里布满了汽车轮胎的印子，对面的沙丘已经笼罩在夜色临近的天空下面。沙丘的顶端站着一样什么东西，两颗圆圆的小眼睛正盯着他看。那是一种很有穿透力的眼光，一动不动，且露出一种滑稽的好奇目光。这是一头短腿的毛皮动物，比狐狸大不了多少。它的皮毛是橘红色的，小小的下颌露出两颗大门牙。动物看了一下四周，尖叫了一声，迈着小步走开了。

第十九章　四分之一的字母

每个叫嚣大麻合法化的王八蛋都是犹太人。犹太人他妈的怎么了？我猜这可能是因为他们大多数都是精神科医生。

——尼克松（美国前总统）

他还没有跑到电线杆下面那条大路的时候，就已经发现远处地平线的地方出现了飞扬的尘土。他躲到一个沙丘后面，直到可以确定慢慢靠近的不是一辆吉普车，而是一辆白色的意大利菲亚特汽车，车子的左边还伸出了一条腿。他跳起来飞快地跑到大路上，使劲挥舞着双臂。透过汽车的挡风玻璃可以看到车上坐着两个人，两个白皮肤的年轻男人，长头发，赤裸着上身。他们把车开得歪歪扭扭地向他驶来，到他跟前的时候却一打方向盘从他边上驶了过去，还瞪着牛眼看着他，之后又像老牛拉破车似的放慢了速度。

他跟在汽车后面一边跑，一边试着向开着车窗的车里大声诉说自己的苦难遭遇。坐在副驾驶位子上的人把他的上嘴唇一直咧到鼻子，一只手像聋子一样放到耳朵边上，大声叫道：“什么？我是问，你在说什么？你是一个很厉害的短跑运动员！但是，什么？什么男人？开慢点，他快跑不动了。不要开这么慢。现在你说明白点，你当然知道是什么样的男人！所以你就在这儿到处乱跑？他说他没有到处乱跑。不，他没有在这儿到处乱跑！你是不是要来口啤酒？我不是要故意羞辱你。我们是基督徒。但不管怎么说，他会说英语。说实话，你是我们遇到的第一个会说英语的人。所有那些愚蠢的家伙，对不起，我的法语不怎么样。但是你究竟想怎么样？你看看我们汽车的后座。是的，这对我们大家都是生死攸关的情况。当然我明白你的意思。但你也要理解我们。沙漠的法则。假设一下，你在大衣下面藏着一把刀怎么办？当然不会！想切断对方喉咙的人当然不会事先说明自己的大衣下藏着一把刀。但我不得不说，再怎么小心都不为过。如果现在有一个人在那里到处乱跑，还说什么不知道自己是谁、不知道要去哪儿，还说让人砸破了脑袋。我说，你这个人到底怎么回事？我没法相信你。你相信他吗？开慢一点嘛。来点啤酒？”

他们挂着一挡在他身边慢慢开着。有一回他伸手去抓那人手上攥着的罐装啤酒，但还没抓到，那手又缩回去了。最后，他筋疲力尽上气不接下气地站住了，看着菲亚特吱嘎吱嘎地慢慢开走。开出五十米后，汽车又停下了。司机下了车，做了几下伸展运动，向他招了招手。酷暑难忍，他的双脚在离开地面足有二十厘米的高度不停地上蹿下跳着。这时坐在副驾驶位子上的人也下了车，往沙地里撒了泡尿，接着跟司机聊起了天。他们大笑着。然后又向他招手。

理智告诉他，他们只是在戏弄他。也许只要他一靠近，他们马上就会上车把车开走。但是不知什么原因，他还是会奇怪地想到，也许这两个人是他的朋友。

他们脸上的表情奇怪而认真，但同时又明快而开朗，以致他总有这样的感觉，他们肯定是老朋友或者是老熟人，只是看不到眼前境况的严重性而已。如果不是这样，那么他们肯定是疯子。但他们看上去并不像是疯子。他迟疑地向他们走去。他多么希望他们愿意是他的朋友。

“我们认识吗？我们一定认识！”他大声叫道。

“是的，”坐在副驾驶位子上的那个人一边说，一边套上了一件皱巴巴的T恤衫，“我们刚认识。但你真是当真的吗？你不知道你自己是谁？”

他点了点头。

“你不知道你自己是谁有多长时间了？”

“有几个小时了。”

“你没有钱包吗？”

他完全没有想到这一点。他摸了摸长袍下西裤的后裤袋，不可思议，真的有一个钱包。他撩起长袍，想把钱包拿出来。当他再次抬起头的时候，发现一把匕首正对着他的眼睛。坐在副驾驶位子的那个人从他手里把钱包一把夺了过去。

“如果要我们帮助你，带你走，那么你也必须帮助我们。汽油或者其他什么。你同不同意？稍微分摊一些费用。”他打开钱包，里面有一摞纸币，还有不同颜色的卡。他把那摞纸币拿了出来，余下的扔到了沙子里。他的同伙笑着。他的瞳孔奇大。

“这不挺好嘛。看上去还不错。我建议我们现在就去加油卸货，然后再回来。你等在这儿，好不好？也许你在等我们的时候可以把自己弄得干净一点。你那样子脏得跟猪一样。”

“我觉得，这家伙不单单失去了记忆，而且说话也越来越困难。”

他们把匕首尖抵着他，让他的脑袋转来转去，然后司机又命令他在地上爬，发出猪一样的咕咕声。他手脚趴在地上绕着圈往前爬，还发出咕咕的猪叫声。其中一个人问，为什么这样做对他来说没有任何问题？另一个人则想知道，猪对于阿拉伯人来说是不是污浊的东西。他们没有更多的想象力。最后他们往他的侧身踢了一脚，然后走回到汽车那里去了。司机启动了马达，另一人脚踩在汽车踏板上，手上拿着匕首和钱币，显得有些犹豫不决的样子，向四周张望了一番。

他害怕他们还会想到要把他打成重伤甚至杀了他，于是大叫了一声：“钱你们尽管拿去吧！”

这是个错误。

坐在副驾驶位子上的人先明白了过来。“我们可以尽管把钱拿去！”他说。他喜形于色地走了回来，捡起钱包，观察着跪在地上的这个一只手捂着伤口的男人。他从钱包里抽出几张卡来，就像刚刚学会认字的一年级小学生那样，带着那种有点兴奋的无知端详着这些卡。一张白色的，一张绿色的，一张红色的。他笑着露出两排白色的美国牙齿和上下牙龈。读卡上的文字时，他龇牙咧嘴的冷笑突然僵住了，嘴大大地张着。他吃惊地拿着那张红卡对司机说：“我的天哪。”

司机看了一眼，困惑地向四周望了一眼，同样说了句：“我的天哪。”

然后对跪在地上的人说：“我们不知道！对不起啊。要是我们事先就知道您是谁的话！”

“我们不该袭击您！”

“超人！我们袭击了超人。”

“你说得没错，我的天哪，超人！”

“超人的头脑，超人的体魄！”

“超人的猪叫！嘿，我们完蛋了！”

他们觉得很好笑。他们又讲了许多超级粗俗、超级愚蠢、超级肮脏的笑话，然后坐在副驾驶上的那个人掏出一个打火机，把那张红色的卡点着了。蓝色的火焰慢慢地吞噬着不易燃烧的卡片，烧剩下的最后一小块从他手上掉了下来，他把手臂举向空中，吹了吹手指。白色和绿色的卡烧起来比较容易。接着他们又命令趴在地上的这个男人爬着绕圈，并对着麦加圣地的方向学猪叫。终于，他们上了汽车，扬长而去。

他跳了起来去抓红色证件卡烧剩下的那点碎片，只剩下的那么一丁点，上面抖抖索索地落下来一点灰烬。他用大拇指和食指的指甲夹住了那一点碎片，好似在偶然的胡作非为中还会有逻辑和恶意之类的东西。这一小片纸，上面写着“姓名：”。

姓名，冒号，还有四分之一个字母，只剩下卷形的一道笔画。最后的一点火正烧着了这最后一道笔画。字母向上和向左呈圆形，是一个C或者是O，在红色卡片上用深红色印着的字母。他望着地平线，可以看到大路的方向扬起的尘土。他又看了看自己熏黑的指尖。那张小碎片已经烧成了灰。但他确实是看到了。现在他知道，他的名字是以C或者O开头的。或者是S。以S开头也是可能的。但这是他的名还是姓，他却无从知晓。

他又跑回到大路上来。很长时间里没有汽车驶过。他脱下了长袍，看着后背那道窄窄的血迹，然后把衣物埋在了沙里。当下一团尘土在地平线上冒出来的时候，他已经来不及藏起来。一辆深色的奔驰车按着喇叭疾驰而过。接着，为小心起见，他在沙丘上走着，与大路平行地保持着一段距离。这虽然很费劲，但恐惧让他不得不这么做。在每个沙丘顶上他都四处张望一番。他的伤口在隐隐作痛。他把内衣裹在头上。西服口袋里的其他东西他早就检查过了：外衣口袋里有一串钥匙，其中有四把安全钥匙、两把普通钥匙和一把汽车钥匙。另外还有一张用过的纸巾。里边的口袋里有一支绿色的铅笔，笔尖断了。

他边走边想，哪些名字的首字母是C、O或S。这事竟然如此简单，让他自己都觉得奇怪。他毫不费力地想起了几十个名字，但却没有一个能够跟自己的什么记忆联系起来——Claude、Charles、Stéphane、Cambon、Carré、Serrault、Ogier、Sassard、Sainclair、Condorcet、Ozouf、Olivier。这些名字就像被一只无形的手写在了一块看不见的板上。也许这是些大家熟悉的名字，并不指具体哪个人。或者每个名字都联系着一个他认识的人，所以这些名字在他的脑子里唤起的东西都一样：什么也没有。

他问自己，他是从哪里知道有记忆缺失这样的现象的？他是在何时何地学到的？

然后他又想到了字母Q。

伴随着地平线上又一团尘土扬起，可以听到一台柴油发动机的声音。他一下子趴在沙地上。Quineau、Quenton、Schlumberger、Quatremère、Chevalier。脑子里冒出来的名字越来越多，根本停不下来。

接着他又想起了字母G。他一下子像患了癫狂症一样。他双膝跪地，用手指在沙子上画着字母，为的是确定自己没有错过任何字母。C、G、Q和S。应该就这些了。他踉踉跄跄地向前走着。如果他拆毁了铁轨，如果搜索狗出动了，如果出口蜜蜂……烈日在撒哈拉大沙漠的上空燃烧着。

第二十章　奥茨的领地

具有第九型人格（和平型）的女人通常认为自己是第二型人格（助人型）的。

——埃瓦尔特·贝克斯

海伦好几分钟里拿着电话放在耳边，却一句话都没说。等到听见的只有对方的抽噎声时，她问道："我还要去你那儿吗？"

将近中午的时候，她找到了喜来登酒店前台服务员告诉她的那家汽车租赁处。至少服务员用的是这个词：汽车租赁处。其实把这个地方称之为报废汽车堆置场也不为过。院子里停着的只有一辆牛车和一辆锈迹斑斑的日本本田家用货运车。四周堆放着各种废弃的车身。

在一间用木板隔开的房间里，一个十三岁的小男孩正蜷缩着身体倚在一个水烟前。金发女郎的出现瞬间让他活了过来。他一跃而起，做了一个不欢迎的姿势，说话带着一种很奇怪的老套口音。他要说的话不怎么让人开心。本田车是坏的，而牛车（包括牛和赶车人）海伦又不想租用。至于她问的问题，什么时候才能租到车，或者说租车处究竟有几辆车可以租用，男孩的回答只是摇了摇脑袋。海伦又问，附近是否还有其他的汽车租赁处，得到的回答是，在机场可以租到高级轿车。但事先没有预订就想马上在那里租到车的可能性几乎是零。

“那辆车到底有什么毛病？”海伦指了指窗外。

若有所思地摇头，高高耸起的眉毛。男孩把海伦带到屋外，自己坐进了货运车，转动了一下点火钥匙，本田车的发动机盖下发出咔嚓咔嚓的声音。

“机修工会来。也许。两个星期之后。”

海伦又一次问男孩这里究竟有几辆车可租用，回答还是一样。所以她转而问男孩有没有工具。男孩从桌子底下取出一套变了形的扳手、钳子、榔头和刷子。海伦提着所有这些工具来到本田车旁。一开始男孩还强迫自己煞有其事地摇晃着脑袋在边上站了一会儿。最后他实在看不下去了，就回到了他的小木屋。一个女人，一个金发女人！他告诉谁都不会有人相信。他找了些木炭、烟草和火柴，重又点上了水烟，吐出的烟穿过那扇小窗飘到了院子里。

他时不时地听到打开的汽车前盖后面传来的美国脏话，他听到榔头敲打金属的声音，在午间的烈日下，他听到磁性继电器发出的轻轻的咔嚓声，当水烟中的炭火烧尽的时候，他听到了发动机的声音。紧接着，满身机油和污物的女人跨进了小木屋。她把工具扔在桌上，拿出她的钱包，以一种傲气十足的口气说道：“这辆车我要用一个星期。多少钱？”

据海伦所知，要到达通往廷迪尔玛的大道，有一条近路，但不太安全；另外还有一条路比较远，但要安全一些。她有时间。

她在主干道上开了好些公里，一直开到山脚下。那里已经到了城市的边缘，一块孤零零的路牌指示着岔路的方向。穿过几百米干枯的植物。长着盐生植物的沙丘后面是不长盐生植物的沙丘。指示着沙漠入口的是两座巨大的用砖瓦砌成的几何形骆驼雕像，两头骆驼在空中昂着头，双唇相碰。下面就是那条大道。

虽然海伦之前从来没有看到过沙漠，但还是感到非常乏味。正是中午最热的时候，她在路上没有碰到任何其他车辆。偶尔可见埋在沙里的汽车残骸，就像死去的昆虫一样，被侵蚀得只剩下金属部分，车门张开着就像一双翅膀。

两个小时之后，她到了一个加油站，那里只有一个加油柱。再过去不远就是廷迪尔玛绿洲了。

海伦试了两次，在绿洲里下车。虽然她穿着牛仔裤和一件长袖的T恤衫，但这两次还都是引出了很大的动静。男人、小伙子和老人都张开双臂朝她跑来。她在车子里什么地方放着一块头巾，但在晌午的热浪下她不想戴头巾，而且她估计，就算戴上头巾也不会给缓和眼前的境况带来什么真正的帮助。她只好放弃了原先想自己在城里转转的计划。

从商贸集市出发，不难找到公社所在的那条小马路。海伦一眼认出了门牌，她的朋友在电话里详细描述过。海伦开着本田车到了院子前面。来开门的人留着浓密的胡子，穿着一件蜡染的连体装。他重复着海伦·格立泽的名字，直盯着她的眼睛看了足足有二十秒钟，颚骨在那儿不停地移动。最后他让海伦进了门。

房间里的布置风格跟一般的阿拉伯家庭没有什么区别。首先引起海伦注意的是纸条。到处都是纸条。那个留着浓密胡子的人在她的身后闩上了有四把锁的门。在同一时间里，只听到一声喊叫，米歇尔从通往内院的楼梯上冲了下来。她一下子抱住了海伦的脖颈，抽噎个不停。留着浓密胡子的人背着双手站在她们身边，看着两个女人互致问候的场面，就像看着一起复杂的汽车交通事故。他沉默不语。米歇尔还在抽噎着。越过米歇尔的肩膀，海伦读着衣帽间旁边贴着的一张纸条上的文字：观察者也是被观察的对象。

米歇尔把自己青年时代的女友推至一臂长的位置，用呆滞的眼光端详着她，啜泣着又一次把她拉到了怀里。她太激动了，好长时间说不出话来。当总算能够张口的时候，她说了一句“哮喘喷剂”，接着又匆匆跑上了楼梯。留浓密胡子的人把背在后面的双手拿到了前面，慢吞吞地举到了腋窝的高度，做了个伸展运动的姿势，说：“不是哮喘，而是精神上的问题。”

他带着海伦走过厨房，里面坐着五六个公社成员，穿过一条又长又暗的走廊，走廊的尽头是一把铺着红色软垫的长椅。“坐那里吧。”

好几分钟海伦就这样一个人站在半明半暗的走廊里，接着她坐了下来。可以听到很轻的声音，一个自来水管，一个摆钟。她试着念那些纸条上目所能及的文字。长椅旁的纸条上写着：一切都好，但却不是时时处处，也不是所有人。上面的一张纸条：海龟能告诉我们的路要比野兔多。天花板下的吊灯上贴着好几张纸条，海伦只能看懂其中的一张：如果你要造一艘船，先不要召集男人去寻找木材，准备工具和分派任务，而是先教会他们去渴望那遥远的无边无际的大海。

也许这些小纸条在血案之前就已经挂在那里（这样的事件发生之后，大家首先想到的当然不是去重新布置住宅）。

三个梳着长长的平滑头发的女人先后从厨房探出身来又缩了回去。一个男人哭着在走廊里跑了过去。接着留浓密胡子的人又出现了，说："我们必须谈谈。"

海伦坐在那里没动。

他在过道的尽头打开了一扇涂着黑漆的门，扭头看了一下四周。"现在！"他说。

他说话带着苏格兰口音，从他的口音和举止来看，海伦猜想他一定是埃德加·法埃勒。埃德加·法埃勒三世，这个小小的公社的非正式首领。她又等了一会儿，看看米歇尔是否会来，接着跟随他走进了旁边的房间。

房间里到处堆放着被褥、毛巾和蓝灰色的床垫。气味很重。屋子的中间腾出了一块空地，放了一个小孩儿用的围栏圈，里面有许多塑料立方体、彩球和布娃娃。但是围栏圈里坐着的不是小孩，而是一头沙黄色略带红色皮毛的动物。如果它的须毛不是在那里微微颤抖的话，会以为这是一只玩具动物。小小的下颌上露出两颗门牙，两个耳朵之间戴着一顶纸做的王冠一样的东西，被一根皮筋绑在它的脑袋上。看上去如果愿意的话，它很容易就可以用后爪把皮筋从脑袋上扯下来。但好像它并不愿意这么做。

动物在围栏里慢条斯理地走了一圈，嗅了嗅侧旁的围杆，用它小小的黑色圆眼睛直盯着海伦。虽然它的身体比围杆之间的空隙要小得多，但好像它无意离开这个笼子。

法埃勒盘腿坐在一个床垫上，等着海伦在他对面坐下。他似乎想用一种深沉、灼热的眼光看着海伦，但效果却截然相反。海伦看着那头动物。动物打着哈欠。

"这是古德杰夫。你说的话它都懂。"

“就它？”

“它是一头奥茨。”

“如果我说法语呢？”

“你祷告的时候，上帝能听懂你的话？”

“我从不祷告。”

“诡辩。”

“你想谈什么？”

“我们不是已经在谈话了吗。”

“你这么认为？”

“你是犹太人。米歇尔说的。”

“其实不是。”

“你总是喜欢针锋相对。”

“对你来说这已经是针锋相对了？你究竟想谈什么？”

“不要误解我，我并不是要评判什么。我只是想确认一下。而我确认的是：逆反心理。吹毛求疵。针锋相对。”

海伦叹了口气，重又看着那头动物。它看着两个人快速地对话，就像观看网球比赛一样，全神贯注。

“看着我。”法埃勒用一种略带威胁的严厉口吻说道。

海伦看着他。法埃勒沉默不语。他在紧闭的嘴巴里嚅动着舌头，然后作冥思状慢慢闭上了眼睛。

“你来这里并不是白跑了一趟，”他轻轻地说道，“而且你来到这里也不是出于你想象的原因。你听说了这里有四个人被谋害。你来到这里，是想满足你的好奇心。你来到这里，是因为……”

“我是米歇尔认识时间最久的女友。”

“我说完之后，你可以回答。”他愤怒地睁开了眼睛，停留了许久，才又闭上了，他接着说道，“我说了，你不是白跑一趟。你听说的事，在你的心里引发了什么。这件事给你的打击比你知道的要深远。你想来看望米歇尔。这是你说的。你找不到她了。什么，你找不到她了？你刚刚不是还看到她了吗？坐着别动。沙漠会改变你。游牧民。如果一个人在这里生活久了，他的眼光就会发生变化。沙漠里的居民很镇静，他是中心。他不去寻求事物，而是事物会来寻求他。这是你感觉到的冷漠。这不是冷漠，这是温暖。无所不包的能量。自由的开始。”法埃勒不假思索地一把抓住海伦的左胸，无动于衷地揉捏着，“自由意味着什么？啊哈。自由并不意味着可以做和不做自己想做的事情。自由意味着，做正确的事情。”

他睁了一下眼睛，眨了几下，好像是要检测一下他的话的效果。海伦利用这一瞬间，给了他一个耳光。法埃勒带着一种庄严的神情慢慢地抽回了手。他高贵地微笑着，完全没有一点儿受屈辱的样子。这是知人之明的问题。他早就预料到事情的走向。他还掌控着眼前的境况。他带着和善的、充满谅解的目光看着海伦，而海伦感觉到，那头叫奥茨的动物也在以同样的目光看着她。

“你能够控制自己的情感。你一直控制着你的情感。但这样的情感最终总是会变得无法控制。你也许会感到奇怪，我怎么会知道这些。你是一个漂亮的女人。这话你一定常听到。一个漂亮的女人。一个漂亮的女人。那是一些软弱的男人说的话，对你并不感兴趣的男人。在内心最深处你知道，你的命运并非如此。你是一个典型的具有第五型人格的人，而且已经到了第六型的边缘。我说的第六型是指屈从的人。你不坦诚。坐着别动。”

法埃勒又一次伸出了他的手。海伦站起身来，往门口走去。到了门口她站住了，用下巴向围栏圈的方向示意，问道：“那个讨厌的家伙头上戴着的是什么东西？”

法埃勒没有理会“讨厌的家伙”这个词，好似不经意地做了个表示拒绝的手势。他半闭着眼睛做出一种镇定和宽容的神情。他不是要审判任何人，但他的姿态中还是残留着一点倨傲而又显宽容的态度。他具有识人的力量和才能，但不具备隐藏自己地位的能力。为此他还要继续努力。他是一个典型的具有第九型人格的人，就像书中介绍的那样。

直到海伦向笼子走去的时候，他才跳了起来。

“不要碰！”

“为什么？”

“你还没有这个能力。”

米歇尔在走廊上等着，手里拿着哮喘喷剂和纸巾。从她故意做出的那种一无所知的神情中可以看出，她一直在偷听。

“你不想让我看看你的房间吗？”海伦问道，“如果你有自己单独的房间的话。或者参观一下这栋房子也成。”

第二十一章　玉米作物

任何一种形式的进攻都要求从背后接近敌人。

——波尔克规程

昔日学生时代的好友来到公社的房间，迫使米歇尔用另一种眼光再次去看待那些多彩的颜色、警句格言、宗教祭坛和印花图案。在领着海伦到处参观的过程中，她的脑海中重新浮现出许多早已淡忘的念头。

她一再地为各处的脏乱道歉，匆匆地用手把成堆的薰香灰抹到地上，用脚把一堆乱七八糟的纸条踢到床下。头一天晚上有人在这些纸条上用许多符号、箭头和曲折线条破解了白色专辑中的神秘信息。她把神像称作漂亮的木刻艺术，把纸牌算命叫作打发时间，把一堆画着五角形护身符的书说成是已经出走很久的一名公社成员留下的东西。

“你能来我真的很高兴。”最后她对海伦说。

海伦皱起眉头看着米歇尔，米歇尔哭了起来。

她其实没有什么变化。她一直都是那样有点耽于幻想，主意不定，待人则很友善。但那都是些没有任何结果的性格特征。米歇尔不爱作决定。无论是她父母给她的家庭教育、完好的学校教育，还是在公社的这几年都没能让她在这方面有任何的改变。加上几分天真和善良，她会快乐而盲目地接受别人的观点。她的令人可疑的幸运之处在于，她能够成为公社这样一个群体中的一部分。在这里，她的这些特点被看成是魅力，而不是问题。“米歇尔很特别”，这是别人在背后最为经常评价她的话，特别是当她对那些世间的实实在在的事情表现得漠不关心的时候。

尽管如此，冲突还是会有。米歇尔有她自己解决问题的办法，那就是用更大的热情倾注于两件事情，她对此具有相当的才能，而要做好这两件事情，并不需要特别的去说服他人的能力。第一件事是农活。公社的农田之所以多少还有点收成，完全归功于米歇尔。第二件事则要复杂一些。

第二件事情和简恩·贝库尔茨一次外出旅行带回来的杜洛特纸牌游戏有关。贝库尔茨是公社最早的成员，不过已经不知去向（也有可能在沙漠里失踪了）。这副纸牌是根据意大利北部十六世纪的版本复制的，着色的木刻版画，一共二十二张，充满了奥秘。贝库尔茨本人并不相信天意的力量和作用，或者至少后来不再相信了。除了纸牌，他还买了两本有关的书。但他发现读这样的书太累人，所以不久便失去了兴趣。当给新来的公社成员米歇尔展示这些木刻版画的时候，米歇尔所表现出来的那种兴趣，才让他有了新的想法。米歇尔刚开始时表现出来的更多是排斥而不是兴奋，但当她抓起纸牌时，一下子就陷入了长时间的思考，并对纸牌的不同位置提出了种种问题。她的这些反应让贝库尔茨清楚地意识到，他自己不是那个善用纸牌算命的人。他把自己所了解的全部知识教给了米歇尔，还慷慨地把全套工具都送给了她。

米歇尔觉得读懂那两本书并不费力。她一口气就读完了，而且读完第一遍后又一下子通读了第二遍。米歇尔丝毫没有觉得学到的是什么隐匿的神秘知识，或是那些数百年来信徒们一代一代流传下来的无法解释的智慧。正相反，她觉得书里的每一个字、每一句话都似曾相识，就好像所有这一切早就存在于她的脑子里，甚而好像这些书就是她自己撰写的一样。

公社里也有其他成员对杜洛特纸牌感兴趣，但没有人能够像米歇尔那样很快就毫不费力地进入其中的奥秘世界。没有人翻牌的手气有她那么好，没有人能像她那样发自内心深处地、正确地说牌。当她开始仔细地洗牌，闭上眼睛，用大拇指把最上面的一张牌略微往前推出一点时，当她在精细编织的毯子上把一摞牌就像托一个探测仪一样托在手心上时，当她完全集中于一种更高的本质和作用，而她眼皮开始抽搐时，周围抱怀疑态度的人都变得哑口无言了。

不久就有人来找她咨询。唯独法埃勒对她的所作所为有所疑虑。但是他的异议（对所有人来说都是相当容易识破的）更多的不是因为要与超自然的东西建立联系，而是担心危及他自己的权力地位。

没过多长时间，公社所作的全部重要决定，米歇尔和她的纸牌都会参与其中。虽然她提出的理由在讨论时常常不被注意到，但她的预言却成为了行动的准则。刚开始的时候还只是针对最重要的、不涉及个人的事项，过不多久纸牌给出的预言就变得无所不包了。纸牌参与了必须作出决断的一切事项。所有人，就连法埃勒都不得不承认，所有这些决定中没有一项在事后被证明是错的。无论是大事小事、未来、个性和发展、天气和收成，还是是否接受公社新成员、粉刷房间的颜色或是一把丢失了的房门钥匙的位置所在，纸牌都可以给出答案。

无论从哪方面说，米歇尔的才能都是非同寻常的。但这不仅仅是一种才能，同时也是一种负担。她第一次看到演示纸牌占卜的时候就发现，有些图案在她身上引起的感应是如此之强，使得"感应"这个词显得过于渺小。

月亮就是这样一幅图案，但比月亮更糟糕的是一个被吊着的人。米歇尔对猫的皮毛过敏。那张吊着的人的图案上是一个被折磨的男孩身体，背景是秋日的景色，群山和海王星，男孩被单腿倒挂在一根杆子上。所有这些给米歇尔的感觉和皮毛过敏时一模一样。在最初的一段时间，米歇尔为此总是把吊着的人的那张图案抽出藏起来。后来有一次贝库尔茨公开地表示奇怪，为什么整副牌变成了二十一张。为此米歇尔发明了一种洗牌技术，每次都能把吊着的人的那张牌放在最下面看不见的地方，而且不会被洗到上面来。

米歇尔自己也觉得这种做法不太诚实，而且使她的占卜出现了某些不准确的地方，很小但积少成多的错误导致了一些前后矛盾的情况，最终有一天引发了灾难。因为只有她的这个洗牌技术才可解释，为什么她事先没有正确地预见到那个威胁公社的可怕事件的发生：阿玛窦的所作所为、入室抢劫和四人被害。当时她只是很模糊地提到公社可能面临很大的变故（综合其他纸牌可以非常清楚地看到这一点）。从那以后，米歇尔变成了一个非常神经质的人。受一种神秘的负罪感的折磨，她变得非常敏感。

能给她的心理带来一丝缓解的仅仅是：她跟那四个被谋害

的人没有那么紧密。这多少减轻了一些她的痛苦，虽然只是暗地里的。因为反过来说，悲伤和痛苦给生活带来的无法磨灭的伤痕，也并不是一种没有刺激的状态。那几乎等同于一枚挂在胸前的勋章。

当米歇尔终于和海伦一起来到房舍的后面，看到那一小片绿油油的玉米地，她心里不由得高兴起来。不管意识形态上有多少保留，这是一片很顽强的植物、很值得敬佩的植物、无须为之感到羞愧的植物。

"你到底为什么到这儿来，到塔吉特来？"她问海伦。

"因为工作。"

"真的？我以为……真的呀？为什么工作呢？"

"为一家公司，"海伦说，"化妆品公司。只是在下船的时候，我的样品箱子和所有的资料都……"

"你在一家化妆品公司工作？作为代理？"

"不，不是代理。但类似的工作吧。我的任务是在这里建立一些什么。"

"你为美国一家公司工作？你为一家美国化妆品公司工作？"

"我想到处看看。"

"你是认真的吗？"米歇尔叫道。

她几乎无法平静下来。她钦佩之至的学生时代的女友海伦，有着超凡智力且令人害怕的海伦·格立泽，玩世不恭的海伦，高傲的海伦，原来只是资本主义买卖关系当中的一个小小的齿轮。

她的面部表情瞬间完全变了样。米歇尔不习惯居高临下地去看别人，但她的惊讶无以复加，而且是真实的。事实又一次证明了，时间这个伟大的破坏者拥有简单却又所向披靡的力量：

人和他们的梦想和愿望都到哪里去了？那颗闪亮的星星、那位高智商的知识精英、那个被无数男孩追捧的金发大胸的女孩现在成什么样了？

她的眼睛不由自主地看着其他地方。米歇尔以前从来不敢去接触未知的东西，现在她特别强烈地意识到了这一点。这个小小的米歇尔，这个其实从来没有被海伦正眼瞧过的米歇尔·范德比尔特，是她敢于跟小市民的那种安身保命的思维方式告了别，实现了她自己的理想。

她在非洲参与了一个公社的建设。她用自己的双手开垦荒地。她把自己的存在变成了探求。她达到了最高的高度，却因为发生悲剧性的事件而给生活留下了永远的阴影。四个人就在她的身边被射杀了！在最深邃的黑暗之处，她的心灵得到了升华。再来看看眼前的这位学生时代的女友，事情有多么奇怪！她穿着一套不实用的时髦服装，正站在米歇尔播种的如此美妙的玉米地面前。一家化妆品公司的职员！真是命运的讽刺。

海伦并没有注意到米歇尔满脸胜利的得意表情，她关注的是田边一株干枯的小玉米苗，看上去好像与生活的伟大循环和无坚不摧的能量告了别。玉米苗的根上是一窝密密麻麻的白色蝇蛆，在地上受到蚂蚁的攻击。白色的小球被黑色的蚁流带入了吞噬一切的地洞。为自己的得意感到羞愧的米歇尔跟随着海伦的目光。

“是的，生命就是如此！”她过于激情地叫道，“很可怜，是不是？这里到处都爬满了这些白色的东西。有时我为了帮助它们，用手把蚂蚁赶走。但是，无济于事。这就是自然。无法改变。而且也的确理应如此。这些蝇蛆，还有形形色色其他的小动物，也包括我们人类，说到底只是某个整体中、某个共同项目中的一部分。”

“我猜想，如果我们征询一下它们的意见，你的论断在蚂蚁的阵营里一定会得到比蝇蛆更多的赞同。”

“大多数人都不去思考这方面的问题。他们看到的只是某个局部。但只要你看不到这一点，看不到阴和阳……这一切都是相辅相成的，生命和死亡，不管你是不是意识到了这一点。我也不例外。一切都是统一的。一切都是有意义的。”

“奥斯威辛集中营。”海伦说。

但这个时候的米歇尔不是那么容易让人打乱思路的。“奥斯威辛集中营，”米歇尔表情严肃地说道，“我明白你的意思，我知道。我当然特别明白对于你和你的家庭来说这意味着什么。德国人干的事情当然是错误的。这是无可争辩的。是错误的！”她的目光一下子变得意味深长，“你刚才那样把犹太人和这些蝇蛆相比较自然也是不对的，我估计你这么说是无意识的，或者说不是故意的。虽然你自己也是……但是我想说的是巴勒斯坦人。你们，我是说以色列人对巴勒斯坦人干的那些事，跟奥斯威辛也没有什么两样。不，等等，让我说完。从根本上说更恶劣，因为你们从自己的历史当中没有学会任何东西，就像很多人都不会从历史中学会任何东西一样。但这里特别可悲，是因为犹太人和巴勒斯坦人一样，二者都处于墨丘利的影响之下。我是说，那些滔天罪行，对巴勒斯坦的女人和孩子犯下的滔天罪行，对无辜的人、对襁褓中的婴儿犯下的滔天罪行，让人无以忍受的滔天罪行。”米歇尔一边说着，一边紧皱着眉头看着玉米苗旁的大屠杀。“这些无以忍受的滔天罪行，”她强忍着眼泪说道，“太可怕了，可怕，可怕。”

“你这么认为。”海伦说着，用脚尖把一堆沙子推到了蛆窝上，一下子把蝇蛆和蚂蚁都弄得一团糟。他们面对墨丘利的影响好似同样束手无策。

第二十二章　荒漠里的加油站

加油站服务员：夫人，今天我能为您做些什么？

玹尔拉：做好你的工作，小家伙。把油箱加满！

——美国电影《癫猫公路历险记》

但是米歇尔无法说服她的女友再多待一些时间。她知道海伦对这类场面的反应相当过敏，所以在告别的时候她试图对她之前的态度作一个总的解释。她神经质的抽噎、她的得意洋洋，都是一种由于高度的紧张、痛苦和快乐引发的心境。只是海伦的态度，就像她在类似的情境中一向表现的那样：冷漠。她懂得什么叫生活？她什么时候会知道什么叫生活？

“我很想再见到你。”米歇尔说。后面两句话由于她在擤鼻涕而变得模糊不清。海伦使劲摆脱了她女友的拥抱，这时她的目光落到了贴在大门里面的一张纸条上：无论你走向何方，命运都在等待着你。

“不要感伤了。”她嘟哝了一句。

“你这样的人在我们这里会被吃掉！”从厨房里传出一句

喊声。

米歇尔哭着抗议了一声，不过海伦没有再去听接下来在公社里发生的争吵。她知道的已经够多了。她的使命完成了。

她上了汽车，深深地吸了一口气，然后以最快的速度驶离了公社。她得穿过沙漠，驶回决定她命运的地方，这个时候她还以为，决定命运的地方是宾馆里的酒吧。

在沙漠里离廷迪尔玛不远的地方有一个加油站，海伦在那里买了两升水。她从钱包里翻出了几枚硬币，看着一个浑身脏兮兮的八岁男孩往她的汽车挡风玻璃上抹褐色的肥皂泡。加油站的员工在给汽车加油。

海伦给了他一张二十美元的纸币。当他拿着钱走进小木屋去取要找的零钱的那一刻，一辆挂着德国牌照的白色大众车缓缓驶进了加油站，停在了加油柱的另一边。汽车没有熄火，窗户上挂着黄色的窗帘，里面坐着一对年轻男女，非常年轻。

驾驶员看了海伦一眼，而当海伦回头看他的时候，他又马上把眼睛移开了。他两手紧紧地握着方向盘。他的女友把一张地图摊开在汽车仪表板上。她在两人中间显然是较为活泼的一位，说话声音很大。她手上拿着一个夹肠面包做着各种各样的手势，从副驾驶的位子上伸过手去按喇叭招呼加油站的员工。这个时候，八岁男孩把海伦汽车的侧窗和后窗也都抹上了肥皂泡。海伦下了车，点燃了一支香烟。

加油站的四周堆满了垃圾。一个看上去像阿拉伯人的男人正从一个沙丘上下来，穿过垃圾堆，跌跌撞撞地往加油站走来。他的脸上毫无表情，眼睛充满血丝。过了垃圾堆后，他踉跄几步一下子齐膝陷在松软的沙地里，当脚下的沙地逐渐变得坚硬起来的时候，他又站起身来东倒西歪地继续往前走。他走路的姿势让海伦想起了普林斯顿实验室里的老鼠，明明知道触碰前面的饵食就会被电击，但还是一个劲儿往前走。那个男人蹒跚地走到大众车的后面，又绕着本田车走了一圈，突然直奔海伦而来。“帮帮我，帮帮我！”他用嘶哑的英语说着，一下子倒在发动机盖上。他穿着一套西服，上面满是沙子和黑色的黏糊糊的液体。在第一世界国家，也许可以把他看作是一个并无恶意的流浪汉，但在撒哈拉大沙漠，他看上去多少有点危险。

海伦从口袋里拿出一枚小硬币给他，他连看都不看。从他的袖子里有一些脏东西掉在了本田车的水箱防护罩上，他弯下身来，想用西服的衣角把车子擦干净。

“你不用管了，把钱拿着吧。”

“什么？”

“不用管了，好不好。”

他点了点头，站起身来又重复了一遍：“帮帮我，帮帮我。”

“你要干什么？”

“带我走。”

“去哪儿？”

“随便去哪儿。”

“对不起。”

那个男人又一次拒绝了海伦给他的硬币，疼痛让他的脸都变了形。当他转过头来的时候，海伦看到了他后脑壳上满是沙子和血迹的伤口。他的眼神盯着地平线的方向。大众车里那对德国男女一直在注视着眼前发生的一切，这时他们变得有点不安。驾驶员摇着头，两只手透过车窗做着拒绝的手势。旁边的年轻女人皱着眉头正在读着一个催泪瓦斯罐上的使用说明。

加油站员工走了过来，一声不吭地把找的零钱放在海伦手上，然后走到大众车旁，费劲地想把油箱盖打开。

“出什么事儿了？”海伦问受伤的人。

“我不知道。”

“你不知道出什么事儿了？”

“我必须离开这儿，求你了。”

“你是相信命运还是怎么回事？”

“不是的。”

“这至少还有点靠谱。”她沉思着端详了对面的男人一阵子，接着为他打开了副驾驶一边的车门。

这时候大众车里的那对恋人实在看不下去了。小伙子摇下了车窗，“小心，小心！”他用蹩脚的英语大声喊叫着，“这里不是欧洲！不要让人搭便车。”

“危险，危险！”他的女友在一旁帮着说。

“危险，危险”，海伦说，“这跟你们有什么关系？”又对那个男人说，“走啊。”

她上了本田车。他象征性地把手在满是沙子的裤腿上擦了擦，快速地上了副驾驶的位子，带上了车门。他像一只小兔子那样隔着挡风玻璃直视着前方，直到海伦开动了马达。

海伦在大路上开了几分钟后，他说道：“你不用害怕。”

海伦吸了一口烟，又一次长时间地看着他。眼前的男人比她矮半个脑袋，两个手臂颤抖着坐在她的边上。她把自己肌肉发达的手臂放在他的手臂边上，握了一下拳头。

“我只是想告诉你。”男人说。

“我去塔吉特。到了那里我送你去医院。”

“我不要去医院。”

“那就去找一家医生的诊所。”

“我不要去看医生！”

“为什么不去？”

他好长时间没有回答。最后他带着不确定的口吻说：“我不知道。”海伦松开了油门，让车子慢慢地向前滑行。

“不要！”男人马上叫了起来，“求你了！求求你！”

“你不知道想去哪儿。你不知道你为什么想去哪儿。你必须去看医生，但又不愿意去。而且还不知道为什么。说吧，你都知道些什么？”

因为他实在知道得不多，所以他的解释持续了很长时间。其间海伦不得不一再追问他一些事情。这个男人说话支支吾吾的，很费劲。有些话实在吐不出来，他的上身在抽搐。但是他自觉地补充和修正着自己说的话，为自己描述的不准确而生气，他激动地拍着自己的前额，到最后道出了越来越多的细节。阁楼、钱箱、波塞冬。他所讲述的一切，没有一件是有意义的。但止是这一境况让海伦相信，这个特别的搭车人讲的是实话。或者说他尝试着讲实话。

唯有一个细节他没有说。尽管这个坐在驾驶方向盘后面的美国游客是那么冷静和自信，但如若告诉了她被滑轮砸死的男人这条线索，很可能会打扰了她下午在沙漠里郊游的兴致。所以他还是尽可能详细地几乎一字一句地重复着那四个男人的对话。他所听到的，都是一些费解的话，费解的恼怒，费解的最后一句话。

“如果他把事情告诉宝琳，如果他出口蜜蜂，如果机器能正常运作……我不知道。”

“如果他现在破坏了坑道。”海伦说道，顺手把烟头弹出了窗外。

他们的前面出现了那两头在大路的上方昂头亲吻着的骆驼。从塔吉特方向飘来了木头着火和轮船机油的气味。西边的天空被染成了暗红。

第二十三章　红汞

一个破门盗窃的小偷被抓住，并被殴打致死，那不是谋杀。但如果太阳已经升起，那就是谋杀。

——《摩西》第二章

月亮透过百叶窗把割成条纹的光线投射到一张双人床上，平行的蛇形光影。另一扇窗敞开着。大海的浪涛声以及盐和碘的气味。均匀的呼吸声。他翻了一下身，看到不远的地方有一缕金色的头发。

他吞下了四颗药片，这个他知道。剩下的药片放在旁边的一个床头柜上，前面还放了一杯水，这他也知道。他的额头上满是冷汗。周围黑洞洞的。在复杂的迷宫里，他挣扎着试图用一架望远镜看到点什么。他看到一支小口径手枪的枪口，一个手拿三叉戟的男人向他扑来。他看到了自己的脸，听到了柴油发动机的声音，581d。他全神贯注地跟随着镜像里一个女人的动作，她给他上了绷带，她手上拿着一小瓶红汞，她在淋浴间扶住他，以防他摔倒。

她给他的伤口消毒的时候，他两手紧紧抓住水池的边缘。他听见自己痛得大声叫喊，白色的瓷器上有一个红点。她安慰着他。她抓住他的肩膀把他推开，用手在床单上画了一条线："这一半是你的，这一半是我的。把药片放在这儿了。你看到了吗？把手放下。呼吸。"

平行的蛇形光影从床上转到了地下，又移到了墙上。一晚上他一再地睁开眼睛，看到光影有时候移动了半米，有时候原地不动，而他对时间的感觉并没有同步前移。最后他下了床，摸着黑去了卫生间。他用眼角瞟了一眼双人床，发现分界线的两边都没人，但这并没有使他特别感到不安。浴室里到处都是沙子。在最大的一个沙堆后面，有一个很深的洞陷入地下，旁边有一个长着两颗脑袋的动物守候着。一个脑袋在前，一个在后。一个已经死了，一个还活着。活着的脑袋用一根吸管从洞里吸着某种液体，发出恐怖的咕噜咕噜的声音。电线杆子开始移动了，黄色的和蓝色的栅栏从眼前飞过。他一再试着逃脱栅栏围成的笼子，但栅栏一次又一次地把他围住。直到他感觉到一种黄蓝相间的墙纸慢慢地占据了空间，一切慢慢地安静下来。那不是噩梦。或者只是现实的噩梦。清晨的平顶度假别墅。

他害怕在床上翻身，害怕遇到出乎意料的事情。而当他翻过身来的时候，看到的是厨房。厨房的水槽前站着一个一丝不挂的女人。她正在煮咖啡。这时咕嘟声变成了嗞嗞声。

他脸上的表情就好像凝视着太阳一样，他说："我们是昨天认识的。"

"没错。"赤裸的女人回答。她的指甲油涂得非常精致。她用拇指和食指把咖啡过滤袋甩到了水槽里。

“你叫海伦。”他有点不确定地说。

“是的。如果你不知道你是谁，没有关系。你昨天也不知道。牛奶还是糖？”

但是他既不要牛奶也不要糖。他不想吃早餐。只要一想到早餐，他就会感到恶心。他闭上了眼睛。当他再次醒来的时候，房间里已是黄昏时的朦胧。一个影子坐在他的床沿上，正用一块湿毛巾给他擦脸。一只瓷碗里冒着蒸汽。街上渐渐静寂下来。女人把一粒药片放进他的嘴里。她穿着一件白色镂空衣袖的连衣裙。

有一次他看到她肩上背着一个洗浴包，穿着比基尼离开了平顶别墅。另有一次他听到她正跟美国中央情报局通电话。还有一次她似乎有两个脑袋。她端着两个很重的塑料盘子从酒店回来，盘子用锡纸包着。当她把锡纸打开时，饭菜冒着热气，好像刚从烤箱里拿出来一样。但是他什么也吃不下。

“我都跟你说了一些什么？”他问道。

“你是完全忘了呢，还是不太确定？”

“不太确定。”

“你在荒漠里的一幢房子的阁楼上醒了过来。你的头上有一个撕裂的伤口，很可能是有人把你的脑袋打破了。你不愿意去警察那里，也不愿意去看医生。我是海伦。我把你带了回来。这里是我的别墅。”

他看着这个女人，悲叹了一声。这张脸就像在美国时装杂志上看到的那样。他无法直视她的目光。他把被子拉到头上。

“我为什么不愿意去找警察？”他压低了声音问道。

“你认为自己犯了死罪。”

看来他还是讲了。

“据说你用滑轮装置砸死了一个人。我怀疑，我不相信这是真的。”

他没问她为什么怀疑。他还是把被子盖在头上，那些图像又回到了他的脑海。那头咕噜咕噜吮着吸管的动物。他听到女人在打电话，说着化妆品的事。她去购物了，给他带来了饮料。她坐在床沿，一会儿又不见了。一个令人愉悦的幻觉。接着他又陷入了一片黑暗，听不到任何的声音。没有海涛的声音，没有呼吸的声音。恐慌来了，又走了，一阵一阵的。他睡着了。

第二十四章　燕子

帕森斯：没有搏斗的搏斗艺术？做给我看看。

李：以后吧。

——电影《龙争虎斗》

当他睁开眼睛的时候，天已破晓。他的旁边是一床皱巴巴的被子。屋里就他一个人。床头柜上满是杯子和瓶子。墙上挂着两张画。他的身体感觉仍非常虚弱。他能觉察到后背和额头上都是汗，但更多是一种慢慢退去的热度、一种康复期让人放心的虚弱感觉。只是后脑勺还微微有些疼痛。他试着起床，笨拙地离开床走了几步。厨房后面还有一个房间。

“海伦？”

桌上放着盘子和餐具，通往露台的门开着。

他迟疑地走了出去，闻着清晨的气息，手撑在石头的护栏上，望着天空和大海。一条长长的斜坡通往山下，两边栽着石松。海面上有一层薄薄的雾，海浪在沙滩上推出了长长的平行的纹路。右边有一溜儿石阶通往另一个露台，比他站着的露台要低一些，从那里有一条土褐色的小径曲曲弯弯地通向海边。在这第二个露台上，海伦站在那里。她的眼睛正对着大海，两腿叉开着，双臂向两边伸展，金色的头发往后梳成了一个马尾辫。好几秒钟的时间里她站着一动不动，接着手臂开始缓缓运动。一只手臂慢慢地伸到了前面，双膝慢慢地向前弯曲，上身慢慢地向左转动。然后双手慢慢地画着圈，就像划过黏稠的蜂蜜一样。她往边上轻轻一跃，身体轴心随之移动。功夫片的超慢镜头。

为确信自己的感觉没错，他又一次把目光对着天空，看到两只燕子正以正常的速度飞去。不是他的大脑出了问题，她的动作真的很慢。他略微放松地靠在护栏上，不无感动地观赏着略显业余的体操。

海伦穿着一双白色的运动鞋和一条淡蓝色的运动裤。裤子的松紧带深深地陷入她的肉里，使得在腰部隆起一小片赤裸的皮肤。一件无袖的T恤衫后面已经被汗水湿透，贴住了她的上身。他的身体里升腾起对这个女人的一种很奇怪的感觉，一种按他自己的说法也许不太合适的感觉，一种会误入歧途的感觉。是她救了他，是她为他提供了一片栖息之地，是她在照顾他。她是他在一个绝望的世界里的救命女神。但那不是感恩。那是另外的一种感觉。他觉得有点喘不过气来。

当她又有一阵子站着不动的时候，他轻轻地走下石阶，从后面抱住了她。温暖，湿润。他把头靠在她满是汗水的后背上，脸颊上能感觉到她脉搏的跳动。他远望着天际线。

她像僵住了一样。

“对不起。”他说。

“没事。”海伦说着，脱开了他的拥抱，沿石阶往上走去。

第二十五章　游泳

他拿起一块碎片，在身上刮着，然后坐在灰烬里。

——《海尔伯》第2、第8节

虽然他的双腿还有些发软，但还是跟着海伦去了沙滩。他们一起吃了早餐，说是早餐，其实他只吃了半个苹果而已。

太阳还不是很高，把穿过树荫通往海滩的路染成了橙色。几个袒胸露乳的女人坐在一小群欧洲人里。有可能是受那群欧洲人的影响，也有可能是怯于酒店的规矩或是便衣保安的监督，树冠上挂着几件也许是搭错了地方的阿拉伯长袍，最多两三件。海伦把两块毯子铺在沙滩上。他像一个甲壳虫一样趴下，躺在那里一动不动，无声地谢绝了递给他的防晒乳。困倦重又袭来。

“没有想起什么来吗？”

“没有。”

“但是你能不能记起，那是一片什么样的海？”

“是的。”

“你的英语不错。法语我无法评价。你会阿拉伯语吗？”

“会。”

“你思考时用的是什么语言？”

“法语。”

“你会游泳吗？”

当海伦迈着轻快的步子走过沙滩，进到海水里去的时候，他把浴巾叠起来垫在头下，为的是躺着也能看到她。太阳几乎正好在她的头顶上，闪烁的阳光使逆光下她身体的轮廓变得几乎看不见，特别是腰部变得特别纤细。

他知道自己会游泳。但是他不知道是怎么学会的。他甚至不知道他是怎么知道自己会游泳的。他会自由泳和蛙泳。脑子里马上浮现出相关的名称和动作。

海伦转过身来，用一个多少有点做作但非常漂亮的手势把头发撩到耳后。一朵小小的浪花在她的身上溅开，她笑着，笑得有点深不可测。他问自己，这样一幅迷人的图画，人的大脑如何能够忘却，也许，他已经忘了。

他回报以微笑的时候，内心深处涌出了一个念头，一个他现在能够明确感觉到的而在冥冥之中却已经反复出现过的念头：如果他以前就认识她，那会是怎样的一种情形？如果她早就认识他，现在只是在演戏？他跳了起来，从沙滩上奔跑了下去，又跑了回来，在路上绊到了两个躺着的游客。海伦发现他的时候，他已经站在水里，海水没到了大腿，他大声喊叫着。他不认识任何人。没有人认识他。他也不认识自己。他是那样无望。

“慢慢呼吸，慢点。你没有问题，一会儿就好了。”海伦抓着他的肩膀，把他推回到沙滩上。她把他按在毯子上，抓住了他的双臂好一会儿。

“安静。”

“我必须做点什么。”

“你想做什么？不要屏气。”

“我不能坐在这儿。”

“那就去看医生。”

“我不能去。”

“如果我们假设，你不是犯了死罪。”

“我一定做了什么蠢事。”

“但你不是杀人犯。”

“你怎么知道？”

“滑轮装置只是无意间松脱了。你自己说的。”

“那其他的呢？”

“什么其他的？”

“我跟那帮人有关系。或许我就是他们中的一员。”

“你有点偏执妄想症。但不是犯了死罪的人。”

“你怎么知道？”

“我三天三夜守着你。特别是在夜晚。你不是罪犯。如果你想确切地知道我的看法：你是一只小兔子。你都不能拍死一只苍蝇。现在是这样，估计之前也是这样。一个人的基本秉性是不会因为失忆症而改变的。”

“你怎么知道？”

“我就是知道。”

他带着怀疑的眼光长时间地看着她。最后她站了起来，把浴巾包在了一起，对他点了点头。这也不是爱情，而是什么更为糟糕的东西。

第三部

群　山

第二十六章　魔鬼

他们结盟了：他们互相从对方的手里吸吮着水分。当他们再也没有任何可喝的东西的时候，他们从地上捧起尘土舔食干净。

——希罗多德（古希腊作家）

手上拿着一个印有向日葵图案的塑料袋，他出门去买东西。商店就在喜来登大酒店的旁边，往山上走大约三百米。前一天他已经跟海伦走过一次，现在是他第一次独自走这条路。街上那么多的陌生人，他不知如何应对。如果他们对他报以微笑，他会担心他们是认出了他。如果他们看着他却不笑，更会使他感到不安。一个穿着胶布雨衣的男人引起了他的注意，因为那人经过他身边时站住了，还转过身来。喜来登的看门人跟他打招呼就像对一个老熟人一样。一个独眼的妇人向他伸出手来。

当他拿着满满的一包买好的东西快要回到平顶别墅的时候，他突然觉得十分焦虑。他一路跑回酒店，问看门人，是否曾经见到过他。

“昨天。”看门人确认。

“以前没有吗？您以前并不认识我？”

“平顶别墅581d号，和您认识的一位夫人在一起。”

他低垂着头穿过小巷。绝望笼罩着他。两个身着深色西装的男人从一辆停放的轿车里下来，尾随着他。他故意错拐了两个弯。当他再次发现那两个男人的时候已经为时过晚。他们把一只麻袋倒扣在他的头上，再用一根麻绳系在他的脖子上。还好他的指尖紧紧地抓住了麻绳的下面。同时他觉察到，他的双脚被抬了起来。他蹬着脚尽力挣扎着，却忘记了叫喊。他的肩膀撞到了金属物体上，一阵失重的状态后，他被狠狠地扔到了地上。橡胶的气味，汽车行李箱的盖子，沉闷的声响。马达发动了。

汽车开了不到五分钟。一路上他使劲拽着套在头上的东西，从下巴和嘴巴一直扯到了鼻根，接着就再也推不上去了。那东西卡在了眼睛上。

当他还在那里拼命地拉扯着套在头上的麻袋时，行李箱又打开了。隐隐约约他看到两个男人，抓住他的脚和胳膊肘把他抬了起来。第三个人坐在方向盘的后面，必须把头使劲往后抬起才能看到他。带枪的男人，黑色的汽车。一条铺着白色石子的路，绿色的草坪后面是一栋高大的别墅，花园周围是一人多高的围墙。墙的外面是一条很热闹的大街，一片嘈杂，声音离得很近。他们只是把他的一只手臂转到背后，除此之外既没有把他捆住也没有堵上他的嘴。他们大概没有想到他会大呼救命。那些男人的举动给人的印象是，他们似乎并不是因为疏忽才没有想到这一层可能。他没有叫喊。他的鼻子里流出了血。

一个男人按了一下门铃。一个尖声尖气的声音问了一句外面是谁。

“朱利叶斯。”

他们走进了一个巨型的大厅。看上去就像在美国电影里那样，带着石头扶手的宽大楼梯，到处都是童话般的石膏花饰，金碧辉煌。一面巨大的水晶玻璃镜子里可以看到两个穿着黑色西服的健壮男人站在一扇开着的门里。他们中间站着一个身材瘦削的人，一只手被拖在背后，鼻子里流着血，头上的白色风帽就像高耸的厨师帽一样，一直盖到眼睛上面。几个有血有肉的和几个石头雕成的青年男女一起，站在一个发出潺潺流水声的喷泉周围。女的都穿着轻薄的裙子。他们看了一眼门的方向，很快又把眼神收了回来。

那个自称是朱利叶斯的人推着他上了楼梯，进入了楼上的一个房间。那个人剪去了套在他头上的麻袋，把他按在了一把皮椅上。皮椅正对面是一张结实硕大的写字台。桌上摆放着金色的书写用具。房间的墙壁是深色的护墙板。裸体女人的油画画像和布满笨拙方块和圆圈的现代艺术画并排挂在那里。朱利叶斯在屋角的一把椅子上坐了下来。写字台后面的那张用铁架和真皮做成的沙发转椅空着。

他张开嘴，想提一个问题。但朱利叶斯微微抬了抬枪口，他闭上了嘴。他理了理头上的绷带，伤口有点儿疼痛。从花园里传来说话声和笑声。半个小时过去了。护墙板上的一扇门被打开，一个满头白发容光焕发的男人走了进来。他穿着短裤，手上拿着一个羽毛球拍。从他湿透了的T恤衫的下摆凸出一堆赘肉。他的腿看上去要比手臂短。他的脸若按十九世纪的相貌标准来衡量的话可以称得上是乐天派的典型代表。他的着装、身体、动作和周围的环境给人的总体感觉是：在这个人的人生经历中，没有任何东西是天上掉下来的，而他却从来没有为生活的艰难忧愁过。

白发人坐到了转椅上，和朱利叶斯交换了一下眼神，微笑着。他一句话不说，沉闷了很长时间，直到缄默不语眼看就要失去效用。

“你的胆子可真大。”他说，停顿了好长时间，他又接着说道，“看来我们是低估了某个人。”他的法语带着某种说不清的口音。

“两条小香肠（两个无足轻重的人）。这是我的话，或者不是我的话？两条小香肠！我们该感到高兴才对，该赞美仁慈的上帝，这些小香肠落到了我们手里。现在又来了这么一个。”

白发人在他面前弯下腰，用羽毛球拍敲了敲他头上的绷带。伤口里发出一种非常难听的声音。

“我给你提个问题。或者我们也可以从头来。我们是用‘你’相称吗？或者还是用‘您’？帮我定个主意吧，小男人。我用‘你’称呼，你不会介意吧？那好，你是不是能够想象，在这儿究竟发生了什么事情？”

白发人盯着他看了一会儿，随手扒拉去了球拍弦线上的几根草叶和几个土块。然后把球拍往身后一递，朱利叶斯一下子跳了起来，从他手里接了过来。

“你知道是怎么回事儿吗？”

应该做出一副知情的还是一副不知情的尴尬表情？他犹豫不定。作出这个决定他觉得有点难。

十秒钟。

“不，你根本不知道究竟是怎么一回事儿！”白发人咆哮道。他弯腰从写字台抽屉里拿出一个黑色的纸盒，从桌面上扔了过来。纸盒大概有半个香烟盒子那么大，上面有着某个珠宝行的镀金字样。纸盒掉在他的腿上。他迟疑地把它打开，里面是一条短的金项链和一个挂件。乍一看挂件像是一节被切下的手指：手指的大小，手指的颜色。但实际上只是一段蜡黄色的经过雕琢的木头，上面有两个血红色的斑点。背面因使用时间久了而磨损得很厉害，但还是能认出这是一张木刻的魔鬼的脸，红点就是它的兽角。他不知所措地把这个护身符拿在手指间转来转去。

“你现在觉得震惊了。”白发人说道，一边靠回到沙发椅上，露出满意的眼神，“但这样的事情事先就应该想清楚。知己知彼，方能百战不殆。你当过兵吗？”

朱利叶斯玩儿似的把枪对准了他。他努力地做出一副适宜的面部表情，一副迎合对方期待的面部表情。

白发人突如其来地从桌上探过身来，一把从他的手指间抢过护身符，随后马上又扔还了给他。“这是显符，还是其他什么东西？护身符？也许是为了防护我们这样的人？傻了吧。虽然你一直试图保持镇静，但你是一个蹩脚的演员。”

为了从下面看他的脸，白发人低下头。

“看上去像是一根手指，”他继续说道，“和真的手指一模一样。而且差那么一点儿就会是真的手指了。但却不是。这根手指不是真的，你知道应该感谢谁吗？”

朱利叶斯脸红了。

“金子般的心！”白发人挖苦地叫道，“金子般的心！朱利叶斯有五个孩子。如果你有五个孩子的话，心肠就会很软。自动的。他还两次救过我的命。这些你当然无法知道。心肠那么软，还两次救过别人的命。这是他的养老保险。忠诚，不管对错，这是我的祖国。如果说有一种特别让我敬重的人品的话，那就是忠诚。可惜你没有这样的品质。你想知道事情的结局会怎么样吗？我来告诉你：我坐在那里，那个该死的小东西坐在我的膝盖上。然后我说，按平常的代价，我们切下左手的食指还是右手的食指？朱利叶斯说：嗷哇。接着他母亲也来了。天哪！他母亲说什么了呢？说啊，你肯定知道，他母亲会说什么？你的太太。你会跟你的太太经常沟通吧，你不是一个很重情意的人嘛。说啊，你猜，那个肥婆都说什么了？”

沉默。

“我希望你能原谅我使用‘肥婆’这样的字眼。我在这里并不想伤害到任何人。也许她还有其他的能耐。肥婆。顺便说一下，她在床上也实在不怎么样。”

白发人没有移动目光，只是把头转向朱利叶斯：“我说得不对吗？朱利叶斯，她在床上还不错？只能说是中等水平。你的印象怎么样？没错，最后射得不那么对头。你那东西要完成更重要的事情，比如站在很高的地方往‘忠诚’这个词上撒尿。现在最重要的问题是，肥婆对手指这个问题说了什么？钢琴家！他想成为钢琴家。她在实际上快要到高潮的时候说：他想成为钢琴家。你想象一下，才三岁，就想成为钢琴家。难以相信，不是吗？三岁的年龄和贝多芬……没问题，我说，不过但愿他不想同时还成为约翰·克鲁伊夫。贝多芬和克鲁伊夫，这样的结合还是太罕见了。我抓住了他的一个小指头，你说，那个蠢妇会说什么？”

白发人等待着他说的那番话的作用。他不会知道，他的话没有起到任何效果，至少没有起到像对记忆正常的人那样应有的效果。

“快说，你不是认识她吗，肥婆说了些什么？”

他垂着眼睛，听着白发人的训话，尽力做到不要显得无动于衷的样子。他有一个家庭？他有妻子和孩子？他们受到威胁了？他无法对他想不起来的人产生什么情感。他尝试着去想象，如果他以后恢复了记忆，想到自己最爱的人的身心受到了如此摧残，会有多么的痛苦。但这样的想法都是抽象的，就像两个月后要去看牙医一样。

此外，他的内心回响起“肥婆”和“该死的小东西”这两个字眼，他想起了海伦。苗条的海伦，金发的海伦。白发人的那番废话给他带来的唯一感觉是厌恶。还有对自己处境的害怕。他想安然无恙地离开这里。几分钟前他还打算把他知道的都说出来：他什么都不知道。可是一想到被割下肢体的可怕画面，他心里很明白，在这儿面对的是什么样的人。他试着保持镇静。

“现在不要哀号。谁想自以为是地唱一台大戏，就先要保护好自己的后方。可是比保护好自己的后方更好的办法是：根本就没有后方。看着我。你可以装作是甘地，也可以装作是希特勒。你谁都可以装。也可以装作是耶稣。不，亲爱的，妻子和孩子，这是最糟糕的后方了。谁都可以去那里。到了那里你就会软弱得像一块奶酪。你瞧瞧朱利叶斯。过去是所有人当中最棒的，现在却变成了多愁善感的废人。我对他说，朱利叶斯，你是怎么想的，我们该怎么做才好？朱利叶斯把那个该死的小东西脖子上的护身符扯了下来，说，怎么样，头儿？真是滑稽可笑。现在的情况就是这样。蠢妇和小家伙在我们手里，如果你还在那里为发生的这些事情感到惊奇的话。但或许你过去几天里根本就不在家？”白发人拿起护身符，牵着上面的小魔鬼围着写字台跳了一圈舞，吊着假嗓子说，“他以为他可以躲起来，他真的以为。”接着又用真嗓子接着说，“可惜现在我得问你一个问题。这个问题朱利叶斯已经提过了。清楚了没有？”他把小魔鬼高高举了起来，“或者我们不得不把蠢妇和小东西一片一片地割下来送给你？”

护身符被放回到盒子里，盒子被放回到写字台的抽屉里。

“你知道，接下来会发生什么？”

他思考了一下，咬着嘴唇说：“做一笔交易。”

“做一笔交易，”白发人说这话的时候，脸上的表情一会儿喜形于色，一会儿茫然不解，“做一笔交易！”白发人看了一眼朱利叶斯，然后站起身来，友好地把手伸过写字台。

他伸出手来刚想跟白发人击掌，白发人一把抓住他的手臂，用左手拿起一把金属拆信刀，以极快的动作穿透他的手掌插在写字台上。然后他坐回到自己的椅子上，摆了摆手，意思是告诉他，千万别自己设法把拆信刀从肉里拔出来。朱利叶斯把枪对着他。

“不，不，这样可不好！”

由于手被远远地钉在写字台的另一边，他站也不好站，坐又不能坐。他奇怪地蹲在那里，就好像在野地里解手那样，半趴在写字台上。

“你想做什么交易，我的朋友，你能交换什么？”

他大口喘着气。

“你承认，你有可以做交易的东西？”

他呜咽着。

“你承认，你侵占着本属于我的东西？”

过了一分钟。他害怕，担心着自己的生命。他很想把什么都喊出来。但尚存的一点理智告诉他不能这么做。不管白发人指的是什么，他都没有。他推测，他有足够的理由推测，白发人所指的一定是几天前一个叫蔡特罗伊斯的人在沙漠里开着摩托车带走的东西。他当然可以说出自己的推测，但同时则必须说明这只是自己的推测，他并不知道事情的缘由，而且他又失去了记忆。稍微逻辑地思考一下便不难得出结论，一旦他说出自己的推测，他在对手面前就会变得一文不值。就算他们相信他的话，或许正是因为他们相信了他的话，他便会变得毫无用处。而如果他们不相信他的话——这种可能性会更大一些——他说了更会让对方恼羞成怒。

他不能说出真相。但他也不能撒谎。如果要撒谎，他则必须知道，撒什么谎。他只好咬紧牙关。

“这样不行。”他抱怨了一声。

“什么，这样不行？”白发人一把抓住拆信刀，就像抓住汽车的变速杆一样，把所有的挡都挂了一遍。

“你也许在想，这里关系到的是你的家庭。你在想，这里关系到的是你的性命这类无关紧要的事情。事情并不是这样。这里关系到的是公正。因为，有一点你不应该忘记，我是付了钱的。我不能让你这样的半瓶子醋坏了我的大事。”

“这事我会重新处理好的，我会处理好的。”

“你想怎样把这件事重新处理好？”

他号啕大哭起来。他从下面看着白发人的脸，决定继续糊弄下去。

“我知道是谁！”

“你知道是谁？”

“我也知道在哪里。”

“在哪里！”白发人怒吼了一声。

“我如果说了，不会有好结果的。”

“就是现在这样你也不会有好结果的。”

“我会把事情重新处理好的。我有能力做到。”他大叫了起来，血从金属拆信刀的边上涌了出来，黑黑的，“你们认识我！我也认识你们！我的家人在你们手上！”

白发人默默地看着他。

“你们可以相信我，”他哭泣着，“我的太太！我可爱的儿子！噢，上帝啊，噢，上帝啊，我的儿子，我可爱的儿子！”眼泪夺眶而出。他把脸“啪”的一下贴在写字台上，这样对方就看不见他的脸部表情了。他自己都怀疑是否做得有点过了。

朱利叶斯弯下腰，在白发人耳边说了几句话。白发人靠坐在转椅上。一分钟过去了。又过去了一分钟。

“七十二个小时”，白发人说，“到时候矿井重又属于我。七十二个小时。否则的话，切手指，切脚踝，切耳朵。”

白发人慢慢地把拆信刀从他的手上拔了出来。

第二十七章　赛跑运动员雕像大门

我知道有个男人曾经偷了一个摩天轮。

——希尔·哈米（美国作家）

这是一个温暖的下午，云层很高。他把疼痛难忍的手压在胸口，踉踉跄跄地走出别墅。没有人跟踪他。他两腿发软，无力地靠在了一堵围墙上。围墙的墙头探出高大的法国梧桐树。他闭了一会儿眼睛，听到了轻轻的音乐声。

围墙属于一栋别墅，比之他刚离开的那家要小一些，也没有那么奢华。他前面的人行道上站着几个衣着讲究的男人，他们正面是一座法国20世纪20年代很流行的装饰风艺术风格的大门，上面镶嵌着大理石雕像，赛跑运动员的雕像。正当他从那些男人的身边挤过的时候，一辆警车开上山来，恰好在他身边停了下来。两个穿便衣的男人下了车，往别墅大门走去。

“卡厉米是个笨蛋。”他听到其中一个人说道。他把那只流血的手插在口袋里，低着头快步从他们身边走了过去。他沿着盘山路下山往喜来登大酒店走去。一路上他一直在问自己，为什么白发人就那么肯定他不会去找警察？

其实只可能有一种解释：他显然陷入了一桩严重的犯罪行为，在执法人那里等待他的势必比白发人威胁他的更加可怕。但还能有什么事情会比他和他家人的生命受到威胁还要糟糕的呢？

直到快要走到平顶别墅的时候，他才想到还有第二种可能。如果白发人自己就是警察呢？他要是国家权力机构的一个高层代表呢？他走到几个街头小贩面前，用胳膊肘指了指沿海的山上，问他们是否知道那栋高大别墅的主人是谁。从他站着的地方仍能看到那是整座山上最为豪华的建筑，旁边就是那栋有着奇怪的赛跑运动员雕像大门的别墅。小贩告诉他，豪华别墅的主人叫阿狄尔·巴斯尔。小贩说出那人名字的时候，带着敬畏的神情，还有点欲言又止。要想打听到那个人的职业则要比了解到他的名字难得多。最后总算有一个人开了口，他才知道。其实也真的不能说是什么职业，那人是黑市之王。

第二十八章　地图册

耶稣说："或许人们以为我是为给世界带来和平而来的。他们不知道我为世界带来了纷争：火焰、刀剑、战争。一间屋子会有五个人：三个人对抗两个人，两个人对抗三个人，父亲对抗儿子，儿子对抗父亲。他们会是孤独的。"

——《多马福音》

"二十二岁的主要犯罪嫌疑人，他沾满血迹的衣服可以毫无悬念地指证他的犯罪行为。天哪，他沾满血迹的衣服……毫无悬念……你们的文字水平真的还需要多下点工夫。不管怎么样，据说身上沾满血迹的案犯开着一辆偷来的丰田车驶进了公社，这个由外国不务正业的人组成的公社多年来被泼了不少脏水……不，文章里也没有多少信息。证据相当确凿，部分招供……可能会判处死刑……瞧，他身上带着武器，一把毛瑟枪，子弹与墙上的洞完全吻合……洞，这算什么表达？嘿，我的同事身上有个洞！不管怎样，据说在枪上找到了他的指纹。如果我是你的话，没必要担那么多的心。”海伦放下报纸，看着坐在对面沙发上的男人。他的西服上到处是血迹和脏污，他高架着两条腿，头上是新扎的绷带，右手的包扎又变成了红色。他的旁边是一个冰袋。

他呻吟着。

“哦，还有，我今天往家里打了电话。我母亲的一位朋友懂一点医学，他说，只要那把刀是顺着扎进你的手，没有刺破其他地方，就不会有什么大碍。只是要小心，不要感染了。不过我还是想再提一次看医生的事。”

“念下去。”

“伤口痛是你的事情。但是我不想惹麻烦，不想我的别墅里有一个身份不明的男人得败血症而丧命。二十二岁的杀人凶手，刚才还说是嫌疑人，最后在宣判的时候痛苦地流下了悔过的眼泪，然而在押送犯人去刑场的路上，由于一起确凿的交通事故，犯人得以逃跑……确凿的交通事故，我的天哪，要不就是我的法语出了问题，要不就是这帮人疯了。不管怎样，这里没有任何关于失忆的内容。那也是在星期二。不，对不起。名字挺漂亮的，很适合你：阿玛窦·阿玛窦。”

“你估计我多大年龄？”

“三十，我估摸着，但不可能是二十二岁。尽管如此我想再问你一遍：为什么你没有告诉那个家伙你失忆了？”

“有什么不好理解的？”

“手被人用拆信刀扎在写字台上，要是我的话，肯定会说出一些事情来。”

“我的感觉是：我知道的事情他没有不知道的。他只是不知道，我什么都不知道。如果我说了的话，他会怎样对付我？”

“但是你可以说出那四个穿白色长袍的男人，还有那个骑摩托车的。最让我奇怪的是，他们怎么会就这么把你放了。”

“也许他觉得，只有我才能把这件事重新办好？还有，我的家人在他手上。”

“现在你家人的处境可不妙了，因为你不可能把事情重新处理好。矿井、蔡特罗伊斯、阿狄尔·巴斯尔，你对所有这一切一无所知。你不愿找警察。干等着也不是办法。按我的想法你现在最好去看医生，找人看看失忆究竟是怎么一回事儿。”

“你觉得我说的理由有什么不好理解的。”

“没有。不过向一个局外人咨询一下也许会有帮助。我有钱。我就是为你感到担心。”

他长时间若有所思地看着海伦，然后说：“矿井。你把地图给我看一下。”

海伦把地图给了他，站起身来，给咖啡壶加满了水。“不可能的，”她说，“如果是矿山的话，那个骑摩托车的人怎么可能带着进了沙漠？”

“也许带走的是购买合同。”

“黑市之王和购买合同？”

“但也许我是矿山工程师，矿井是我开发的。”

“这有什么区别吗？这一切的一切都是胡言乱语。那家伙当时具体是怎么说的？然后我可以失而复得？然后它重新属于我？”

“然后这是我的。七十二个小时，然后这重新又属于我。”

“你们一直在说法语吗？”

“这里灰色的是什么？”

“花岗石。”

“那绿色的呢？”

“碳酸盐。”

“可以派什么用处？是不是那种发光的颜色？”

“是肥料。但那是在好几百公里开外啊。碳酸盐是胡说八道，花岗石是胡说八道，所有这一切都是胡说八道。”

“那这里画了圈里面打了钩的是什么地方？”

“是我们这里。”

“好。那这里呢？还有这里，这里，这里。”

“这些都是农田。”

“或许这只是一个很小的矿井，在地图上没有标出来。”

“Mine这个词的第四个意思是什么，能不能再说一遍？”海伦说，“你刚才不是说，你记得这个词有四个意思？”

“脸部表情。”

“我还是只数到三个。”

“脸部表情，矿井，地雷，还有笔芯。”

“法语里是这样的，对吧？La mine？这我原来不知道。”海伦沉思着说道，“我无法想象，花那么大的工夫，又是绑架，又是杀人的，仅仅是为了一支笔芯。就算这支笔芯是金子做的也不至于那样。”

“金的笔芯会值多少钱呢？”

“也许几百美元，或者一百也不到，我不知道。这还不如一枚结婚戒指值钱。你不是说，那家伙非常有钱吗？地雷应该是最有可能的。但据我所知地雷也不值什么钱。轰的一声爆炸，就完了。”

“但如果是什么更大的东西呢？真正的武器技术？”

“我的意见你知道。先是医生，再是巴斯尔。因为，你可以给我讲那么多的矿井和地雷，但最具体的，是别墅里的那家伙。”

“那这里呢？瞧，这个小黑框，里面有一个红点的。这是铀矿。”

“这有几乎一指长呢。”海伦用食指指着地图，那段距离有三千公里长，“那都进了刚果很长一段了。”

他想了很长时间，接着问道，眼睛却没有看着海伦：“这张地图你到底是从哪里弄来的？为什么你带着这么一张标有矿藏的地图？”

“这是一张很普通的地图，”海伦说着，把地图掉了个个儿，“地图背面我还没看过。你为什么这样看着我？现在你觉得我都可疑？”

“对不起，不过我还得问一句。化妆品？”

“是。”

“你是代理？”

“Larouche是美国第二大化妆品制造商，我的任务是在这里……”

“在下船的时候偏偏是你的样品箱子掉到了水里？”

“一个小男孩把箱子从我手里抢了过去。”

“你没有其他东西……我是说……可以……”

“可以证明自己的身份？天哪。备用的样品箱要过几天才到。”

“我知道，我不应该……”

“不要再说这些了。还是给我解释一下，小香肠是什么意思。两根可怜的小香肠。”

“我的同伙和我。蔡特罗伊斯。”

“这正是我的问题。你怎么就那样肯定这是你的同伙？你敌人的敌人就一定是你的朋友？”

“不是有点道理吗。”

“就算他是你的朋友：事实是，他开走了摩托车，而把你扔在了仓库。这可以意味着一段友谊的结束，对不对？”

“一切都有可能。”

“正确。没有一件事情是理所当然的。也许蔡特罗伊斯也是那四个男人的同伙，却又欺骗了他们。或许他是你的朋友，却把你的脑袋给打破了，而胖子只是为了这事才对着第四个人怒吼？”

“现在你有点儿想得太远了。”

“或许根本就没有蔡特罗伊斯这个人。三个男人编造出了这个人，为的是他们自己想独吞什么东西。”

“但他们看上去不是这样的……我听到他们说话了，那时候第四个人还没到呢。他们显得束手无策，看上去都傻乎乎的。”

“好吧。如果我们假设，他们当时束手无策，他们是几个傻乎乎的人，束手无策的境况和傻乎乎的本性致使其中一个人说出了真相。这样的话，你从‘蔡特罗伊斯带着东西进了沙漠’这句话里可以得出的结论也只不过是：第一，有蔡特罗伊斯这么一个人。第二，他带着什么东西进了沙漠。这一切是否跟你和阿狄尔·巴斯尔的矿井有关，鬼知道。”

“‘要是他把矿井摧毁了’。”

“是。但是你听到的是：如果他安装了无线电干扰的话。但就算是这样：在一个有着一百万居民的城市，再加上还有五百万人住在贫民窟里，你上哪儿去找到这个蔡特罗伊斯啊？你看过这儿的电话簿没有？我都怀疑，他们这儿有没有户籍登记之类的东西。”

第二十九章　游客咨询处

我确信，他夏天的时候穿着一侧钉有珠光纽扣的矮筒靴。

——陀思妥耶夫斯基（俄国作家）

天气好的日子里，如果风是从大海的方向吹来的话，在平顶别墅开着窗便能听到海浪敲打岸边的啪啪声。三面环山的海湾汇集起大海的声音，送到半睡半醒的人的耳中。这个失去记忆的男人脸对着窗户，眼睛闭着。夜晚，他已经疲惫的大脑里不时涌入如此这般的念头：永恒的世界和伟大的人物，相比之下自己的无足轻重。浑身疼痛的他醒了。屋子中间有一个影子，一开始他以为是自己的幻觉，但影子在动：一个穿着牛仔裤和紧身T恤衫的女人，光着脚，正站在一把椅子前，而他昨晚睡觉前脱下的衣服就放在那把椅子上。她正翻看着他西裤的口袋，她拍了拍裤腰后不发出一点儿声响地又把裤子放回到原处。接着她又检查了他的上衣，衣服里掉下不少沙块，她检查了里面的口袋，又查看了外面的口袋，用拇指和食指沿衣服的贴边搜了一遍。她拿起一只褐色的低帮鞋，抽出里面的鞋垫，仔细地查看了鞋子的里面，又摇了摇鞋跟，把鞋放了回去，又拿起了另一只。在她转过身来之前，他闭上了眼睛。但是他没能坚持多久。

“找到什么东西了？”他大声问道，并没想指责她。“只有一个铅笔头。”海伦答道，口气里没有一丁点儿愧疚的意思。

“我知道。”他在床上坐了起来。

“还有一串钥匙。”

“是的。”

“你知道这个名字是什么意思吗？”

她提着上衣的两个肩膀把衣服举了起来。领口缝着一块白色的小布条，上面绣着一行深灰色的字：卡尔·格罗斯。

“这不是服装公司的名字吗？”

“我也这么想。但是这家公司的名字我还从来没有听到过。”

海伦从浴室拿来一把刮胡子刀片，坐在床沿上把商标割了下来。商标的背面也是深灰色的丝线组成的文字，显然是机器织的，内容跟正面一样，无疑是公司的名字。海伦拿起小布条，按在了他的额头上。

“我以后可不可以这样叫你？因为，你总得有个名字，这样我才好叫你。卡尔。”

“卡尔？”

“卡尔。”

“那里好像还有什么东西。”他说着，从西裤口袋里摸出一张红色的小纸片，上面印着：姓名，冒号。其他什么都没有。

吃早餐的时候，海伦左手托着脸，右手夹着头朝上的香烟。

她开着玩笑，每说一句话都叫上一声“卡尔”：“咖啡里要不要放糖，卡尔？为什么你把证件卡烧了，卡尔？昨天你可没有提到什么嬉皮士，卡尔。”

“我怎么说的？”

“你说那帮家伙。”

海伦从卧室里拿来了一件黄色的运动上衣和一条百慕大短裤。为了说服卡尔至少试一下她的这些衣服，她花了好长时间，其间她喝了两杯咖啡，抽了四根香烟。衣服非常合身，就像是为他定做的一样。

“你的那些衣服一会儿可以送到酒店去。”

“我看上去就像一只金丝雀。”

“明天你的衣服就可以洗好了。”

接着海伦开着本田车去了美国领事馆，她说为的是了解一些信息。卡尔出门散步，往山上的喜来登走去。他把一包衣服交给了酒店洗衣房（他第一次自我介绍为“卡尔·格罗斯，581d号房间”），顺便问了一下酒店的服务员，是否认识一个叫蔡特罗伊斯的人，蔡特罗伊斯先生。是的，家住塔吉特。不，不是酒店客人。也许不是。

但是这个服务员不认识叫蔡特罗伊斯的人，他叫来另一名服务员，但是那人也不认识。第一个服务员又叫来了第三个人，第二个服务员又叫来了第四个人。眼看就要聚集起很多服务员了，卡尔赶紧从海伦给他的一摞小额纸币中抽出几张给了服务员，表示了感谢，走出门来。

他没有听从女友的劝告，沿着通向塔吉特的路往山下走去。他看到很多友好的脸，也看到一些不友好的脸，他读着街道和公司的牌子。有一个律师叫蔡伊森诺伊斯。一块石头上刻着“为纪念查尔斯·波伊莱奥”。他尝试着和一个行人说话，但越接近市中心，和他搭讪的人却越来越多。穿着黄色的运动上衣和百慕大短裤，他看上去就像是一个古怪的非常有钱的游客。在商贸集市周围狭长的小巷里，他走不出五步，就会有一些男人向他围拢过来，用语言和手势向他表示最为热烈的亲近。乐于助人的和无所事事的年轻人、江湖骗子、商贩同他握手表示问候。大部分人的脸部表情清楚地表明他们希望从他那里得到什么，但他还是怀疑，其中许多人有可能以前认识他。

为了缩短这一套程序，最后他改变了策略。在一条不那么热闹的街上，他做出一副神思恍惚的表情，冲着街上随便什么人用尽全力表示出久别重逢的喜悦，同时询问跟他们最后一次是在什么地方见过面，或者问蔡特罗伊斯先生今天是否到过这里。他说话的口气就好像今天他跟他的朋友、他的敌人、他的小叔子、他的债务人约好在这里见面。他的表情就好像五分钟前刚跟那个人见过面。他给人的印象就好像蔡特罗伊斯先生就住在这附近，只是他把街道和门牌号码给忘了。他把蔡特罗伊斯描述成一个普通的阿拉伯人、法国人，或者黑人。但好像没有人听到过叫这个名字的人。他的调查的唯一结果是：后面跟了一大群流落街头的孩子，他们答应只要他能给他们一个铜板或者带他们坐一次碰碰车，他们就随时可以帮他找来一个个子或高或矮，体形或胖或瘦，皮肤或白或黑，长胡子的、有钱的、浑身发臭的或者肌肉发达的蔡特罗伊斯先生。最后他筋疲力尽地在街边的一家咖啡馆坐了下来。

一杯薄荷茶已经喝了一半，他突然看到旁边一栋房子的门口挂着一块牌子：警察总署。

对于警察，他还是怕得要命，但同时他感觉到这栋房子对他的巨大吸引力：还有比这儿更能提供有关失踪者信息的地方吗？

他看到两个警察从里面走了出来，他们聊着天，离他顶多二十来米的距离。其中一人衣服下显然藏着武器，他一边张开手指梳理着自己的头发，一边环视着周围的人群。突然他停了下来，抓住同事的肩膀，用下巴指着小咖啡馆的方向，那里坐着唯一的一位客人……确切地说，是两秒钟前那里还坐着一个穿黄色运动上衣的唯一的一位客人。

卡尔笨拙地转过身，把一张纸币压在玻璃杯下，匆匆离去。在错杂的小巷里，他很容易可以甩掉警察，如果他们的确在跟踪他的话。他没敢转过身去看他们。这短短半天时间，紧张的事情已经够多了。他走上了回喜来登的路，沿港口往回走，接着上了滨海路。

穿着白色服装的美国有钱人站在海边摆着拍照的姿势。穿着金色服饰的服务员倚靠在狭长的游艇旁。海鲜餐厅的大门就像是用塑料搭建的希腊神庙。他感到心里空荡荡的，浑身麻木。一艘大型游轮的烟囱冒着烟，正驶向大海。看着游轮驶去，他不禁想到自己是否也应该离开这个地方。他没有过去。如果他有过去的话，想必也是充满了暴力、犯罪和追捕。如果说以前他还曾希望能够继续迄今为止的生活的话，那么现在他更多是对安宁和安全的渴求。移民去法国或者美国，在那里重新开始一段无忧无虑的生活，慢慢熟悉在一位金发女人陪伴下的生活。难道这不可能吗？

“蔡特罗伊斯！”有人在他身后叫道，“蔡特罗伊斯？你在找谁？蔡特罗伊斯？”

在一个门前堆放着许多废旧汽车车身的车间，门口站着一个身着蓝色工装裤的男人。他带着一种有点儿诡异的神态，招呼卡尔过去。他把卡尔拉进了车间，随即关上了门。昏暗中可以看到里面还有一个很健壮的男人，不由分说地往卡尔的肚子上狠狠踹了一脚。

他一下子弯下腰来，感觉到后面有人卡住了他的脖子。他们没有提任何问题。他们好像以为他应该知道他们想要什么。如果他们的确是想从他的身上得到一些什么，而不是对一个穿着女人衣服的男人开玩笑——像他这一身打扮在一个很看重传统的社会里很容易引起他人的仇视和攻击。他被踹得透不过气来，喘息着问了一句他们是谁，回答他的是更多的拳打脚踢。他的嘴角尝到了血腥的味道。他们把他拖到车间的后面，那个健壮的男人一下子把他推到一个工作台旁，上面放着一个木头箱子。箱子的一头打开着，可以看到里面有一台看上去超级现代化的闪着银光的机器。他们把他的头撞到机器上。

“怎么样？怎么样？”健壮的人大声叫着。

机器摇晃着，卡尔恍恍惚惚地一头栽倒在地上。他们扑在他的身上，死掐着他的脖子，直到车间门口那里传来了什么声音把他们吓了一跳。

太阳光下一个狭小的身影慢慢变大，越过了地面、工作台、泛着银光的机器，最后投到了三个扭在一起的男人身上。几秒钟时间里鸦雀无声。接着一个压低了的傲慢的女人的声音，带着很重的美国口音问道：“对不起，你们能不能告诉我游客咨询处在哪里？”

个子矮小的那个人马上跳了起来，张开双臂往门口的方向跑去，为了挡住对方的视线，不让她看到身后发生的事情。另外一个人掐住卡尔的喉咙把他按在地上。卡尔的眼睛被汗水和眼泪迷糊了，看到的只有一块方形的光线中有两个身影。他听到他们在说话，接着是难听的“咔嚓”一声，一个影子应声倒地。另一个身影扭着臀部走进车间，在黑影里站住了。那个健壮的人放开了卡尔的喉咙，一边小心地擦着自己的拳头，一边慢慢地往身影的方向走去。

这回卡尔看到了一个劈掌，只听见又是“咔嚓”一声，那个健壮男人的喉头被打碎了。九十公斤的重量在地上打着滚。没有迟疑，没有微笑，也没说一句话，海伦飞快地跑向卡尔，同时带着一种公事公办的眼光飞速看了那台机器一眼。她把木箱放到工作台上，用肩膀扛起了一头，让卡尔接住后面的一头。

扛着沉重的箱子，他们从躺在车间中央已经失去知觉的男人身边走过，又走过倚靠在门口的那个还没有失去知觉的男人，他正用双手抓住自己的脖子，急促地喘着粗气。海伦的车子停在院子里。他们一起把机器抬上车，快速地离开了。

“这并不是你要找的东西，是不是？”海伦问道。这时他们已经回到平顶别墅，面对着放在桌上泛着银光的机器。这台设备连着底座几乎有一米高，中间是一个细长的圆柱体形状的部件，外面有许多管道，中间是一个测量仪，顶部是一个加注口。好像应该是需要电源的，但却没有可以连接的电线，只是在边上有一个两极插头。

“你指的是什么东西？”

“矿井。”

“矿井？你是说这个？你把这件东西带了回来，是因为你觉得……”

“这件东西放在屋里那么显眼，紧挨着你和那两个男人。我以为，是你找到了它。”

“你以为这是跟矿井有关的东西？”

“我怎么会知道，”海伦有点不乐意地说道，转动了一下加注口上的一个螺丝，“你在那个车间里干什么呢？”

“那你呢？”

“我看到你了，你这个艺术家，看到你走了进去。说吧，这是个什么东西？”

他们仔细检查了机器，还是没能弄明白这是什么东西。底座上有一块金属牌子，上面有技术数据：2500瓦，12安培，另外还有一小段说明，但说明的语言他俩都不认识。

“这是挪威语或者丹麦语。”卡尔猜想。

“波兰语。Warszawa，这是波兰语。那两个是阿狄尔·巴斯尔手下的人吗？”

“我不知道。我觉得不是。他给的时限还没到呢。”

“或者是沙漠里的那帮人？”

“不是。”

“说到沙漠，”海伦说，“那里没有矿藏。但有一个金矿。”

第三十章　山里的哈奇姆

为什么不能造金子呢？今天的原子物理研究告诉我们，一切都是可能的。不久前大家还以为，并不是一切都可能。

——麦克老鸭（经典动画片角色）

黄色的山峦笼罩在黄色的云雾中。美国领事馆的人以令人信服的讲解向海伦保证，这个地区没有矿藏。那个态度友好的领事官员也没有听说过矿山、采掘或任何一类矿井。

海伦已经离开了总领事馆，在停车场上一个拿着拖把和清洁桶的年轻男人跑了过来。他刚才显然在远处听到了海伦和领事官员的谈话。他的英语很差，而且看上去也没有完全明白他们在说什么。但他显得很激动，站在入口处巨大的美国国旗下，他告诉海伦，在北边当然有那么一座矿井。或者说曾经有过。

他带着真诚的目光看着海伦的眼睛，等着她拿出了钱包，接着又告诉海伦，在通往廷迪尔玛的公路干线旁有一座老的金矿。当然，在说了好几分钟漂亮话之后他承认，那不是一座真的金矿，而是一家饭店，是一个尼日利亚人或是加纳人在很久以前开的。这家饭店的名字叫“通向金矿”，但这么好听的名字实际上并没有给饭店带来什么好运，所以很久之前就歇业关门了。现在那里能找到的只有原来那栋房子的遗迹。那个地方很好找，他说，离沙漠里那两头砖砌的骆驼只有一公里远。但那里现在什么都没有了，只有废墟。就在通往山里的那条狭小的岔道前面。

“要不是那正巧是我碰到你的地方，至少是在那附近，”海伦对卡尔说，“我也会认为这一切纯粹是胡说八道。”

他们开车出发了。

在下午嗡嗡颤鸣的热浪下，那两头骆驼还在那里一如既往地亲吻着。风吹走了它们背上的黄色尘土。

通往山里的那条狭小的岔道很好找，但要说饭店的遗迹实在是有点夸张。能看到的只有岩石间的几块木板，还有一只压扁了的桶。找了很久，卡尔才发现了四根桩子，那里以前应该就是房子的四个角。他甚至还找到了一块牌子，上面的阿拉伯文字已经脱落了大半，但还能看到一部分“金矿”的字样。其他就什么也没有了。

卡尔原来对这件事寄托了很大的希望，现在却得到了这么一个结果。绝望之下他不小心踢到了一块石头，也许是踢得太重了，他觉得自己把脚崴了。他想马上回塔吉特去，但海伦反对。

“如果有一家饭店取名为‘通往磨坊’，通常情况下这里肯定曾经有过一座磨坊。就算这是一百年前的事，就算现在没有人还能记得它。你说是不是？为什么把饭店取名为‘通往金矿’？让我们至少再试试。”她指着那条弯弯曲曲通向山里的小路。卡尔一来想尽快离开这失望之地，二来又为自己没有想到这一点而十分恼火，所以非常不情愿地上了车。

长相千篇一律的光秃秃的山一座连着一座。山的侧壁赤裸着，偶尔落下几块岩石。这里一块小一点的岩石，那里一块大一点的岩石。山坡上覆盖着黄色的、灰色的和褐色的岩石，就像是一个中等水平的艺术展。本田车挂着一挡缓慢地行进在上坡路上。过了一个转弯处海伦刹车停了下来，因为她觉得刚才看到在山上有什么东西动了一下。她把车倒了一段，在道路上方大约三十米或四十米的一个狭小的岩石裂口处，可以看到一个穿着色彩鲜艳的休闲服装的男人，眼睛正看着地下。他光秃秃的脑袋上盖着一块四角打着结的手巾。他的背上晃动着一件什么仪器，每次他弯下上身的时候，那件仪器就会像电线杆一样立起来。这件仪器由一根很长的钓鱼竿和头上连着的一个很大的网眼细密的网组成。网的开口处有一块圆形的木片，通过一个绳索滑轮连到手柄上，可以打开和关上。那个男人只是匆匆看了本田车一眼，然后继续慢腾腾地走着他的路。

海伦把身子探出车窗外。

“有鱼上钩了吗？”她用英语喊道。声音在岩石间折返，引起回响。男人为了看清楚发出声音的地方，不那么确定地往边上让了一步。他用大拇指指了指肩上的东西，叫道：“自己的发明！”

“您熟悉这个地方吗？我们在寻找一个……”

“列维·多珀特拉！是我！”男人大声喊道。

“很高兴认识您。我是海伦·格立泽！”海伦叫道，她把汽车熄了火，“我们在找一个矿井。这里某个地方应该有一个矿井。”

“一条轨道？”

“矿井，一个金矿。”

“您需要钱吗？”

“我们在找一个矿山。”

“我有很多很多钱。”男人叫着挥了挥手。

“你就说好的。”卡尔对海伦说。

“不！”海伦怒吼了一声，“您没有偶然看到过什么吗？或许是一个废弃的矿山。”

“太好了！”

“他说什么？”卡尔问。

“我不知道。”海伦说着，又对着窗外大声叫道，“什么事情太好了？”

“我也在寻找！”男人大声喊道，“列维·多珀特拉。”

“好极了！”海伦叫道，“但是矿山之类的东西您在这儿也没有看到？”

“有山的地方，就有人来挖掘！您不要灰心。这是我的经验。”

“我们继续往前开吧，”卡尔嘟囔了一句，“这家伙脑子有点不正常。”

“谢谢您的忠告！”海伦对山上的男人叫道，“我们是不是可以捎上您一程？”

“不，不用了！”那个男人大笑着，捕鱼的网在他背上有趣地晃来晃去。

“那就算了。笨蛋。”

路越来越窄，越来越陡峭，过了几公里后，在粉碎的岩石中间，没了路，周围空空如也。

卡尔和海伦下了车，察看了一下周围的地形。左右两边都是光秃秃的山崖，阳光下爬动着的蝎虎，积满了灰尘的蒺藜。

海伦宣布此次行动完全失败了。但此时卡尔已经在一个山坡上爬出了五十米或是一百米，而且还在继续往上爬。他在寻找人留下的痕迹。海伦在他身后叫了好一阵子，然后回到了汽车里，透过挡风玻璃追踪着卡尔攀岩的身影。过了好久，卡尔才到达了山脊上，往四面看了一下，耸了耸肩，消失在山脊的另一边。十分钟过去了。半个小时过去了。海伦疲倦地坐在驾驶位子上，两扇车门都大开着。海伦身后，山峰往峡谷里洒下了第一道阴影。海伦松了手闸，让车慢慢滑到阴影里。当她重又拉起手闸的时候，发现山顶处有一个男人站在岩石上挥手。是卡尔在挥手，显然他已经挥了好长时间。海伦对他大叫了几句，他没有回答，只是一个劲儿地继续摇晃着胳膊。

海伦看着自己的窄带凉鞋，叹了口气，开始小心翼翼地往山上爬去。

“嘘。”卡尔对刚刚上来的海伦做了一个手势。他拉着海伦，绕过了一块岩石，接着往前爬了一小段，用手指着底下的深谷。对面的山崖上，大概在半山腰的地方可以看到有一小块平地，上面有一间小小的茅舍。一架风车在转动，呈金字塔形堆放着许多大木桶。在茅舍上方不远处有一个巨大的坑道通往山里，一侧沿山坡落下的许多砾石就像变成化石的瀑布一样。

“当兵的。”卡尔说。

“在茅舍里？”

“在那里。”他指着另一个方向，“他们在那里进行军事训练，动作很奇怪。我刚才看到有一个人走了出来，个头比其他人高出一倍，这才发现，那些不是成年人。”

“是小孩儿？”

“但他们都拿着枪，还穿着制服。现在他们走了已经有十分钟了。”

“他们没有去茅舍那里吗？”

“没有。茅舍那里没有动静。但如果说那里不是矿井的话，我也找不出其他答案了。”

他们又观察了一会儿山谷和茅舍，决定沿着峭壁旁边的一条小路上山去。当他们穿过谷底的时候，“啪”的一声枪响，子弹从他们耳边飞过。卡尔马上趴在了地上。海伦在一块岩石后面躲了起来。峭壁上传来枪声的回响。他俩谁都没有看到，子弹是从哪个方向射过来的。

四周鸦雀无声。接着他们听到有人操着蹩脚的英语大声咆哮着：“美国佬！该死的美国佬！”

他们斜对面上方的平地上站着一个男人，手里拿着一把温彻斯特步枪，就像拿着一根大木棒一样高高举过头顶在那儿挥舞着。武器从他的手中滑落了下来。他大笑着，重新把枪捡了起来，摆弄着枪栓，然后用一只手把枪垂直地举起来指向空中。他把头紧紧靠在往空中伸直的手臂上，另一只手的食指堵住了耳朵，开枪。枪声还跟先前一样。那个男人在那里蹦蹦跳跳的，嘴里喊着“该死的美国人”。

“这个国家开始让我有点儿受不了了。”海伦说。

她从隐蔽的地方用法语向那男人大声喊道，他们是迷了路。他们不知道怎样才能回到大路上去。他们想要口水喝。

那个男人又在那里耍弄着枪，枪又一次从他手里滑落在地上。他醉得不行了。

海伦爬到靠近平地凸出的山石那里。她穿着短裤，衬衣已经被汗水浸透。她手掌向上平摊着，轻声地同上面茅舍的主人说话。

“美国人！”男人口气不再那么自信地又重复说了两三次，瞪大了眼睛从上面直勾勾地看着海伦衬衫里面，然后他往卡尔的方向喊道，“我能看到你！我看到你了！我要看到你们两个人！”

他做了一个不知什么意思的手势，身体往后一下子栽倒在地。他把枪当作拐杖试着想重新站起来。他的肤色很亮，苍白的脸上闪着一些细小的皱纹。他可能三十来岁，但也可能是七十岁。

卡尔和海伦已经登上平地，他们架着这个站立不稳的男人，送他回到茅舍。茅舍比一辆大型汽车的空间宽敞不了多少。里面的情况和房间主人的心境差不多：有点乱糟糟的。

他一进屋就摔倒在地上，但还做着手势想让客人坐下。客人们重复着他们的问题，四遍、五遍、六遍，他只是听着，脸上的表情就像小孩那样开开心心的。

不，他目前没在采掘。他一边说着一边用手指了指自己小腿肚上的绷带，绷带的两边露出黏土和干枯的草药。他有多久没有采掘了？这个他也说不清楚，但大家都知道他是哈奇姆三世，哈奇姆二世的儿子，山里的哈奇姆的孙子。当然，传说中金子的故事指的是，一百年前他的祖父正是在这个地方，就是现在茅舍的这个地方，用手从尘土中捡起了一块金子。为了真主，为了和莱拉结婚，那个长着娇小的耳朵、花一样美丽、小羚羊一般的莱拉，我的母亲，哦，对不起，是我的祖母……你们刚才提的问题是什么？没错。他疯了，因为贪婪而疯了。他没有让人给长着小耳朵的、美丽的莱拉打造金首饰，没有惬意地去过命里注定的生活。真是令人汗颜。哈奇姆把所有的钱财都用来购买了锤子、凿子、钎头，开始在该死的岩石上挖掘。

山里的哈奇姆开始用锤子挖掘的时候才十九岁，他一直干到六十九岁高龄，双手变得干枯。问题出在肝脏。四十年里没有找到一丁点儿金子！为此一直谣言不断，有人说他捡到的第一块金子实际上……当然那是谣言。哈奇姆二世，我祖父忠诚的儿子，从来就没有过任何怀疑。他开始挖掘的时候才二十岁，一直干到六十四岁，干到手再也把不住凿子。问题出在心脏。最后是哈奇姆三世，我祖父最最忠诚的孙子。一个没有疑虑的男人。他开始挖掘的时候才十三岁。

“他后来怎么样了？”海伦问。

“他还在继续挖掘。”他说着，自豪地拍了拍胸脯。他会一直挖下去，就像他的先人一样，直到生命的尽头。如果他死了，不会是因为心脏也不会是因为肝脏出了问题，而是因为发黑的胆囊。到那时候，他会开枪把自己打死，就在这里，在这个用自己的双手挖掘出来的坑道前。这是他一生的成就，也是他的祖辈一生的成就。他会一枪把自己的脑袋打飞，变成满是尘埃的群山里的一颗小小的尘粒。他把温彻斯特步枪的枪管放进嘴里，逗趣地把两腮吹得鼓胀起来，转动着布满血丝的眼睛。

“你们现在想不想看看坑道？”

他们愿意。刚走进地下几米，有一种凉飕飕的感觉。但很快就暖和起来，越往深处走，温度就越高，空气也越发令人窒息。哈奇姆拿着一个矿灯晃晃悠悠地走在前面，一路上他再三叮嘱卡尔和海伦一定要紧紧跟着他："没有我，你们永远不可能从这里走出去。"

岩石间纵横交错着许多长长的一肩宽的通道。只有主通道开始的一段还比较宽敞，估计是原来自然形成的，后来又用锤子和凿子加宽了一些。哈奇姆啧了一下舌头，告诉卡尔和海伦注意看整个坑道里在齐胸高的地方细心排列着的黑黑的手印。在坑道进口的地方，每隔大约半米就有一个右手的手印，分岔的通道有其他的标记。左手，只有四个手指的左手。还有一个手掌只有食指和大拇指。他们越往下走，剩下的手指就越少。

当标记只剩下左手掌和大拇指的时候，他们来到了一个一人高的洞穴。从那里分岔出三四条通道。哈奇姆用光线暗淡的矿灯四处照了照，解释说，哪位先辈在哪一年挖的哪一条通道。他不时自豪地指着自己的胸口，还意味深长地挑高了眉毛。卡尔一直在认真地听着，他总觉得，这个讲话的人年轻的时候就开始在这里挖掘，成年后直到老年一直在这里继续挖掘。实际上祖父、父亲和孙子就是一个人。哈奇姆还在那里说着话，从深处突然传来一声可怕的呻吟。卡尔看着海伦，海伦看着老汉，而老汉的神态，就好像他什么也没有听到一样。他讲述着，哈奇姆二世或是哈奇姆三世曾经徒劳地尝试过在这里使用风镐，他鼓起两腮模仿着风镐的突突声，但却盖不过那个令人毛骨悚然的声响。那个声音停了一下，现在以低八度的音效重又响了起来。

"这……是……什么？"海伦问。哈奇姆把一只手放在耳朵边。

没有声音。

“那里有喘息的声音。”海伦坚持着自己的感觉。老汉的脸上露出喜色。

“哈！有喘息的声音？我指给你们看。”

他拿着矿灯沿着最陡的那条通道疾步往下走去。卡尔和海伦留在原地没动，大声告诉他，他们已经看得够多了，没有兴趣继续参观坑道的其他部分。回答他们的是渐渐远去的脚步声。脚步声越远，洞穴里就变得越黑。

“嘿！”海伦大声叫道，“嘿！”

“没有我，你们永远不可能从这里走出去。”从通道深处传来的声音。卡尔和海伦手拉着手紧紧地跟着渐行渐远的灯光走去。通道很窄，只能一个跟着一个走。卡尔紧跟在老汉后面，海伦好几次想从他身边挤过去，但都没有成功。她用英语悄声地对卡尔说：“如果发生什么事情，先夺下矿灯，再解决老头。没有矿灯我们就完蛋了。”

墙上能够看到的手掌只有一个无名指。几个急拐弯后，通道变宽了一点，最后到了一个很大的发出回声的岩洞。岩洞很大，以至于矿灯的灯光照不到每一个角落。黑黑的岩洞顶部，由自然的柱石和其他形状各异的岩石托举着，就像经人工雕凿过一样。下面是一个几米宽的满是淤泥的小池沼。

卡尔轻轻咳了一声。突然在他面前又响起了一阵很响的喘息声。

在远处还可能以为这只是一阵神秘的风或者类似的其他什么东西发出的声音，但现在一切都清楚了：在黑暗处等待着的是一个活生生的东西。

哈奇姆敏捷地跳过几块岩石，用他的矿灯照亮了小池沼的岸边。那里站着一头山羊，四条腿在瑟瑟发抖。或者是一头模样和山羊类似的什么动物。它身上的毛已经完全脱落了。两只眼睛上面耷拉着一层白色的膜。动物把脑袋慢慢地转向来访者，就像得了哮喘病似的不停地喘着粗气。它的脖子上套着一根很重的铁链，一头落在小池沼的淤泥里。在岩石堆成的岸边可以看到一个满是污泥和粪便形成的半圆圈，从中大致可以想象到铁链的长度。

哈奇姆从口袋里取出一把青草扔给了山羊。它吓得一哆嗦，然后嗅着地面寻找着绿色的东西。

哈奇姆喜形于色地一会儿指指山羊一会儿又指指自己没有一颗牙齿的嘴，发出一阵咂咂的声音，又把五根捏在一起的手指按在嘴唇上："我的祖父发现的！过六七个月，肉白嫩无比，味道鲜美异常。只有在黑暗中才能长成这样。"

接下来的那天晚上，卡尔又开始做噩梦了。他躺在离宾馆不远的沙滩上，旁边的浴巾上一只巨大肥胖的山羊正伸着懒腰。看着山羊白色失明的眼睛，他很快意识到，他不是第一次见到它。梦里的声音告诉他，这实际上是一头狮身人面怪物，它的秘密还有待揭开。他只能提一个问题，他只有一次机会。

他想了许久，问道："过得怎么样？"山羊回答："过得还好。"这一刻他猛然惊醒地意识到，这头动物会说话。它微笑着用两只蹄子在脸上擦来擦去，后面慢慢露出来海伦的脸庞。这是她的面部表情。卡尔被吓醒了。从窗户看出去，云高气爽，天气非常好。他一个人躺在床上。那还是梦吗？还是其他什么？他听到人的声音，抬起头，往外看去。

平顶别墅前，海伦站在那里，旁边是一位酒店的职员。他们在轻声地交谈着。海伦友好地笑着，向离去的酒店职员挥了挥手，然后提着两个购物袋走到了花园里，立在夹竹桃之间的一根白色柱子前。她用一把很小的钥匙打开了柱子里的一个格层，拿出一包邮件，翻看了一下。

“睡得好吗？”她问，“真奇怪，他们不给我写信，真的很奇怪。”

在厨房的桌子上，她把信件分成了几堆。要说这是信件也许不是那么确切。信箱里的内容包括两张附近饭店的广告（“地道的阿拉伯菜肴”“精美法国大餐”），一张酒店的问候卡，上面写着酒店须知和一个应急电话号码（水管泄漏、停电、有非洲人跑到绿地上来），另外还有一本用透明塑料袋密封包着的小册子，这是“波塞冬”潜水学校的广告册，里面有许多图片和说明（“带三叉戟的潜水学校”“我们和我们的快艇”“从一个新的视角认识令人神往的水下世界”）。后面还有手写的一段附加说明：离开酒店前请把小册子放回信箱。除此之外，还有两块皱巴巴发黄的纸巾、一个没有内容的信封、一个空的巧克力条包装，最后还有一个用打字机打的小纸条，海伦咬着嘴唇读了一遍，然后一言不发把纸条递给了卡尔：

心理诊所

考克罗夫特医学博士，滨海路27号

电话：2791。语言：法语、英语，不接受阿拉伯语

就诊时间：周一至周四，8~12时，或根据特殊约定

最现代化的治疗手段——超级体验价

新开业，欢迎光临！

“什么意思啊？这正常吗？”卡尔把纸条在两个手指间转来转去。

“这里也许就是。”

“你不会真的以为我会去那儿吧？”

海伦把购物袋的东西分别放到冰箱、水果篮、水槽里和桌子上。她开始削一只菠萝。卡尔不知所措地跟在她后边。

“体验价，这纯粹是江湖庸医的做法。”

“你问我没用的。”

“但我还是要问你。”

“也许这里的心理医生诊所没有曼哈顿那么多，所以广告看上去就不一样。如果你不想去医院，而且其他任何地方都不想去……”

“你看到没有，就诊时间（Termine）写成了Termiene。”

“记忆缺失和妄想症。你真的必须去看心理医生。”

“你不觉得这奇怪吗？”

“就算那里写着的是‘Tellermine’或者‘女人孩子半价’……你也没有必要因为一个打字错误而发疯。这肯定是随便一家为那些太阳晒得过久的旅游者开的场所……”

海伦发现他的脸色很不好看，没再继续讲下去。

“我害怕。”卡尔轻声地说。他拿着纸条的手在发抖，颤抖由手臂传到了全身。海伦把菠萝放到一边，拿着滴着水的刀向他走去。她拥抱着卡尔，说道：“就试一试吧。如果真是庸医的话，你顶多就是浪费了一点儿时间。”

“不要，”卡尔说，“我无论如何不会去的。”

第三十一章　阿克拉伽斯的暴君

如果人的大脑真的那么简单以致我们都能理解，那一定是我们自己太简单了，以致不能理解。

——爱默生·普格

“您叫什么名字？”

“我不知道。”

“您说什么语言？”

“法语。”

“我们现在在哪个城市？”

“塔吉特。”

“今天是几号？”

“1972年。”

“再详细点。”

“9月7号。也许是8号。”

“您是从哪里知道的。”

“报纸上。”

“您什么时候读过报纸？”

“昨天。”

“你是否知道您在仓库里醒过来的那天是几号？”

“不知道。”

“当您在报纸上读到日期的时候，您没有感到惊讶？或者这和您的期望大致相符，1972年9月？”

“和我想象的差不多。”

“您多大了？”

“呃。”卡尔看着考克罗夫特博士。考克罗夫特博士长着一脸往前翘起的大胡子，留着在不久前应该还是金色的中长头发。他方方正正的额头很大，而眼睛、鼻子和嘴则在脸的下半部被挤在一起。看长相他也可以是一位作曲家或是核物理学家。他的手很大，指甲被咬得都能看出皮肉来。他的穿着有点拘谨而且相当不合时宜。他在卡尔的对面坐在一张很大的带有花纹的长毛绒沙发椅上。两个男人之间有一张小桌子，上面放着一块棕色的吃剩的苹果，还有考克罗夫特博士的记事本和一支万宝龙钢笔。电视里正在播放足球比赛，但没有声音。房间的窗帘被拉上了。

“您估计您大概有多大年龄？”考克罗夫特博士问。

“三十？”

“您有家庭吗？”

“我不知道。”

“您是否能回忆起家里养着的宠物？”

“不能。”

“美国总统是谁？”

“尼克松。”

“法国呢？”

“蓬皮杜。”

“这是几个手指？”

“八个。”

“您现在跟着我做手指的动作。对。现在对称地用另一个手。不错。现在请您在那张纸上写点什么。”

“写什么呢？”

“随便什么。您可以写：考克罗夫特博士每只手有四个指头。好。现在画一个正方形。再在正方形外面画一个圆圈？如果这对您来说是一个圆圈的话，那么再画一个鸡蛋。您能否画一个透视的立方体？您在看东西的时候是否觉得有什么障碍？”

“没有。”

“您可不可以读一下您身后的文字？”

“紧急出口。”

“您看东西的时候有没有模糊不清的地方？在物体的边角也没有？图像上有没有小圆点飞来飞去？”

“没有。”

“不要看，告诉我您有几只脚？”

“什么？”

“您有几只脚？”

“您提这个问题是认真的吗？”

“您回答就行了。”

“两只。”卡尔边说边看着他的脚。

考克罗夫特博士做着记录：“下列哪个词不属于一个系列：人、狼狗、鱼.”

“鱼……不对，是人。人不属于。”

“您喜欢听什么样的音乐？”

“我不知道。”

“如果我现在放一张唱片，你会喜欢哪种音乐？阿拉伯音乐？欧洲音乐？古典音乐？爵士乐？”

“我不喜欢古典音乐。”

“您能不能说几个乐队的名称？”

“披头士。奇想。主帅梅洛夫。”

“您能不能唱一首披头士的歌？”

“我觉得不行。”

“哼一首曲子？”

卡尔犹豫地哼了几声，然后自己都很吃惊地说：“‘黄色潜水艇’。”

“您还记得刚才看到的您身后的牌子上写着什么？”

“出口。”

“您夫人叫什么名字？”

“不知道。”

“跟您结婚的那个女人？”

“这不是我的太太。”

“您是说外边等着您的那个人？”

“是的。”

考克罗夫特博士咬着左手拇指的指甲。他看了看他的记事本，划去了一些什么内容：“那么这个不是您太太的女人叫什么名字？”

“海伦。”

“您住在什么地方？”

“离这儿大概两三条街。住在一个平顶别墅里。”

“和这个女人住在一起？”

“那栋别墅是她的。她在这里度假。我们是偶然认识的。”

“是在您出院之后吗？”

“我没有去过医院。这个绷带是她给我弄的。”

“您为什么不去医院？”

“我已经说过了，我是被人袭击的……而且我觉得，伤口不那么严重。”

“不那么严重。”考克罗夫特博士用舌头把一块咬下的指甲推到嘴唇边，然后吹掉了，他点了点头，“如果您愿意的话，我一会儿可以帮您看看。您的手怎么回事？”

“我不小心割的。”卡尔说着，把笨重的绷带藏到他大腿的旁边。

考克罗夫特博士看了看他的记录，叹了口气。“好吧，”他说，“现在请您从一百往回数，每七个数为一个单位。”

“一百。”卡尔说，然后继续数数，当数到七十的时候，他听到医生发出咕噜咕噜的声音，他相信作业完成了。考克罗夫特博士在做记录。从他的手势来看，他最后在他的记录下面画了两道横杠。他吸起左边的嘴角，又吸起右边的嘴角。然后又翻了翻前面的几页记录，说：

“现在请您把刚才给我讲的所有内容再倒叙一遍。所有一切，您刚才叙述过的，一站一站，从您到达平顶别墅开始讲起。”

“所有一切？”

“一切，而且请倒叙。”

卡尔看到一只闪着蓝光的甲壳虫，就在他的脚尖前面，正顺着桌腿曲曲弯弯地往上爬。“好吧。海伦和我到了平顶别墅。之前我们开车经过了塔吉特。再之前我们在沙漠里。再之前我在加油站遇到了海伦。加油站里还有那辆德国旅游者的白色大众汽车。再之前我沿着大路跑了许久。再之前他们抢了我的钱包。两个嬉皮士。再之前我埋在沙里，开着吉普车的男人在上面开来开去，四个穿着白色长袍的男人。再之前我在挖沙子。再之前我在沙丘里奔跑。再之前我穿过了仓库的大门……”

考克罗夫特博士用盖上笔帽的钢笔逐点敲着他的记录，说：“好，好吧。可以了。您喝酒吗？”

“我想我不喝。”

“不，我是说，您是不是想来一杯？”

考克罗夫特博士走到一个小吧台前，给自己倒了一杯波本威士忌，转过头问：“也不想来点儿别的？”

卡尔身体稍微往前倾了倾。他相信在博士的记事本上倒着看到的词是“班塞尔”或是“甘塞尔”，后面是一个粗粗的问号。

“不，谢谢。”

心理医生喘着粗气又坐回到他的椅子上，他喝了一大口，把几乎快要空了的杯子放到桌上，费了不少力气从裤袋里抽出一块很大的手绢。他把手表从手腕上摘了下来，放到杯子和钢笔的旁边，一声不吭地指了指这三样东西。接着他郑重地用手绢把这三样东西盖上了。

“汽车和船有什么共同的地方？”

“它们都是交通工具。”

“其他还有什么？”

“里面都可以坐人。”

“还有呢？”

“还有？”卡尔眼前仿佛看到海伦那辆生锈的本田车和波塞冬潜水学校广告上的那艘快艇。二者都和海伦有关。不是，别胡闹。他耸了耸肩。

“好吧，”考克罗夫特博士说，“现在我来给你讲个故事。请您尽量记住里面的内容。阿克拉伽斯的暴君，一个叫法拉里斯的男人。他让雕塑家培利路斯用青铜做了一头公牛。公牛的肚子里是空的，而且很大，足可以把一个俘虏关在里面。如果在青铜器下点上火，关在里面的人的叫喊声据说就像真的公牛叫一样。第一个被关进青铜公牛做试验的烧烤受害者就是雕塑家本人。现在请您用自己的话把这个故事复述一遍。”

“整个故事？”

“整个故事。”

“好吧。有一个男人名字叫……让人造了一头牛。用青铜造的。为的是把人关在里面加以折磨。用火烧。雕塑家是被害死的第一人。”

“您会怎么来解说这个故事？”

“什么，要解说？”

“这个故事的道德观是什么？”

“什么道德？”

“没有道德吗？随便说一个想法，好不好？”

“也许可以说，谁要是给别人挖了个坑……”

“这就是您的想法？”

卡尔不安地看着那只甲壳虫，它已经爬到桌面上来了，正小心翼翼地沿着桌边探着路往前爬。

“您想一想，这个故事要告诉我们的是什么？”

“艺术和政治不是一路的。”

“再具体点？”

“艺术的不道德？”

“按您的看法这就是故事要告诉我们的？”

“我不知道，”卡尔有点不快地说，“这个暴君是个白痴，雕塑家也是个白痴，一个白痴害死了另一个白痴。我看不出里面还有多少的意义。”

考克罗夫特博士有点感伤地点了点头，然后靠在椅背上，问：“手巾下面盖着的是什么？”

“一块手表、一只杯子和一只小白兔。”

医生的脸上毫无表情。“手巾下盖着的？”

“一支钢笔。”卡尔纠正说。

“您内心是否感觉到有一种非常想运动的欲望？”

“什么运动？”

“您刚才描述过，您第一件能够回忆起的事情是——我引证一下：我在沙漠里奔跑。”

“我能回忆起来的第一件事是在仓库里。”

“然后您就开始奔跑，”考克罗夫特博士说着，一边费劲地重新戴上手表，“您用了逃跑这个词。”

“因为有人在后面追我。”

“这种逃跑的欲望现在还有吗？”

“现在没有人在追踪我。”

“有没有可能，追踪您的人又回来了？”

“您到底想说什么？”

“我只是推测一下：按您的看法，追踪您的人有没有又回来了？”

“他们不可能在空气中蒸发了。这事儿不是我想象出来的。如果您想说的就是这个意思的话。”卡尔把受伤的右手抬了起来，一下子发现了自己的错误，但为时已晚。

考克罗夫特博士又在吧台给自己倒了一杯波本威士忌。这次他把酒瓶也拿了过来。

“我们再回过头来说说仓库的事。”他说着，重又坐回到沙发椅上，“您提到了烧瓶、烧水壶和管道。这些东西会让您想起什么？”

“这些东西我以前没见过。”

“但是您没有想过这些设备可以派什么用场吗？可能是做什么用的呢？”

“实验室？”

“具体点？”

“为什么您要问这些？”

“您为什么不回答我的问题？”

“因为您不知道答案是什么？”

“尽管这样，请您回答。”

“为什么要回答？如果我说那里像是一家化肥厂，或者说那里是一个物理实验室，您是不是要开车去那里看个究竟？”

考克罗夫特博士沉默着。卡尔一直设法把自己越来越强烈的不信任感压下去，但却无济于事。他说：“我不知道，您在这里究竟想检查些什么？”

“您回答我的问题就可以了。这些东西究竟可能是派什么用场的？”

“您告诉我。”

“就像您描述的那样，如果联系到——我引用一下您的原话——如果联系到在醒来的时候闻到的那种淡淡的酒精味，那很可能是蒸馏设备？”

卡尔摇了摇头。“可能吧，”他有点委屈地说道，“可能吧。”

“您知道酒精是怎样炼成的吗？”

“用水果，经过发酵。”

“能不能再详细点？”

“发酵后，再加热……把什么东西加热后，再把酒精过滤出来。或者说是把水分从酒精里提取出来。然后……到最后还要再稀释。我觉得是这样。”

“我们是不是需要休息一下？您看上去有点疲惫。”

“不需要，”卡尔决然地说道，“没有必要。”

“或者我先看看您头上的伤？”考克罗夫特博士又给自己倒上了一杯波本威士忌，“我虽然只是心理医生，但在上大学的时候其他方面的知识也多少听到过一点。”

他一手拿着酒杯，一手开始解开卡尔头上的绷带。

“您坐着别动，我会很小心的……好，啊哈，啊哈。都已经结痂了。但先前消毒过，还缝了针，是不是？看上去还挺专业的。请您帮我拿一下杯子。如果我在这儿按一下？嗷哇。没错，当然很疼。我在这里按一下呢？不过看上去都还是蛮稳定的。有点瘀血，好像伤口还有点裂开，但问题不大。我把这儿重新包上。如果血流进脑子里那可就糟糕了。但如果血真的流进了脑子里，您四十八小时后就已经死了。所以反过来说，可以排除这一点。”

考克罗夫特博士试着把绷带按原样重新包扎好，他的动作很谨慎，但也有点迟钝，有点喝醉酒的样子。他一边滔滔不绝地讲解着脑出血的理论，一边又给自己斟上了威士忌。

“不用太担心，”他说，“虽然这话有点伤自尊心，但没有必要把一个人的脑子想象得过于复杂。您是否听说过计算机？一种所谓的电脑？没有，当然没有。我凑巧对这方面还有点了解，那时我在麻省理工学院读书……您听说过德雷福斯事件吗？”

考克罗夫特博士突然不说话了，两只手还微微抬着，刚刚他用手在空中写了“电脑”两个字，并加上了引号。他弯下腰，仔细观察着闪着蓝光的甲壳虫。甲壳虫正蠕动着黑色的脚在他的面前慢慢爬着。他把一个手指按在桌面上，等着甲壳虫爬过障碍，然后用手指把它一下子弹到地毯上去了。小昆虫在地毯的纤维上艰难地爬着，马上又回到了桌子前，重新开始往上爬。

“西西弗斯，还是索福克勒斯，到底叫什么来着？”

“西西弗斯。”卡尔说。

考克罗夫特博士垂着脑袋坐在那里。一丝不易发觉的冷笑把他的络腮胡子拉向脸颊两侧。

“一个奇怪的国家。奇怪的昆虫。但我本来想说的是，我在读大学期间一直对控制论感兴趣，当然懂得很少。我是读人类科学的，但觉得计算机非常吸引人，那里的人也是。而且，老实说，我当时爱上了一个女孩，据说是个天资很高的工程师。如果您觉得我过于跑题，请告诉我。不管怎么说，我第一次见到她的时候，她正在修理一台计算机。这是我第一次吃惊地看到这类机器的内脏。积满灰尘的机壳里，满是绿色的和褐色的线路板，四周围绕着彩色的电线，形成了计算机的血液循环。她一只脚踩在一个翻倒的木箱上，用螺丝刀把一根电线从固定螺栓下拽了出来，从晶体结构中取出什么，又把什么东西焊接到什么地方，最后把所有部件都拖回到摇摇晃晃的架子上去。不到三十秒钟，计算机又恢复运转了。”

考克罗夫特博士伸出手来，又一次把甲壳虫弹下了桌子。看着他的病人不理解的眼光，说道：“我想说的是：我们必须用类似的方法来想象人的大脑。有人会认为自己的器官必然是非常复杂非常脆弱的，因为他会觉得自己的表述——不管有没有道理——是复杂而脆弱的。但是仅从心理这个层面来看，没有与这种感受相对应的东西，用螺丝刀和老虎钳就可以获得很好的结果。长话短说，对您头上的那个洞不必太伤脑筋。最危险的是出血，而且……”

“德雷福斯事件是怎么一回事？”

“好啊，您记住了这事？您很用心，就像一头猞猁一样。”

考克罗夫特博士有点困惑地反复看着围着他的三样不同类型的东西：第三次爬上桌腿的甲壳虫，提问题的病人，还有他那只由骨头、肌腱、神经和肌肉构成的有点儿发红的苍白的手，正颤颤抖抖地拿着一杯波本威士忌。他把威士忌提到了嘴边。

“德雷福斯跟我们的事情没有一点儿关系！”他用非常坚决的口气解释道，“只是我刚才提到的那台计算机当然是一台会下棋的计算机。理查德·格林布拉特。您一定没有听说过这个名字。但是他在五六年前就开始和其他一些人一起，尝试教会计算机下国际象棋。毫无意义。但计算机科学家就是这样。德雷福斯，赫伯特·德雷福斯当时是麻省理工学院的一位哲学家。他是海德格尔的学生，跟电子学没有什么瓜葛。近年来他写了不少书，特别解释了为什么现在没有而且永远都不可能有人工智能，为什么任何一个八岁的孩童的棋艺都要比这样一台穿孔系统要高。他的这些话自然使计算机科学的同事非常恼火。后来有一次格林布拉特向德雷福斯发出挑战，请他跟自己的计算机对垒。如果我没记错的话，那台计算机有一个好听的艺名，叫麦克·哈克。这个哈克把整个哲学系敢于接受挑战的人都杀得片甲不留。就这样，德雷福斯作为输给一堆铜线的第一人，被令人可疑地载入了史册。这个名声当然比第一个登上月球的人差多了，但不管怎么样也算出了名。听说从那以后，他反对机器世界的著作比以前更加论点强硬，不加妥协……”

考克罗夫特博士接着又说了一大堆类似的话。卡尔不明白为什么医生要给他讲这些，他特别不明白的是，博士述说的那些对学生时代的回忆跟现在的检查有什么关系（如果有关系的话，那究竟是什么目的）。他觉得心理医生在转弯抹角又不大正经地想把他往一个其实相当显而易见的圈套里引，他努力地想不要有这样的印象，但却不能不这么想。

“这跟我有什么关系？”最后他还是打断了医生的长篇大论。

“没有任何关系！”考克罗夫特博士高兴地解释道。他喝了一大口威士忌，很张扬地把杯子放回到桌子上。他睁大眼睛看着他的病人。

“您是有目的的？”卡尔问。

“什么？”

“那个。”他指了指威士忌。

考克罗夫特博士眯缝起一只眼睛，另一只眼睛大大地睁着，透过酒杯偷偷看着那只甲壳虫。他用脚踝在桌面上敲了一个莫尔斯电码，那只掉进杯子底下一个桌缝里的昆虫慌乱地在那里打着转转。博士稍稍揭起了玻璃监狱——“对不起！”——六只脚的昆虫急促地爬过桌面，从桌角猛然掉了下去，簌簌地钻到一堆报纸底下去了。

“您为什么要给我讲这些？”

“我为什么要给您讲这些？因为我觉得这些事情非常有意思！而且我相信，我们将迎接非常美妙的时光。”他用两根食指左右同时揉着太阳穴，脸上的表情眉飞色舞，“您在脑子里整天纠缠着的那些事情，今天还让您痛苦不堪的那些事情，早晚都会被两个合成电路和几根彩色的电线所替代。非常漂亮的女大学生会用脚踢、锤子、老虎钳把您从苦难中解救出来。而且，永垂不朽的问题……我发现，您对这一切都不大感兴趣。好吧，这些都是对未来的美丽畅想。今天我们想要了解您的大脑结构，还要使用传统的办法，尽管这样做会很痛苦。”

他重又拿起了他的记事本，翻了几页，突然郑重其事地说：“我想起来了，您曾提起过，您究竟为什么到这里来？我说的不是失忆。但您本来是不愿意去看医生的。而现在，在这之间发生了什么事情吗？”

卡尔摇了摇头：“除了我看到您分发的小纸条。而且我身体确实不大好。我感到不安，而且越来越不安。我几乎无法入睡。我做的梦非常可怕。”

“是这样。”

“昨天我基本上一夜没睡。完全是一场噩梦。”

“我可以理解。那我们再回到那个问题上来……”

“我是不是可以给您讲讲我都梦见了什么？”

“不用，您不用讲。我们可以继续我们的话题。”

“您对此不感兴趣？”

“您以为我应该感兴趣，因为我是心理医生？”考克罗夫特博士咬着拇指上尚存的那点指甲，“如果这样可以让您轻松一些的话，您就讲吧。”

卡尔迟疑了一下，接着讲述了他梦见的那只又大又肥的山羊，那只突然变出海伦面部表情的山羊。“我是说海伦的脸。”他纠正自己说。讲述的时候，卡尔觉得越来越没有把握，因为他觉察到，他完全没办法说清楚，梦里究竟是什么东西令人感到毛骨悚然。在光线下，一切都显得毫无危险。

“现在您想知道我怎么解释这件事情？”考克罗夫特博士问，“您想听什么？您想听，这个接待了您，照料您恢复健康，给您钱花，给您上绷带，又送您来我这里的美国游客，您其实很怕她？这个女人的脸对您来说很陌生，就像任何一个其他的陌生人一样？您成了一个精心伪装的女骗子的猎物？”他用两只手抓着他的络腮胡子，不停地扯弄着，好像是为了要证实这些胡子都是真的那样，“一个在执行特殊使命的女间谍？您结婚多年的夫人，利用您的处境在给您上演一出精彩的喜剧？我虽然是心理医生，但不喜欢那些乱七八糟的东西。如果您想知道我的不成熟的见解：梦是我们大脑中的礼花。梦没有意义。这也是学术研究到目前为止得出的结论。”

“这话听上去不那么令人振奋。”卡尔隔了好一会儿才说出这句话来。

“现代脑科学研究所发现的一切都不那么令人振奋，”考克罗夫特博士兴奋地回答说，“还有，这是否和矿井那个词有什么关联？”

“什么？”

“您很快改用了‘脸’这个词。不是吗？那好，我们再回到美国女游客这个话题上来。海伦。您显然觉得很难相信她。你们是否有暧昧关系？”

“什么？”

“你们有没有一起做爱？”

“这跟您有什么关系？”

“我是您的医生。您是不是和她同居了？”

“这跟我的失忆有什么关系？”

“您能不能回忆起你们做爱的事情？”

“不能，因为根本就没有过。”

考克罗夫特博士点点头，用钢笔头敲着自己的脖子，长时间地看着卡尔的脸：“最后一个问题。您试一次，不要反问就直接回答我的问题。您真的确定您不知道自己是谁？”

“否则的话我为什么到这里来？”

“我之所以这么问是有理由的。”

“是！”卡尔绝望地说道。

第三十二章　精神分裂

他的脸上带着一个人正在思索的简单表情，而且无意掩盖这一点。

——卡夫卡

“您的病情，谨慎地说，非同寻常。我知道，作出任何诊断都不能操之过急，但现在没有时间继续观望。第一，我们这里不是医院临床治疗，您本来是应该去那里的；第二，我怀疑方圆五百公里是否能找到合适您的临床治疗医院；第三，您的生活基础非常不稳定，而且您好像卷入了某些事情，而这些事情不利于进一步的治疗。所有这一切当然首先取决于，您所作的说明都是正确的。最后我还想说，我不是失忆方面的专家。我更多是采用原野、森林和草地疗法的心理医生。我知道一些，但肯定不是全部。如果您不介意的话，我现在大胆地说一点可能依据不足的意见，希望您可以帮助我。”

他翻看着记事本：“您的身体功能上没有什么问题，这您自己也看出来了。您对时间和空间的辨认很好。您的知识结构是完好的，大概相当于一个中学生的水准。您能够回忆起发生——我们且称之为——事故以来的所有事情。你看上去没有任何头颅损伤时常见的顺行性遗忘症的迹象。您记忆方面的问题仅仅涉及您的过去、您的经历。这是非同寻常的。通常功能性的知识和对过程的判断能力不会受到影响，但病人对本人经历的记忆则会呈现‘先进后出’的遗忘规律。按照里伯特定律，病人遗忘的恰恰是受伤之前几天、几周或几年的事情。有这样的病例，病人最后能够回忆起的是七岁生日的事情。也有这样的病例，病人相信自己一直停留在七岁的年龄。这种情况下肯定很多东西都被损伤了。十分罕见的情况是——我说的十分罕见是说可能性几乎为零——病人把自己的整个生命历程以及自己的身份认同完全遗忘了。某个病人不知道自己的名字叫什么，这就像虚构的故事中通常描写的失忆症那样，比如在娱乐电影里。某人脑袋上被打了一下，身份认同一下子就没了；脑袋上又被打了一下，记忆又回来了。阿斯泰利克斯和奥贝利克斯。”

考克罗夫特博士靠在他的沙发椅上，把两手的手指交叉在一起，无力地微笑着。

“还有什么？”

“还有什么？我想对您实话实说。您的病有不存在的迹象。”

禁区里有一群人围着裁判，穿深色球衣的运动员在抗议。穿白色球衣的运动员推撞着穿深色球衣的运动员。巡边裁判员穿过球场跑了过去。

“您想说什么？”卡尔问，“您是说我在装病？”

“这我没说。”考克罗夫特博士把眼睛从电视屏幕上移了回来，“我说的是：您的病有不存在的迹象。这是说，有理由对某些事情产生怀疑。我没有怀疑的是，您确实，让我怎么说呢，您确实受到了严重的损伤。但我无法说是什么样的损伤。装病乍听起来当然非常不好，但通常并不意味着，某人为了逗乐才假装颅脑受伤。这也可能是不得已而为之，比如在某种绝望的紧急情况下。现代科学了解一种在本人意识阀下的邻近区域发生的伪装。比如说甘塞尔综合征……当然您的情况不是这样。但这就是我们的问题。其他可能的症结都跟您对不上：老年痴呆症、完全性痴呆、科尔萨科夫氏症候群，更不要说歇斯底里精神分裂的那些可疑东西了。”

“什么是科尔萨科夫氏症候群？”

“酒精。不过您不可能是这种情况，您的表现明显很好。虽然在一个仓库里，背景堆满了蒸馏器皿，实在不可思议。但真正的科尔萨科夫氏症候群，那一定是因为酗酒把整个脑子都喝坏了，再也说不出一句完整的句子。噢，这种病真的很可怜。”

“这就是说？”

“这就是说，我只能用排除法来排除某些事情。而且，我前面已经说过了，请您记住我的说明，我不是专家。但我可以引用经典教材里的话：完全失忆的现象十分罕见，而装病的现象则要多出千百倍。”

“但失忆的现象还是存在的。”

“好像是。”

“那甘塞尔综合征是什么？”

“甘塞尔是一个德国医生。这种症状他先是在监狱犯人身上发现的。他先是把这种情况称作走题。您是否能够想象走题这样一种病症？没错，当然。您会怎么想象呢？”

“某人说话偏离另一个人的话题。比如说我偏离您，或者您偏离我。”

“如果您问一个患有甘塞尔综合征的病人，二加二等于几，他回答是五。他没有说是四十八，但也没回答是四，而是稍稍偏离。问他有几只耳朵，他会在耳朵上摸来摸去，猜出是两只。要是询问个人身份的话，他会说不知道。这种现象会持续三天，然后会彻底痊愈，之后他完全回忆不起来那看上去是痴呆的三天。出于这个原因，这种疾病也称为假象痴呆。”

“您可以排除我不是这种情况？”

“根据您的有些回答，我不能完全确定，而另外一些……”

“但如果这一切真的都是痴呆的话，这些病人的脑袋事先是否也被打破过？”

“这是一个很好的问题。这真的是一个很好的问题。我也正想说这一点。当然，被打破脑袋并不是引发甘塞尔综合征的起因，但造成个人身份记忆遗失的其他可能性，同样也不一定是因为脑袋给打破了。原因应该是发生了使精神遭受损伤的事情。”

“您说的可能性指的是什么？”

“您在找救命稻草，这可以理解。我处在您的位子上也会这么做。但这样做没有任何用处。”

“您刚才提到的另一种症状是什么？歇斯底里的精神分裂？”

“精神分裂。不，您不是。”

“但这是什么意思啊？”

“这是在本世纪初发现的。漫游狂，也叫漫游癖。很难说这究竟是什么，行业内一直在争论。”

“但出现这种病症时身份认同也会消失？”

“一些人这么说，另一些人又有另外的说法，就像我前面提到的那样。但对此只有很少的病例，还没有可靠的研究。甘塞尔综合征也是这样。这些有关身份记忆遗失的东西都不太可靠。如果您想知道我的看法的话……”

“那症状是什么样的呢？”

“您指的是什么？”

“漫游狂。”

“漫游狂，”考克罗夫特博士说，“发生在一段有限的时间内，而您早已越过了这样一段可能的时间。在这样的一段有限的时间里，病人表面看上去自我感会完全消失，只有一种强烈的活动欲望。这一点您也略有表现。而引发这一切的是使精神遭受损伤的特定事件。折磨、童年，就是现在那些时髦的东西。但您非常理智、非常慎重，所以不可能是这种情况。您讲的整个故事非常清晰、直白。只是您想象中的或者并非想象中的追踪者……”

“那不是想象出来的。”

“这就更增加了事情的难度。如果是想象出来的追踪者，对于一个小小的听上去不错的人格障碍故事，想象出来的追踪者还能算得上是一个可用的解释……但是事实存在的追踪者就对不上精神分裂症这样的故事了。”

“四个男人，他们在追踪我，还打破了我的脑袋，这不可能让我的精神遭受损伤？”

“遭受损伤并不一定就是打破脑袋。所谓的精神损伤指的是心理上的困境。我无意淡化这件事情，但要让您失去对个人身份的记忆，除了四个穿着白袍挥舞着千斤顶的白痴，您还需要提供稍微多一点儿的东西。”

“他们挥舞着千斤顶并威胁要杀了我。”

“不。”考克罗夫特博士把下巴搭到胸前合拢的手上，直视着病人的眼睛，摇了摇头，“不，不，不。您知不知道，这样的话我们面对的是多少精神遭受损伤的人？”

“那之前发生的事呢？不是砸破脑袋那件事。我回忆不起来的之前的那些事呢？那些事会不会……之前会不会也发生过什么？心理上的困境，然后成了诱因，还有脑袋被砸破，其他的只是后果？”

“您想做一名出色的侦探。真的。但漫游狂之所以叫漫游狂是有道理的。患有漫游狂的人，他的内心是空虚的：他之所以漫游，只因为他在漫游。他看到一条美丽的河，会想，我就沿着这条河走吧。就这样他会走上几百公里，然后他可能会被截住。如果问他为什么，他就没法回答。他完全忘了是什么原因驱使他去漫游。他的内心完完全全是一种美妙的漫不经心。这是第一点。第二点：如果您的追踪者真的存在，那么这虽然是一个造成心理创伤的很好的解释，就像您刚才扮演夏洛克·福尔摩斯发现的那样。”考克罗夫特博士闭了一会儿眼睛，好像是在尝试形象地去想象一下四个男人的样子，“那么您在沙漠里势必遭受到那四个家伙长时间的压力和虐待，直到您的精神受到了严重的损伤。听上去不错。但如果是这样的话，我们根本就不需要脑子上的那一击，砸破脑袋就成了多余的了，就像在蛋糕上再加一层奶油一样。如果损伤真的那么严重，以至于您整个人的身份记忆都消失了，那么同样也可以让您的追踪者消失。您明白吗？让您遭受损伤的东西最先被隐没了。这是整件事情的意义所在。如果您什么都记不起来了，那么对最初发生的事情的记忆也应该没了。特别是四个男人和一个害人的千斤顶。您可以叫我沃森。”

卡尔看着心理医生。他看着光秃秃的墙壁、医生的记事本和桌子。为了能够更好地思考，他用手遮住了眼睛。他听到考克罗夫特博士又给自己倒了一杯威士忌。心理医生的推论里面有一点什么东西让他感到不符合逻辑。而且他一直觉得考克罗夫特博士对沙漠里发生的事情似乎比对他的心理过程更感兴趣，这个想法越来越让他觉得思路混乱。或许是他自己的认识发生了偏差？他试着去想象一个穿着白色长袍的医生。

“对不起，”考克罗夫特博士说，“您是想要我给出一个诊断。这就是。”

双臂交叉着的医生。光秃秃的家具。足球比赛。

“您确定吗？”考克罗夫特博士说着，向前弯了一下身子，“您没有对我隐瞒任何事情？”

“您真的确定，您是心理医生？”

“您有什么觉得可疑的地方吗？”

“如果您坚持说，我是在装病，如果您那么确定的话，那我也很确定，您根本就不是医生。”

考克罗夫特博士没有回答。

“为什么您一直在提一些跟失忆完全没有关系的问题？为什么这儿看上去就像……就像……”

“有问题吗？”

“比如说为什么提有关酒精的问题？”

“您已经忘了吗？”

“没忘。我也没忘您说的，患有科尔萨科夫氏综合征的人说不了一句完整的句子。那样的人的脑子应该是完全没了。既然这样，还有什么必要提那么多的问题？有什么用处？既然那么肯定我是……”

“您不能想象会有这种可能吗？”

“不，我不能。”卡尔跳了起来，接着又坐下了，“我不能。或许现在周期性发作酒瘾的人都开始自己酿酒了？”

考克罗夫特博士做出了一个希望对方平静下来的手势，这至少表示出，他愿意相信病人的激动是可信的。

“信任，”他说，“请您安静地坐着。信任是最重要的。我之所以想那么详尽地了解情况，因为，如果您没有忘了的话，我们是在寻找您的身份记忆。如果一个人在沙漠里被砸破了脑袋，血流满面，又在一大堆制造酒精的设备中醒了过来，那么怀疑他就是私自酿酒的人，怀疑那就是他的实验室，也不为过。难道不是吗？”考克罗夫特博士在手里摇晃着一个虚幻的喇叭筒，然后把手指并拢在一起，“我们现在可以排除这一点，因为你的关于酿酒的知识是人人都知道的。但仅凭这一点不够。”

“那做爱呢？”

“对不起。”

“为什么您想知道，我跟海伦是不是做过爱……”

“这只是程序性问题，”考克罗夫特博士说，“完全是走走程序，主要是测验一下您是否愿意诚实地回答问题。”

“这我不信。”

“您为什么不相信？”

“任何一位正派的医生都不会提这样的问题。他会问其他方面的问题。”

“您怎么知道，一位正派的医生会问什么而不问什么？”

“我的功能型知识不是很健全吗？”

“好，您还能记起我说过的话。不太好的是，您在这里……”

“您不是医生。”

“您真的怀疑？我可不可以问一下，从什么时候开始的？”

“从我一进门就开始了。整个时间里我都怀疑，其实从我看到您留下的小纸条就开始了。”

“什么小纸条？”

“体验价。”

“这有什么问题吗？”

“没有一位正常的医生会因为新开张而搞什么体验价。而且这里看上去也不像医生的诊所。为什么电视机一直开着？您的……设备在哪里？您也没有专业文献放在那里。您没穿医生的白大褂。您……”

“没有医生的白大褂！”考克罗夫特博士短短一刹那间显得有点失控，“如果我穿着医生的白大褂的话，您便会相信我的诊断？对不起，作为心理医生通常是不穿……不过我是有那么一件大褂的。那件衣服可能挂在楼上了。摆放专业书籍的书房也在楼上。至于电视，对不起，那是因为开关坏了。要关的话，得很费事地到后面把插头拔了。而且，如果您记得起来的话，您来的时候并不是我的开诊时间。”

考克罗夫特博士用脚踢了一下电视机。新闻播音员的图像可怕地漂移着，慢慢变成了一道道曲线，一会儿脑袋看不见了。脑袋慢慢抽搐着又回到了屏幕上，不过只剩下了头颅中间的一小块，停在屏幕右角一动不动。

“另外我还可以告诉您一点，”考克罗夫特博士说，“我虽然不知道，我是否还能争取到您的信任或者是彻底失去了……当然您是对的。这里的确不像医生的诊所。您也许很难想象，在这里要挣点钱维持生计有多么不容易。像您这样的病人完全是例外。老实说：您是我第一位病人，我的第一位真正的病人。”

新闻播音员把一摞纸放在写字台上。考克罗夫特博士一口喝完了他的威士忌。

“但这是非洲。您以为，这里有多少心理医生在开业？在开普敦据说还有一位。和当地人您没法做生意。他们有自己的办法。敲敲鼓，跳跳舞，再唱唱歌。这一般说来就足够解决他们所谓的问题。非洲人的心理状态还处在小孩儿的年龄阶段，没法跟一个普通的美国家庭妇女的神经系统相比较。如果您现在想知道，我靠什么挣钱：那些戴着大墨镜的丑陋的妈妈们，还有那些大屁股的富家千金。女性旅游者。这里就是为她们开的。她们来这里休假，在沙滩上寻求一点刺激，小小的出轨是常有的事。我的工作多多少少使她们的业余生活变得更为充实。如果这就是您想听到的答案的话。我的诊所属于酒店。每两个星期就有一次新开张体验价。这一做法被证实是行之有效的。”

“但您真的是……心理学家吗？”

“心理医生，普林斯顿大学毕业。”考克罗夫特博士说着，开始盘点着一大串他的人生所经历的时期和大学的名称。卡尔听着一言不发。

“那您有证书吗？或者其他可以证明您是医生的东西？”

“医生的白大褂算不算？”

卡尔不想点头也不想摇头。

“您想看看我的医生白大褂？”考克罗夫特博士又追问了一句。他微笑着。不是那种没把握的，而是那种不怀好意却兴趣盎然的微笑，好像在问：您是否想看一下您母亲的私处？

“好。”卡尔勇敢地回答。

“衣服在上面，我刚才说过，我想是。但也可能送去洗衣铺了。”

“也可以是什么证书，或者是专业文献。”

“书籍也在上面。您是不是想去看看？”（您是不是想插入您母亲的私处？）

卡尔把头埋在两只手里，用那只健康的手按摩了一下头皮。考克罗夫特博士不动声色地看着他的病人。

“认真的，”卡尔说，“您真的同意让我跟您一起上去看看，而且……”

“如果您想的话。如果我这样就能重新赢得您的信任的话。没有医生和病人间的信任，任何治疗都是徒劳的……不，没有问题。”考克罗夫特博士撑着沙发椅的把手站起来了几厘米，“我很愿意给您看我漂亮的白大褂。您真的希望看到吗？”

他的整个举止都表达出那样的一种合作的意愿，以至于到楼上去看看都变成多余的了。卡尔不能再固执己见，否则就会变得非常可笑。他觉察到了这一点，而且他还觉察到，这可能是医生热心妥协的秘而不宣的目的所在。于是他说：“好，好，我愿意去看看。”

第三十三章　图书室

埃德：夜幕已降临。我们还能做什么呢？

——约翰·波尔曼《拯救》

一个宽大的木头楼梯通往二楼。那里有一条长长的黑洞洞的走廊，左右两边各有四五扇门。卡尔跟在考克罗夫特博士后边，两人相距两步远。他闻到了一股越来越重的酒气。

“我的图书室。”医生说。他在一扇门前停下，重重地打开了门，按了一下电灯开关。一只瓦数不高的灯泡发出来的光照着一个很小的房间。在满是灰尘和破碎瓦片的地上躺着一只断裂的水盆，两根锈迹斑斑的水管从墙上戳了出来。

“喔唷。”考克罗夫特博士叫了一声。他冷漠地重又把门关上，又沿着走廊走了几步，打开了下一扇门。

“我的图书室！”他说。他拉着把手，使劲拉着。门是锁着的。

“这么晚了还来找我，真的不是好主意。”他摇了摇头说着。

这回他不那么自信了。他转过身，试着打开对面的一扇门。

这次他没有事先宣告门后是什么地方。四盏日光灯闪烁着，照亮了一间几乎空空如也的房间。墙壁很白，落满了涂料的报纸盖在地板上，空气里一股溶液的味道。一只白色的塑料桶倒放在一边。屋子的中间是一个同样被报纸盖着的桌子，桌子有四条长长的圆腿，细细的桌腿底部被黄铜包着。有一条桌腿断了，下面垫了两本书，一本薄的，一本厚的。

“这是您的图书室？”卡尔问。

考克罗夫特博士一拍脑门，就像乡下农民剧社的演员一样大叫一声“差点忘了！今天工匠来过”。

他弯下腰捡起那两本书，飞快地看了一眼，随后带着一种胜利者的微笑把书递给了卡尔。一本薄薄的用灰色牛皮纸包着的小册子和一本很是厚重的带有蓝色亚麻封皮的著作。

“来自心理分析鼻祖家乡的专著。”

“是德文的吗？”

“在您问之前，我先说明一下：我看不懂这些。这不是我的书，而是我那不知去向的前任留下的……”

卡尔拿过那本薄薄的小册子，放在手上翻来翻去。灰色的包装纸上用铅笔写着：艾伯特·奥伊伦堡，合集1。

“我从他手里接过了诊所，接过了诊所、病人和图书室。只有他的太太不知为什么被他带走了。噢，不！”他一副喝醉了的样子，用手把自己和卡尔之间的空气拨到了一边，“你不要寄予太多的希望。他极有可能回欧洲了。他是奥地利人。而且，如果您是心理医生，我们早就发现了，不是吗？”

“是的。”卡尔说，虽然他心里想的是“不”。他打开了小册子。他的目光首先落到了一首用花体字写的诗上：

我有那么多的想法，
性情却又古怪乖戾；
我的确是所有人的
一个未能解开的谜！

“您能解决吗？”考克罗夫特博士问。

“您说什么？”

“您能看懂吗？”

“是的。”卡尔有点困惑地回答说。他拿起一摞书页，翻了一遍，这是一本专业书籍，里面有许多很长而且难懂的句子。那首诗是个例外。书里没有插图。通篇都是用花体字写的。

“您没说过，您会德文。”

“我自己也不知道。而且我也……只是一知半解。”

“这些奇怪的字母。里面都写些什么？”

“讲的是女人的事。”

“读了会让您有什么感觉？我是说语言。”

卡尔盯着书读着，无声地嚅动着嘴唇。

“不，这对我太复杂了。大部分词我都认识，但仅此而已。德文不是我的母语。”

“那您看懂了一些什么？”

“这里说，女人并不是残酷无情的，从性的角度讲。说女人无情，都是男人想象出来的。”

“这符合当今的学术研究水平。”考克罗夫特博士若有所思地说。他把书从卡尔手里接了过来，想自己看一下那些神秘的文字。突然他愣了一下，就好像在房间的暗角里发现了一只老鼠。他冲了过去，以胜利者的姿势把一件白色大褂高高举起在手中挥舞，就像一名士兵挥舞着胜利的旗帜一样。这也许是一件医生的大褂，但上面溅得到处都是颜料，倒更像是一块油漆工的围裙。

卡尔知道，正伸开双臂忙乱地想套上大褂的医生一直都盯着他。于是拿起另一本书，使劲地在那里翻看起来。这也是一本德文书，一本辞典，1953年版的布罗克豪斯大辞典，威斯巴登出版。

第A~M卷。Minderwertigkeitsgefühl（自卑感），Mindestgebot（最低报价），Mindoro（民都洛）……Mine。他快速地浏览着辞典中的解释，设法印在脑子里。

Mine（法语），普通含义：炸药。1）地雷，用于封锁某地，通过触碰（踩、触发、盘式地雷）或电动引爆。Minenfelder（雷区）是指在野外无规则地布放地雷的区域，特别用于防卫坦克的进攻。2）Wurfmine（投掷式炸雷），迫击炮的炮弹。3）Seemine（海洋水雷），球形或蛋形，由一个带有炸药的浮子和水雷锚栓组成，配有调节水深的装置，放置水雷可以形成水雷封锁区，布雷也可以由其他的战舰实施；敌方的水雷由扫雷艇来排除。4）Luftmine（空投炸弹）装有特殊的导向装置，会形成巨大的气浪。5）含有矿砂或纯金属的矿山。

Mine 1）古希腊钱币，2）古希腊计量单位。

Mine 1）伊莎多拉，本名叫米内斯库，罗马尼亚和法国土地测量家和生物学家，生于1837年，卒于1890年，曾受培理斯尔斯委托遍游北非，制作了出色的地图，并著有游记《通往金色的源头》，马赛1866年版，二卷本。此外她还是著名的蚂蚁研究专家。2）艾玛贝尔·简·雅克斯，前者的儿子，作家，生于1874年，用幽默的小型绘画描绘了世界主义生活的堕落，此后转向写作通俗历险小说。主要作品：《玛曼的伟大航行》（1901）、《玛曼再次起航》（1903）、《沙的儿子们》（1934）、《看不见的海市蜃楼》（1940）和《黄色死亡的阴影》（1942年）。其《没有海的沙滩》1952年获龚古尔文学奖。3）威廉，生于1915年，德国天文学家。

"没有收录铅笔。"卡尔说。

"您说什么？"考克罗夫特博士透过一个袖筒看着他。

"古希腊的钱币也叫Mine？"

"您究竟想问什么？"

"您是不是知道，有一种古希腊的钱币，法文也叫Mine？或许是希腊文？"

"很抱歉。您为什么对Mine这么感兴趣？"

"没什么……我只是随便问问，法文是不是也这么叫。"

"您问的东西都很奇怪。"

"您是不是也有O？字母O？辞典的另外一卷。"

"真是不可思议，您的求知欲那么强。不，对不起。我已经说过，这里所有的东西都是我前任的。"

当半夜里两个男人走出那栋楼的时候，抬头望去，伊斯兰寺院顶上两座火箭形状的尖塔之间只有一道几毫米宽的月牙。空气温暖而干燥。考克罗夫特博士放弃了穿上医生大褂的努力，把衣服随意地搭在肩上。他看上去既不像医生也不像油漆工，更像那些蹩脚电影里精神失常的物理学家。他高兴地拍了拍病人的肩膀，告诉他随时可以再来，又嘟哝不清地提到了一种神秘的沙漠疾病，也许不久就会把这种疾病命名为考克罗夫特综合征。

“您的前任叫什么名字？”卡尔问。

“什么？”

“他叫什么名字？”

“哦，不，哦，不。相信我……您不是奥地利人。而且听说他是一个个头矮小但身体强健的人。您是中等身材，身体也很健壮。他叫甘塞尔，或许是甘塞利。奥特因·甘塞利。”

卡尔低着头茫然地穿过马路，考克罗夫特博士在他身后挥了挥手，热情中有一丝僵硬。在马路的另一边，卡尔走进一个门洞的阴影里，转过身来。他看见考克罗夫特博士略带摇晃地消失在那栋房子里。过了几分钟，诊所的灯光熄灭了。接着卡尔看到二楼的百叶窗映出了一个大胡子的身影。他又等了一会儿，接着急匆匆地穿过马路走了回去。他从口袋里拿出他的钥匙串。诊所的门安装了保险锁。卡尔有四把开保险锁的钥匙。他试着，轻轻地把钥匙一把接一把地插入锁孔。没有一把能打开。

他感觉到的更多是松了口气，而不是失望。

在平顶别墅等着卡尔的海伦，把一只手搭在他的肩上。卡尔一开始把这理解为一种温情的表示，但当他看到她的脸部表情时才发现，那不是温情。她扶着他。他摇晃着。

“怎么啦？”她问。

“不知道。”他说。

“你无法相信他？”

“同样的问题他也问过我。”

“你很难相信他？”

“我很难相信你。”

“怎么？真是这样？”

卡尔没有回答。

当他们两人在黑暗中并排躺在床上的时候，海伦问：“那个人看上去是不是还算有一点儿能力？或者更像他的纸条上所写的那样？”

又是很长时间没有回答。“不管怎么说，他不是江湖骗子。”他说道，这个时候海伦的呼吸已经变得十分均匀，“一个江湖骗子一定会更加使劲地把自己装扮成一名医生。”

第三十四章　香蕉

上帝造出的男人有的大，有的小，但柯尔特让他们变得一律平等。

——美国谚语

一个女人，一个自己信任的女人，却欺骗了您……结婚多年的太太利用您特殊的处境在装模作样地演出一幕喜剧……考克罗夫特博士原话是怎么说的？这当然是瞎扯。卡尔知道这是胡说八道。但医生的话在他大脑的无限空间里不断膨胀，像模糊不清的气泡穿过他意识中那部分被强加的领域。

他们第一次偶然相遇，是在沙漠里的一个加油站。一个穿着短裤的美国旅游者，一座友好的平顶别墅。这个不是他妻子的女人，这个并非跟随他多年的妻子的海伦，令人感动地关心着他，他没有理由猜疑她。她搜查了他的东西。他觉得同样也可以搜查她的东西而不必感到亏心。

他先是查看了箱子，接着翻查了整幢别墅。海伦把她的内衣和几件套衫随意地扔在橱柜里，其他东西还放在箱子里以及箱子周围一公尺的地方。两件运动衫，一双袜子，一件绿色的丝绸晚礼服。黄色的衣服，白色的衣服，空白的记事本。一个装着针头线脑的很小的旅行针线包。没有化妆品，没有护肤品。一份明显没有读过的美国报纸。一篇从当地报纸里撕下来的文章，里面气愤地否认了这个国家卷入法国原子能间谍案一事，但未提是谁在指责和为什么要指责。还有一篇从一份英文报纸里剪下来的文章，内容是美国棒球联赛的结果。背面是一篇介绍哈罗德·品特的文章。一副看书用的眼镜，一条眼镜腿用橡皮膏固定在铰链上。一副手铐，还有一副更大一点的手铐，也许是一副脚铐（不知道是不是这么叫）。一根警棍，一件晨练服和两条牛仔裤。沙滩球的球拍加上硬橡皮球。箱子最下面是一只很重的木盒子，大概有香烟盒那么大，就算指甲再结实也无法把盒子打开。盒子里放着的显然是不对称但很重的东西。盒子周围裹着一条鲜绿色的比基尼胸衣，感觉是用错了地方。正当卡尔要把东西放回到箱子里去的时候，他听到身后有声音。

“这是你的回敬吧？”双臂交叉在胸前，比基尼的主人靠在门框上，微笑着。身边是一个购物袋。

卡尔没有时间把他愤怒的表情换之以一种面露惊喜的无辜。

“你是谁，警察？”他叫道。他举起了手铐和警棍，愤怒地看着这个肯定不是他妻子的女人，而这个肯定不是他妻子的女人看着他，就像看着一个想要弄清一切秘密的小男孩儿。卡尔不明白她的眼神，也不明白她的手势。海伦只好直截了当了。她开导他说，有的小蜜蜂采集花蜜的时候喜欢用手铐。还有，他手上拿着的那根长长的塑料器具，也不是什么“警棍”。她聊着自由的美国，还用了“现代化”这个词。

开始的时候卡尔一句话没说。然后他看着自己站在那里，双手拿着两样不吉利的东西。他把东西小心地放回了箱子，带着不安而微微颤动的目光说道：“这个小盒子我打不开。”

“这是一支357。”

“什么？”

“357麦格农左轮手枪子弹，”海伦微笑地说道，脸上是有点错位的表情。

“这我不相信。”

海伦耸了耸肩，把小盒子扔到箱子里，关上了箱子。然后她把卡尔推出卧室，在早餐桌旁坐了下来。

“这我不相信。”卡尔又重复了一遍。他把自己的椅子转来转去。海伦给自己倒了一杯咖啡，从水果篮里拿了一只香蕉。她把香蕉对着他，说：“我不至于不带武器就混在你们这帮兄弟当中吧。”

第三十五章　里萨，外号“咔嚓咔嚓”

这些枪弹不是用来杀人的，它们主要用来给敌方士兵造成严重的伤势，使其丧失战斗力。毕竟对于敌方来说，处理伤势严重的士兵要比阵亡的士兵花费更多的时间和财力。

——比利时赫尔斯塔尔武器工厂文件

这个独自坐在酒吧后排暗处的男人，名叫里萨，外号“咔嚓咔嚓”。他长着一张神经质的警醒的脸，从额头到下巴有三道竖直的疤痕。他大概二十来岁。他是一个左撇子。

他六岁的时候曾亲眼目睹了他所有的亲人被残暴杀害的场景。当时他的父母、祖父母、四个姐妹、一个姐夫和他所有的亲戚，还有两个其他的图阿雷格家庭，几个参与造反的人和一些跟造反没有任何关系的人在沙漠中被放倒成一排绑在木桩上。然后一辆军用坦克从他们的身上碾了过去，在钢铁履带的重压下，他们的身体就像牙膏管那样炸裂开来。此后，里萨在一个位于荒芜区东北部的孤儿营里长到了十岁。他在一所专为穷人开设的学校里上了两个夏天的学，在那里有一个很胖的西班牙人免费给学生上课。里萨是学校有史以来最聪明的学生，他学会了识字和算术。此后他成了一家皮革厂的学徒工。皮革工厂在垃圾山一侧的阴影里。一天，工厂门口出现了一个身材魁梧穿着彩色长袍手上戴着很多金首饰的黑人。皮革师傅趴在他前面的毛坯地上，把自己身上所有的钱都拿了出来放在他的脚边。黑人拿了钱，并把里萨一同带走了。他把男孩安置在他豪华别墅的地下室里，给他买衣服，并供他吃喝。里萨用一年的时间学会了如何和商人和武器打交道。他担任信使并负责会计的工作。十三岁的时候他杀了第一个人。

现在他住在离海岸不远的一个小岛上。一周两次他回到陆地上来做生意。他的右手上戴着一枚养父留给他的很大的金戒指。此时，他正草草浏览着美国《时尚》杂志中有关内衣的介绍。一个看上去畏畏缩缩的男人走到他的身边跟他说话，他连眼皮都没抬一下。

“我听说，你卖什么东西？”这个男人问。

“没有。”

“你什么都不卖？”

“滚开。”

卡尔犹豫不决地看着桌边空着的一个椅子，但他不敢坐过去。

“有人说，你卖什么东西。”

“后面有人卖毒品。”

“不是毒品。”

里萨抬起他满脸伤痕的头，很快地瞟了卡尔一眼，然后看到门口一个十几岁的男孩一下子跑掉了。他看着酒吧服务员，酒吧服务员耸了耸肩。

“我只是需要一点信息。”卡尔略显笨拙地说道。

“这跟我有什么关系？”

“有人告诉我，你就是我要找的人。”

“我不是你要找的人。”

“我想是。”

“你想什么？”

“或者你也许认识某个人，他知道点什么。”

“他知道什么？”

“某个人，他能给我提供一些信息。”

里萨等了一下，好像是希望这个穿着黄色运动上衣和粉色百慕大短裤的奇怪的人自己会在空气中蒸发掉一样。然后他说：“我可以告诉你一些信息，那就是你还有正好十秒钟能从这里活着滚出去！”

“求你了。”卡尔抓着那把空椅子的靠背，往自己这边拉了几厘米，“我一整天都在路上寻找。有人说，你……”

“谁说的？”

“一个男孩。”

“一个什么样的男孩？”

“我不知道……一个男孩。他把我带到了这儿。”

“你怎么认识他的？”

“我不认识他。有人让我去找的他。”

“谁？”

“那个人我也不认识。”

“你是从威斯汀豪斯酒店来的？”

“不是。”

“从马拉喀什酒店来的？”

“不是。”

“你是一个人来的，没有什么人派你到这儿来。你想要的就是一点‘信息’？”

“是调查。”

“快滚开。”

里萨重又埋头翻看着杂志里的那些彩色图片。内衣、内衣、唇膏。五个女人站在一个小平台上。两个女人坐在一张沙发上。香烟。当他再一次抬头，看到那个男人一动不动地还站在那儿时，他猛地一下举起了拳头，伸到卡尔的下巴下面晃了几秒钟。卡尔没有退缩。从里萨的脸部表情上看不出他是被激怒了还是乐在其中，但正是他的这一让人捉摸不透的表情，让卡尔确信，他就是自己要找的那个人。

“我可以帮你点些什么喝的东西吗？”

晚礼服和大衣、内衣、牵着两只哈巴狗的女人。一个穿着黑色靴子的女人，一个穿着白色靴子的女人。里萨没有回答。

“我真的不是想买什么。”卡尔说。

“在这儿有什么可以买的东西吗？”

“这我知道。我只是想……”

“你想给我点些什么喝的东西？”

“好啊。”卡尔说，丝毫没有理会对面这个人的轻蔑表情。他向酒吧服务员打了个招呼，但是酒吧服务员交叉着双臂站在那儿一动不动，对他毫不理睬。

沙滩流行服饰、沙滩流行服饰、游泳衣。一个蹲坐着的女人，除了一副墨镜，一丝不挂。夸张的帽子。里萨好似不经意地抬头快速看了一眼，又翻了几页，接着举起两根手指。酒吧服务员马上在两个果酱杯里倒满了一种透明的液体，端到了桌上。卡尔等了几秒钟，然后把椅子转向自己坐了下来。桌子上方只有一个十瓦的灯泡，昏暗笼罩着他们。

他差不多用了整整一个上午的时间才找到这里。一开始他在街上询问哪里是娱乐集中的街区。有人告诉他可以去海港区看看。在海港区他小心翼翼地打听哪儿可以得到武器。一个男人把他介绍给了另一个男人。他的问题越具体，得到的回答越模糊。最后卡尔在距离贫民区五六条街的地方碰到了一个十几岁的男孩，他把男孩领到了这里。卡尔之所以选择了这个男孩，是因为男孩管他要了整整一美元作为领路的酬劳，这是其他人索要的酬劳总和的三倍之多。

里萨拿起杯子放到嘴边，闭上眼睛，闻着这种自己酿造的饮料发出的木头香味。“如果你不是想买什么东西，为什么费这么大的劲？”

“我刚才说了……”

“你以为你可以骗得了我，”里萨说道，“但你绝对骗不了我！”

卡尔没说话。

“你想买什么。”

“不是，我……”

“那就是想卖点什么。”

“不是。”

“究竟买还是卖。”里萨的声音里带着威胁的口气。

“那你卖什么呢？”

“我不卖。”

“那好吧，”卡尔说完沉思了一下，“我们假设，我想买点什么。或者换个假设，我可能想买点什么，然后我找到一个既不卖东西也与此毫无关系的人，我问他在哪儿可以买到什么东西。”

“我们假设，你是同性恋。”里萨把手伸到桌子对面，用两根手指左右拨弄着卡尔的下巴。酒吧服务员在一旁讥笑。

“好，”卡尔做好了妥协的准备，说道，“我们假设，我是同性恋。作为男同性恋中的女生，我对材料方面的事情一无所知，所以我需要一点信息。而且不管要价是多少。”

“什么东西不管要多少钱？”

“比如说矿井或者地雷。”

“你是说地雷，什么样的地雷？”

“一座矿井或一种地雷。随便是什么样的。”

“随便什么样的？你想知道，随便的一种地雷要多少钱？所以你跑这儿来了？”

“要最昂贵的。”

“最昂贵的？”

“是，关键是要贵的。”

“不”，里萨说，“不，不，不，不！”

“这要看价钱。”

“你想随便买一个地雷——关键是要贵的？”

“我不是要买。”

里萨前后摇晃着椅子，用手掌拍了拍卡尔头上的绷带。“这是什么？他们把你的脑子给弄出来了？”

“某种程度上可以这么说。”

“某种程度上……你承认，你脑袋受伤了？”

“是的。”

“你戏弄不了我。”

“我没想这么做。”

“上次有个想戏弄我的警察……”

“我不是警察。”

里萨喝了口酒，把杯子搁在桌上。他合上了杂志，放入上衣右边的口袋。同时他悄悄地把左手伸入上衣左口袋。这时坐在酒吧后面的两个客人跳起身来冲到了门口。酒吧服务员抱着头缩到了吧台后面。一把椅子倒了。

“我们假设，”里萨小声地说，“我确实曾经听说过你在讲的那个东西。武器。”他慢慢张开嘴，露出了两排雪白锃亮的牙齿，就像电影明星伯特·兰凯斯特那样，“我们再假设一下，你对那个东西并不感兴趣，你并不想卖给我什么东西，你不需要武器，你也不是警察。我们假设，你确实是在——你是怎么说的来着？——你在进行一项调查。”

“是的。”卡尔害怕地说。

“一个记者的调查。干什么用？为了在欧洲主流精英报纸上发表引人注目的反对使用地雷的和平主义文章，以此来为建设一个更美好、更有伦理道德的世界出一点微薄之力？”

卡尔试着从对方的表情里猜出他是怎么想的，而后他决定，不被注意地微微点了点头。

“我们假设，我愿意相信你。可是我还是相信不了你。但我们还是这样假设一下，即使是最笨的记者一开始不是也要先提一些其他的问题吗？”

“什么问题？”

“问它的产地、供应商和投放地？如果问价钱的话，不是也要提到它的型号吗？”

“什么型号？”

“什么型号？”里萨把双手从裤兜里掏了出来，放到了前面的桌子上，“你在问地雷！这就好比你在问：一个水果多少钱？”

“但是我说了：最贵的水果。”

“就这些？最贵的水果？在欧洲人们就关心这个？”

“我没有说到过欧洲。”

“就这些？你只想知道，最贵的地雷有多贵？为什么你偏偏问我？其他的人也可以回答你这个问题。”

“但是没有人回答我。”

“大街上随便哪个笨蛋都能回答你。”

“问题是，我问过的笨蛋，他们没有一个回答我。就像你一样。因为他们都认为，我想要点什么。或者说我这么问就好像是我想要得到点什么。但是我什么都不想要，然而没有一个人告诉我什么。”

“因为每个人都知道。”

“我不知道。”

“因为你是笨蛋。看看你的样子！”里萨抓住卡尔黄色上衣的领口，“你穿着这样的一身小丑服装，我都不会告诉你，你叫什么名字。穿得正经一点！穿这样的衣服对健康不好。像你这样什么都不知道对健康也不好。明白吗？你不明白，你什么都不明白。”

“是的，我什么都不明白。但你是专家，所以我在这儿。”

“我不是专家。”

“你是。好吧。”

“谁说我是专家？”

“没有人说。对不起。你当然不是专家。但是跟我相比，你至少还知道地雷有不同的类型，而且价钱也不同。估计你也知道不同类型地雷的不同价格，因为大街上的人都知道。更多的我也没想知道。”

“我的杯子空了。”隔了好长一段时间，里萨说。卡尔把自己一点没碰的杯子推到了对面。里萨喝了一口，说：“现在杯子又空了。”

卡尔试着给酒吧服务员做了一个要续杯的手势，但酒吧服务员还是一动不动，直到里萨点了头，他才理会。

“好吧，”里萨说，“你想知道点什么，那我就告诉你点什么。因为你给我付了酒钱。因为所有人都知道。因为这是路人皆知的事情。你是要地雷中的极品，地雷中的劳斯莱斯？南斯拉夫产品？”

“是的。”

“或者英国的？”

“是的，都可以。”

“或者美国的？”

“是的，美国的。”

“你想要美国的什么？南斯拉夫的不够好吗？”

“只是价钱，反正要价钱最贵的。”

“反正要价钱最贵的？”里萨愤怒地盯着卡尔。他跳起来又坐了回去。他脸上的疤痕泛着浅粉色的光。卡尔因为受不了他的目光，转开了身，而这无疑是个错误。下一秒他就躺在了吧台旁的地上。满脸疤痕的里萨用膝盖抵着他的胸，玻璃片碎了一地，酒吧服务员站在他们对面，手里拿着一个瓶颈处被打碎的瓶子。

“反正！价钱！最贵的！”里萨吼道，“你真的以为，我会上了你的当？你真的以为我不知道，你是谁？你刚进酒吧的时候我就知道了！我知道警察长什么样！但你不是警察。你以为你是什么，你这个同性恋！”他掐住了卡尔的喉咙，卡尔艰难地呻吟着并试图尽量不要去反抗，“你以为，你连英国地雷和南斯拉夫地雷的区别都不知道，就能在这儿忽悠人吗？不要把我当傻瓜，因为我不傻！你一脸坏相。我认识你。我认识你这样的人。用我告诉你，你是谁吗？你是一个知识分子，一个该死的知识分子，一个精神有毛病的共产主义分子，你看了太多的那些穿着高领套头毛衣的法国左翼分子写的书，现在想把什么东西炸上天。一个精神扭曲的人。我认识这样的人。你就是一个精神扭曲的人。一个业余恐怖分子。”他稍微松了些手，继续说道，“但是你的裤子里有两个蛋。你现在想要一种特别的地雷，我明确告诉你，你要是想在这个鸟不拉屎的小城里发动你个人对帝国主义的报复行动，你要是想把什么东西炸上天，我是说，你要是一根筋地只想着在这里发动什么变态的行动，把数以百计的阿拉伯人炸上天，让整个城市变成一片火海……那么，我支持你。”

里萨的面部表情慢慢放松下来。他从卡尔身上下来，掸了掸膝盖处的灰，然后坐回到椅子上。“但是你不要骗我。以上帝的名义发誓不要骗我。你也坐在椅子上，坐下。你很幸运，那个‘男孩’把你带到我这里来了，而不是送到其他什么白痴那里。我唯一不能容忍的，就是别人骗我。明白吗？坐下吧。”

卡尔把领口的扣子重新系上，整了整头上的绷带，坐在了椅子上。他沉默着。

“只是我不做武器买卖，所以在这一点上我帮不了你。我现在想问的是——只是纯粹的假设，因为你什么都不想要，我也什么都不卖——但是如果一个人这么急迫地想要一个地雷，为什么他不像其他人一样去埋着地雷的地方，然后挖出一个来？你知道南边在哪儿吗？就是太阳现在的地方。你去那儿，然后从每个树桩下挖出五个克莱莫地雷。”

他用一个头部动作和一个离他几张桌子远的男人打招呼。这个男人弯着上半身坐在那儿，正用嘴吸着碗里的汤。他没有胳膊。

“也许正因为如此，”卡尔说，“这是现有的最好的？”

“克莱莫地雷？不是。”

“好吧。让我们假设，一个人很幸运，他把现有的最好的那个挖了出来。他想把它卖了，那么他会想拿它换多少钱？”

“两百。”

“美元？”

“卖给你的话只要一百五。”

“这是什么？”

“反坦克地雷。空心装药的。磁性引爆装置。”

“这是现在最贵的？”

里萨又开始躁动起来，他看了看周围。“你到底想要敲诈多少？一百五还不够吗？”

“我原以为还会有更贵重一些的。”

“贵重？一个贵重的地雷？”

里萨把脸靠近卡尔直盯着他的脸。直到现在他还没有想太多。这家伙是个疯子。一个共产主义者。或者是一个警察协理。无论如何都是一个笨蛋，不会有什么危险。但这个男人身上看来还是有什么地方不对头。他到底想把什么东西炸上天？

“你确定，你想要一个地雷，而不是原子弹？”

“我说不清楚我想要什么。我需要的真的只是一点儿信息……不管要多少钱。”

“那你现在满意了。”

“这样的话制造商发不了财，对吗？”

“什么制造商？”

“地雷制造商。”

“在整个该死的非洲大陆都没有地雷制造商。你到底想知道什么？”

“我只是问问。我觉得，哪里还有其他的什么。但是一百五……”

“哦，我的天啊。”里萨把一只手放在卡尔的肩上，说道，他的声音现在变得很小，几乎像是在卡尔的耳边耳语，“让我告诉你点什么，我的朋友。因为你是我的朋友。我们在这里一起喝着快乐的小酒。很明显你的大脑还没一颗豌豆大。我告诉你：我，里萨，绰号‘咔嚓咔嚓’，不做武器买卖。我这儿没有要卖的东西。但是如果你想买一颗地雷，花的钱不会超过十美元。明白了吗？其实花五美元也能买到，或者更少。反坦克地雷或者反步兵地雷，随便。只有最新的远程引爆的克莱莫地雷要十美元。

最多二十美元，要是你犯傻的话。这其实不是什么克莱莫地雷，只是上面标着克莱莫的名字，但效果却和克莱莫地雷一样好。你可以用它把一辆公共汽车炸飞了。其余的都是骗你的。你明白了吗？你能用你那残废的脑袋记住这些吗？”

卡尔有点泄了气。

里萨喝光了杯中的酒。

“我的朋友，你要是还有什么愚蠢的问题要问，每一个答案要一杯酒作为报酬。或者五美元。回答问题需要这么多。”

他看着卡尔，卡尔看着酒吧服务员。

“好吧，”卡尔说道，“我再问点儿什么别的。或许你碰巧知道，这附近是不是有座矿井？”

里萨不语。他把双臂交叉着放在胸前，用小手指微微指了一下桌子。

卡尔从兜里掏出钱，把纸币放了一排。他付了到现在为止的酒钱，还剩下三张五美元的纸币。他把其中的一张往前推了推。

“你知道这附近有座矿井吗？”他又重复了一遍问题。

“什么样的矿井？”

“随便一座矿井。”

“随便一座矿井？”里萨的声调慢慢在升高，“你想知道，这儿是不是有座什么矿井？你为什么想知道？你是想用一个你并不想买的随便什么地雷，来炸毁一座你都不知道是不是存在的随便什么矿井？”

“我觉得这两者没有什么关系。地雷和矿井没有什么关系。”

“除了这两个都叫作Mine。”

“是，但这是一个巧合。”

“这是一个巧合？什么是一个巧合？”

“这两个的名字一样。我只是想问……”

“什么时候这两个变成了巧合，就像它们的名字一样？含义是地雷的Mine和含义是矿井的Mine。你觉得这是个巧合？你也并不是一个浑蛋知识分子，是不是？”

“我从来没说过自己是什么知识分子。是你说的。”

里萨咧嘴笑着，就好像他的两排牙齿之间放了把刀。他重又靠回椅背，双手握着桌子边，说道：“你为什么觉得，Mine叫作Mine？”

这是一个卡尔至今为止还没有想到过的问题。

“好好想一想，”里萨说，“如果你自己想出来，你就省了五美元。为什么地雷叫Mine，矿井也叫Mine？”

“我猜想是因为在矿井中需要用爆炸材料引爆。要炸岩石就需要地雷。所以矿井和地雷同名，都叫Mine。”

“你猜想，但是你的猜想是错的。从什么时候起开始有矿井的？从铜器时代起。又是从什么时候开始有炸药的？”

“那就是和我刚才说的正好相反，”卡尔说道，“矿井先被称作Mine。当炸药发明后，被用于引爆矿井。地雷不知怎么就这样也被引申叫成了Mine。”

“啊，是引申的名字。就这样！原来这么简单。但是会爆炸的东西，首先会用在什么地方？不是在矿山，而是在战场上。你还要继续猜想，还是出钱？”显而易见，里萨很乐于扮演老师的角色。

卡尔想了想。就这样过了几分钟。然后他用食指把中间的一张纸币向前推了推。

“你并不知道。”里萨满意地向酒吧服务员招了招手，让他把杯子里重新添上酒，“不过战场是正确的。战争。在被包围的情况下，也就是围击战。过去包围一座城堡，我说的是中世纪的时候……如果想要攻克一座城堡，他们怎么办呢？首先是挖沟，然后七拐八拐地接近城墙，这样做不会被敌人发现。当接近城墙的时候，往地底下接着挖。是谁在地底下挖呢？当然是专业人士，矿工。他们挖好了地道，到处用木桩撑好，等到了城堡地底下的时候，他们把木头点着了，然后跑出来。坑道塌了，上面的城堡也完蛋了。所以说坑道或者说现在的矿井叫作Mine。炸药是很久之后才投入使用的，因为效果更好。当然没有炸药也成。”

“哦。”

“为了回答你的问题——不，我并不知道这里有没有矿山。这里的山没有任何价值。你还要把你最后的五美元也浪费掉吗？还是今天就到此为止？”

卡尔想了很久，弹了弹最后剩下的这张纸币，说道：“请不要打我。但是你会不会碰巧知道，这附近或许有座旧时留下的城堡？”

第四部

绿　洲

第三十六章　在将军府

纳撒摩涅司人的邻居是佩索勒尔人。他们被灭绝的过程：南风吹来，吹干了他们的蓄水池。而他们的国家完全在苏尔特境内，根本没有水源。他们一分钟内作出了决定，要跟南风抗衡（我在这儿只是复述利比亚人讲述的故事）：他们到达荒漠的时候，南风开始刮起，把他们全部淹没。就这样，佩索勒尔人被灭绝，纳撒摩涅司人占据了他们的国土。

——希罗多德（古希腊作家）

卡尼萨德斯恭敬又快速地拉开了通往总署最大房间的那扇门。墙上挂着一幅用红色和金色丝线精心编织的《古兰经》诗行，镜框下方坐着一个二百公斤的男人，他就是警察总署的将军。他的脸形像一只梨，而身材则以惊人的方式重复着脸的形状，就像按照施工图纸制作出来的一样。细小的眼睛，稀疏的眉毛，小鼻子。一张嘴，肥厚的下嘴唇被地球引力使劲往下拉着，以致一排白色的尖尖的牙齿始终露在外面。他的衬衣下拱起两堆肥大下垂的奶子，肚子大得让他无法坐直。据一位很久以前曾在俱乐部澡堂看到过将军的警官透露，他什么也没看到。尽管如此，在将军的写字台上有一张彩色照片，上面是将军和一个干瘦的女人以及八个长得像梨一样的孩子。

他喘着粗气让卡尼萨德斯在一张椅子上坐下，接着是他的出了名的沉默时刻。卡尼萨德斯在心里数着时间：五十六分钟、五十七分钟、五十八分钟。在五十九分钟的时候，将军从一个文档里抽出三张折叠着的纸扔到桌上，他的脸部表情好像是要告诉对方，他跟那些遍布全球的友好快活的胖子不同，他属于一个另外的范畴。

“不要想否认！这是阿斯兹在你写字台上找到的。”

卡尼萨德斯没有否认。他一眼就认出了这几张纸，虽然他完全不明白对他的指责究竟是为了什么。几张殖民时期的表格，只是无聊地被挪作他用而已——为这事将军就特意把他找来？但仅五十九秒之后，他就意识到，还是马上采取防守策略为妙。“这事我可以解释，对不起。波利多里奥和我，在那个处理表格的夜晚，那个漫长的处理卷宗的夜晚……”

“道德委员会特别调查员！你们都疯了？谁想出的这个愚蠢的主意？”

“我们两个，”卡尼萨德斯说，“波利多里奥。”

“除了你们俩还有谁？”

“只有波利多里奥。”

“不要跟我废话。这里是三张证件。”

问题提得有道理。但正确的回答应该是：原来是四张。

“那只是闹着玩的，”卡尼萨德斯试着如何自圆其说，“我们其实什么也没做。我们只是给那些婊子看了，其他什么也没做。”

“你是说那些……婊子。啊哈。”将军记了下来。他的瞬间记忆很差，而他又不喜欢谈话中走题。如果在谈话中提出的问题又引出了其他的问题，他都会写下来，以便接下来逐条地处理。

“你们在这里是最低警衔的下级警官。”他用威胁的口气说道。卡尼萨德斯立刻接上话头。“真的只是开个玩笑。我们工作过头，很累。您知道，整整一夜，堆积如山的文件……这些是从一个文件柜里掉出来的。此外还有许多其他事情。我们还做了许多其他工作，我们必须完成的工作。只是为了保持清醒，不要睡着。而且，那天夜里还一度停了电……”

“什么其他事情？”将军的身子往前晃动着。

“其他事情……就是随便一件蠢事呗。我们必须要坚持到拂晓，而且……”

“什么其他事情！”

“喝酒，开玩笑……用纸团打雪仗。”为小心起见，卡尼萨德斯没有提他们翻滚着文件柜玩警察捉强盗游戏的事情，“然后碰巧撞见了道德委员会的这份东西。我们还做了智商测试。因为找不到开电源箱的钥匙，我们整个夜里都坐在黑暗里。……”

“什么智商测试？什么时候开始我们这里有智商测试这类东西了？”

“也是在那里捡到的，就是像用一把尺那样来确定智力的测试。”

“测试结果呢？”

“我是130，波利多里奥102。”

“结果！你们的智力到底怎么样？”

“咳，还好啦，”卡尼萨德斯说，“也就是中等水平。没有什么特别的。”

“好一个中等水平！你知道不知道，我可以怎么处理你和你的中等水平？”

他气愤地看着面前的写字台。他的思路一下子断了线，不知该说什么。但没等卡尼萨德斯继续云里雾里地说那些不着边际的事情，将军说道：“这都是些什么乱七八糟的名字？阿道夫·奥恩！”

“是波利多里奥想出来的。”

“这是德国名字吗？”

“不知道。”

“还有这儿。狄迪尔……和贝尔特让德，你们怎么想得出来？你们俩是不是同性恋？你们俩是不是一对儿？”

“对不起，头儿。”

“你说对不起，对不起！”将军的脸色一下子变了，带着温和的眼光把证件撕成了碎片，“现在你得为我做一件事。你愿意吗？”

原来是这样。

“当然愿意。”

“你知道阿玛窦吗？就是那个从囚车里逃走的杀人犯。”

“这事归卡厉米管。”

“这我知道。我只是想听听你的看法。”

“噢。”卡尼萨德斯使劲地思考着。看来他得小心地跟自己的同事划清界限，“卡厉米做事向来这样。他现在要来了第二台推土机，想把盐民区铲平。”

“你的看法！”

“我觉得，他这么做更多是出于私念。这个阿玛窦没那么聪明，他不会长时间在哪儿藏匿起来。”

卡尼萨德斯这话显然正中将军的下怀。将军的态度现在更为友善了，他说：“阿玛窦当然没有那么聪明。但这正是问题所在。正因为他很愚笨，他才没有发现自己有多么愚笨。他自己是无论如何没有本事从囚车中逃走的。而他又愚蠢得不一般，竟然没有发现自己有一个帮手。换句话说，他不仅从我们警察手里逃走了，而且……他……不管怎么说。都四十八个小时了，我们还不知道他在什么地方。阿玛窦找不到了。我现在想做，而卡厉米不明白的是……阿玛窦今后也要继续无法找到。明白我的意思吗？”

满脸横肉中的两条眯缝眼挤到了一起。卡尼萨德斯点了点头，把食指对着后脑壳，做了一个扣动扳机的动作。

“不，不，不是这样！”将军叫道，“无法找到就是无法找到。我说的是中文吗，你为什么听不懂？卡厉米不懂，难道你也不懂吗？这个可怜的男孩其实也是无能为力，他……他有什么办法。他是在一个非常可怜的环境中长大的，生活本来就已经让他饱受煎熬。他永远都不会做不该做的事情。这有什么不好理解的呢！他在廷迪尔玛过着太太平平的日子，放着他的羊。直到那帮嬉皮士的浪荡公子来到那里，激怒了他。很长时间里阿玛窦只是在一边观望……但到了某一天他终于还是忍无可忍了，就像每一个正常人一样。他的反应是有点过激了。可以这样说。只是他本来是一个很不错的家伙。阿玛窦。你明白吗？”

“您是说……”

“我是说，他并不会给我们带来什么伤害。就这么简单。所以我们也不要去伤害他。这事现在就交给你负责。”

“那卡厉米呢？”

“卡厉米得交出这个案件。他已经移交了。我希望……你明不明白我对你的希望是什么？”

“什么都不做。”

“这么看来那个智商测试还是有点用处的。”

“还有什么事情是我必须知道的？”

“没有。”将军合起他那两只肥胖的大手。

“你不必再知道什么。而且，我可以告诉你，这一切都没那么重要。没有什么特别神秘的原因。但几天前我们得知，阿玛窦是内政部长家女佣的孙子，或者是内政部副部长家的或者是其他什么人。这跟我们没关系。反正是高官……如果有人给我下了指令，我必定会认真执行。明白吗？不像卡厉米这条笨狗。所以我们需要有个人，他同样会认真执行这个指令。这样的话事情就很简单了。你带几个人去寻找阿玛窦。事实上阿玛窦并不愚笨，而是像所有羊倌一样相当机敏。那么怎么样寻找这样一个人呢？你们去那里巡逻几圈，搜查几间房舍。明白吗？你特别要留意，会有一帮媒体人跟在你后面。那两个美国人还住在喜来登，还有一个英国人……你认识那个人，是不是？他们可以正经地拍一些照。然后你可以逮捕一个人，或者抓上十来个人，直到媒体的记者觉得拍够了为止。剩下的事情就交给我来办。你必须注意的唯一一点是，阿玛窦没有藏匿在盐工区里。因为那是他长大的地方，他对那里了如指掌。所以像卡厉米那样的笨蛋自然首先就会想到去那里找寻。但因为阿玛窦是个非常机敏的人，就像我们刚刚发现的那样，所以他绝不会藏在那里。明白吗？”

“明白了。”

“另外一个原因是，昨天卡厉米带着他的推土机去了盐工区后，那里发生了一起小小的骚乱。这不好。我这么说吧，那里现在死了的人已经要比阿玛窦欠下的多了。对你来说这意味着，整个盐工区直到沙漠，往廷迪尔玛去的方向，包括荒芜区、盐工区，整个地区你都不要去碰。我们是不是说得很清楚了？”

卡尼萨德斯使劲地点着头。他无法想象，为什么一下子要如此庇护这个愚笨的阿玛窦。说是跟内政部长沾亲带故当然是一派胡言。廷迪尔玛一个肮脏的羊倌不可能是内政部长的亲戚，跟他的女佣也没有亲戚关系。如果是的话，他在警署第一次审讯的时候就会对着警察大喊大叫，而不是坚持说自己是清白的。也许阿玛窦的家人又从哪里搞来了一些钱做打点。现在钱去了哪里？看来没有给卡厉米。直接给了将军？或者真的给了内政部的某个人？让卡尼萨德斯愤愤不平的是，钱没有交到他的手里。正常的办事程序应该是通知所有涉案的警官，而他是接手此案的第一人。而现在他要面对的是这些可笑的公文纸。他其实蛮有兴趣抓获阿玛窦，把他给宰了的。这事其实没那么难。如果说有必要把案件从瞎了眼的卡厉米手中拿走，那么阿玛窦现在也许正喝醉了酒，光着膀子，唱着肮脏的歌行走在通往廷迪尔玛的大路上。

卡尼萨德斯觉得现在是时候了，他带着征询的眼光指了指被撕碎的证件。

“小事一桩。”将军说着，把撕碎的证件扔进了垃圾桶，做了一个让卡尼萨德斯走的手势。正当警官离开屋子要关上门的时候，他又被叫了回去。将军手上拿着记事本，用手指敲着他刚才做的笔记。

“这有用吗？”

“什么？”

“道德委员会。那些婊子。我是做父亲的，而且你一定知道，我相当虔诚。我之所以问这个，是因为我有一个叔叔……这个有用吗？”

“我说过，我们就去过一回。或是……”

“回答我的问题。有了这个，那些妓女是不是就不收钱了？”

“如果去的是警官或者级别更高的人，她们从来就不收钱。”

“什么？”

“她们从来就不收钱。”卡尼萨德斯往屋里走回了两步，“一向都这样，我们是警察嘛。”

“那么要这些公文纸干什么？”

“我说过，我并没有试过。但波利多里奥说，那些妓女看到这个，服务更好一些。而且她们还愿意做那些平时不愿意做的事。”

将军半撑着从座位上站起来，两个拳头顶在肥肥的臀部两边，看着卡尼萨德斯。

“是，大概是这样。”

“那这里呢？也是？”

“是的，也是。”

“这样呢？”

“所有一切，波利多里奥是这么说的。”

“真的？”将军不相信地摇着头，看着卡尼萨德斯，然后带着同样怀疑的眼光看着他的记事本，“这些荡妇！”接着他头也不抬地再一次示意让来访者出去，又作了一些新的记录，并把先前写的划掉了。

过了一会儿，有一名正在替换两扇玻璃窗的工人把将军从他的办公室叫了出去。等在走廊信箱前的卡尼萨德斯悄悄溜进将军的办公室，从废纸篓里拿走了那些公文的碎片。保险一点为好。

接着他给喜来登大酒店去了电话，让瓦尔特先生接听。他想问一下那个英国记者，是否有兴趣给马上就要实施的抓捕阿玛宴的行动拍些照片。而当他还在打电话的时候，将军摇摇晃晃地走了过来，把一张纸条放在电话机上。卡尼萨德斯把手盖住了电话机的话筒。

“我刚才忘了，你还需要做些事情，”将军低声说道，“因为你一再打断我的话。但这次是一个农民，他的两个儿子失踪了。据说被谋害了。在沙漠里。一个被枪杀了，另一个被砸死了。纸条上都写着。就是通往廷迪尔玛的那条路，那个废旧的仓库，以前酿烧酒的地方。你先去那里看看，然后再处理阿玛宴的事。明白吗？”

第三十七章　大祭司

我不知道什么是女性贞操，也不知道什么是女人的幸福。我喜欢的只是狂野的、高大的和耀眼的东西。

——卡罗莉内·冯·君得罗德

（德国十八世纪女诗人）

“矿井不可能，因为这儿根本就没有矿井。地雷也不可能，因为这个世界上没有一个稍有理智的人会因为十美元或二十美元劫持一个家庭并以死亡相威胁。为了实现毫无可能的事情，在一个城堡下挖掘坑道，这事也可以排除了。”海伦歪嘴笑着说道，“如果那个脸上长疤的人没有跟你胡扯，而看上去也的确是这样，那么排除了上面这些可能性，剩下的只有铅笔芯了。”

“或者是硬币。又或者是一本书。”

“伊莎多拉·米内？或者是她的儿子艾玛贝尔·简·雅克斯？不，这些我都不信。”

“如果不是书的话，那有没有可能是藏在书里的什么东西？”

"就算这样我也无法相信，"海伦说，"不是因为说一本书不会那么有价值，而是因为巴斯尔说了'矿井'这个词。七十二个小时，到时候'矿井'重又属于我。一个半文盲的蠢货，一个连续几个小时用一把拆信刀插在你手上折磨你的人，不会说'矿井'，而心里想的是一本书。硬币也是这样。如果他想的是硬币，那么他也会直接说硬币。也许我们还是集中想想蔡特罗伊斯为好。"

"怎么想啊，我们都不知道上哪儿去找他。"

海伦耸了耸肩站起身来，走到电话机旁，要总机接通去美国的长途电话。在她等电话的时候，卡尔又一次把他在沙漠里随身带的那些东西找了出来，并把所有东西都放到桌子上。空的钱包，皱皱的手巾纸，一串钥匙，一支铅笔。

铅笔是六角形的，外表涂着绿色的发光漆，一头刻着金色的字母2B。铅笔头折断了，可以扯下一块很细的木屑。

"不用白费劲了。"海伦说。

"请稍等。"电话接线员说。

卡尔把铅笔放了回去，又拿起了钱包，仔细检查着钱包空空的隔层，里面除了几个沙粒外什么也没有。他把钱包放到铅笔边上，接着他把手巾纸展开，里面掉出来的也只有沙粒。他看了一阵，重新把手巾纸揉成一团。就这样过了几分钟。他站起身来，从厨房拿来一把切面包的刀，开始削铅笔。海伦看着他直摇头。当铅笔被削得很短时，他又把铅笔头用手压在桌上，用刀使劲地锯着，直到铅笔变成了一堆薄薄的木屑和毫无秘密可言的笔芯灰。他若有所思地看着。

接着他用手指沾了一点笔芯灰，放到舌头上舔了舔。海伦看到这一幕，忍不住说："你不要出洋相了，好不好？"

电话突然没声音了。海伦敲了敲电话线，过了好几分钟也没听到接线员的声音。她站了起来，对卡尔说："我还得去买点东西。你要不要一起去？"

但卡尔不想跟她一起去。他两只手撑着脑袋，弯着腰坐在桌旁，又一次拿起了那张手巾纸，试着再一次把它展平，而不至于撕成碎片。他对着光仔细地看着手巾纸，好似能在上面看出什么神秘的符号一般。

海伦叹了口气，关上门走了。

当她买了满满两个塑料袋的食品回来的时候，觉得好像听到在什么地方有声音。她小心地把买来的东西放下，轻手轻脚地在房子周围走了一圈。为了窥探露台上的情况，她跪在房角处盛开的紫茉莉后面，拨开一枝开花的细枝。

就在几米之外，她看到卡尔盘腿坐在地上，正紧张地看着放在他小腿前的东西。在他的对面，背对着海伦的地方是一个肩膀很宽的长发女人。或是一个长发的男人？两个人都低垂着脑袋。一个海伦熟悉的声音说道："这是钟塔，现在隐士横穿过来走到钟塔上面。这里是车子，还有星星……星星的话，我总能找到一张很漂亮的牌。无意识中的星星，我马上给你解释这是什么意思。第五张牌上面是……吊着的男人。"米歇尔说着，很快地把那张牌拿走了，换了一张其他的牌。

卡尔的脸上满是疑惑，显然他并不同意换牌。米歇尔试着不去回避他黑色的眼睛投来的目光，感觉到自己的身体里涌过一波对他揪心的好感。她知道这意味着什么。这意味着，她必须小心了。当这个俊美的男人爽快地同意她布牌的时候，当他用迟疑的动作请她上露台的时候，当他给她递上一杯咖啡的时候，不，老实说，当他头上戴着满是血迹的绷带，嘴角叼着一支折断的香烟给她打开581d平顶别墅大门的时候，他那种无法形容的伤感表情就已经完全征服了她。这种被征服的感觉如此强烈，米歇尔·范德比尔特几乎在那一瞬间就决定了，绝不能让他进入自己的生活。她往往能飞快地作出类似的决定，虽然不是每个人都相信她有这个能力，虽然她给外人是完全不同的一种印象，这些她都知道。米歇尔是一个很果断的人，意志坚强，善作决定，这些她是从她的意大利祖母那里继承来的；另一方面，虽然看上去有些矛盾，她同时继承来的还有过分的热情、随性和典型的意大利人的恳挚。她是一个能同时凭脑子和凭感觉做事的人。如果情势要求，她很容易作出决定。根据自己多年的经验，如果事情过于复杂，最好凭自己的直觉作决定。而现在她的直觉从一开始就告诉她：小心，要小心这个俊美、悲情的男人，他头上绑着的美妙如画的绷带，他悲伤的眼神，要小心了，米歇尔·范德比尔特！

海伦去公社拜访后，她们曾通过一次简短的电话，从通话中她已经得知这个男人是谁。这个男人患有记忆缺失之类的毛病。这意味着什么呢？

首先这意味着，海伦很有可能延续她惯常的做法毫无选择地走进了一段两性关系，而这个暂时取名叫卡尔的男人否认了这种关系。他在几分钟前刚刚否认过和海伦有这种关系。其二，这意味着，相比较不久前在那次血洗公社中失去四位朋友而带来的巨大痛楚，眼前的这个人只不过是失去了对自己身份认同的记忆，应该是相对幸运的人。其三，这还意味着，这个相对幸运的人很可能利用她和他痛楚之间的落差作为获取好处（或其他什么东西）的杠杆。前提条件是，如果他想这么做的话，如果米歇尔允许这么做的话。但是她不能允许这种情况发生。这个决定从一开始就很清楚，不容改变。而且一旦作了决定，就不可能再改变。

“因为否则的话，严格来看，这个组合最终表明，钟塔在起始端，而死亡在另一端。”米歇尔说着，赶忙把其余的牌摊在桌上，瞪大了眼睛看着新产生的组合，“在不久的将来就会死亡……通常情况下是一个转化的过程，死亡是一种转化，是一种过渡……其间我们……如果我们，我是说……”

米歇尔满脸困惑地看着卡尔从她的手上拿走了那个吊着的男人的牌，放回到最初的位子上去。

“这个吊着的男人，”她说，“我每次都拿出来，因为，如果我们把这张牌放在这儿的话，如果这张牌一直留在这儿的话，这可能意味着，真的会有人死亡……或者是……不，某人……因为，问题是，就像我们刚才说过的那样，这里关系到你，不是吗？这意味着你……”

“你是说，只要把这张牌拿出来，人就不会死？”

“我没有说死亡！不一定，但目前……我得想一想。请等一下。就像我开始时就说过的，这些都是时间模式，而这些更多是力场，所以不可能确切地说，结果一定是这样或那样。只是把这张牌放在这儿，我是说，死亡的这张牌……丑角牌和恶魔牌，还有这儿的法庭牌，这个排列我还从来没有看到过。”

米歇尔用双手捋了一下头发。她试着争取一点时间。带着一张马上就要哭出来的孩子般的脸，她看着眼前的疑难组合。但纸牌所显示的结果确凿无疑。

米歇尔感觉到了这一点，而且她感觉到，卡尔也同样感觉到了这一点。

“但人总是要死的。这里也没说什么时候死？”

“不久的将来，几乎就在眼下。我是说……”

“那如果我已经死了呢？”

“我们再从头来一遍，”米歇尔用颤抖的声音说道，“我想再试一遍，把这些作为一个整体来看。这是星星，我从来就认为星星很好，是一张很好的牌。这就是说，你开始的时候满怀着希望……这也符合实际情况。你说过，你是如何在仓库里醒过来的……”

“那如果我已经死了呢？”

海伦从背后看不到米歇尔的脸部表情，但她看到她的女友身体僵在那里，一只手放在牌上，另一只手放在脑后，肘关节指着天空。

过了整整十秒钟，米歇尔才明白，卡尔是什么意思。海伦叹息着，但强忍着不要发出声音。

“如果你已经死了的话，”米歇尔兴奋地叫道，“当然！如果你已经……你真的是，你真的是一个很特别的人。”她一边说着，一边激动地用食指点着那张吊着的男人的牌。这张牌就放在钟塔牌的边上（钟塔几乎就像是一把梯子，仓库里的一把梯子！），接下来是不久的将来就会发生的死亡：卡尔的失忆。他过去身份的死亡。

米歇尔震惊地摇着头：“有的时候真的不可思议，纸牌怎么能够这么准确地知道一切！而且你能感觉到这一切……我说这话并不是想恭维你。但我是一个很坦诚的人，我从一开始就知道了，从你打开门的那一刹那我就知道了，你是一个很特别的人。一个完完全全不同寻常的人。而且你对纸牌有着很高的天赋。钟塔、隐士和车子……你不是也提到过一辆载着四个男人的车子吗？因为，这正是这儿向周边发射出的影响力。而车子也只是意味着寻找，就像你正在寻找你是谁一样……寻找你的身份认同。那个吊着的男人，我说过我在大多数情况下都会先拿出来，但在这里这张牌表示的其实是一种逆转，是对自己处境的一种重新思考。你现在实际上还是那个吊着的人，因为你还头朝下地吊在这架梯子上……这真的是不可思议。”她的食指带着一份重新获得的自信转向右边，转向未来。身份的死亡、丑角、大祭司，最后是法庭。纸牌并没有显示明确的联系，现在必须集中注意力。

米歇尔全神贯注地看着纸牌，说：“丑角是第七张牌，这是自己，就像你看到的自己一样……法庭，这是结果。这意味着什么呢？这意味着苦难的终结。一个全新的开始。我的看法是……不过这张牌放倒了，所以它的意思也可能是正好相反，我是说，如果我们不把牌转过来的话，而且你……不要？因为，这方面有不同的流派，我通常会把牌转过来。”

米歇尔带着一种少女般温顺的眼光注视着卡尔，但他固执地摇着头。

“好吧，如果你不要的话……那好，这样的话法庭也可能意味着一段新的苦难的开始。如果这张牌就这么放着的话，可能意味着痛苦，但这其实只是表示有可能带来痛苦，也就是说，如果你的行为举止错误的话。这最终取决于你自己。杜洛克纸牌指示我们的只是路径，你最终选择哪条路径，我是说……第八张牌上的大祭司究竟是什么意思，还有痛苦……”

“痛苦之大祭司，这当然是我。”海伦说着，跨过紫茉莉花丛登上了露台，径直从两人身边走过进了房子。卡尔困惑地抬起头，米歇尔则缩起脑袋，就像小孩玩看医生那类游戏时被大人发现了一样。她知道，海伦会怎样看待这些纸牌，奥秘的知识和灵性。同一瞬间她的脑海中就像划过一道闪电，这正是一个女大祭司的特征：智慧和谨慎。反过来，如果牌放倒了的话，这些特征也可能会变为理性主义和知性至上。而现在牌正是放倒了。

第三十八章　头领间的争斗

“暗示，这本书里都是暗示，”我想，“马上把钱还给我。”

——哈瑞克·汉恩

现在看来，紧接着海伦拜访公社之后，或者也许正是由于海伦拜访了公社，米歇尔决定永远离开这个残酷无情的充满暴力的地方。为了买回美国的机票，她在朋友那里凑了一些钱款。现在她希望海伦能够再资助她一些。跟海伦不同，米歇尔从来对物质的东西不感兴趣，而她带来的行李里几乎只有精神世界的东西。奥兹的牙齿做的护身符，这是埃德加·法埃勒在告别的时候送给她的。杜洛克纸牌，她最喜爱的书，另外，不久就会发现，还有一堆粗制滥造的低级文学作品。他们一早出发去海滩时，米歇尔用手绢把这些书包了起来。

这个时候海滩上还没什么人。太阳被一层薄雾遮住了。海伦和卡尔坐在一块很大的毛巾毯上，正在讨论着什么，而米歇尔在离他们一段距离的地方背朝上趴在那里，正专心读着那些花哨的故事。从她的姿势可以看出，她好像从一开始就不愿意有人批评她的那些书的质量。她翻了几页书之后，用眼角瞟了一眼，发现海伦跳了起来跑回别墅去了，而卡尔则留在那里，似乎还沉浸在自己的思考当中，对米歇尔友好的眼神几乎根本没有任何反应。米歇尔尝试着继续专心读她的小册子。这时候海滩上的人渐渐多了起来。过了大约一刻钟，海伦回来了，手上拿着一张纸条，她紧靠着卡尔坐了下来。

“事情是这样的。没有蔡特罗伊斯这个人。”她压低了声音解释着。卡尔从海伦手上拿过纸条，仔细地看着。

“什么都没有。没有叫这个名字的人。根本就没有这个名字。我给法国、美国去了电话，也给伦敦去了电话，还给在西班牙和加拿大的朋友去了电话。我请所有人在当地的电话本上找这个名字，一无所获。没有蔡特罗伊斯。没有蔡特罗伊克斯，没有西特罗伊斯，没有塞特罗伊斯……什么都没有。”

卡尔眯起眼睛看着那张纸条，上面是被划掉的地名：巴黎、伦敦、塞维利亚、马赛、纽约、蒙特利尔。下面还有一长串不同拼法的姓名，都被打了钩。

“你到处都有朋友啊。”他嘟哝了一句，感到甚是不可思议。

让他觉得特别不可思议的是，从这个小小的度假别墅可以往世界上任何地方打电话，而海伦这么快就完成了调查。但他总觉得这份清单上有什么地方不对头。但究竟是什么呢？是拼写错误的名字？还是海伦的草写笔迹？里面唯一的一个小写字母是n。他想了很久，究竟哪儿觉得不对劲？但是他找不到答案。（当他三天后想到了答案，已经为时过晚。）

海伦叹了口气重又躺在阳光下，一只手臂放在眼睛上挡住日晒，口中讲述着她在加拿大法语区和巴黎的朋友。这个时候，米歇尔带着十分投入的神情研读着书中的图片。这本小册子她肯定已经读过二十遍了，但是在故事中还是可以发现那么多新的美妙的细节。她不时羞怯地看一眼旁边的人。当那边的谈话渐渐平息下来，而卡尔的眼神好像正好无意间看着她的时候，她从一摞小册子里拿出一本递给了他。卡尔心不在焉地翻了翻。小册子的名字是《头领间的争斗》。

书的第一页是一张法国地图，上面有一面插在地上的罗马旗帜，布列塔尼的地名上是一面很大的放大镜。下面是一个被罗马军营四面包围着的高卢村庄。卡尔隐约觉得这些他似曾见过。下一页上的人物描写他也隐约觉得似曾相识。

他尝试着读懂那些时而椭圆形、时而圆形和时而云朵形的气泡里的对话。这时他听到背后有两个女人的声音，一个是他熟悉的，另一个是他不认识的。他没有转身。他只是看到，海伦把脸埋在毛巾里面，把手臂绕在头上，好像要把耳朵塞上一样。

那个他不认识的声音带着很重的德文口音，说着什么杜伊斯堡、煤矿和文化，那个熟悉的声音是米歇尔的，正给那个不熟悉的声音提示着形容词。

在小册子里的头几张图片上可以看到一边是适应了罗马文明而显得有点可笑的高卢人，另一边是正在追猎野猪的壮小伙。一个巫师失去了酿造魔法药水的能力，而且因为被砸破了脑袋而失去了记忆。另一个叫阿姆内兹克斯的巫师，他在森林里开了一间类似于心理诊所的店，有个人在那里手拿一块奇怪的石头给他讲述着同伴的病史，这个巫师同样也失去了记忆。

“现实是一面镜子，”米歇尔的声音说，“你的手可以穿透那面镜子。”

两个巫师都无法想起任何事和任何人。有人给他们准备了烧水壶和药草，希望他们看到这些东西会自动回忆起魔咒，但他们酿造的所有饮料无非只会让脸变颜色或是引起小小的爆炸，最终一个参与实验的罗马士兵像一只氢气球一样飞走了。有一个肥胖的高卢人相信，用石头再砸一下巫师的脑袋会帮助他们恢复记忆，他的头上亮着一盏小小的油灯。一个小个子高卢人气愤地说了三个惊叹号。

“……只有阿卡莎没有。但我的四个最好的朋友，他们现在在一个更为美好的世界，这我知道，我觉得这是一件好事。在沙漠里生活时间长了，眼光会不一样。”

最后一种淡绿色的咕咕冒泡的饮料出奇地治好了他们的病。巫师的头发像山峰一样高高耸起，他们的眼睛在不停地滴溜溜转动，他们的耳朵前是冒着气的云朵。就算是没有什么经验的读者，也能看出来是怎么回事儿。小册子的最后一幅画是一场庆典、一束火焰和一个被堵上嘴的抒情诗人。这幅画卡尔也觉得好像在哪儿见过。但这本书里最让他感到困惑的是阿姆内兹克斯巫师的女助手。她身材苗条，非常漂亮，一头金发，在卡尔眼里，完全就是海伦的形象。他很快地看了海伦一眼，然后又看了看米歇尔。那儿还有另外一个人，一个脸色苍白的女人。

带着同样是从她的意大利祖母那儿继承来的乐于交际的秉性，米歇尔在几分钟前认识了这位从德国来的游客。马上大家就惊奇地发现，这位德国女游客是一个非常理性的人。她穿着一套绿黄相间的条纹泳衣，说着结结巴巴的英文，她的职业按她自己的说法是“能应对一切的女性”。米歇尔给她展示了杜洛克纸牌，介绍了谷物的种植和气候，德国女人则对政治怨声不断。并不是说她对以色列人有什么好感，但是在慕尼黑发生的事情，实在是太可怕了！大家当然可以理解巴勒斯坦人绝望的心境，理解他们为什么要在国外攻击犹太人。他们还有什么其他的可能来引起世界舆论对他们的关注呢？所以这次的谋杀行动也可以说是国际政治、国际社会的态度引发的结果。但是——在被杀害的人里面有很多是无辜的。把“以牙还牙”作为理由实在是太荒唐了，难道不是吗？两个女人掉下了几滴眼泪。起风了。米歇尔记不起什么时候曾经有过如此畅快的交谈。把头靠在这个带着一股色拉油味道的德国女人的肩膀上，跟随着自己的感觉，面朝着大海，米歇尔感到十分惬意。大海那头的什么地方就是美国，米歇尔刚刚得知，美国现在也被犹太人统治着，至少从经济的角度看是这样。这个德国女人知道得很多。米歇尔若有所思地把食指放在下嘴唇上，建议用杜洛特纸牌来占卜一下巴勒斯坦冲突的未来走向。她说话的声音很轻，但躺在另外一条毛巾毯上的人反正也没有去注意这两个女人的谈话。卡尔正向海伦提了一个什么问题，海伦很激动地回答了他，他俩又开始埋头于一场有关一个叫蔡特罗伊斯的男人的无头无脑的谈话。蔡特罗伊斯这样，蔡特罗伊斯那样。

“你们到底为什么老是在谈论这个蔡特罗伊斯？”米歇尔叫道。

她开始给那个叫尤塔的德国女人解释摆放纸牌的系统，凯尔特十字的扩展。她提到了这个纸牌游戏的古埃及源头，大的奥秘，小的奥秘，原则和反向原则。当旁边毛巾毯上的谈话短时间中断了之后，她又重复了一遍她的问题。

“你要不要来一块巧克力？”这是海伦的回答。

米歇尔对她学生时代的女友连看都没看一眼，就把大祭司的牌放到一号位上。为什么海伦总是想让她觉得，她对自己的思考能力不屑一顾？而且海伦应该知道，她从来不吃巧克力，因为她一吃巧克力大腿上马上就会长肉。

“我只是随便一问！蔡特罗伊斯这样，蔡特罗伊斯那样。”

“根本就没有蔡特罗伊斯这个人。”海伦生气地说道。

海浪拍打着沙滩发出沙沙的响声，海鸥在他们的头顶上翱翔。这么美妙的大自然景色会让每一个正常的人获得一份宁静和轻松。但对海伦来说却不是这样。

“当然有蔡特罗伊斯这么个人。”米歇尔说。她反面朝上地拿起了下一张牌，并郑重地翻了过来。术士牌放在二号位上。以大祭司开始，接着是术士的影响力，这样的排法米歇尔向来觉得很难解读。这里很容易把宗教性和宗教混淆了。“我认识他。”米歇尔嘟囔了一句，随手把节制牌放在三号位上。节制牌在术士牌旁边，现在还完全看不出来这有什么意义。还必须等一等。有的时候，从不同的关联中才能看出意义来。接着是隐士、星座、凯旋车……最后，米歇尔陷入了可怕的沉默，突如其来的沉默。

海伦和卡尔跳了起来，呆呆地看着米歇尔。她没有想到会引来这么大的关注。米歇尔平静地把其余的纸牌摊开。命运之轮、恋人、统治者……

“你说什么！”海伦叫道。

“你认识他？”卡尔叫道。

这是什么口气？她等了几秒钟，才把眼睛抬了起来。

“你认识他？”海伦叫着。

“是的，当然。”她对着尤塔耸了耸肩，尤塔会意地点了点头，“但从来就没有人来问我！”

她噘着嘴，用一种友好克制的眼神看着十号位上那个友好克制的统治者。这个统治者会给巴勒斯坦带来和平吗？这是问题的关键。纸牌显示的情况比较接近这个说法。但这只持续了半秒钟，接着米歇尔的肩膀被使劲拉扯了一下。海伦，她旁边是卡尔。两人都在大声喊叫着。到此为止，是一种胜利。现在一切都变得不那么愉快了。米歇尔特别想拒绝他们以非常不客气的态度提出的问题，但如果说公社的这几年教会了她一些什么，那就是她明白了被人在肩膀上扯来扯去意味着什么：当下友好交流的终结。这话怎么说的来着？聪明的人懂得适时地妥协！

“聪明的人懂得妥协。”米歇尔说着，把一缕头发捋到耳朵后面，面对着直接站在她边上的海伦，开始支支吾吾地有点胆怯地解释，她认识这个蔡特罗伊斯，是的，她当然认识这个人，为什么不呢？虽然不是直接认识，但……在哪儿认识的？是的，还能在什么地方，难道不能动动脑筋吗？她这些年待过的地方只有公社，这还不清楚吗？是的，正是在那里……不！他不是公社成员。天哪，他不是公社成员……为什么这样？能不能不要拉扯着她的肩膀，让她好好说？她已经说了，不要这么着急嘛。不要这么催她，她才能叙述清楚。她就是这么个人，她就是她，一个安静、心灵纯净的人。如果不能安安静静地说话，那就什么都没法说了……

海伦给了她一个耳光。这是米歇尔有生以来挨的第一个耳光。也不知道这个耳光是不是有疗效，就像吃了一片阿司匹林，虽然头痛消失了，但也无法知道疗效究竟怎么样。而现在，短短几秒钟的时间内，证实了米歇尔其实并不知道蔡特罗伊斯是谁。她从没见过他也没跟他说过话……不，她本人根本不认识他。只是，在公社发生惨案不久，他曾经来访过，是受一家保险公司的委托，他显然是保险公司的代理人。

“我们一开始以为他是记者，后来觉得他像侦探或者类似的什么职业，再后来觉得也许是保险公司的代理。代理人。但这都是别人说的，我当时在睡觉。好了，别再来烦我。”

但是他们二人不想就此罢休。

“什么保险公司的？”

米歇尔转过身去，咳嗽了几声，眼睛往四处看了一圈。这些纠缠不休的问题。又来这么一套，知道点事情还不够，什么都要追根问底，典型的西方人的毛病。但这事她自己也知道得不是那么清楚。

“我知道的也只有别人告诉我的那些。”她解释说，为了强调自己说的话，她做着非常戏剧化的手势，显然那是一个非常戏剧化的过程，“我跟这件事毫无关系！只因为是在可怕的劫匪袭击几天后，警察把到处都搜了个遍，花了好几个小时，接着来了这个男人。因为埃德·法埃勒……埃德，埃迪，你认识的，他在一家英国公司办了保险……”

“人身保险？或是防盗保险？”

“是……不。也许。他办了一个什么保险，别问我，我不清楚。对物质的东西我从来都不感兴趣，埃德对这些东西也不感兴趣。是他的家人为他办的。他的父母非常非常有钱。他们一定要，我是说，看来是他们为他办了一个保险。我怎么知道是什么保险？”米歇尔停了一下，非常短暂，“不管怎么样，大报小报都登了，那只皮箱和钱。那只金色的皮箱装满了钱。大家都看到了。那天上千人站在大门口，他们都看到了那个龌龊的阿玛窦，看见他拿着皮箱……你知道阿拉伯人都是啥样的。金子和首饰！不会莫名其妙地杀了四个人。其实那只是一只普通的箱子，而且它本来是我的。四年级的时候做的，黄色的皮革，上面镶贴了红色的五角星。那些五角星后来都掉了。后来不知道是谁把钱放在了里面。东欧的纸币，不值什么钱。”

“那到底值多少钱呢？”

“就值几美元，埃德说的。”

“这没人知道吗？”

“知道。警察……我们从一开始就把什么都告诉了警察。在二楼。后来埃德来了，想出了这么个主意……无论如何，后来就说是美元，箱子里是美元。还有一些值钱的东西。金子什么的。”

“后来你们就想就此欺骗保险公司。会不会是英国劳埃德银行？”

“我不知道是不是劳埃德。我跟这事一点关系都没有！我本来根本不应该跟你们说这些。”米歇尔把摊在她面前的纸牌排列成浴巾的图案。对于巴勒斯坦的未来，纸牌显示的情况一下子变得很糟糕。现在她无论如何都不想再继续这场谈话。

“但这个人你没有看到？”

“没有。”

“那你怎么知道他叫蔡特罗伊斯呢？”

“因为别人这么说的。天哪！他们跟他说过话。他就叫这个名字。”

“那这个人就这么跑到你们那里，敲了敲门，自我介绍说是保险公司代理蔡特罗伊斯？”

“是的……不……不，不是保险公司代理。我们之后才这么想的，我们也不笨！我是说，他自我介绍是……我也记不清了，好像是记者或者什么的，我忘了。但大家都明白，他不可能是记者。他是为了钱来的。因为他老是问钱的事。钱，钱，钱！这里是钱，那里是钱，到处是钱！现在你们倒是说说清楚，你们为什么对这个人感兴趣？”米歇尔强忍着泪水。那个尤塔一直满怀同情地听着她说话，这时抓起了她的手。

第三十九章　死要见尸

我想，我当然也会移动我的照相机，但要看到理由才会这么做。

——柯能堡（加拿大导演）

沙漠中有一栋大房子、两栋小一点的房子。卡尼萨德斯寻找着从大路分岔出去的汽车轮胎印，然后跟着轮胎印找到了这几栋房子。在一栋简易建筑的屋顶上晾晒着衣服。面积很大的仓库倒塌了一半，四壁黄沙垒成了小丘。一堆垃圾引来了两只小鸟。可以想象，这个地方在二三十年前曾建立在肥沃的土地上，从绿洲引来了灌溉的水源，另外此处还有一口自己的水井，可惜如今早已干枯。这里之所以至今还有人居住，只可能有两个原因：要不就是仓库的主人疯了，要不就是走私犯把这里当作货仓。卡尼萨德斯刚把车停在仓库前，马上就有一个老农摇摇晃晃地向他走来。仅从外貌看，疯了的假设看来是比较靠谱的。老农已半盲，而且斜视很严重，一只眼睛上有一层混浊的白色。

“不幸啊，不幸！”他马上喊了起来，“您是警察吗？世界上任何财富都无法替代我的儿子！几千美元，几万美元，都换不回我那么出色的儿子，他们给我的眼睛带来光明，他们是我安度晚年的太阳！他们是在我的怀里长大的，我的两个儿子，我的王子。我恳求您。没有钱财可以换回我的儿子。”

卡尼萨德斯原本无意用钱财替代世界上的任何东西，听了老农的话，往后倒退了一步。

“穆罕默德·本努纳？这是您的院子？”

那个男人生动地点着头：“一个死了，一个失踪了！我正义的胸膛疼痛无比。我没说瞎话！过去这里曾是一个天堂般的花园，现在成了散发着臭气的荒漠。就那么一个不信教的人……从天而降……把他们打死了，就这样！用两只手。”他两手好像抓着一个滑轮那样在头顶上晃着，“他必须下最深的地狱……我不诅咒。痛苦啊。真主让我经受最艰难的考验，这是公平的。但我那金子般的男孩儿，我那银子般的男孩儿，被杀害了，被玷辱了，失踪了……”

“尸体在哪儿？”

“有了这些想法还能继续生活下去吗？我问自己。我儿子被打碎的脑壳永远应该……永远都不行。轻便摩托车没了，儿子没了，我晚年的支柱……无法估量的损失啊！还没有算上我心灵遭受的创伤。”老农在卡尼萨德斯面前跪了下来，紧紧抱住了他的大腿。酒醉好像不足以解释他现在的举动。卡尼萨德斯一开始试着往后退，继而试图用谩骂摆脱他，但老农四肢着地爬着紧跟在他后面。

“让我看看尸体。你不是呈报了有两人死亡吗？别让你的口水把我的鞋弄脏了。”

老农继续在那里苦苦哀求，直到卡尼萨德斯拿出汽车钥匙威胁着要马上回塔吉特去，他才安静下来。他陪着卡尼萨德斯四处看了一圈，介绍着发生在这里的事情或者是他本人相信曾经发生的事情。虽然还是在那里一个劲儿地诉苦，说话时还是那样手舞足蹈，但相对来说不像之前那么麻烦了。显然他曾经有过两个儿子。大的二十一岁（给我的眼睛带来光明，是我晚年的太阳，等等），被一样很重的物体（老农声称是一只滑轮）砸死了。弟弟十六岁，逃到沙漠里去了，但当天就被抓住，也被打死了。

老农是怎么知道这一切的，这始终是个谜，因为他自己并没有看见儿子被谋杀，而且（后来卡尼萨德斯才得知）他并没有看到过尸体，现场也没有任何案犯留下的痕迹。老农对案犯的描述同样非常模糊，他坚持说案犯是一个从天上掉下来的不信教的人。老农一方面说清楚地见到过那个人（而且勇敢地跟那人搏斗过），另一方面又说不清楚那个人究竟长什么样，反复说的只是那个人“不信教”和“从天上掉下来”。过了好一阵子，卡尼萨德斯才弄明白，整个过程并不是发生在室外，而是在仓库里，所以那个人不可能是从天上掉下来的，而是从高处什么地方跳下来的。而老农之所以说那个人不信教，是因为他相信一个信教的人是不会犯下如此罪行的。但看来能收集到的事实依据也就是这些了。从这个由外到里身体和精神都相当衰弱的老农嘴里，不可能再得到更多有用的信息。

卡尼萨德斯又提了四五次要去看尸体的要求，但仍无结果。无奈之下他又摸出汽车钥匙来做出要走的样子。这次老农突然改变了他的策略。他做出一副愕然的表情，为警察的无能而感到震惊。四天，他等了整整四天！一直没有见到警察的影子。接着来了那么多的老鼠，太阳又火辣辣地晒着。他当然得把尸体埋了！另一个儿子逃到沙漠里去了，这他之前就已经说过……不过儿子在沙漠里也被打死了……否则儿子早就回来了。金子般的儿子，银子般的儿子。他晚年的光明。

“但你不是把一个儿子埋了吗？带我去看一下墓地。”

老农脸上满是热泪。他一下子瘫倒了下来，嘴里一再地重复着已经说了十多遍的话，只是换了一些语词。卡尼萨德斯不用再多加思考也明白了，为什么老农如此可怕地唠叨个没完：显然他不仅在沙漠里丢失了第一个儿子，而且他不知道究竟把另一个儿子埋在什么地方了。情况要不是这样，那就是他根本没有埋葬过他的儿子。

老农还在那里一个劲儿地说着他那任何金钱都无法抵偿的痛苦，以及其他的鬼话。最后卡尼萨德斯决定放弃查看死尸的要求，他要求老汉出具两个儿子的身份证以及出生证明，因为他可以想象，这些东西老汉都没有。

老农信心满满地带着卡尼萨德斯走到最小的那间房子里，指给他看了一大堆手写或印刷的纸条。卡尼萨德斯费劲地看着那些奇怪的信件。瓶子上的贴花、菜谱，还有一本电视节目画报。老农不识字。

除了中间一条很窄的过道，整个窝棚里到处都堆放着齐膝高的垃圾破烂，散发的酒臭比这家主人身上的还重。最后老农从一个小木箱里抽出一张照片来拿给卡尼萨德斯：廷迪尔玛的商贸市场和乱哄哄的人群。一个小商贩站在一个简陋的木头货架前，上面挂着瓶子、杯子和油罐。离商贩不远的地方有两个小孩。老农黑黑的大拇指颤抖着，指着照片上的三个人：“我、我的儿子、我的另一个儿子。死了，失踪了。”

照片的两个孩子不仅穿着女孩的衣服，而且他们的脸也长得细皮嫩肉的像女孩一样。只有老汉看上去跟现在差不多。

“出生证明呢。”卡尼萨德斯又重复了一遍。

老农心灵的创伤又一次表现出来。但是他没有交给卡尼萨德斯官方开具的证明，而是拿来了一个发出恶臭的草袋，据说这是两个男孩用过的睡袋。

满身的酒气和谴责罪行的唠叨至少可以说明，这个酿制烧酒的老汉不可能毫无理由地把警察叫到自己家里来。这里没有人会自愿地叫来警察。老汉的绝望有可能是真的，而他的两个儿子失踪了，至少是可以想象的。但他们一定是死了吗？老农真的有过两个儿子吗？卡尼萨德斯看着照片，觉得也有可能这两个看上去像女孩一样的儿子早在多年以前就失踪了或者死了，只是老农被酒精熏晕了的脑子时而会想到他们还活着，他们重又出现，接着又消失了。晚期的科尔萨科夫症状。

“我们可不可以去看看仓库？”卡尼萨德斯为了缩短调查时间，提议说。但就像他预料的那样，老农不同意。他决不会让别人进入仓库。如果看了仓库，警察就会认为可以安心结案了。谁都说不清楚这里是否发生过犯罪行为，但如果发生过的话，显然就像卡尼萨德斯刚到这里时就推测的那样：两个金子般的男孩中的一个打死了另一个，然后逃到沙漠里去了。这并不是什么大的损失。他不觉得有多大的必要继续刑事侦查。

“见不到尸体就不能说发生了谋杀，”卡尼萨德斯引证着教科书中的话，“只要你想不起把你的儿子埋在哪儿了，就只能说你根本就没有儿子。只要找不到尸体，就请不要再给警察打电话。或者我们是不是再去看看你在仓库上面到底酿造的是什么东西，怎么样？”

“在那里，我把他埋在了那里，那里！”老汉叫着，绝望地指着窗户外的沙漠，“就在那里的什么地方，就在附近的什么地方，肯定不远，可以去找找。”他的手指颤抖着。窗前忽然闪过一个影子。老汉的视力太弱，无法看清是谁的影子，而此时卡尼萨德斯又正好背对着窗户。那个影子走向卡尼萨德斯的汽车，在车旁站住，蹲了下来。

第四十章　看不见的国王卫队

有的人——我也属于此列——不喜欢故事有一个美满的结局。我们会有一种被欺骗的感觉。不幸是正常的。不要强制地给故事编造一个结果。一场雪崩在距山底村庄几米处戛然而止，这样的表述不仅是不自然的，而且也是不道德的。

——纳博科夫（俄裔美国作家）

阿玛窦在盐工区躲了两天。接着推土机就来了。那些天他是在大街上度过的，他睡在沙滩上，他挨着饿。回到他曾经居住过并且杀死了四个人的廷迪尔玛去，无疑是最危险最愚蠢的做法。但他也实在想不出什么更好的办法。

一大清早，他来到了大路上，并快速地往前走着。但他高估了自己的体力。每走一步，光着的脚板都疼痛无比，而且干渴也越来越难以忍受。当他在远处看到一栋大房子和几栋小一点的房子时，马上悄悄地往那里走去。乍一看这里像是一个无人居住的地方。他没有找到水井。他跌跌撞撞地从一个窝棚找到下一个窝棚，最后只是找到了一个摊开四肢躺在地上的老农，他的一只眼睛上有一层混浊的白膜，看上去已经死了。但他的胸腔还在一上一下地动着。阿玛窦没敢去碰那个男人。老农的脑袋边上有一只油罐。阿玛窦匆匆拿起油罐，喝了两口，接着又全部吐了出来。油罐里是高度数的烧酒。

他一边咳嗽一边继续察看了其他几间房舍以及仓库，因为没有找到水，最后他只好喝烧酒来解渴。他觉得喝几小口应该没有问题。但是不行，喝完后喉咙里烧得厉害。

他找到了几个酒桶、一把梯子，还有一个脱了钩的滑轮。顶上有一个缺口通往阁楼。正当想着如何才能爬到阁楼上去，他听到远处传来声音。

通过板壁的裂缝往外望去，他看到从大路的方向有一辆汽车正向这边驶来。汽车从离他藏身之处几米远的地方开了过去，停在了窝棚的前面。开车的人（浅灰色的西装，很讲究的装束）下了车，接着阿玛窦看到他跟老农在说话。他们的谈话直入主题。老农在开车人的面前跪了下来，阿玛窦听到了“钱”这个字。老农一直在纠缠着开车人，他们一再说到赔偿和钱这样的话题。最后他们消失在一个窝棚里。没有任何事情发生。汽车方向盘一侧的车门开着。

阿玛窦等了一会儿，然后他蹑手蹑脚地走到汽车旁，蜷曲着身子坐到驾驶员的位子上。汽车钥匙不在。他试着用指甲把汽车开关外面的胶皮剥去。他突然停下了，因为他感觉听到了什么声音。他跳起来坐到汽车的后排座位上，弯下身子，把车上的一件毛衣盖在自己的头上。现在声音又没了。他继续蜷缩在那里等了几分钟，接着他不安地抬起头，开始搜查汽车里的东西。从驾驶员座位底下他找出几样东西：一根电线、一支铅笔、一瓶水。他一气喝完了整瓶水，接着小心翼翼地把铅笔折成同样长短的两截，把两段铅笔的顶端分别绕上电线并抽紧。他抓住铅笔往两边一拉，发出的声音就像吉他弦一样。

“……但我一个人有啥办法。不要再跟我说那么多废话。你眼睛的光明，你晚年的太阳！我相信你，我是相信你的！我今天就会把情况向专家介绍，我保证。我们有专门处理棘手案件的特种部队……能力极强的同事，看不见的国王卫队。他们能找到墓地，一定能。他们什么东西都能找到，然后我们会作分析。没有尸体我们什么也做不了。你的另外一个儿子，我们会仔细地核对，是的……当然以我母亲的名义。你以为我是在跟你胡编乱造吗？这是我们的约定……不，当然不是！他们就这么叫，这是因为他们的工作是保密的，而不是因为别人看不见他们。没有人能够做到不被别人看见。你会看到，他们很快就会来到这里。一切都会真相大白。不过，你不能跟任何其他人说起这件事，明白吗？现在不要再在我面前爬来爬去的……看在真主的面上，以我母亲的名义，不管你要求什么！滚开。天哪！”

卡尼萨德斯上了汽车，启动马达，驾驶着车往大路上开去，一眼都没再瞧一下跪在灰土里的那个喝酒喝昏了头的老农。汽车里也弥散着那股可怕的高浓度烧酒的气味，好像他的衣服或是汽车在这么短的时间里就已经沾上了这股气味。但这实际上是不可能的。这是幽灵发出的气味。但他并没有为此感到奇怪。一分钟后，他死了。

第四十一章　一辆黄色的奔驰车

本·特瑞纳，我不信任他。他虽然热爱人民，但是你绝不能信任像他这样的一个人。

——罗伯特·奥尔德里奇（美国电影导演）

在喜来登大酒店六楼，米歇尔躺在酒店房间的床上抽噎着。虽然平顶别墅的面积足够三个人住，但海伦坚持让她住到酒店的主楼去。米歇尔知道这是什么意思，为此心里倒是放松了许多。现在，跟非洲的告别也意味着跟海伦的告别，意味着她们之间其实从来没有真正存在过的友情的结束。临走之前，她的这位从孩提时代就认识的朋友再一次让她蒙羞。海伦在她手里塞了一笔钱，正好够坐出租车去机场的，一分一厘都不差。米歇尔实在是一个感情细腻而且很会替别人着想的人，她当然知道海伦这么做的真正原因是什么：是嫉妒，疯狂的嫉妒。海伦想一个人独占这个帅气的阿拉伯男人。那就让她占有去吧。米歇尔对此不再有任何兴趣。

当她经过几个小时的哭泣后慢慢缓过神来开始放松地进入梦

乡的时候，海伦和卡尔已经在去廷迪尔玛的路上。他们在到达沙漠之前还一直在讨论，两人中谁应该进公社了解情况。后来还是海伦的意见占了上风，这里面米歇尔的最后一番话起到了决定性的作用，她说公社的人对外来的陌生客非常戒备，前些日子的惨案发生后更是如此。眼下的气氛很糟糕，像卡尔这样一个长相更像是阿拉伯人的男人估计他们都不会让他进门。而海伦则不同，他们至少知道她是米歇尔的朋友。当然最好是米歇尔跟他们一起去，但这个可怕的地方……她不想再去蹚这个浑水。再说，她已经订好了第二天早上的机票，等等。很抱歉，她无论如何都不可能去那儿。

最后她请海伦把她忘在公社的一些东西带回来。海伦在出门之前把米歇尔给她的清单扔在了废纸篓里，说就这么两样半东西她完全可以记在脑子里，哪儿用得着什么纸条。

今天是沙漠里最热的一天。为了挡住迎面吹来的热风，卡尔试着把车窗关上，但这也好不到哪儿去。沙漠上的海市蜃楼让那两头砖瓦砌成的骆驼就像是悬浮在天蓝色的湖面上一般。

“那里就是。”卡尔指着左边的方向说。海伦问他，是不是想在这儿下车。

“我不知道。”

海伦让车子又往前滑动了一段。

卡尔踩着没过小腿肚的沙子往沙丘上爬去，海伦嘴里衔着一根橡皮筋整理着自己的马尾辫。她看到那个摇摇晃晃的身影爬到了沙丘的顶上，一只手搭在额头上远望，然后耸了耸肩。卡尔不确定他是否看到了什么东西。在很远的地方好像有一块浅灰色的东西飘浮在空中，也许是一块石头，在热浪下滚动时发出的反光。周围是无边无际的沙漠。在地平线处可以看到几个小黑点，卡尔毫不费力就认出了那是仓库和那几间窝棚所在的地方。所有的灾难都是在那里开始的。他一会儿想着应该再去那里看一次，一会儿又想着应该尽快地回到汽车那里去，两种欲望就这样交替地出现在他的脑海中。有一阵子卡尔觉得那个浅灰色的东西真的在动……但他听到了丰田车的喇叭声，马上跑了回去。

海伦把汽车停在了公社前的一条小街上，直接对着公社的大门。卡尔坐在副驾驶的位子上，看到她穿过大门前的院子，在门上敲了几下，一个长头发的年轻女人开门让她进去了。

他等着。汽车里的闷热越来越难以忍受，时间又好像过得特别慢。他又等了一会儿，然后下了车，到几步远的一家小店铺里买了一瓶水，但眼睛一刻也没有离开过公社的大门。他继续等着。最后他自己走到公社的门前，敲了敲门。

没有人来开门，但房子楼上的一扇小窗打开了，一个深色皮肤的短发女人告诉他，还要再等一会儿。海伦请转告他，还要再等一会儿。埃德刚才在睡午觉，先前他们在讨论，现在他们一起在奥茨的房间里接着讨论……短发女人问他究竟想要什么，表示让他进去是无论如何不可能的，而且还请他离开公社门前的大院。她说这里不是公共区域，他们不希望外人在这里。她诧异大门为什么是开着的，让卡尔走时把门带上。

小窗关上了。

卡尔等了几秒钟，又一次敲了敲门。

“你可以叫海伦来一下吗？”

卡尔看到窗户玻璃后面的那个女人做了一个拒绝的手势。他叫着海伦的名字，在院子里走来走去。最后他重新坐到本田车里，找到了纸和笔，给海伦写了一张字条。他告诉海伦，自己想进到公社里面去，但没有成功。现在他想到公社周边的街道去转一圈看看。他把字条放在驾驶员的位子上，看了看，然后为保险起见又在上面画了一个箭头，标明了他走的方向：从斜对面的小巷下去，路过卖面包、水果和锅碗瓢盆的小店。

因为太热，街上没有什么人和车辆。空气里弥漫着新鲜面包和橙子的香味。那个制作陶器的师傅正和他的帮手在讨论着奥林匹克的问题。人行道的排水口旁边，一个要饭的乞丐在那里睡着了。一个商贩正举着水管把水果和蔬菜的渣子冲下人行道，他的脸上带着一种满不在乎的快乐，而每当他把水柱对着那些在周围尖叫着跑来跑去的小孩时，看到他们湿漉漉的衬衣，脸上又故意做出一副恶狠狠的样子。一个怀着身孕的女人站在边上，一脸幸福的表情。一个男孩正和一只看不见的狗聊着天。

卡尔沿着街道边上停着的汽车往下面的寺院走去。他不时地环顾四周。他感到有点心神不定。戴着面纱的女人垂下了眼睛，停放着的汽车的散热格子就像斜眼的兔子那样看着他。毫无表情的穷人，戴着眼镜的知识分子和那些爱吃鱼肉的肥胖的官员。擦得铮亮的雪铁龙汽车，显然装有液压气动减震装置，而旁边停着的却是掉了漆的锈迹斑斑的破车。丁香花，芥末黄，桃红色。卡尔眯起了眼睛，抓了抓脑袋。排在最后的是一辆奔驰车，有着像招风耳似的后视镜。车子的右后轮压在了一只被碾扁了的饮料罐头上。这是一只绿色的罐头，上面有白色的字样：7up。三角形的口上爬满了蚂蚁。伊斯兰寺院报告祷告时间的人在喊叫。右边的咖啡馆里坐着几个在玩多米诺骨牌的男人。左边还有人在玩西洋双陆棋。“我们把盘子翻过来，洗一下另一边，就这样重复七次。”

一个售货员在扯着嗓子尖声叫着每公斤水果的价格。

“过来看看，来看看啊，来，到这里来，看看，我这儿都有什么，好好看看吧。看啊，来，来啊，看我这儿都有什么，你说什么，什么，看看吧，不看，不看啊，来吧，这里，来这里看看。好，好，好，来啊，是，是，看，看看吧。”

卡尔站住了，虽然不知道要干什么，但他有一种很奇怪的感觉。他不自觉地摸了摸自己的小胡子。过了好一阵子他才从沉思中醒过来，发现自己已经盯着一个橱窗呆站了好几分钟。他定睛一看，发现橱窗里面有一个男人正在那里忙碌着。原来这是一家理发店。

卡尔决定进去。他坐到了一张空着的沙发椅上，请理发师给他刮一下胡子。一条浸湿的热毛巾敷在了他的脖颈上。理发师是一个个子矮小、手脚灵巧的男人，他一边给卡尔刮着胡子，一边不停地在那里说话，就像人们对理发师这一行当的人惯常描写的那样。

卡尔没有听他说话，有的时候理发师的话飘进一点他的耳朵，他才知道讲的好像是一宗犯罪案件。他看着镜子里的自己，镜子里的人看着他，一副全神贯注的表情，但又有点茫茫然。犯罪案件及其错综复杂的案情。卡尔闭紧双眼，好像看到了汽车后轮底下压着的那只绿色的饮料罐。但现在他在冥冥之中看到的并不是刚才在散步时看到的那样，而是换了个画面，就像一张照片那样：四方形，缩小了的尺寸，带着亮闪闪的色彩被粘在了他记忆的相册里。

理发师让他安静地坐着。卡尔两手紧紧抓住沙发椅的扶手，最后他对理发师喊让他不要吱声。卡尔用双手捂住了眼睛。一张四角被略微切成圆弧形的照片，上面是一只被汽车后轮压着的饮料罐……这不是照片。这不可能是照片。图片的上边和下边不对称。一张梯形的图片，圆弧形的四角，聚焦清晰地展示着一只压在汽车轮胎底下的饮料罐。这究竟是什么意思啊？

“自那以来，他一直在逃跑的路上。”理发师根本没注意卡尔的样子，还在继续讲述着他的故事，“要我说——脑袋往左一点，要我说啊，肯定有人帮他，他上边有人。否则的话，警察运送犯人的车子又不是纸糊的。我的一个朋友告诉我在荒芜区看到过他！他正穿过马路……马上就好了，先生。我就问了，‘为什么你没有采取什么行动，我的朋友？’你知道他说什么？他说，‘耶稣基督跟我有什么关系。’我说，‘我明白你的意思，但有一点你可能没有想到，举报是有奖赏的。’他说，四个基督徒，他说，奖赏不可能有那么高，高得值得去搅和这件事……‘但这不是理由，’我说，‘就算少了四个又会怎么样，你还是可以去领赏金。’‘没了就是没了，死了就是死了。’我说。他说……”理发师说到这里，突然停下不说了。他手里的刮胡刀僵在那里好几秒钟，就那样悬在沙发椅上。但这时沙发椅上已经没有了人。水池里一个钱币发出叮当的响声，卡尔出门时扔在理发店门上的一块毛巾，在几秒钟里就像失重一般飘来飘去，然后掉在地上。

卡尔一路跑了回去。半道上他用袖子擦去了留在脸上的刮胡子的肥皂泡。他沿着一溜停放着的汽车往回跑去，就像反向追寻着一个思路一样。那辆有着招风耳一样的后视镜的汽车还停放在那里，还是那辆芥末黄色的奔驰280，黑色的座椅。前面是一辆桃红色的福特车，后面是一辆丁香花色的福特车。他围着奔驰车转了一圈，然后在后轮的地方蹲了下来，仔细看着那个7up罐头。罐头的开口处许多蚂蚁在那里爬进爬出。就是现在这个场景吗？就是这幅图画吗？他试着把罐头从轮胎下拔出来，但没有成功。他看了看汽车的里面，没有发现什么特别的东西。座椅好像是皮的。在副驾驶座椅的前面有一个褐色的包，包里有一摞纸。车窗开着大约有两指宽，车门关着。一辆普通的汽车，里面放着普通的东西……他又一次在后轮前蹲了下来，看着铝罐。他使劲拽着罐头。

“你在那里干什么？”他的身后站着两个年轻的男人。他们不是警察。一个是商贩，奔驰车就停在他小店的门口。

卡尔做了一个不愿意搭理的手势，继续埋头观察那只饮料罐。他看着排列成行的蚂蚁，看着大街，看着发亮的铝罐。

“喂，你。”好斗的声音，一个相当好斗的声音。

“我只是对这只罐头感兴趣。”卡尔说，他向两人挥挥手，就像要赶走两只苍蝇一样。

“你拉过汽车的门。”

“是的，又怎么样？”

“是你的汽车吗？”

“跟你有什么关系？难道是你的汽车？”

“不，这不是我的汽车。但这是你的汽车吗？”

“是，这是我的汽车！”卡尔不耐烦地说道。罐头有点松动了。他把罐头的一角往上弯了一点，这样手容易捏住罐头一些，然后用尽全力使劲摇晃着。他完全不知道自己为什么要这么做。蚂蚁爬到了他的手指上。

他身后的男人在窃窃私语。然后其中一个人说话了。“喂，你怎么说话的？你怎么跟我们说话的？”

卡尔在背后晃了一下手，让他们快点走开。

“如果这是你的车子，你为什么不把车往前开出几厘米？”

卡尔微微感觉到背后有人碰了他一下，显然是脚踢的。他想了一秒钟，说：“好主意。”他站起身，故意让对方看到自己从口袋里拿出钥匙串来，并拍了拍膝盖上的灰，又围着汽车转了一圈，心里暗暗希望这两个捣乱的家伙快点走开。

那两个人真的走了，但走出几米远又站住了，带着怀疑的眼神看着他。他站到车旁，做着好像要把汽车钥匙插入门锁的样子，同时又好像在街的另一头发现了什么特别有意思的事情。他的这一招挺管用。他从眼角的余光里看到那两个人慢慢地走了。这时钥匙滑到了锁孔里，随着“吧嗒”一下声响，车门开了。

第四十二章　毫无意义

艾丽西亚：我的车在外面。

德夫林：当然。

——希区柯克（导演）电影《美人计》

他花了好几分钟时间才使自己平静下来。在驾驶员的位子上坐下之后，他第一眼看到的是右边的后视镜，擦得锃亮，平行四边形的外壳，四角是圆的，从镜子里可以看到后轮底下压着的一只被碾扁了的饮料罐。

太不可思议了。他把额头靠在方向盘上，汽车喇叭声又把他吓了回来。他深呼吸了三四下，拿起了副驾驶位子上的公文包，又放下了。他再一次像瘫倒了一样。所有的肌肉好像一下子都离开了他的身体。他感觉不舒服，他感觉非常不舒服。他突然觉得不再那么确定，是不是马上想知道自己是谁，是不是还想知道自己是谁。就这样过了几分钟。从汽车的挡风玻璃向前望去，是一条狭窄的街道，来往的行人车辆不多。那两个男人在附近的一家咖啡馆坐了下来，还在继续观察着他。他们旁边有一个男孩，像拳击手那样向空中挥舞着拳头，口中喊着：“奥茨！”

从屋后传来弱弱的回声。

公文包里的内容很让人失望。那摞纸张都是空白的，大概有二十张，白色的，没有横线格子。另外还有一张用旧了的塔吉特地图、一个空的眼镜盒。其他什么东西都没有。

卡尔下了车走到汽车后面，打开了后备箱。里面有一只彩色的球和一把扳手。在车内的箱子里，有两只玻璃药瓶。座位底下有一副墨镜、一支金属外壳的圆珠笔、两个可口可乐瓶盖和一把很钝的刮胡刀片。另外车里还有一本小记事本和一件黑色的卡迪根毛衣，口袋里没有东西。能找到的东西都在这里了，第一眼看上去没有一样东西可以让人了解到汽车主人的身份。第二眼同样如此。那两只玻璃瓶里装着一种透明的液体，瓶上的说明已经看不大清楚，但大致可以猜出这是吗啡针剂。记事本就像那摞纸一样，里面没有任何内容。只有一个用圆珠笔画的蓝色的圆圈。圆珠笔的夹子上刻着一排字母：Szewczuk。显然是公司的名称。

卡尔把圆珠笔拆开，用笔芯又在纸上画了一个圆圈，然后把笔重新装上。他摊开塔吉特的地图，右上角完全不合理地顺序地标出了廷迪尔玛。他把眼镜盒打开了又关上。他摸了摸那只彩色的球。这是一只用不同颜色的皮革缝起来的球，给小孩玩的那种……蓝色、红色、黄色，还有一块褪了色的橙色，有过特殊经历的人也许会由此想到一段被切下的指尖的颜色。球里面好像是木棉或者是其他什么比较硬的泡沫材料。卡尔使劲挤压着皮球，想能够摸到里面有什么东西。他用牙齿把球咬开，撕成了碎块。但里面除了木棉还是木棉。最后他又一次拿起了公文包，随后又依次把所有其他物件拿在手里，翻来转去，仔细观察着。他再一次搜看了座位前的杂物箱，查看了所有四个脚垫的下面。在副驾驶位子前面放脚的地方，他找到了一个很小的铅笔头和一张购物单子，上面自上而下写着：水果、水、鸡蛋、牛肉。他看着购物单，就像读着一份来自另一个世界的通告。他开始哭了起来。

接着他使劲地把木棉团扔出车窗，把所有其他找到的东西都塞在自己的口袋里。他下了奔驰车，锁上了车门，然后返回到海伦的车子那边。他先前留下的字条还在那里，仍放在驾驶员的位子上没人动过。不见海伦的身影。通向公社院子的门被一个木栅栏挡住了。卡尔使劲摇着木栅栏，一边透过门缝向里张望，一边喊着海伦的名字。

一个手拿棍子的男人大声叫喊着从卡尔身后的街上走过来。从远处传来更多的叫喊声。

卡尔坐到海伦的本田车里，取下了先前给海伦写的字条，重新又写了一张。他告诉海伦，虽然他还是不知道自己到底是谁，但看来他们要开两辆车回塔吉特去了，因为他找到了自己的汽车，一辆黄色的奔驰车，黑色的座椅。沿面前的那条街一直往下走，车子就停在那里。他现在就去那里等她，在附近的一家咖啡馆。他写道，他现在很幸福，但同时又不幸福。他真诚地希望她，希望海伦没有遇到什么麻烦。接着他停了一下，先是把"真诚地"划掉了，接着把最后那句话全部划掉了，因为他觉得，这句话与其说是给海伦写的，还不如说是为自己写的。他又把写好的语句全部读了一遍。他写的字很小，字体笔画在拐角处常常转一个圈，很难让人读懂。他从包里拿出记事本，想再重新好好写一遍。当他把记事本放在仪表板上，发现在侧面透进来的阳光的照射下，可以看到记事本最上面一页上有笔痕。

他用铅笔头小心地在纸上刮着，一个白色的书写字母拼成的词慢慢显露出来：蔡特罗伊斯。

其他什么都没有。卡尔看着这行文字，把几个字母又写了一遍，看上去跟纸上的一模一样。那是他的手迹。为什么他记录下了这个名字？他在失忆之前就在寻找蔡特罗伊斯吗？原来他一直以为，自己在找的是一位朋友，或者至少是一位同事。无论如何应该是一个跟他的命运类似的人，一个被四个身穿白色大袍的白痴追赶着的人。但如果是朋友或者熟人的话，有什么必要唯独把他的名字写在记事本上呢？为了去拜访蔡特罗伊斯？为了给蔡特罗伊斯打电话？他想不出合适的理由来。而且他看着那些白色字母的时间越长，越觉得蔡特罗伊斯不是他的同事或朋友，至少不是他熟悉的人。很有可能是他完全不认识的。看来海伦的想法是对的。

在街边的那家小咖啡馆里，卡尔眼睛一直盯着那辆黄色的奔驰车。他喝了一杯冰水，等在那里。他在那里重新回顾着从在仓库里醒过来，然后逃跑至今的所有经过，并且不经意地用手在空中画着很复杂的几何图形。这时，他发现坐在邻桌的一个女人一直在含笑注视着他。是他刚才用手在那儿画图的动作引起了她的注意？或者是她认识他？他垂下了眼睛。当他再一次看到她的时候，她还在那里对着他笑。这会不会是海伦派来的公社里的女人？不，从她很讲究很雅致的穿着来看不像是。而且，卡尔觉得她是从相反的方向来到这家咖啡馆的。

在过去的这些天里，他已经习惯了，对完全不认识的人也点头致意。他给那女人回了一个微笑。她马上站起身，来到卡尔的那张桌子。

“哈啰。”她的声音很大，很清晰。

“哈啰。”他说。

“你看上去气色不错。”她说话的口气，就好像他们好久没有见过了那样，而他心里则犯着嘀咕，她认识他！尽管她显然并不怎么认识他，因为她在那个空位子上坐下来之前，看得出犹豫了一下子。

想马上认识这个女人的愿望是如此强烈。她有着一张单纯的、没有多少吸引力的脸，没有什么迹象表明，这个人会带来什么危险……或者会有危险？他有没有估计错误？如果她是阿狄尔·巴斯尔的熟人的话，也许是他派她来的，提醒卡尔期限已到？但不可能，不是，这完全是胡乱猜想。她的脸看上去不像坏人。如果真是那样的话，她怎么可能在这里找到他？

他决定不说话，在心里数到二十，然后把什么都告诉她。如果让她说话的话，或许也可以从中推断出（或许她会直接告诉他）他自己是谁……还有，她是谁。也许她是我的太太！卡尔的头脑里突然闪过这个念头。但是一个女人，她的丈夫失踪好几天了，她自己被人强暴了，她的儿子差点被人切去一个手指，这样的一个女人跟她的丈夫打招呼肯定是另外一个样子。不，卡尔心里认定了，她只是一个跟他关系不错的熟人，也有可能是他的情人。但是，作为一个暴力罪犯的情人，他觉得，这个女人看上去过于天真，过于小市民气，也过于没有吸引力。就看那大波浪的烫发，已经够乏味的。还有，她的眼神也有点不对劲。她的眼神跟他的一样非常不安宁。当他数到二十，交谈还是没有展开。他琢磨着，这个女人是否跟他一样失去了记忆。她微笑着，一会儿变得严肃起来，一会儿又露出了笑容，一会儿又严肃起来了。最后，她的脸红了。

“不要什么都让我一个人来做。”她说。

或者她有心理疾病。

“我很高兴见到你。”卡尔说着，尽量使自己显得很平静，但是他的双脚在桌子底下还是不可控制地抽搐着。想要马上逃离的冲动几乎就和在仓库阁楼里醒过来时一样强烈。是不是应该听从他身体的反应？那个女人发现了他的不安，仰起头，有点不自然地大笑起来。

“这附近有一家旅馆。”她说。

他点了点头。

她的脸又红了。他想，她的精神一定有问题。她说的话完全没有条理……不。不，肯定不是这个原因。也许是什么很简单很直接的原因，只是他想不出来。他决定结束这场游戏，把自己的事情都告诉她。其他的一切也都为时过晚了。他在桌上探过身子，低声地对她说：“我知道，这话听上去有点奇怪，但我不认识你。”

听了他的话，她脸上的表情一点都没有变化。她没有理解他的意思吗？

“你结婚了吗？”她问道。

“什么？”

“我知道，”她说着，用两只手捋了捋头发，“我知道，这有点不那么正常。旅馆就在那儿。”

她站起来，没有转身就走了。卡尔费劲地用颤抖的手把两枚硬币扔在桌上，跟着她走去。服务员用舌头舔了舔嘴唇。

第四十三章　警笛

人物形象，这多没意思。如果允许我直言，听上去也许有点过于冷酷，但我对人真的不感兴趣。

——卢曼（德国社会学家）

旅馆的看门人连头都没抬一下，就把七号房间的钥匙放在了柜台上。

从一个破旧的楼梯上去，是一道破旧的走廊，然后进了一个破旧的房间。女人很快拉开了衬衣。这样的场景卡尔还从来没有经历过。一个赤裸的乳房……又一个赤裸的乳房……至少他回忆不起来曾经见过这样的场面。

对此他毫无招架之力。

“跟我说阿拉伯语。”当他们并排躺到床上时，女人对他说。

“为什么？”

“跟我说，你这个野蛮的男人！”

“什么？”

“说阿拉伯语！”

“说什么呀？”

“随便！”

“我想不起来说什么。”卡尔轻声用阿拉伯语说了一句。

她点了点头，闭上眼睛，把他拉到自己怀里。她的脸上露出一副心醉神迷的表情。“快点继续。”她呻吟着。卡尔发现，她根本不懂阿拉伯语。他叫她愚笨的母牛、丑陋的老太婆、脑子出了毛病的烫发女孩儿。就在房间有节奏地上下颤动着的时候，他看到了那件他扔在床边的黄色运动上衣。他不由得想到口袋里的东西，特别是那张城市地图。不知道什么原因，他无法投入。他闭紧眼睛，试着去想象自己怀里的是海伦。他把头放到女人的腋窝里，马上意识到：这不是头一回。他有妻子和孩子，他跟他的妻子做过爱。他忘记了呼吸，他大口地喘着气。她的动作总算停了下来。

当那个女人去淋浴的时候，他直挺挺地躺在床上，眼睛盯着天花板。浴室门“砰”的一声，女人回到了房间。他听到，女人在擦干身体。他听到，她在穿上衣服。做这些事的时候，她一直在低声自言自语地说话。她说，他是一个毫不留情的猎人、一个厉害的性交高手，是一头牲口。此类的话她在床上的时候就说个不停（她也许只是在重复这些话，为的是不要在自己面前显得变化无常，她一副好像要哭出来的样子）。告别的时候她再一次走到他的身边，把食指放在他的嘴唇上，然后放到自己的嘴唇上，说：“如果我们偶然再次相遇的话，你知道，我们不认识。”

她看着他，直到他点了点头。然后她走了。他继续躺在床上，看着天花板。在房间的四个角上可以看到脱落的石膏花饰。房屋正面窗的上方有好几个水渍连环组成的圆圈，他不知道那些书法般的轮廓都代表着什么意思，就像他同样搞不懂大部分其他的事物和面孔一样。他思考着二者之间的相似性是否具有某种神秘的含义。他闭上了眼睛。

过了一会儿，他听到邻屋传来什么声音，好像是两个人交欢时发出的呻吟。卡尔不想听到这样的声音，便把头埋在枕头里。两个人的呻吟声越来越响，或者确切地说只是女人在大声呻吟。男人只是他想象出来的。或者也有可能是两个女人在那里尽情享受。或者是一个女人和两个男人。或者是女人独自一人。可能性之多让他感到不安。

他想到，他在的这个房间几分钟前曾经发出过同样的响声。突然他觉得，好像不仅是同样的响声，而且就是刚才的声音，那个发疯的女人大声的呻吟现在好似延迟的回声一般透过屋子的墙壁传到了他的耳朵里。就像刚才有人在邻屋把他们的声音用录音机录了下来一样，现在回放的是他自己的本不存在的激情。他在床上坐了起来，把一只耳朵贴在墙上。好几分钟时间，呻吟的节奏在不断地加快，突然出现了一个高八度，就像驶过的警车发出的警笛声一样，而另一个声音低沉、短促，夹杂在呼哧呼哧的喘气声中。接着，一切归于平静。

卡尔松了口气，总算听到了一个男人的声音，而且可以肯定那不是他的声音。在和那个女人做那件事的整个过程中，他只是在开始的时候轻声说过几句阿拉伯语，后来一直努力不发出一点声音。从好几个角度讲他都觉得很尴尬。其一他不认识这个女人，至少他自己相当确信不认识她。其二，他在她面前隐瞒了一些什么，虽然他说不清楚具体是什么。其三，他虽然能够回忆起，在做爱的时候是应该发出声音的，但却不记得，他自己应该发出什么样的响声。所以他担心，在那些可怕的不熟悉的响声里面听到自己的声音。

他不知不觉地睡着了。在半睡半醒的状态中，他觉得真的听到了警车开过的声音。他对自己说，这可能是来抓他的……他又陷入了梦乡。他突然觉得后脑勺上有什么在啄着他，很疼。他眯缝着眼睛看了一下，视网膜上好像有一个月牙状的光斑。月牙闪烁着啄着从左边滑入了夜空。梦里他看到自己喝着绿茶，看到自己坐在一张绿色的桌子旁边，注视着一幢绿色的房子，房顶上飘着一面绿色的旗帜。一辆吉普车开了过去，他又想起了那只饮料罐……猛地，他从床上跳了下来。

他从上衣口袋里拿出了那两个注射液瓶子，拿出了记事本、城市地图和其他的东西。他在床上摊开了地图，用食指搜寻着他现在所在的地方，不禁吓了一大跳。地图上有一个蓝色的圆圈标出了他所在的旅馆。但是那个圆圈好像不是那么准确……也有可能是公社的所在地，而不是旅馆。或者是这条街上的另一栋房子。不，指的一定是公社！他的心快要跳出来了，但仅仅是一秒钟时间。接着他在隔了几条街区的地方发现了第二个圆圈。然后他看到，整张地图上，很多街道和房子都做了记号，画了圆圈。

“谁做的这事？”他自言自语道，“是邮递员吗？”

大部分记号在廷迪尔玛。卡尔数了数，总共有将近三十个蓝色的圆圈。但所有棘手的地方，也就是说，所有那些跟他过去几天遇到的事情有着一定关联的地方（喜来登大酒店、阿狄尔·巴斯尔的别墅、考克罗夫特博士的诊所，等等）都没有标出。他碰到里萨的酒吧没有标出。那两个男人绑架他的车间没有标出。上面也没有海伦的平顶别墅。他拿起圆珠笔，在沙漠的荒芜区画了一个蓝色的圆圈，大致就在仓库所在的那个地方。这是另外的一种蓝色。他走到窗前，又一次把圆珠笔拆开，拿起笔芯对着光亮仔细看着。铬银材料，直径大约五至六毫米。前面是一个小小的装着弹簧的部件，后面是一个蓝色的塑料塞子，没有办法拔下来。这里也有一行被刮去的制造商名字：Szewezuk。他再一次仔细看了看圆珠笔的各个部件。两段外壳、一块锯齿形的塑料、一个机械压力部件、笔芯、环圈和弹簧。他用两根手指压住弹簧，弹簧一下子飞了出去，打在窗户玻璃上。

隔着窗户往下望去，卡尔看到一队男人正在街上奔跑。一个掉队的一瘸一拐地跟在后面。卡尔把笔芯的一端含在嘴里，看着那些人。从远处传来一声叫喊。突然他自己也大叫了一声……窗户玻璃上留下了一串细小的血滴。

他用牙齿把蓝色的塑料塞子强行拔出来时，划伤了嘴唇。笔芯“啪嗒”一声掉在了地上。他疼得踮起一只脚跳着。然后他捡起笔芯，放在眼前，想看清空着的那一头里面是不是有什么东西。他把笔孔转了一下，又摇了摇。两只长条状的金属壳体掉在了他的手上。两只壳体外形完全一样，四角都是圆的。它们都是圆柱形的，都是暗银色的，一看就能发现跟圆珠笔的其他部件不一样。卡尔一秒钟都没有怀疑他找到的是什么东西。每个圆柱体的中间有一道不易发现的焊缝。他在浴室里把嘴唇上的血迹洗净，然后套上衣服，跑了出去。

第四十四章　追捕奥茨

没有一个进步的思想起始于大众，否则的话就不是进步的思想了。

——托洛茨基

他在街上看到的第一个人，是一个肩上扛着一把镰刀的年轻男人，其他人都跟在他的后面。人越来越多。卡尔试着折入通往公社的那条街，但很快街上变得水泄不通。不知道是什么原因，他的面前突然聚集起好几组人群，一会儿又散开了。年轻男人封锁了街道，他们在那里跑来跑去，又手挽着手站到了一起。刚开始的时候还看不出有什么具体的指向，但远处传来的叫喊声使人群很快朝一个方向涌动。卡尔看到了人们手中的锄头、铁锹和斧头。人群中大多数是他这个年纪的年轻男人，但也有一些上了年纪的夹杂其中。一些手里拿着弓和箭的小孩儿在边上跟着奔跑，时不时被挤到了沿街房子的外墙上。整条街上没有一个女人。卡尔站住了，试着往人流的反方向走出几步，但一再被人碰撞、辱骂和推搡。他紧紧地抓着口袋里放着圆珠笔的运动上衣。他设法挤到边上，以便绕到小一点的巷子里去。但从所有小巷子里同样涌出无数的人群，迎面向他走来。

这时，他站着的地方上面有一扇窗户开了，一个没有牙齿的老妇人对着那些男人破口大骂。他们马上都挤到她的窗户下，向她吐着唾沫，跳起来想够着窗户，对着她伸出拳头和棍子，直到老妇人把窗户重又关上。

主街上的人群和其他岔路上涌来的人群会集在一起，然后一齐向商贸集市行进。到了那里却马上失去了方向。似乎已经抵达了运动的中心，但中心区却空无一人。人们围着商贸中心跑啊跳啊，现场一片混乱。刚才在路上形成的队形一下子不见了。特别奇怪的是，人群中缺少了一点兴奋。这使卡尔想起了前一天晚上他跟海伦在一起看的那部电视片。那是一部动物片。一簇泛着银光的鱼群，在水池里涌动着，就在这时，越来越清晰地可以听到鲨鱼的到来。卡尔周围的面孔都毫无表情地在等待着什么。

夹杂在人群中，卡尔问自己，那些小孩儿和年轻人都到哪里去了？他发现他们都站在商贸集市周围的房顶上，手里拿着弓箭。他自己试着不再去做任何违背这场运动的举动。千万不要引起别人的注意。

可以感觉到人群中的焦躁。突然间好像在什么地方出现了堵塞，然后人群开始后退。短暂的停顿。然后是一声尖叫，人群立刻从中心区四散而去，就像波浪一样冲向房屋、围墙和周围的大街小巷。卡尔找到了商贸集市最高一栋楼的楼梯，跑了上去，立刻被拥挤的人群挤在那里。

从高处望去，商贸集市的中心地带现在几乎空无一人。几根棍棒和一只孤零零的凉鞋留在了那里，旁边站着一个瘦弱的男孩，一条腿扭曲着，睁大着眼睛，世界上最孤独的人。他用手肘撑在地上爬行着，脑袋惊慌地转来转去——直到他的目光在旁边的一条大街上停留了下来。人群中爆发出一阵躁动。房屋中间出现了一样什么东西在向外张望着，口鼻很大，毛色黑黑的，髭须在颤抖着。

“奥茨！奥茨！奥茨！奥茨！”

那头巨兽往前移动了几厘米。浓密的皮毛，下垂的下颌，嘴里露出两颗大牙，像螺栓那样粗的小腿在那里晃动着。卡尔还从来没有看到过这样的动物。三角形的脑袋让人想起鼬獾，可是鼬獾有五吨货车那么大。人群中不时响起几声叫喊。那头动物睁着血红的圆眼睛往卡尔的方向摇摇晃晃地走来。有半秒钟的时间，那头动物似乎就是冲着他来的。但它突然在人群的咆哮中横穿过商贸集市跑进远处的一条横街中去了。手里拿着斧头的男人立刻尾随而去。过了不一会儿，动物又从另一条街道跑了出来，又一次横穿过商贸集市，飞快地在那里打着转，周围的人群越来越多。惊慌变成了对行动的渴求，对行动的渴求变成了大胆的举动和嗜血的欲望。后面又跌跌撞撞挤上来几个年纪大的人、走路慢的人、一个挥舞着拐杖的孩子和几个充满激情但没带武器的男人。动物每次出人意料地突转方向，人群中就爆发出一阵尖叫声。当动物往后退的时候，有几个人跌倒了。

一个光着膀子的男人正面挡在动物的路上，被动物的利齿一下子甩到了一边。其他人用棍棒打着怪物肋腹的伤口，欢呼着跳跃着往后退去，同时一阵箭雨直向动物射去。只两个回合，奥茨的皮毛上就插满了箭刺。那些弓箭手们不再等到目标在他们面前路过，远在射程外他们就在那里一个劲地放箭。箭头当啷当啷地掉在地上，撞到对面房屋的墙上发出噼噼啪啪的响声，或者射进了冒失的进攻者的后背。在攻击的间隙，那些被踩在地上的人赶紧爬出包围圈。没有人关注他们。

在卡尔站着的楼梯不远处，奥茨最终被捕获了。一波又一波的进攻浪潮冲向几乎已经了无生息的动物，连最小的孩子和最虚弱的人也加入了进攻的行列。动物巨大的躯体发出嘎吱嘎吱的声音倒向一边，前腿伸向天空，就像烟囱一样。后腿已经被扯断，被撕开的肋腹凹陷了下去，可以看到插在上面的木条和铁杆。人群无视这一切，还在那里继续痛打着。动物的屁股被点着了，立刻烧了起来。

卡尔像失去知觉那样还站在楼梯上，手里紧紧攥着他的运动上衣。他周围的男人站着不动，好几分钟里他可以看到，奥茨残余的身体在人群中开始走动。就像一个偌大的分子，遭受着无数小小的看不见的粒子的攻击。烧着的躯体慢慢爬过广场。人们还在不断地用脚踢它，用棍棒痛殴它。一个半大不小的男孩骑到了它的背上，他的衬衣马上着了火。开始时怪兽好像还是毫无目的地在那里走来走去，随着周围的叫喊声越来越响、越来越急，也越来越刺耳，它似乎找到了目标。男人们用棒击和脚踢把火球赶进了一条横街，直往一扇木门而去。

卡尔的视线被挡住了，看不到后面发生的事。但他觉得在烟雾中似乎可以看到唯一的一个欧洲人，做着可笑的功夫动作迎接着向他滚去的火球。当然毫无用处。奥茨被挤压在门上，大门很快就被撞开了。公社内院的木材垛和垃圾堆被点着了。两个女人急忙在花园里找来一根很奇怪的绿色水管灭火。另一个穿着牛仔裤和印花布T恤衫的女人拖着大包小包的衣物、地毯和沉重的箱子，装上了一辆很大的越野车。哪儿都没有海伦的踪影。大火很快蔓延到了主楼。越野车发动了，公社成员企图逃脱这恐怖的地方，但却在瓦砾碎片中被卡住了。人群中又响起一片欢乐的叫喊声。当风向变化，大火开始殃及邻里的房子，欢呼声才停息下来。整整两个街区被完全烧毁了。

这时，卡尔站着的楼梯上已经没有了其他人，所有人都拥到大火那里去了。他双腿发抖地慢慢从楼梯上走了下来，绕过人群，走到旁边一条小街的入口。当他看到公社前面还停着的不多几辆汽车里已经没有了那辆蓝色的本田车时，这才松了口气。

但是他刚刚放松了一点的心情陡然又紧张了起来，因为他发现，那件运动上衣不见了。那件衣服的袖子还缠在手上，但是衣身却不见了。他先是跑回到楼梯那里，接着又穿过整个商贸集市。一个小个子男孩，手上拿着两根棍子，肘窝里夹着什么闪亮的黄色的东西。在水井前卡尔抓住了他。男孩看上去还不到十岁，大声叫喊着，抓扯着，用牙齿撕咬着，拼命地紧紧攥着他的战利品。他用拳头使劲揍着卡尔的肚子，企图挣脱。卡尔把他甩到旁边房子的墙上，一把举起运动衣，在口袋里搜找着圆珠笔，但圆珠笔没有了。右边的口袋里没有，左边的口袋里也没有。男孩趴在地上想逃走。卡尔一脚把他踢倒在地上。一只脚踩在男孩的脖子上，卡尔开始搜查衣服里面的口袋，接着又查看了旁边的口袋。“他偷了我的东西！这个臭小子偷了我的东西！”卡尔一边大声叫喊着，一边继续踩着那个蜷缩成一团的男孩。突然他的手指摸到了右边口袋里的圆珠笔，这个口袋他之前已经搜查过三遍了。就在这时，他的肩膀被重重砸了一下。卡尔踉跄了一下，把愤怒的人群推到一边，双手把那件装有圆珠笔的上衣紧紧压在胸前，跌跌撞撞地逃了出来。

他听到身后一片责骂声和叫喊声。那些叫喊声里夹杂着一个声音，与其他人完全不同的声音。带着疑问的刺耳的声音。卡尔回头一瞧，看到了一张熟悉的脸……他不是很确定，追踪他的人看上去也不是那么确定。就在这种不确定中，他们都认出了对方。这是那四个穿白色长袍的男人中的一个，那天卡尔在仓库的阁楼上醒过来时见到过他。这个男人长着一张大众脸，现在又穿上了一件白色的长袍。他使劲用双臂左推右搡，想在这群乌合之众里挤出一条路来。看上去他不是一个人。他身后有个胖子正挤过人群往这边来。再后边是那个男孩。

第四十五章　月亮和星星

他端坐在高远的天空中俯瞰着我们
满怀同情地指引着人类正确的道路
他在苍穹上写下了星空闪烁的文字
告诉我们人世间的幸福和悲惨征途
但是人类啊缠绕着世事悲叹着生死
却不去关注星空的文字，熟视无睹

——比埃尔·德龙沙（法国十六世纪诗人）

卡尔首先想到的，是折入停放奔驰车的那条路上去。但是就算他能到达停车位子，打开车门，发动马达，在这条拥挤不堪的大街上他也无法前进一步。他毫无思绪地奔跑着。当他的右边出现了一条通往沙漠的小巷，他马上跑了进去。

幸运的是，追踪他的人显然不是很好的赛跑运动员。过了第二个或是第三个沙丘他似乎就把他们甩掉了。

卡尔奔跑着，发烫的沙粒挤入凉鞋，灼烤着他的脚趾。他想起了上一次的逃跑，不禁心慌意乱起来。是不是应该继续往前跑？是不是要绕远路重新回到汽车那里去？还是再把自己埋在沙里？

不，他绝不要再回到绿洲去。那里的形势过于混乱。也许以后还有机会再去。太阳距地平线只有两个手掌的距离，不久天就要黑了，到那时候他在沙漠里就安全了。到塔吉特还有大约二十或三十公里。他觉得自己可以跑完这段路程。

他气喘吁吁地站住了，感到身体一侧针刺般疼痛。他环顾了一下四周，周围一片宁静。天上亮起了第一颗星星，他想到了海伦。他希望，不，他确信，海伦在形势恶化前就已经离开了公社。她有可能看到了自己留下的纸条，知道他找到了自己的汽车。海伦一定够聪明也够实际，在这种情况下会想到如何让自己逃生，也能想到他也会这样做。踩着沙子每走一步都显得异常艰难。卡尔脑子里开始出现一幅幅梦幻般的图像。他突然看到了自己幸福的未来。他的妻子是一个非常漂亮的美国金发女人，他有两个或三个长相朦胧的孩子和一份很有意思的职业。邻居和同事都很敬重他，他是集体中的重要一员。有一次一位邻居被毒蛇咬了，他把那人的手臂绑了起来，在伤口处吸吮出毒汁，救了他的命。这时四个身穿白色长袍的男人从一架直升机上跳了下来，枪杀了他，又强奸了海伦。

像他这样的脑子怎么会做出这样的白日梦幻？但是他没有继续去想这个问题。长途跋涉已经让他精疲力竭，脑子里重复出现的总是那些绝望的念头。

自从考克罗夫特博士第一次——虽然只是带着嘲弄的口吻——暗示，海伦有可能假装是他的妻子或情人，卡尔就一直抱着希望，有朝一日他们能够直言相告，一切都会在一场快乐的喜剧中真相大白。在情节最为纠结的地方，会响起威尔第的咏叹调和打开香槟酒瓶盖时的砰砰声。海伦会向他坦陈她之所以玩那套捉迷藏游戏的真实原因。他的回忆就像躲藏在客厅厚重的窗帘后面的不速之客一样。

他差点被一具尸体或者是什么从沙地里冒出来的东西绊了一跤。一只穿着黑色袜子没有穿鞋的脚，一条浅灰色的长裤。卡尔吃惊地退了一步，然后看了看大路那边，几个小时之前他在大路上看到过浅灰色的东西。他又看了看另外一边，果然不假，在地平线的地方可以看到仓库的山墙。

他屏住气把整个尸体从沙地里挖了出来，又踢了两脚把尸体翻转了过来。看不大出这个男人的年龄，他的眼睛还睁开着，但完全被沙粒蒙住了。死亡原因无疑是脖子被一根很细的电线割断了，现在脖子上还能清楚地看到血结成的痂。电线的两头绕在两段折断的铅笔上。开始发青的脸上，那撮小胡子就像是凋谢的花朵上停着的一只落满灰尘的蝴蝶。

这一定是蔡特罗伊斯！那四个男人一定抓住他了，就在卡尔用梯子从阁楼爬下来的时候。但摩托车到哪里去了呢？

卡尔在沙丘里绕了一小圈，四处巡视着。接着绕了一个大一点的圈子，又一个再大一点的圈子。没有找到摩托车。只有两条平行的汽车轮胎印，往仓库的方向而去。他在尸体边上蹲了下来。“也许这是我的朋友，”他想，“但也许是我的敌人。”他拿起一小把沙子，慢慢撒落到死者的嘴里。

接着他搜查了浅灰色西装的口袋，但显然已经有人捷足先登了。没有钥匙，没有钱包，没有任何个人的东西。只是在右边的裤袋里有一块用锡纸包着的吃过的口香糖和几块发红的小纸片。纸片上有用打字机打印的文字。卡尔试着在手掌上把那些纸片拼起来，但没有成功。他把纸片塞到自己的口袋里。他又一次仔细地搜查了裤袋，又找到了几块撕碎的东西，同样放进了自己的口袋。

他继续蹲坐在死尸边上，不时地望着地平线的地方，像孩子似的摇晃着膝盖。接着他摸了摸自己口袋里的圆珠笔，把圆珠笔拿了出来，旋开，用牙齿把蓝色的塑料塞子从笔芯里拔了出来。他把那两个金属壳体在手上滑来滑去。他觉得好像可以在焊缝处把壳体拧开。但是没有工具肯定不行。用四个手指没有办法抓住细小的圆柱体。就在他还在那里琢磨着试验着的时候，他相信在眼角处看到了沙漠里有什么东西在动。他看到一个沙丘的边缘染上了橙色，太阳在沙丘后慢慢消失。但周围仍是一片宁静。他小心地站起身来，转了三百六十度，又一次看到了一个影子。这时橙色的光圈边上有一处被切断了，在沙丘顶上一动不动地站着一只貂狸大小的动物。

“这样啊。”卡尔轻轻说了一声，径直朝那动物走去。动物小心地往边上跨了一步。卡尔觉得它的头上好像有割破的地方。他慢慢地往前走了几步，跪在地上，伸出一只手，嘴里发出轻轻的咂咂声，他以为这样可以获得动物的信任。歪斜着脑袋和身子，奥茨慢慢向他走来。它有两只尖尖的门牙，凸出在下唇外。但这只动物很小，看上去不会很危险。走近了可以看到它脑袋上的东西原来是一张剪成锯齿状的纸。太阳的最后一束光线正透过这张纸照了过来。卡尔认识纸上面的文字。他小心地用手摸了摸动物的肚子，把它抱了起来。动物还是一动不动，只是微微地发出一阵尖细的叫声，嗅着。“咔呜，”卡尔说了一声，“咔鸣。”

动物头上的那张纸条是用皮筋绑着的，卡尔把纸条转到自己眼前，看到上面写着：“一个人可以出生，但为了出生他必须先死，而为了死他必须先醒过来……”他还没来得及读下去，就大叫了一声把动物扔到了地上。它咬了他一口，在他的手腕上留下了两行清晰的牙印。血从伤口渗了出来，马上流到了手肘的部位，滴到了沙地上。那头动物不紧不慢地走了，在下一个沙丘顶上往四处看了一下，消失在黄昏的沙漠中。

伤口痛得很厉害，好像立刻就发炎了一样。卡尔蹲在沙子里，用右手撑在地上。他发现，他已经很长时间没有握起拳头了。他把金属壳体给弄丢了。他看到下面到处一片灰暗，沙子和砾石，还有暗红的血滴，其他什么也没有。他用手掌在四周到处摸了一遍，但又害怕会把壳体更深地埋到沙里。他不敢挪动一步。他向左再向右扭动着上身，一开始还小心翼翼地，接着越来越绝望地把周围够得着的沙子用十个手指过滤着。他感觉到手上悸动着的伤口。天色越来越暗，他几乎看不清自己的前臂了。太阳早已下山，一轮细细的弯月很快升上了夜空。卡尔长时间蹲坐在自己的脚印上。最后，他用那只健康的手撑在凉鞋上，水平地向一侧探出身子，用脚围着刚才坐着的地方画了一个圈，大概一个身高的半径。然后他站起身来，仔细地把手、脚和衣服抖落干净，迈了一大步跨出圈子，走到几米远的地方，躺下睡觉了。

第四十六章　盐工区的电气化

你带着苍白的倦容
攀登高空，俯瞰大地
你游走于星辰之间
孤独寂寞，没有朋友
你犹如忧伤的眼睛
亏盈交替，不断变化
然无一物似你久远永恒？

——雪莱（英国浪漫主义诗人）

有谁知道，独自一人在沙漠中度过漫漫长夜是怎样的一种滋味？住在住宅小区自家的房子里，习惯了在自己温暖的床上睡觉的人对此是难以想象的。更难想象的是，对于一个许多天来不知道自己是谁、自己的以往就像一张白纸一样的人来说，这种形而上的黑色和昏暗会给他的精神带来什么样的折磨。

提到“文明”的反义词，大家通常都会想到“野蛮”，但实际上真正合适的词语应当是“孤独”。白天这里已经是一片寂静，到了夜里，万籁俱寂，更增添了几分抑郁和沉重。仰面躺在沙地上，卡尔把虽然结了血痂但仍然疼痛不止的手放在胸脯上，望着夜空，看到了此生从未见过的茫茫星海。

他看到远处无数个太阳在闪烁，其实不过是宇宙中的尘埃。他想到，其实自己身下也只是这样的一片尘埃，只是由于这些沙粒和瓦砾，由于一个微小的物质团，才得以与另一头那个永恒的失重的虚无世界分开……他想到令人震惊的大小比例，心里充满了恐惧。他害怕，有人会继续追踪他（或者天亮后会来追他）；他害怕，在重新找到金属壳体之前就必须继续逃窜；他害怕，晚间的一场沙尘暴会把一切掩埋……而对于上空千万个星体来说，这一切都是如此无关紧要。

有卫星穿过夜空。一个稍大的亮点，也许是一架飞机。离地万米的高空中，一架波音飞机里八十位沉睡中的乘客。想到这些，被人遗弃甚而受到侮辱的感觉更加强烈。夜冷了。卡尔把自己埋在沙里，漫漫长夜中，他把自己在沙里越埋越深。他做了许多令人不安的梦，只是梦的内容他之后再也想不起来。

天亮了，这才发现昨晚在沙地上画的圆其实是两个有点椭圆的圈，围绕着一个被踩得乱糟糟的中心点。卡尔在圈的外围找了一遍，没有找到金属壳体。他察看了一下凉鞋，想确认东西没有卡在鞋底的凹缝里。最后，他又把圆圈边上的沙粒仔细地筛了一遍。他把沙子从一只手上散落到另一只手上，一遍，两遍，三遍，然后一扬手让沙子随风飘到自己身后。几个小时过去了，他一直坐在那里劳作着，把膝盖前的沙层筛洗了一遍。然后往前移动了几步，继续这样过着筛子。太阳越升越高。卡尔满身是汗，又热又渴地坐在沙凹里，心情愈来愈绝望。到了中午的时候，他已经完成了半个圆圈，但还是什么也没找到。因为担心在某个不专心的瞬间不小心把金属壳体随风扔到了身后，他开始把沙子在手里过上四遍五遍，然后才扔到身后的小沙堆上。越是仔细，他越是担心，开始的时候是否过于粗心大意，所以他把筛过五遍的沙子另外堆在一起，以便过后把不那么仔细筛过的沙子再重新检查一遍。

太阳已过晌午。在沙粒中间突然有银色的金属物体闪光。卡尔满头大汗绝望地计算着，用了大半天时间才找到第一个壳体，不知找到第二个壳体还需要多少个小时。但是筛了三四把沙子后，第二个壳体出现了，就像一个偷了东西的小孩儿，当他的小同伙被抓住之后，他也无意继续逃跑一样。

卡尔把两个壳体重又放回到笔芯里，并用蓝色塞子堵上。他思考着，是不是还有其他更安全的地方可以把壳体藏起来。放在钱包里？放在运动服的口袋里？或者最好立刻把壳体吞到肚子里去？他从衣服旁边的口袋里拿出钥匙串、记事本和吗啡注射液瓶子，放在他百慕大裤子的口袋里，然后把圆珠笔单独夹在运动衣里面的口袋上。当他还在认真地忙着这一切的时候，突然看到一个发出呼呼声的人影正穿过沙漠朝他这边奔来。一件邋遢的白色长袍，这是一个年纪很大的男人。

他直接从仓库的方向跑来，离开很远的地方就能听到他在那里吼叫着什么。这次他手里没有拿着三叉戟，但卡尔一眼就认出了他。当他还在考虑对方奔跑的速度有多快，是否会对他产生威胁时，他就发现，显然对方并没有认出他来。老汉的声音很大，但模糊不清。他登上了一个沙丘，把卡尔称作是看不见的国王卫队，表示见到卡尔他感到无比地高兴。他大声地咳嗽着喘息着，言语间希望不久就能让两个儿子的尸体重新回到父亲的怀抱。

他快要走到卡尔身边的时候，突然一下摔倒在地。“我金子般的男孩儿！”他大声叫着，一下子扑到了沙里的尸体身上。他花了快十分钟的时间才发现自己弄错了。不，他的儿子从没有穿过浅灰色的西装。他们从来都只穿长袍。但摩托车到哪里去了呢？

这个问题，卡尔也无法给他答案。老汉滔滔不绝地讲了近一个小时的话，接着在尸体旁边平静地睡着了。他讲的内容可以总结为三点：一是老汉显然失去了两个儿子，一个被打死了，另一个失踪了；二是他希望在寻找儿子尸体的过程中能够得到极为神秘的警察大队的帮助；第三点同样不可忘记，他在找他的摩托车。

卡尔把运动衣绑在头上抵挡着热浪，往西边的方向走去。他从醒来之后就感到口渴，现在看到了地平线上出现的棚户区影子，更觉得口渴到了无以忍受的程度。他浑身无力，跌跌撞撞地穿过第一排白铁皮搭成的棚屋，跑进一家肮脏的小店，买了一升瓶装水，站着一口气喝完了。接着他又喝了第二瓶。第三瓶喝到一半，他绕着棚屋走了一圈，对着后墙解了手，并大声问小店店主，这里哪儿可以找到电话。在两个街区外的一个用木板隔开的房间，好像是一家咖啡馆，那里还真的有一部黑色胶木电话机。

卡尔让电话员接喜来登大酒店。电话另一头马上响起了海伦的声音。海伦！她没有受伤，她很好。她还没来得及给卡尔解释她是如何及时逃过那一场劫难，他就对着话筒大喊，他找到笔芯了……是的，笔芯，就在他的口袋里，圆珠笔里两个很小的金属壳体，他重复了一句，在圆珠笔里找到的……没错，他肯定，就是笔芯，她必须马上来接他。往东走，盐工区的尽头。他又重复了一遍，在盐工区的尽头。中间那条街，穿过棚屋区，最后的那家发着臭味的咖啡馆……他在那里等她。就在最宽的那条街边上。在最东边。一户有电话的木板房。他听到了自己的欣喜和海伦的激动，听到了命令，让他在原地等着不要离开半步，她马上就到。他放下电话听筒的时候，看到店主站在他身后，手里拿着一盘煮过了头的汤。店主把盘子高高端起，就像是托着一盘上等的美味佳肴。这盘汤不收钱。

卡尔拿着汤在街上的一张用水果箱子临时搭起的桌子旁坐了下来。他把上衣放在前面，闭上了眼睛。自经历了仓库里发生的事情至今，他第一次感觉不错，感觉自己是安全的，尽管他知道，接下来他要面临的事情也许才是最困难的：他要把金属壳体交给阿狄尔·巴斯尔，然后要跟他谈判释放他的家人，还要弄清自己的身份。

他吃了点东西，喝完了汤。接着掸了掸衣服，把口袋里的沙子倒干净，重又检查了一遍上衣里面的口袋。他在桌子底下用饮用水洗了洗手。余下的水倒在了受尽折磨的脚上。他沿着大街望去。沙土颜色的小孩在沙土颜色的棚舍之间踢着沙土颜色的足球……尘垢污秽和衣衫褴褛的身影。这时候他才意识到，让一个人地生疏的金发白种女人开着汽车到这个地方来有多么危险。但另一方面，海伦已经不止一次地证明了她的勇敢无畏，而且现在反正也没有办法改变了。他看到一条狗，正嗅着自己的尾巴在那儿打转。足球“咚”的一声掉到了一户人家白铁皮的房顶上。接着有一群孩子走过，他们手里拿着破旧的木板和破旧的书本。眼前的景象就像是一本诗集中的插画一样，感叹往昔的诗行配以深褐色的水彩图画：金色的太阳，金色的男孩。一个男孩跳到另一个男孩的背上，用拐杖指着方向。女孩们在那里吃吃地笑着。不管是在世界上哪个地方，不管是在什么年代，似乎都是这样。一个独腿的小孩哭着跟在别的孩子后面，他没有拐杖，只好用一条腿在那里往前蹦着。

诗集合上了，一个男孩跳到卡尔身边，大声喊叫着问他要钱。店主走了出来，挥舞抹布抽打着这些捣乱的小孩。他说这帮孩子是打扰他客人的脏鬼，是渣滓，是该死的盐工区孵化出来的一群该死的小浑蛋。孩子们一哄而散，并不忘在那里做着怪脸。店主抓起一把小石子向他们扔去。

卡尔看着店主，问道："你说什么？"

"什么意思？"

"你刚才对他们说什么了？"

"让他们滚开。"

"不，你说该死的……该死的盐工区？"

店主耸了耸肩，又抓起一把石头扔了过去，眉宇间一副凶相。

卡尔又追问了一句："但我们这里不就是盐工区吗？"

"先生！"店主生气地叫了起来，手指越过他引以为豪的家乡的棚屋指向远处。他还没来得及继续表示他感情受到的伤害，卡尔已经一跃而起，跑到电话那里去了。他又一次让电话员接通喜来登大酒店。店主满怀狐疑地跟着他，走到他面前，举起手用大拇指和食指打了个响。电话接线员的声音："我马上帮您接。"

这里是荒芜区。他在荒芜区。

"快接电话！"卡尔说，"快接！"

20世纪50年代的时候，推土机第一次在塔吉特周围一大片贫民窟的土坯房和白铁皮棚屋中间打开了一条通道，在城市北边的末端划出了一块地方，和盐工区隔开。这一措施后来被叫作第一波清理浪潮。自那以后，盐工区和荒芜区的居民就像两支结仇的足球队一样。虽然两地之间还有着千丝万缕的关系，虽然两地人说的显然还是同一种语言，虽然两地人的生活环境都是同样地肮脏。但就是因为中间隔了一个好几公里宽的通道，两地人都特别爱强调，即便都是生活在污秽之中，那也是别样的污秽。荒芜区的人之所以自负并拥有如此的优越感，是因为有一天在居住区的边上敷设了输电电线，甚至还有电话线，他们马上就把电线和电话线接到了自己的居住区内。这使得荒芜区在很短的时间内在文明发展的道路上往前跨了一大步。此后这里的居民自然有了存在的合法性，没有遭受第二波至第四波清理浪潮的侵袭。而他们在城市南部贫民窟里的难兄难弟们却愈加沉沦在水深火热之中。

电话几分钟时间里毫无动静，接着传来电话接线员的声音，告诉卡尔，平顶别墅581d号没人接电话。

卡尔跑了出来，或者说试着想跑出来。店主抓住他的胳膊。哦，还没付账。他从口袋里掏出几枚硬币，四处看了看他的运动上衣。他的上衣不见了。他盯着店主。店主摊开手掌。街上有两个满头大汗的男人。荒芜区的白铁皮屋顶上，午间的热浪像铅一样沉重，空中回响着小学生合唱团的歌声。尖叫的小学生，快乐的小学生，手里拿着一件黄色的女式上衣奔跑着的小学生。之前他们沮丧地看到衣服里除了一支廉价的圆珠笔之外一无所有。

连续几个小时，卡尔一直在荒芜区继而在盐工区东奔西跑，直到深夜。他愿意用很多钱换回他的上衣。大家看着他就像看着一个疯子一样，耸耸肩表示无可奉告。海伦也不知道去了哪儿，到现在也不见踪影。在盐工区最东头虽然也有几间棚屋，但那里没有宽阔的大街，没有带电话的棚屋，没有一样符合他的描述的东西。如果海伦试着在这里找寻他，一定早就放弃了。夜幕下，卡尔倒在一个垃圾堆旁。两只狗在他身上嗅来嗅去。他从百慕大裤子的口袋里拿出吗啡注射剂的瓶子，对着光线看了看，心里不确定，自杀的话这点剂量是不是够。

第四十七章　谢里

按照原始民族的看法，名字是一个人个性的重要组成部分。知道了一个人或一个生命的名字，某种程度上就有了主宰名字所有人的权力。

——弗洛伊德

他沿着海港码头趺趺撞撞地走着。他坐在系缆绳的柱子上，看着离开码头的船只慢慢远去。我的生活，他在想。一个男孩在他面前站住了，往空中吐出了一口褐色的浓痰，然后饶有兴致地看着浓痰落地，就好像从来没有这么清晰地看到过地球引力的作用，或者是相信这一次地球引力有可能会失去作用。卡尔向他招了招手，让他过来，问他是不是在这儿上学，如果是的话，具体上的是哪所学校。男孩大笑起来。他做着方块形的手势。他是聋哑人。

不，笔芯肯定再也找不回来了。卡尔知道。他也不可能找到蔡特罗伊斯。而且除了海伦以外，没有一个他可以信任的人。就在他费力地走向喜来登大酒店的路上，他在考虑，尽管很讨厌考克罗夫特博士，但是否还是应该再去博士的诊所看看。

本来就很狭窄的小巷里，一辆运水果的平板车在他前面挡住了去路。旁边有人在叫卖鞋子。他听到身后有一个沙哑的声音。

“嗨，查理。”

他转身看了看，没看见任何人。

“站住，你这个笨蛋，你这个浑蛋！嗨！”

一根柱子后面，有一个瘦弱的女人靠在墙上。一张受尽蹂躏的脸。她的叫喊声跟她靠在那里一动不动的姿势形成了一种很奇怪的对照。

“你刚才说什么？”他后退了几步，问道。这时他才发现，这个女人有多年轻。顶多十六岁。小臂上满是流血的疤痕，脸上脖子上到处都是溃疡。

“我说，浑蛋。”

“再之前。”

“笨蛋！你这个笨蛋。”她离开了靠着的墙壁。

“你刚才说了查理这个名字。”

“我说的是笨蛋。浑蛋。查理，谢里，你这个烂屎堆。宝贝儿，你有那玩意儿吗？”

她向他伸出了手，他往后退了一步。

从她的手势和举止，卡尔不能确定她是一个妓女、一个精神病人，还是又一个花痴。

“我们认识？”他不确定地说。

“是不是要我帮你吹箫？”

“我说的是一个问句。”

“我说的就是个问句。”

“为什么你叫我查理？”

她一把抓住他的肩膀把他推开，接着继续出口大骂。

几个行人站住了，大笑着。对面咖啡馆的几个男人站起身来，为的是能够看得清楚些。几丈远的十字街口，卡尔看到有两个穿制服的人。形势看上去不大妙。那个女孩还在说着侮辱他的骂人话，一边把他推开，一边继续希望他能接受她的服务。

“我没钱。”

她拍了拍他的裤子口袋，在围观人群的起哄声中抓了一下他的裤裆。他一下子往后跳了一步。她抓住他走进了下一栋房子。走过一个很长的过道来到楼下一间很小的屋子。地上有一个床垫，没有床套。对廷迪尔玛那个幼稚女人的回忆瞬间消失了。突然间女孩好像失去了所有的热情，她站在屋子中央，浑身颤抖着。

“我们认识吗？”卡尔又问了一遍，虽然他现在相当确定，他们并不认识。

“你有没有？”

“你认识我吗？”

“你是想要玩心理折磨那类的游戏？”

“你刚才叫我查理。”

“我也可以叫你阿尔封斯。或者拉施德。我的将军，我帮你吹箫吧。”

她拽着他的裤子。他紧紧抓住她的手不让她动。

“你一定有那玩意儿！”她兴奋地尖叫着。

“我不想从你那儿得到什么。我只是想知道，你认识我吗？”

她还在叫喊着。她不安的眼神，她不解的、绝望的表情……

不，她不认识他。一个迷惘的、犯上毒瘾的街头女孩。卡尔抓向门把手。女孩大叫了一声："站住，你这个连狗屎都不如的！你现在不能就这样一走了之！如果你和你的浑蛋同伙没办法的话……"

"什么同伙？"

"你想要三人游戏？我这就去叫蒂蒂。"

"你说的是什么同伙？"

"你这个下流的东西。"

卡尔站在门边，手握着把手，又提了几个问题，但毫无用处。他听到的，只有无休止的骂人脏话。卡尔放下门把手，想再作最后一次努力。他用尽量不经意的口气问道："你上次是什么时候见到蔡特罗伊斯的？"

"什么？"

"回答我。"

"是不是要我往你嘴里撒尿？"她用一个手指在他的嘴唇中间往里捅着。

他往后退了一步。

"你躺下，我坐在你的脸上，往你嘴里撒尿。"

"你上次是什么时候见到的他？"

"见到谁？"

"蔡特罗伊斯。"

"打我吧，你可以打我，打多重都行。我可以在你肚子上拉屎，我可以帮你吹箫，吹得你爽得不行。你叫我做什么都行。"

他把双手插在百慕大裤子的口袋里，一字一顿地说："你认不认识蔡特罗伊斯？"

她呜咽着。

“你知不知道他在什么地方？”

“你这个病态的浑蛋。”

她为什么不回答我的问题？或者，如果她不认识他，为什么就不直说呢？他抬起她的下巴，从口袋里拿出一个吗啡针剂瓶子，看着女孩的反应。

“简单的问题，简单的回答。他在哪儿？”

她麻木不仁地看了他一会儿，接着突然向他冲过来。她轻飘飘的身体撞在他身上又弹了回去。他拿着针剂瓶子的手臂往上高举着。

“回答。”

“给我！”她蹦跳着去抓他的手臂，像水手那样地骂着脏话，她抓扯着他的衣服。最后她试着抓住他的身体往上爬，眼睛一直盯着他手上攥着的东西。

“可以给你……就算你不知道。但你要回答我。你认识我吗？”

“你这个下流的东西。”

“你认识蔡特罗伊斯吗？”

“你这个病态的猪猡。”

“他在什么地方？他在干什么？”

她尖叫着，声音就像消防车的汽笛。她吊在他的脖子上，用她小小的拳头使劲捶打着他的后背。她的胸部突然顶到了他的下巴，一股女人的汗水、绝望和呕吐物的味道。也许是因为这股气味，也许是因为身体贴近的缘故，也许是因为她很自然地让任何交谈都成为了不可能的事情，他突然觉得，这个女人有可能跟他关系很近，而他并不愿意这样。最糟糕的情况无过于她是他过去的情人。同时他又觉得，她其实并不认识他。她什么都不知道。她就是疯了，一个被毒品烧坏了脑子的妓女，既不认识他也不认识他的什么同伙，她叫任何一个嫖客“查理”，想求得一点毒品。也许查理是当地嫖客常用的名字？她刚才是不是说了查理？也许她刚才一开始说的就是谢里？

“给我吗啡！”她吼叫着，一下摔倒在地，做着自我贬损的动作，就像一个三岁孩子一样。

“可以给你，”他看了看瓶子上几乎无法辨认的文字，说道，“只要回答我一个问题。你认不认识我？”

她抽噎着。

“我有两个。”他从口袋里掏出了另外一个瓶子，“如果你不认识我，那你认识我的同伙吗？”

“你这头猪。”

“你上次什么时候见到的蔡特罗伊斯？”

“你这病态的猪猡！你这下流的东西。”

病态。这是她第三次这么说了。她这是什么意思？这只是一句简单的骂人话，或者有什么特殊的意义？她在接受治疗？他是她的心理医生？或者他是全市闻名的疯子，她是受害者？但是无论他问什么，得不到任何的回答。最后他试着把一个针剂瓶子掉在了地上，玻璃碎片四溅。一声绝望的叫喊。女孩趴在地上，用舌头舔着液体和玻璃碎片。

“那你现在认识我了吧？”

“操你妈的！”

“你认识蔡特罗伊斯吗？”

“把另一个给我！”

“他在什么地方？他在做什么？你为什么不回答？”

她狂跳着，怒吼着。卡尔渐渐明白，她其实真的什么都不知道。她不认识他，她谁都不认识。她只是在街上用随便一个名字叫住了他，他就像这个世界上最愚笨的嫖客一样，竟然会相信了。带着最后的一点同情心，他拿出一张票子扔给了她，随后往门外走去。

“你想知道蔡特罗伊斯在做什么？”她在他身后大声叫道。

他看到她蜷缩在地上，把玻璃碎片从舌头上拔下，一边大笑着，嘴唇之间满是鲜血。

“你想知道蔡特罗伊斯在干什么？我告诉你，他正在做什么。他站在门口，不把那玩意儿给我。我是付了钱的！我已经付了钱，你这个下流坯！我往你嘴里撒了尿，你这个浑蛋。我都跟你上了一百次床了，我受够了你那些该死的游戏。这玩意儿是我的！是我的，是我的，是我的，是我的，是我的！”

他一下子蒙了。他的目光不知投向什么地方。蔡特罗伊斯。

接着他突然倒下了，倒在她的面前。她扑到他身上，把他拉住不放，她在地上打着滚。第二个注射液瓶子早就从他手上掉了下来，只是女孩没有发现，还在他空着的手上狠狠咬了一口。他用胳膊肘往她脸上打去，他使劲想挣开她。瓶子在他身后的地上“咔嚓”一下碎了。

她发出的叫喊已经完全没有了人的声音。她将他一把推开，用舌头在地上吧唧吧唧地舔着，想把渗进楼板缝隙的最后那几滴都舔干净。卡尔恍恍惚惚地跑到了过道上。

回头一看：一片血肉模糊的惨象。

往前一看：迎面一拳打在他的脸上。

他被扔回屋子里，又被按在墙上。这是一个强壮的黑色的身体。比他高出整整一头。穿着一件西非人的彩色长袍，手臂像拖拉机轮胎那么粗。这是一个女人。她跟她瘦弱的同行没有什么相似之处，但不难看出她们操持的是同一个职业。黑女人用一只手抵着卡尔的喉咙，大声叫道："他对你做什么了，宝贝儿？他都对你做什么了？这个凶恶的男人！"

她拉着卡尔的头发把他往下按住，老练地用膝盖连连撞击着他的脸。他感觉到后脑壳的伤口又裂开了，一下子栽倒在地上。非洲女人一跃而起直接砸在他的身上，最起码有三百斤。吸毒的女孩在旁边用手背擦去了嘴边的血，挥舞着一根桌腿。桌腿第一下砸在卡尔的肩上，第二下还是在肩上，接着的一下直接打在他的脸上。他试着在黑女人身体的重压下转过身来。他的衬衣被绞在头上。他的嘴里有一股热热的钢铁的味道。灵巧的手在他的口袋里摸索着。他失去了知觉。当他重又醒过来的时候，发现自己在街边的排水沟里。到喜来登大酒店本来步行只要十来分钟，可是他花了近一个小时。

第四十八章　奥卡姆的剃刀定律

我喜欢马，但却在这里骑着驴子。

——格哈特·邦恩

他没有作任何解释，拖着脚步吧嗒吧嗒地从海伦身边走过径直进了别墅。他边走边把衬衣和百慕大裤子脱了，在浴室里打开了淋浴。差不多有二十分钟他一动不动地站在暖暖的水柱下。他边用毛巾擦干身子，边向床那边走去，随手把毛巾扔在地上，一头倒在了床垫上。

“这不会是真的吧？”海伦说，“你没有把笔芯弄丢了吧？”

“我是蔡特罗伊斯。”

“你不是在开玩笑吧？”

“不。我不知道。”

她继续问着，他回答得有气无力、语无伦次。他把被子拉过头顶，睡着了。

他醒来的时候，周围漆黑一片。他心跳得很厉害，就好像他一刻也没有睡着过那样。但闹钟告诉他，时间已经快到半夜。他用手往四周摸了一遍，床的另一半是空的。门的四周露出四边形的一点灯光。海伦在旁边的屋子里，金色的头发盘在上面，站在顶灯耀眼的光照下。她的面前是一架电话机和一杯冒着热气的咖啡。她的手里拿着一本记事本，当卡尔走进屋里的时候，她迅速把本子合上了。电视机开着，但没有声音。

他们俩面对面地坐着，好长时间里一言不发。接着海伦把电视机关了，又一次轻声地重复了先前已经提出过的问题，他是不是真的找到了笔芯然后又丢了。卡尔说："我不是蔡特罗伊斯。"

"你怎么可以就这样把上衣放在一边？"

"肯定不是我。"

"你为什么不去追那几个小学生？"

"我去追了！但那个女人精神完全错乱了。她不认识我，她只是随便模仿着叫了个名字。"

"那些小孩儿是什么样子的？"

"她想从我这儿得到吗啡。"

"我在问你。"

"什么？"

"那些小孩儿长什么样？"

"他们长什么样，谁会对此感兴趣？"

他继续这样说着，重复着最后说的那几句话。他开始时没有发现也无法解释，为什么海伦的声音里突然出现了一种完全不一样的语气。她一再地打断他的话，完全没有了前几天的镇静和放松。想到最近发生的事情，她的变化一方面来说是可以理解的，但另一方面卡尔有一种说不清楚的感觉，她态度变化似乎应该还有其他的原因。她的问题提得很快而且很尖锐，听上去就像是在审讯一样。她感兴趣的仅仅是他是怎么找到笔芯的，后来在什么状况下又把笔芯给弄丢了。而卡尔则固执地反复讲述着妓女的故事。不知道出于什么原因他总觉得，海伦应该跟他一样急于弄清他的身份，但现在看来显然并不是这样。有几个小学生？他们穿着什么样的衣服？他为什么没有等在盐工区？荒芜区，什么荒芜区？清理浪潮？什么样的金属壳体？两个中间有焊缝的壳体？在一支刻着Szewczuk的圆珠笔里？他确定是Szewczuk吗？那黄色的奔驰车又是怎么一回事呢？

“对此我毫无兴趣，”卡尔筋疲力尽地说道，“我感兴趣的是，我想知道我是谁。对金属壳体我不感兴趣，对所谓的家人我不感兴趣。我唯一感兴趣的是，我究竟是谁。”

“我感兴趣的是，一样对你的生活、你的身份、你的一切都至关重要的东西，怎么就能让几个小孩儿给偷了。”海伦看上去已经完全没有了耐心。她的声音越来越大。卡尔的声音也越来越响。他们两个就这样答非所问地说了几分钟后，海伦建议，把身份和笔芯这两个话题分开来讲。虽然她认为笔芯重要得多……但如果他一定要先讲身份，那就请便。

卡尔没有回答。

“你那小个子妓女，”海伦说，“讲啊。”

“你先说呗。”

海伦摇了摇头转过身去。卡尔知道自己有点孩子气，咬着嘴唇不说话。

在黑色的电视屏幕上倒映出他俩并排坐着的身影。过了一会儿，卡尔抓起了海伦的手，但她把手抽了回来。

“说吧。”

“但我能说的都说了呀！只是这完全不可能。蔡特罗伊斯是骑着摩托车进沙漠的。我不是蔡特罗伊斯。那个女孩搞错了。”

“或者是那四个男人搞错了。”

“怎么会呢？你是没有看到那女孩。”卡尔又一次详细地讲述了跟那个患了毒瘾的女孩见面的情况。他努力想尽量把女孩精神错乱的样子描绘得生动一些。但海伦打断了他的话，说：“她想从你那里得到吗啡。你身边又正好有吗啡。难道这是偶然的吗？”

卡尔没有回答。

“你跟她说了你身边有什么东西，还是她问你的？”

“她问的。”

“她具体怎么问的？”

“问……东西。问我是否有什么东西。然后我就把注射液的小瓶子拿了出来。她想要，然后她就说了吗啡。”

“你没有提到吗啡？”

“没有。”

“瓶子上写得很清楚是吗啡吗？”

“没有。上面写着字，但是很不清楚。”

“也就是说她不可能看到瓶子上的字。”

“没有看到。但不是吗啡又可能是其他什么东西呢？”

“可卡因。化妆品。食盐溶液。”

“她是猜的。她对毒品一定很了解。”

“如果我可以来总结一下的话：那个在街上用查理这个名字跟你打招呼的女孩儿，想从你那里得到什么东西。正好你有那样东西。接着她就说吗啡，你有的正好也是吗啡。你真的认为，她不认识你吗？”

“我……”

“她一直在破口大骂，而不回答你的问题，虽然你答应，如果她回答了你的问题，你就会把针剂给她。她为什么要这样做呢？”

“因为她非常愚蠢。”

“这是一种可能。另一种可能是，你的问题太过愚蠢。我是说，你一直就在问你的名字、你是谁。你去问别人‘我叫什么名字’，不会有多少人能够简简单单地回答出来。然后你还去问蔡特罗伊斯怎么样。你问了她一百遍，她是否认识蔡特罗伊斯，他在哪儿，她上一次是什么时候看到他的……如果是我，我也会骂你神经病。难道不是吗？你会怎么说？……你认识海伦吗？回答。你认识海伦吗？海伦·格立泽？你上一次是什么时候看到她的？她在哪儿？她在做什么？回答。小男人。”

卡尔听着海伦的话，早就把头埋在交叉的两臂里了。他现在也没把头抬起来，只是叹了口气说：“但仓库里的四个男人，我没有听错。我清清楚楚地听到他们说，蔡特罗伊斯跑到沙漠里去了。蔡特罗伊斯骑着摩托车跑到沙漠里去了。他们虽然离我有一段距离，但我每一个字都听得清清楚楚。”

“那你再说一遍，他们究竟说什么了。”

“这我不是已经说过了吗。蔡特罗伊斯开车进了沙漠。他们找到了很多钱……他们用千斤顶把一个人的脑袋砸开了花。”

“一个人？”

“是的。”

“他们说，他们砸破了一个人的脑袋？”

“那个人。”

“那个人？”

“是的。”

“他们还说了为什么砸破那个人的脑袋了吗？”

“没有。或者是说了。当第四个人来的时候，他们说，那个人在仓库里。他们想从那个人嘴里知道，蔡特罗伊斯去了哪儿。但是他没告诉他们……然后他们就用千斤顶砸破了他的脑袋。”

海伦站了起来，到厨房里打开了柜子和抽屉，同时还问了卡尔几个问题。她问了那个老农的情况，他穿着什么样的衣服。她问了老农的两个儿子，问了箱子的颜色，问了仓库阁楼窗户的位置。问了阁楼地板那个缺口的形状和大小，问了滑轮装置的构造、离地面的高度、轮子的数量、铁链的长度、梯子的重量等等。

她拿着纸和笔回到屋里，在桌上推到卡尔跟前，说：“把平面图画下来，整座仓库和旁边的棚屋……还有上面的窗户要仔细画出来。还有大门。你醒来的时候躺着的位置……是的。在这个地方？你当时是躺在这个地方，脑袋向这里？这里是那个板墙的缺口，你从那里看过来可以看到这里？”

海伦把平面图转了九十度角，从卡尔手里拿过笔，在卡尔打了叉的地方画了一个小人，卡尔在那个地方手里拿着把木头枪仰面躺着醒了过来。她仔细看了一会儿平面图，然后又加上了方位。

“那四个男人是在这个地方吗？”

她在仓库边上画了四个小人，在一个人的手上画了一条线，代表他手上拿着的千斤顶。另外一个小人离开一段距离蹲在吉普车上。

“吉普车是从这个方向开过来的，是不是？廷迪尔玛的方向。他们跟在你后面，也就是说，很有可能你也是从廷迪尔玛来的。不管啦。但是他们在这里和绿洲之间的某个地方找到了装钱的箱子或者是散落在地上的钱，这让他们耽误了时间，所以他们没有直接跟在你后面，而是拉开了一段距离。”

“是，然后呢？”

“等等。”

“改变不了的事实是，我不是蔡特罗伊斯。”

“我觉得，我明白了。”海伦又一次仔细看着平面图，然后看着卡尔，“你当时不是穿了一件长袍嘛，是不是？在你的西装外面。逃跑的时候你把西装脱了。那件长袍是不是正好也是白色的？”

他点了点头。

“那四个男人也穿着白色的长袍。那个老农穿的是一件脏兮兮的白色长袍，被滑轮砸死的那个人也穿着白色长袍。让我猜一下：那个骑着摩托车跑了的人穿的也是白色长袍。”

“这完全是推测。但没用的，你没办法把事情搞清楚……”

“等一等。你是在那几个人的追踪下跑到仓库里来的。你在这里，他们在那里，现在的问题是，他们看到了什么？他们从远处看到，有一个穿着白色长袍的人逃进了仓库，过了不一会儿有一个人骑着摩托车从仓库里又开了出来。这个人黑色的头发，穿着白色的长袍，就像他们的兄弟一样。他们当然就会想，你就是蔡特罗伊斯。”

“这样分析没用的。”

“我还没说完呢。”

“这样分析没用的。因为他们砸破了我的脑袋，正因为他们砸破了我的脑袋，所以他们一定知道，我不可能是骑着摩托车跑了的那个人。”

“你怎么知道，他们砸破了你的脑袋？”

“你在说笑话吧？”

“他们说，他们砸破了那个人的脑袋。”

“是的，那个人！但不是蔡特罗伊斯。”

“我说的正是这个意思。”

卡尔一脸的不明白。

“我不知道你是不是忘了，”海伦说，“但是你不是唯一一个在仓库里被砸破脑袋的人。”

她在阁楼楼板的缺口处画了一个小人。

“但这个人是被我打死的！用滑轮。”

“你怎么知道？你说过，那个缺口离地面有大约六米、四米或者五米，然后滑轮在缺口上方大约两米的地方，而铁链要绕过好几个轮子。这样的话声音一定会很响，对不对？或者你想说一点声音都没有？不是吧。当你用梯子撞到滑轮的时候，它开始滑动有多快？”

“这样，”卡尔把手掌往下按着，“一开始很慢，接着开始滑动，然后这样。”

“然后你相信，六米远的距离下面有一个人，虽然滑轮下滑的声音很大，但他就像在看慢镜头那样等着滑轮砸到他的头上？”海伦在缺口以及那个小人的脑袋周围画上了铁链当当的响声，“他肯定会往上看。如果那里站着个人，他一定会往上看。如果你问我的话，这个人如果没有往上看的话，只有三种可能。一，他是个聋子。这有可能，但难以想象。二，他睡着了。但你在这之前就闹出过很大的动静，所以这也不大可信。第三种可能，这个人之前就死了。失去了知觉或者已经死了。而且是因为之前就有人用千斤顶砸破了他的脑袋。”

卡尔抓了抓后脑勺。

“你仔细瞧瞧你的伤口。你知道什么是千斤顶吗？如果真有人用千斤顶砸了你的脑袋，你的脑袋早就成一团烂泥了。你的伤口只是一个轻微的裂伤，如果是千斤顶的话，肯定都没擦着你一下。”

她把纸又转了一下，又在离开仓库一段距离的地方画了一个骑在摩托车上的小人，然后在上面写上了蔡特罗伊斯的名字，加上了引号。

卡尔一声不吭。

“如果你问我的话，这完全符合逻辑，”海伦说，“当然我不能保证百分之一百地正确，但如果有好几种可能的话，一般都会选择最简单的。这就是人们所说的奥卡姆的剃刀定律。第一我并不认为你听错了那几个男人讲的话。第二我不相信你听错了那个女孩说的话。我以为一共有三个方面的人。”

她把纸上的三组人按顺序画上了圆圈：“你是第一组。追踪你的人是第二组。老农的一家是第三组。一个老汉加上他的两个儿子。同不同意？我觉得，那个时候只有他的两个儿子在仓库里。也许老汉也在，但两个儿子肯定在。一个是被滑轮砸中的儿子，另一个是骑着摩托车逃走的儿子。现在你来了，那几个男人在追你，你逃跑到了这里。然后你手持一把看上去像冲锋枪一样的东西冲进了一个像酿造厂一样的地方。我假设，你遇到了不那么热情的接待。你很着急，因为后面有人在追你。那两个儿子也很着急，因为那是个非法的酿造厂，而且你手上挥动着一把枪，而这把枪，就像你说过的那样，就算近看也可以乱真。仓库里的光线好不好？那里很暗。你手里拿着一把AK–47。不管你对他们说了一些什么，他们都明白自己遇到麻烦了。也许你求他们能够帮帮你，也许你甚至威胁他们了。也许他们看到追踪你的人越来越近，他们还以为这是你的同伙，所以他们出于防卫从后面砸了你一下。他们把带着轻微裂伤的你抬到了阁楼上……或许是你自己爬上来的，他们在阁楼上才抓住了你，给了你一下。无所谓啦。现在他们真的陷入了恐慌。砸破了一个人的脑袋，另有三个人正在逼近。所以一个儿子骑上摩托跑进了沙漠。也许是为了找人来帮忙，也许只是想逃跑。无所谓啦。当追踪你的人到达仓库的时候，那里只有另一个儿子。他们问他蔡特罗伊斯跑哪儿去了，他没回答。因为他什么都不知道。为此他们用千斤顶砸破了他的脑袋，就像他们此后自豪地告诉第四个人的那样。当你失去知觉躺在阁楼上的时候，那个骑着摩托车跑了的人实际上是救了你的命。因为他们继续追那个人去了。也许他们抓住了他，在这里后面的什么地方。这时他们才发现抓错了人，所以他们又折了回来找你。但这个时候蔡特罗伊斯先生已经开溜了。最后那个老汉的结论是，一个儿子被打死了，一个儿子失踪了。这样，所有的谜都可以解开了。”

海伦喝了最后一口咖啡，走到厨房里，想再烧一壶。

卡尔一脸迷惘地看着那张平面图，海伦在上面画满了箭头和叉叉。

“那么那支木头枪是怎么一回事儿呢？我为什么要拿着一把木头枪在沙漠里乱跑？”

“我建议，这个问题你最好还是问一下你自己。”

卡尔试着在脑子里把所有事情再过一遍。他数了数海伦画的小人，他拿起圆珠笔，读着上面刻着的“喜来登”字样。海伦一一驳回他的异议的那股自信和轻松使他的自尊心受到了很大的伤害，同时也让他觉得更加没有头绪。他觉得按时间顺序把这一切都想象出来就已经够难的了。海伦怎么能够如此毫不费力地把那么多的拼图板组合起来？她真的行吗？他觉得有责任找出其中的破绽。他手指着平面图上表示他的那个小人，说：“我在阿狄尔·巴斯尔那里的时候，他说的是两个男人。”他没用小香肠这个词，“两个男人，我和我的同伴。”

“他不一定在边上。”

“不是……但到目前为止我一直以为，蔡特罗伊斯是我的搭档。如果我是蔡特罗伊斯的话，那谁是我的搭档呢？”

“这个问题现在重要吗？”海伦拧开了咖啡罐，在找咖啡勺，“或者我们现在可以思考一下，偷走你上衣的真的是小学生吗？”

“我不知道，出于什么原因你能这么肯定。”

“从他们的样子来看。”

“忘了那些孩子吧！你为什么老是提那些孩子？你反正也找不到他们了。”

“我可以告诉你，我打算怎么处理他们。因为据我知道，在这样的贫民窟里根本就没有学校。”

“你怎么会想到这一点的？”卡尔并没有理会海伦的质疑，问道。他举起了平面图，在空中划了一圈。

“因为对那些人的描写也合乎这个分析。在公社里，法埃勒和其他人相当准确地描绘过一个男人的样子，就是你这样的。带格子的西装，身材修长，三十岁上下，身高一米七五。具有阿拉伯血统。但他们知道的也只有这些了。他们提供不了更多的情况。你在公社里想干什么，要不就是你瞒着没说，或者是他们没搞明白。你自我介绍是记者，但后来你好像一直在打听值钱的东西放在什么地方，你在打听钱箱的下落，等等。从中他们得出结论，你是保险公司的，他们正想好好地从中忽悠一把。蔡特罗伊斯，保险公司的人。或者是一个非常不称职的记者。大概是这么个状况。”

第四十九章　阴沉的念头

注意了！注意了！好好看着彩虹。鱼马上要出来了。奇科在屋里。快去看看他。天空是蓝色的。在树上挂个牌子。那棵树的树干是棕色的，叶子是绿色的。

——霍华德·昆都（美国中央情报局间谍）

夜已经深了。他爬回到床上。海伦亲自为他盖好了被子，在床沿坐了一会儿，注视着他。如果他的眼睛还没闭上的话，这时海伦看他的那种眼神，他一定不会喜欢。

这个夜晚——这是最后一个夜晚——他睡得还算平和。第二天一大清早，他被从床上拉了起来。有人抓着他的衣领把他拖到了另外一个房间。海伦的声音，既不好奇也不生气，只是冷漠和尖锐："这是什么？这、是、什么。"

卡尔穿着一条裤腰带失去弹性的内裤站在她边上。面前是十二块小纸片，松散地拼成了三个方块。他马上认出了这是什么东西。远一点的地方放着第十三块小纸片。纸片的边缘有烧焦的痕迹，但材质跟其他纸片一样，而且都是一样的红色图案。这是三张身份证件。三个“道德委员会军官”。

卡尔弯下身子看着，自言自语道：“这是什么？”

“在你的百慕大裤子里找到的。我今天本来想把衣服拿去洗了。现在，你不要再骗我了。”

卡尔用手擦了擦胸口。他虽然还没明白海伦为什么会如此生气，但马上就开始讲述起在沙漠里发现的死尸以及他在死尸身上发现的这些证件。或者应该说是纸片。尸体穿着浅灰色的西装，脖子上有一根电线，他就是碰巧绊着了这根电线差点摔了一跤。这些东西就是这么来的。从他裤子里掏出来的这些东西。

“那这是什么？”海伦用食指点着用打字机红色字体填写的三个地方。

卡尔读着，愣住了：阿道夫·奥恩……贝特朗·贝窦克斯……迪蒂尔·德卡特。

“A，B，D！”海伦大声说着，“恩、窦克斯、卡特！”

“见鬼了。”

“是的，见鬼了，蔡特罗伊斯先生。现在不要再跟我说什么废话，不要再跟我说这些东西是从哪里来的。不要再跟我胡扯任何东西！死尸的事情你去跟别人说吧。装作失忆的人，你演得够久的了。现在，不要，骗，我。”

卡尔拿起烧焦了的纸片，上面写着“姓名：”，看了一会儿又放回到桌上。他又讲了一遍在沙漠里找到尸体的经过。一根电线，两段铅笔……一个小胡子。死者留着小胡子。

“胡说八道，”海伦说，“你在胡说八道。”

“你不会真的这么想吧。”

“什么？”

“你不会真的相信我的失忆是装出来的。”

“我相信，就跟考克罗夫特博士相信的一样。”

“你怎么知道，考克罗夫特博士相信什么？”

“因为是你跟我说的，小男人。你过去这段时间真的失忆了吗？说，这些东西你是从哪里得来的？不要再跟我说什么死尸。这些东西你是不是早就有了？你到底是谁？这些东西你一直带在身上，对不对？你一直都知道，你是谁，而且……”

“我可以把尸体指给你看。”

“不需要。”

“不，我可以……”

“不，没这个可能！你真的相信，我现在会跟你一起开车去沙漠，去找那个留着小胡子的人？现在结束了。上次跟你去过一次盐工区已经够了。那时我就在想，有什么地方不对。你是个骗子。如果你没法想象，我是怎么看这件事情的，那么我可以告诉你。”

“海伦。”

“事实情况是怎么样的呢？事实情况是……不，你听我说。事实情况是：我在沙漠中间的一个加油站接纳了一个男人，他声称自己失去了记忆。我相信了他。我照顾他。他不愿意去找警察，我没有反对。他不愿意去看医生，我也没有反对。一位专业医生说，这样的记忆缺失是没有的。”

“有可能是没有的。”

“有可能，去你的吧。那好，既然你要从可能性开始，我也正要说一说这个。我照顾这个男人，我照顾了一个身份完全不明的男人，他声称除了身上穿的一无所有，还有就是一张烧得剩下一个角的身份证件，关键的部分说是让什么嬉皮士给烧了。这个可能性有多大？而他到我这儿没多久，又被一个强盗头子给绑架了。他的手上给扎进了一把拆信刀，在极其疼痛的情况下，他既没有说明自己失去了记忆也没有供认出自己有一个叫蔡特罗伊斯的同伙。或者说他相信自己有这么一个同伙。我们好多天里绝望地寻找着这个蔡特罗伊斯，然后才发现，他本人就是蔡特罗伊斯。这个可能性有多大？我们发现这个情况没多久，我们这个男人的口袋里带着三张证件，而这三张可笑的伪造证件又奇妙地跟被嬉皮士烧掉的可笑的证件完全吻合。这些证件是从哪儿来的？是在沙漠里的一个死尸身上找到的，一个，我引用一下你的话，一个留着小胡子的死尸身上，他在沙丘中间就这么巧差点被这具死尸绊倒，而这事就发生在昨天。这些证件丝毫没有引起他的注意，他也没有在我面前提起。这个每天晚上对我倾诉衷肠的男人……他竟然把这事给忘了。证件是我在他的口袋里发现的。这个可能性又有多大呢？”

“这个可能性不是很大，但是……”

“最奇妙的是，我们的这个男人还在寻找矿井还是笔芯什么的。什么样的矿井还是笔芯？这个他不知道。但是由于一个幸运的巧合他突然找到了，或者说他声称找到了，在一支圆珠笔里，在一支，我再引用你的原话，在一支廉价的圆珠笔里。而这支该死的圆珠笔，本来是可以用来一举解决他那些该死的问题，却在荒芜区被一个，按你的原话，被一个小学生给偷走了，而他却让我开着车子去了盐工区。你的钱包还在，我给你的那些钱还在，别墅的第二把钥匙还在，什么都在，就是装着圆珠笔的上衣没了。这个可能性有多大？你站在我的角度设身处地想一想。可能性有多大？我是说，你真的以为我有那么愚蠢？”

海伦的声音里完全没有了那种缓慢单调的语气。她最后的几句话是用顿音甩过来的，就像机关枪的声音一样。

卡尔迷惑地看着她的脸。她对他说的那一切真的就那么肯定，或是她在考验他？他不知道。如果假设她是对的，有没有可能海伦说的一切都是正确的，虽然她并没有看到过经历过，而仅仅是根据对他的了解而把情况综合起来加以分析得出这样的结论？有没有可能，就像考克罗夫特博士暗示过的那样，一个装病的人不知道自己在装病？从这些纸片中就一定可以得出这样一些结论吗？

有几秒钟的时间，他觉得自己快疯了。他努力回想着过去几天里了解到的有关他的身世的情况，他想好好思考一下，把这些汇总成一个同样有根有据的结论，但是他做不到。这早就不是思维了，而是迷雾中的沉沦。海伦怎么就能看得出这些片断中的关联，怎么就能相信自己看明白了这样一幅充满了矛盾和不可能性的图画？

眼看就要失去身边唯一一个熟悉的人的信任，他感到十分恐慌。他叹着气。他沉默着。

“如果这就是你想说的一切，那现在只能到此为止了。”他听到海伦如是说，“现在一切都结束了。我尽我所能帮助了你。但我不想让一个骗子在我这里留宿。如果你愿意告诉我，这是一些什么证件，这些证件你是从哪里得到的，特别是，你究竟是谁，笔芯又在哪里。如果你愿意说的话，现在就说。告诉我。这是最后一次机会。你是谁？那是一个什么该死的笔芯？”

他内心在紧张地工作着，但没有结果。海伦一挥手把纸片扫下了桌子。“那好，”她毫无表情地宣布，“我现在到沙滩上去。你可以等在这里，等到酒店洗衣房把你的衣服送过来。但在我回来之前，你必须离开这里。”

她从浴室里拿了自己的泳装和两块浴巾，然后走到电话机旁，让接通美国的电话。卡尔蜷缩在椅子上，尽力地想把头脑里的一团乱麻整理出个头绪来。在迷雾中出现了另一个模糊的细节的轮廓。木头枪。一支伪造的枪，伪造的证件。迷雾开始引起身体上的痛楚。他知道，没有海伦，他就完了。他听到她在跟她的母亲通电话。他不再想去反驳，而是想着，说什么才能让她平静下来。他说的全都是实话，但事实却是不可能的。这他自己也知道。

“这是完全不可能的，”他重新开始说话，“但我想问你一个问题。我真的是有意识地要欺骗你，我真的是一直都知道口袋里的证件而有意识地瞒着你……然后我真的是编造出了像留着小胡子的死尸这样的完全不可相信的事情来？脖子上绕着一根电线？难道我不是应该编造出一个可信度更高的故事来才对吗？”

海伦的回答来得很快。“比如呢？”

她刚才用手把电话话筒遮住了，现在她又把手放了下来，继续打着电话。

“不是，没人，母亲。”她说。

“好，那好。”她说。

“那样的话我今天早晨就不试了。”她说。

卡尔想象着，海伦的母亲在大洋的另一头都说了一些什么话。接着他又想起了木头枪。他在脑子里翻来覆去地想着这件事。

“是……好。不，没有出现，也不会再出现了。肯定。我跟公司通了电话，他们会重新派个人来。新派三个人当然更好……三个人总比一个人好，是……马上，否则该到什么时候呢？我现在去沙滩……跟哪儿都一样……是。迦太基很好。代我向他问好。”海伦说着，挂上了电话。

“谁是迦太基？”卡尔问。

海伦没有回答。

“谁是迦太基？”

“我家的狗。记住：等我回来的时候，别墅里面已经没有人了。”

她背上游泳的装备，走了出去。

卡尔把纸片从地上捡了起来，用颤抖的手指把纸片重又拼在了一起。他看到了他先前已经看到过的东西：一个可笑的“道德委员会”的可笑证件。他重又把纸片扔到了地上，然后走到露台上，看着已经走远的海伦，看着她消失在一片松树的后面。窄窄的海浪冲击着沙滩。海伦消失不久，那条路上出现了一个男人，他在大树的中间站住了。虽然离得很远，但卡尔却隐隐感觉到，那个人正在注视着他。过了一两分钟，那个男人转过身，从原路往沙滩走去。

卡尔一下瘫坐在一把躺椅上。他感觉到一种非常沉重的疲乏。一样无法理解的东西让他感到筋疲力尽。在他的脑子里，各种想法停不下来，却只是无助地在那里东碰西撞。他害怕，如果他不遵从海伦的安排，会更让她生气。他唉声叹气地撑着站起身来，无精打采地从这个露台往下走到另一个露台，在那里他爬过了护墙。他跌跌撞撞地沿斜坡往下走着，在矮树林里四处打量着，想找一块可以睡觉的地方。最后他在一片灌木丛的保护下倒下了。光线是颗粒状的。他趴在那里。接着又转过身来仰面躺着。脑子里不时闪过一个想法，把他吓得坐直了起来。但更多的是冷漠。他觉得没有能力作出一个决定。他的目光转而注视着摇曳的树冠，树冠之间夜晚的天空就像是一块紫罗兰色的玻璃。他希望，自己已经死了。

第五十章　反焦镜头

关于神，我无法知道他们是否存在，也无法知道他们的形象。阻碍我了解这些的能量很多。这个问题很模糊，而人的生命是短暂的。

——普罗塔戈拉（古希腊哲学家）

望不到边的羊群，笨拙的木头羊，羊的身体里面是打扮成教士的蛀虫，在他的梦里蹒跚地走动。他挥了挥手，像要把这些幽灵赶走一样。他一骨碌在晨曦中坐了起来。

就这样他坐在那里苦思冥想了大约一刻钟或更长一点时间，然后往平顶别墅走去。离开露台二十步或三十步的时候，他犹豫了。他跪在一棵树后，哭了起来。他在那里等了一会儿。最后他上前敲门。他把一只眼睛贴在门的猫眼上，又敲了敲门，然后围着房子转了一圈，透过每扇窗户往里张望。卧室的百叶窗没有放下。床上没人。海伦的箱子也没放在柜子上。

他的口袋里还装着房子的备用钥匙。他打开了门，叫喊着海伦的名字。他一间一间地寻找，但所有房间都已清理一空。床头柜上有一张没有填写的酒店表格。只有那台他们一起搬回来的上面写有波兰文字闪着银光的机器，还放在厨房的餐具柜上。另外还有一篮水果。

除去卡尔在仓库里醒过来发现自己失去记忆时的绝望，现在应该是他感觉到的最糟糕的时刻。他甚至不知道，海伦是不是因为他才这样匆匆离开了别墅。他们没有谈起过旅行计划。

酒店前台的服务员带着十分确定的语气告诉他，别墅的另一把钥匙已经交了，房客已经支付了今后两天的租金。为什么美国女商人这么着急地动身离开了，他们没有这方面的信息。什么女商人？今天早上？不，值夜班的人现在不在酒店里。

卡尔坐在平顶别墅的露台上，吃了一个苹果，越过那一片松林看着大海。他打开冰箱，看了看冷冻格。他又仔细读了一遍那台闪着银光的机器上的技术数据。电视里正在播放一部电影，灰灰的荧屏颤动着。他再一次从垃圾桶里把那些纸片捡了起来，但却无法再拼接到一起。他走到床边，抖了抖被子，又把枕头拿起来看了一下。在一个枕头下他找到了一件毛衣，他把毛衣按在自己脸上好几分钟，呼吸着毛衣上的气味。然后他把毛衣套在自己身上。他又趴在地上看了看床底下。

他在那里发现了一支削下的铅笔的木屑和一根粉红色的皮筋，皮筋上绕着几根金色的长发。

卡尔在浴室里找到了一个空的洗发水的瓶子。他一次又一次地站在那台闪着银光的机器前面。为什么海伦会把这台机器和矿井或者笔芯混淆起来？她真的是搞错了吗？他仔细察看了机器旁边的两极插头和一根电线，这根电线他可以挪作他用。床头柜上台灯的电线是固定的，没法拆下来。不过电视机有一个双线插座，只是跟机器的不匹配。

他心灰意冷地倒在沙发上，用脚调换着电视节目。测试图像，还是测试图像，电影。

“现在你听我说。我只说一遍。我们不是有病的男人。”

他咬了一口苹果，嚼了嚼，接着一口吐到电视机上。

电视屏幕上留着湿湿的水果残迹，上面突然出现了海伦的画面。卡尔把眼睛闭上，呆了一会儿，等他重新睁开眼睛，发现那不是海伦，甚至不是一个女人。原来是李小龙。他带着舞蹈般轻盈的动作，穿过一块很亮的四方形光影，进到一个漆黑一片的房间，用手掌一下打到一个男人的喉结上，从他的笑声就可以听出那个男人是一个恶人。李小龙的动作跟海伦的一样。一模一样。

卡尔把嘴里剩下的苹果也吐了出来，一路摇着头，穿过两个露台往沙滩走去。那里有几个皮肤苍白的欧洲人在晒太阳。一阵狂风把他们的浴巾吹得卷了起来。

沙滩一头有一排熔岩石块，把沙滩自然地隔开。卡尔找了一块避风的地方坐在岩石上，看着大海涌起的波浪，千年不变地川流不息。

离他不远的地方坐着两个柏柏尔女人，身上裹着蓝色的浴巾。一个十二岁上下的女孩和一个长着一张骷髅脸的老妪，她的两只眼睛就像是两个洞。老妪手里拿着一根细细的涂了油膏的小棍。她把女孩的头压在自己的胸前，用食指和中指紧紧按住一只眼睛，然后用小棍在女孩的眼皮上擦过。女孩睁开四周都是厚厚的黑色油膏的眼睛，不停地眨着。

卡尔回想着海伦的指责，想得越久，越觉得她的指责无可厚非。她遵循着她的逻辑，而按照她的逻辑分析，显然她是对的。

在他尚能回忆起来的短暂生活里发生的一切，都显得如此地不可能。一连串令人害怕的不可能性。再加上他的家人、他的同伙、那把木枪……波兰产的机器。细想起来这一切全然没有意义。他试着去回忆车间里那两个男人说的话，却看到了那个眼睛周围涂着一圈黑色的女孩投来的羞怯的目光。老妪忙着清理女孩一只手上的红色指甲花颜料。卡尔想，这里的人化妆本来用这种黑色和红色的药膏就足够了，一家美国化妆品公司有必要专门派人到这里来吗？海伦如果想要在这里推销化妆品的话会非常吃力……突然他想到，海伦的单子上有什么不对的地方。他呆住了。海伦的电话清单。那天他留在了沙滩上，米歇尔在那里读着她的漫画书，给那个德国游客展示着纸牌，海伦回去列了这张电话清单。海伦跑回平顶别墅去的时候，大约是十点至十一点之间。她去的时间不长，大概是一刻钟吧。就在这段时间里她声称给巴黎、伦敦、塞维利亚、马赛、纽约和蒙特利尔的朋友和熟人打了电话，请他们在当地的电话簿上查找蔡特罗伊斯……蔡特罗伊斯、蔡特罗伊克斯、西特罗伊斯、塞特罗伊斯等等名字。为什么他现在才想起来这些？

天际线上出现了一艘汽轮，后面很远的地方就是美国。跟纽约的时差是六个或是七个小时。这就是说，海伦是在美国后半夜三点至五点之间打的电话。这当然不是不可能的。但真的可能性又有多大？跟她通电话的又都是一些什么样的朋友？也许真有这样的怪人，不在乎半夜从睡梦中被拉起来，到电话簿里去查找一长串根本不存在的法国名字。但海伦并不像是一个在日常生活中乐于跟那种怪胎打交道的人。这个想法在卡尔的脑子里一旦扎了根，马上又让他联想起一系列前后矛盾的事情。

海伦曾经搜查过他的东西，这还算是小事一桩，他后来不是也查看过她的东西嘛。但为什么她有手铐、脚镣和那个像警棍一样的东西？他怎么能够真的相信她的话，说那根警棍只是性生活的工具？而美国一家化妆品公司的职员又是从哪里学会像李小龙那样的本事，一掌就能击断成年男人的喉结？一切迹象不都表明她曾经受过某种警察的专业训练？卡尔想的时间越长，越觉得对此确信无疑。海伦日复一日地陪着他，也可以说是监视着他……为什么从来没有过哪怕是一点微小的提示可以说明她是从事什么职业的？在下船的时候她的样品箱子就那么巧掉到了海里。在舷梯上的争夺中，一个小学生从她的手中把箱子抢了去。

“你真的有妄想症。”他在脑海里听到海伦的声音，同时又想起了海伦对矿井或者笔芯毫不掩饰的兴趣。这难道不奇怪吗？特别是在前一阶段，她唯一感兴趣的好像只有这个。他现在心里已经非常确定了。他脑子里已经出现了这样的画面：海伦穿着一套看不大清什么样子的制服走进门来，给他戴上了手铐和脚镣……但可惜还是有那么一些事情与这些有趣的幻想对不上号。那就是他们第一次相遇所处的情境。他只是在沙漠里的一个加油站偶然遇到了海伦。海伦事先不可能知道他会出现在那里。是他先上去跟海伦打招呼的，而不是反过来。

他筋疲力尽地蜷缩在电视机前。直到电视里播送晚间新闻，他一直都坐在那里一动不动。他又想起了考克罗夫特博士那张长着大胡子的脸。他当时对医生不是也有过同样的怀疑吗？当时医生对他提出了一系列的质疑，到最后什么都提到了，还说他是在装病，但为什么就是没有看到真正的他？也许他真的有妄想症。他在那里想了几分钟，然后跳了起来，跑到厨房打开了所有的抽屉。在放餐具的抽屉里他找到了一把刀、一把小螺丝起子和一个手电筒。带着这些东西他跑了出去，在黑暗中他沿着盘旋路往下悄悄地走到了下一栋完全相同的平顶别墅。

那栋楼里没有灯光，如果他没记错的话，过去好些天里也没有看到过那里曾经有过灯光。窗户都关着，这幢房子显然没有租出去。他用手电照了一下房子的正面和花园，又确认了一下没有人在跟踪他，然后他用刀和螺丝起子撬开了那栋房子的信箱。里面有酒店用塑料袋密封的通知、饭店和潜水学校的广告，所有东西都和海伦信箱里的东西一样。他还找到了其他一些零零碎碎的东西，但就是没有心理诊所的字条。

当他还在注意看着手里的这些纸张的时候，花园里亮了起来。街的另一边，沿小山坡往上走几步的地方，一幢房子楼上的灯亮了。印着繁花图案的窗帘后面，两个苗条的身影正面对面向对方走去。卡尔想了一下，手上拿着那一摞印刷品走到那幢房子前，按响了门铃。过了一会儿，门开了一条缝。屋里传出轻轻的音乐声。

“您最近几天有没有看过信箱？”

“您说什么？”

“您最近几天有没有看过信箱？”

门全部打开了。一个年轻的男人走了出来，接着又来了一个年轻的男人，他们满脸疑惑地看着他。两个人都穿着白色的浴衣，一个人的头发是湿的。他们的目光跟随着卡尔手的动作，特别是那只拿着刀的手。他们很认真地听着卡尔讲的话，回答也是同样地认真。是的，他们住在这里已经有一段时间了，已经快半年了，他们定期打开信箱收取信件。他们中的一人是记者，与巴黎常有联系……但至今没有发现信箱有什么问题。这对他们的工作很重要。但心理诊所的字条他们没有收到过。不，他们很确定。如果有过的话他们一定会记得。他们当然可以再去看一下，如果这对他——您叫什么名字来着——很重要的话。

卡尔垂着脑袋等在门口。他们一个人走进了屋，另一个留在了门口，整理着他那件不时散开的浴衣。他们原来是邻居……有意思。这里附近有一家心理诊所，真的是这样啊？这里是属于喜来登大酒店的？为旅游者准备的？不，他敬请原谅，这让他无法想象。他并不是有什么偏见，他自己也接受过几次心理治疗，在新泽西州，当然更多是出于好奇，而不是真的有什么问题。但这里也有这样的诊所，他还是感到有点惊讶。心理学在非洲，这不是有点像要把冰箱卖给因纽特人吗？

卡尔紧张地越过他看着黑黑的房间深处。

另一个男人手里拿着一大摞广告和拆开的信封走了回来，深表遗憾地再一次证明，没有收到过心理诊所的广告字条。

“您是不是曾经收到过？您现在需要心理辅导？是不是？”

两个男人在同一时间开始奇怪地笑了起来。卡尔不知道他们只是在表示友好还是在取笑他，匆匆地跟他们告了别。

他把手里还拿着的螺丝起子、刀和那摞印刷品扔到了随便一处树丛里，迷迷糊糊地沿着小巷往山坡上走去。没有人收到过心理诊所的广告字条，没有过。只有在海伦的信箱里有人扔进过这样的字条。在整座城市唯一的一栋别墅的信箱里，而在这栋别墅里住着的人真的遇到了问题。

卡尔找不到诊所所在的那条街了。一直到了门口他才认出来。那天跟考克罗夫特博士告别之后，他曾偷偷溜了回去想用自己的钥匙打开门但没有成功。

窗户里没有灯光。门开着。卡尔先是按了一下门铃，然后摸索着寻找走廊里的电灯开关。但灯打不开，所有房间里的灯都打不开。卡尔打着手电筒查找了整幢房子。所有的家具都不在了。他并不感到特别的惊奇。只有在楼上还留着那张三条腿的桌子。那两本书也不在了。

带着一种无以言表的绝望，卡尔打开了窗户。他用胳膊肘撑在窗台上，越过街道看着茫茫的黑夜。星星、人、房子、诊所。考克罗夫特博士、海伦、波兰机器。沙漠里的死尸。他回到屋里，背靠着墙坐在地上。他的感觉还和以往一样，希望通过思考可以明白一些事情。

但每当他想把各种各样的线索连接起来的时候，就会变得一团糟。然后他的思绪里就会刮过一阵狂风，不仅吹掉了那些连接，而且把那些线索也吹得不见踪影。留下的只有令人麻木的一片漆黑。思考的乐趣如同用头撞墙一般。

这些天来，在他能回忆起来的事情里面，他经历过的前后矛盾的事情要比别人七十年里经历过的还多。现在他面临着再一次失去新生活的危险。海伦不见了。考克罗夫特博士不见了。心理医生的诊所也许从来就没有存在过。笔芯被偷走了。阿狄尔·巴斯尔给的期限已过……也许正有人切断了他儿子的手指或者强奸了他的妻子。

他很难找到确切的词语来描述他此时此刻的情绪，更不用说他的处境。他不知道他究竟还能感觉到什么。他转过身，把头往墙上撞去。一大半的头部失去了知觉。他又回到了窗前，往外望去。在黑暗的街角有几个黑暗的人影。有一个人影在注视着他。至少他感觉是这样的。还算好，至少追踪他的人或者他的妄想症并没有消失。他把手电筒的光束对着自己的脸。他们想看就看吧。让他们看到，他对这一切都已经不在乎了。他们想来就来吧。

第五十一章　主帅梅洛夫

两个越共成员在飞往西贡途中被审讯。第一个人拒绝回答问题，结果被从三千英尺的高空扔出了飞机。第二个人马上回答了问题，结果也被扔出了飞机。

——威廉·布卢姆（美国作家）

可是没有一个人过来。卡尔精疲力竭，最后倒在地上，想好好睡一觉。但他一直无法入睡。一种轻轻的隆隆声打扰着他。他关上窗户，但这种响声就像心跳声一样穿过屋顶和墙壁，夺走了他心中仅存的那一点宁静。最后他起身走到街上，环顾四周。他往喜来登大酒店的方向走了几步，但接着心里突然升起一种冲动，指引着他往发出响声的地方走去。声音把他引到了考克罗夫特博士的诊所后面的一栋楼。那栋楼的门口上方有一个坏了的霓虹灯。大门左右两边贴满了广告。吉米·亨德里斯克，沙子垒成的城堡……阿里卡联盟。横贴在所有广告上的是几百份墨迹未干的画片，上面印着一张上颚很宽的四方脸，四周围绕着三个小一点的脑袋以及不同的乐器，就像是一个思绪的漩涡。

主帅梅洛夫和他的“煎锅”乐队——生活！

卡尔念着这些奇怪的英语。这时那个悸动的节奏忽然停止了，大楼里面传来一阵压低了的欢呼声。两个贝都因人手上拿着大麻烟卷从他身边走过。突然一辆车子停了下来，上面涌下来一群歇斯底里叫喊着的旅游者，拥挤着进了大门，把卡尔也一起挤了进去。他一开始还试图从人流中解脱出来，但很快就放弃了。他随着人流一起涌过售票的小桌，被冲到了一片干冰造成的烟雾当中。

一个大厅的轮廓慢慢清晰起来。大厅里什么样的人都有：阿拉伯人、美国人、旅游者、青少年、男人、女人，甚至还有一些本地女人。各色人等分布还挺平均，这对于本地区来讲倒是不多见的。唯一一架聚光灯的光束穿过天花板下的烟雾。舞台中央站着一个四方脸的男人，他的上颚出奇地大，穿着一身美国海军上将的制服（如果卡尔没有弄错的话）。他用食指敲了敲麦克风，用一种十分轻柔的声音开始讲话。他说话的时候，身子和脸部表情都一动不动。他两只手按着话筒，下颌紧紧贴着话筒，只有两片嘴唇在那里移动着，就像是一个卡通片人物，配音蹩脚。当大厅里回响着南国单调的歌曲时，卡尔在吧台要了一杯水，吸了一大口充满了大麻味的空气。他的身后不时传来零星的喝彩声和尖叫声，其间不停地穿插进梅洛夫主帅轻柔的声音。他说到如何控制冲动以及四岁的小孩儿、酬劳的延期支付和人的性格，他谈到朝鲜战争、谋杀和棉花糖实验。他说的话更多的是一种宣传还是为了引入音乐曲目所作的铺垫，很长时间里让人不甚清楚。他的话语一方面显得含义不清，且前言不搭后语，另一方面，却让前排座位上的第一批嬉皮士火冒三丈。有个年轻人从舞台一侧爬了上去，鼓手一下子把他举起越过观众的头顶扔到了第三排或第四排的位子上。女人们发出一片尖叫。

贝斯手、吉他手、键盘手和打击乐器手也都穿着制服（军衔要低一些）。从这些男人强壮的四方脸不难看出，他们很有可能真的是军队的人。当然，那个时候美国军队在国外或者在自己国内，不大可能期望得到什么热烈的欢迎，甚至一片迟迟疑疑的掌声也颇为难得，更不用说面对着这些嬉皮士。卡尔想，也许正好反过来，正是因为他们的外貌才让这些音乐家想到了这身舞台服装，其中多少带着些嘲讽的意味。

打击乐器奏出了一个小小的高潮，整个大厅的人一下子往台前涌去，把卡尔也一起挤到了前面。两个女人站在扬声器的台上，她们转动着的身体就像是国际象棋的棋子一样。突然卡尔发现他T恤的后面被人撩了起来，有两只胳膊围在他的腰上。因为他一直盯着台上的两位美女，一开始还以为身后也是一位美女。但是那双手却不断地往下抚摸着，他马上意识到自己想错了。他试着在拥挤的人群中转过身来。一个黑影在他的身后蹲了下来，用食指毫无顾忌地触摸着他的裤裆。卡尔用两个拳头砸着那个人的脑袋。慢慢地从黑暗中冒出来一个苗条的年轻男人。在他发光的脸上从额头到下巴有三道发光的疤痕。

“我只是想看看，你的裤裆里是不是没有那玩意儿。你这家伙，不要那么激动……不过显然还是没有人卖给你什么东西。”

原来是里萨，外号“咔嚓咔嚓”。他拍了拍卡尔的肩膀，幸灾乐祸地笑了，笑得比先前更加得意，他看上去真的很开心。周围的尖叫声太响，卡尔没有听清楚他说的每一个字。梅洛夫主帅在麦克风前往后退了一步，向他的乐队成员看了一眼。

“我是不是可以请你喝点什么，业余恐怖分子？你看上去怎么……就为那么点事？听着，我卖给你一个只要两……但先听歌……这首歌……噢，太棒了。格榭。梅洛夫……但格榭……特地乘船过来。”

他抓着卡尔转过身对着舞台。大厅里一下子寂静无声。梅洛夫现在嘴角上叼着一根香烟，在麦克风架子旁边做着类似太极拳那样的动作。观众中的美国人喊着猥亵的话，阿拉伯人有的显得很害怕，有的则对那些用外语说的加油话显得很是激动。接着一声贝斯，整个大厅里的人都跳了起来，整齐得像一个人一样。卡尔前面有一个人用手堵着耳朵倒下了。他自己则一会儿被推到前面，一会儿又被挤到旁边。他手上的水杯被挤掉了。两个穿着彩色闪亮裤子和巴提克印花布上装的黑人，胳膊肘往外顶着在那里挤来挤去。音箱里传出一阵让人产生幻觉的缓慢的节奏，一种卡尔以前从来没有听到过的缓慢的拖拉的节奏，就像一头着了魔的恐龙，没有知觉地越过采花的孩子、蝴蝶飞舞的草地和缓缓起伏的山林景色隆隆而去。这时，上方聚光灯照出的天空展开了，一片白色，光芒四射。梅洛夫主帅的假声歌唱缓缓传来，在太阳的高度一只太古时期的浑身没有一根羽毛的小鸟飘了下来，它紧紧地抓住恐龙的后背，被恐龙带着甩来甩去。卡尔问自己，是不是有人在他刚才喝过的水里加过什么东西。

他既听不懂歌词也无法领会音乐以及观众的欢呼。可怕的音量在他的心里引起的只有恐惧。他试着挤出人群。他感觉到肩上搭着里萨的手。卡尔甩掉了他的手。这时大厅里猛地一下震动。一个梳着细细的褐色辫子的女孩登上了舞台，或者说是被人抛上来的。她穿着一条齐膝的裙子、一件紧身的绿色T恤，里面显然没戴胸罩。“格榭，格榭！”的呼声此起彼伏。

梅洛夫主帅停止了唱歌。那个女孩站到舞台的边缘，越过观众的头顶往远处凝视了一分钟。然后她把自己的T恤拉到脖颈的地方，又放了下来，接着离开了舞台。整个大厅炸开了。贝斯发出刺耳的声音。卡尔使劲想快点逃离这个地方。

在出口前昏暗的走廊里，有一个人躺在地上。当卡尔想跨过去的时候，那人用双手一把抓住了卡尔的脚踝。

“放开我。”

“你在找什么？”

“放开我的鞋子。”

“你想去见格榭。到后面排队去。我是她的经纪人。”

卡尔用松开的一只脚使劲往下蹬着，然后沿着走廊向前走，到了楼梯口，他两级一跳往上跑去。他打开一扇门，才发现那里是饮料储藏室。

自称是经纪人的男人这时已经站了起来，张开双臂挡住了卡尔的退路。

“你在找什么？”

“出口。走开。”

“你不是在找出口。你是在找你自己。”

“你想干什么？”

“你想干什么？”

“我只是想出去。”

“我们都想出去。”

那个经纪人突然像被狂风刮着了一样，一下子倒在地上，临着地时他又一次抓住了卡尔的腿。卡尔像一把剪刀一样从他身上跨了过去，这时候他看到，那个人穿着制服，前胸和肩膀上还留着深色的线头，好像是一套被摘去了军衔肩章的军服。

“你们不是真的军人，对不对？”

“过来，我漂亮的武士。我是，你知道的，我是你的父亲。”

突然卡尔面前有一扇门开了。这正是出口。门又关上了。卡尔一瘸一拐地扑了上去，经纪人在后面拖着他。卡尔在黑暗中摸索着寻找门把手。但是门没有把手。他使劲捶着门。

“这是怎么回事？门为什么关了？”

“门关了，就是门关上了。”经纪人得意地解释道。

大厅里隆隆的声音停止了，只有梅洛夫主帅低低的说话声。

“太可怕了。”卡尔说着，使劲摆脱着那个经纪人抓住他裤子的手。

“说得太对了，”经纪人接着他的话茬儿说，“他是这个世界上最愚蠢最没有感觉的歌手。可我是聪明的。我是智者杰弗里。那些歌是我写的。向我提问题吧，热爱真理的朋友。”

“为什么门关上了？”

“门关了，就因为门关上了。现在门又开了。自己想一想吧。”

就在这时真的有人把两扇门一下子推开了。卡尔跑到了街上，后面拖着那个经纪人。

“你没吃过迷幻药，就无法知道你是谁。”

“我反正什么都不知道。放开。”

“你吃迷幻药吗？”

“不吃。”

“我说的正是那个意思。吮一下，谢里，吮、吮一下。”

那个男人做着无助的抽搐的动作，好像是要模仿一部介绍癫痫病人的教学影片一样。他一边手脚不停地穿过大街，一边试图从口袋里拿出什么东西。卡尔利用这个机会摆脱了他。

“你在找出口，年轻人，现在你找到了，”智者杰弗里在他身后大声喊道，“你知不知道这里面的象征意义？”

卡尔喘着粗气，两个膝盖颤抖着在下一个十字路口站住了。他往四周看了一下，不知道应该往哪边跑。这时，又有人从后面抓住了他的肩膀。或者说不是抓住了他，而是轻柔地给他肩膀做着按摩。

“嘿，嘿，嘿，”满面红光的里萨一边说，一边拿出一串钥匙在卡尔面前晃着，“你会开汽车吧，业余恐怖分子？我需要一个人开车送我去廷迪尔玛。我给你十美元或者一个威力巨大的地雷。或者两样都给你。好不好？”

第五十二章　图瓦雷克人

从知了的叫声中无法知晓，它什么时候会死。

——松尾芭蕉（日本十七世纪诗人）

卡尔先是拒绝了这个建议，但随后他想起了那辆留在了廷迪尔玛的黄色奔驰车。他接过了钥匙。

他们在沙漠里开了几乎整整一天。一路上里萨一直把头靠在副驾驶座椅一边的窗上打着盹儿。在汽车前灯的照射下，盐工区出现了，大路、砖砌的骆驼、加油站、廷迪尔玛。

在公社周围的街道上到处都是火烧后的废墟。一些家庭坐在他们堆放在大街上的家具旁睡觉。卡尔找到了那辆奔驰车，除了挡风玻璃上落下的一些灰烬外，车辆完好无损。里萨在跟他告别的时候，为了表示感谢竭力邀请他一起去妓院。在遭到婉拒后，他除了原来答应的十美元外又塞了十美元在卡尔的手里，说："如果你改变了主意的话就告诉我。人生苦短啊。"

人生苦短。这虽然只是一句套话，但自此却在卡尔的脑子里挥之不去。在开车回去的路上他一直脚踩着油门不放，飞快地开着车。加油站、砖砌的骆驼、大路、盐工区。到了离商贸集市还有一两公里的地方，已经可以看到在一大片房屋中间高高耸立的喜来登大酒店。他拐入了一条满是沙子和石块的街道。奔驰车的后面扬起了一道几米高的尘土，在清晨阳光的照射下显得格外耀眼。当尘土盖过小手工业作坊、水果摊、商贸集市和法式别墅的蒸汽浴室，最后慢慢落下的时候，可以看到在蒸汽浴室和烈士纪念碑中间停着一辆白色的敞篷汽车，车上坐着四个男人。这是一辆非常漂亮的阿尔发·罗密欧，有红色的皮座。

方向盘后面的仪表板上放着一个纸盘，跑车司机正用食指抓着盘里的荤菜。这人个头不高，苗条但很强健。他的动作里面有一种很暴躁的东西，甚至在吃饭这样无关紧要的事情中也可以看出几分。他用双手抓起流着酱汁的肉块往嘴里送。接着，就像一头正在吃草的母牛被打扰了一样，当奔驰车带起的尘土把他包围住的时候，他塞得满满的嘴里突然停止了咀嚼。他把吃在嘴里的东西一下吐在了汽车的里程表上，当视线重又恢复的时候，他激动地转过身来看着车里坐着的其他人。

在他旁边的副驾驶位置上坐着一个壮实的黑人，头剃得光光的，正骂骂咧咧地把掉在他膝盖上的酱汁抹去。在黑人的身后，后排位子上坐着一个白人，同样非常壮实，他在看到奔驰车的时候把一只手举向了空中。他的旁边坐着一个年纪稍长的白发人，他不像其他几个人那么激动，但显得更为果断。他把手枪上了膛。阿狄尔·巴斯尔。

很难说，他们为什么把车停在那儿，他们在等什么，他们到底想干什么。但也许这真的是那类本不应该在小说中过度使用的巧合，但在现实生活中正是由于此类事情的发生才产生了命运这样的概念。

一秒钟之后纸盘飞了出来。V6马达大吼一声，跑车滑到了大路上，车子一侧撞向对面的土坯墙，然后追着奔驰车扬起的尘土疾驶而去。

阿尔发·罗密欧的时速可达二百多公里。但在狭窄的小巷里，在坑坑洼洼的大路上，在前面尘土飞扬的情况下，跑车最多只能开到时速六十公里。离前面奔驰车的距离一会儿被拉大，一会儿又缩小了。行人纷纷惊慌地往两边闪去。当车子开到市郊的棚屋中间，跑车防护罩前的尘土突然没有了，奔驰车也不见了。

驾驶员紧急刹车，挂倒挡往回冲到上一个十字路口，脑袋猛地转了九十度，再转九十度，二百七十度：一辆意大利跑车里的四个不知所措的男人，车里到处都是残羹剩饭。

在一堆高高搭起的汽车轮胎上站着两个小孩儿。巴斯尔把枪藏在膝盖中间，大声叫道："他往哪里开了？"

两个孩子呆呆地看着车子里的人。他们八九岁的样子。他们的脚和他们牙齿都是黑黑的。他们的衣服很破。年纪稍小的男孩脸上、嘴角上、鼻孔下、眼睛和额头上都爬着苍蝇。年纪稍大的男孩手里拿着一块黏黏的饭团，看上去像是大麦做的面包。他嚼碎了面包，又从嘴里拿了出来。他手臂上巧克力色的皮肤泛着光，如孩儿般纯净。但两个孩子的手都患了湿疹，红红的，就像经常在盐酸里泡过一样。从后院里飘过来制革厂的臭气。

"黄色的奔驰车！"巴斯尔咆哮道，指着刚刚消失的尘土，"往哪儿开了？"

没有回答。

"朱利叶斯。"巴斯尔说着，把手枪给了车里的那个白人。

那人跳下了车，一跃而上站到了两个孩子面前。

“往哪儿开了？”他也问了这么一句。

像煤炭一样黑眼睛盯着枪管。

“黄色的奔驰车！”

他用枪抵着稍小的那个孩子的耳朵。从他的眼角上飞起了一只苍蝇，停在了枪管上，在那里急匆匆地爬来爬去。

朱利叶斯又重复了两遍他的问题，随后拉起男孩的一只手臂，一枪打穿了他的肘关节。孩子没发出一点声音就倒下了，两条腿在地上抽搐了几下。另一个孩子张大了嘴站在那里。

“往哪儿开了？”

稍大一点的男孩抽噎着，但还是没有回答。

“我觉得他听不懂你的话，”坐在副驾驶位子上的黑人说，“这是些该死的图瓦雷克人。”

他用图瓦雷格语大声问了孩子一个问题，瑟瑟发抖的小手臂马上举了起来，指着男人身后的一条岔路。那里一座棚屋接着一座棚屋。在末尾一座棚屋的后面，一辆停在那里的黄色奔驰280SE的箱形尾翼在太阳光下闪闪发亮。

第五十三章　五根柱子

在祈祷的时候即使前面有一只兔子、山羊或者其他的什么动物在动来动去，这个祈祷也还是有效的。法学家们一致认为只有三种生物能让祈祷无效：那就是一个成年妇女、一只黑色的狗和一只骡子。

——阿卜杜勒·阿齐兹

卡尔已经很长一段时间没有正经吃过东西了。他在右前方看到了一个小型商贸集市，摸了摸口袋里的钱，然后停了车。他在两边的小商贩摊位中间往前走了几米远，然后在一个卖新鲜面包的摊位前站住了。这时他听到身后一阵惊叫。一声枪响。越过赶集人的脑袋他看见了一个身材高大的黑人光秃秃的头颅。那人像自由泳那样划动着双臂，正朝他的方向挤了过来。他身后还有两个男人也在竭力穿过人群追了过来。其中那个矮个子手中高举着冲锋枪，白头发的那个脸上挂着微笑。卡尔马上意识到了他们是谁，他无须多想就知道了他们想从他身上得到什么。那个最后通牒的期限已过。他在人群中跑着，希望他们不会一枪打在他的身上。实际上他们并没有开枪打人，但是人们还是一边尖叫一边飞跑着，所有的人都奔向了两边的楼里。一下子只有卡尔和他身后追赶的人还在街上。他冲进了一条小胡同，当发现这是条死胡同时，已为时过晚。他正前方的门“砰”的一声关上了。就在这个时候响起了第二声枪响。

卡尔一下子趴在了地上。从房子外墙上掉落下来的黏土碎片正好砸在他的脸上。一颗子弹从他的头顶嗖地射了过去。他快速地举起胳膊护住头，从胳肢窝里朝后看着追赶他的人。

瞬间画面：一条倾斜了的胡同。自己的身体在胳肢窝后方。画面里还有一只被丢弃的鞋，但不是他的。死胡同的入口处那个矮个子正腾空着身体，一只膝盖弯曲着差点就要碰到地面，双手举着冲锋枪朝向空中，如同那张西班牙内战时期的著名照片。他旁边是阿狄尔·巴斯尔，他像木偶般笨拙地撞到了离他最近的房子外墙上。他右半张脸上是一种轻松和吃惊的混合表情，左半张脸正好被撞成了肉馅。那个黑人看不到了。追赶卡尔的人中离他最近的是朱利叶斯，此刻他正陷在卡尔身后两米处的沙子里，一只已经没有力气的手往前伸着，好似还在试图抓住卡尔的脚。他的嘴上是一片樱桃红的血泡。

周围的声响与上述静止画面完全不符：冲锋枪的突突声，一支小口径手枪的射击声，中间还夹杂着人们的叫喊声。九毫米的子弹。美国英语的呵斥。两个身穿军装的人把卡尔高高举起，拖进了一辆绿色吉普车中。或许是他自己跟着上了车，具体情况他已经记不清了。他醒过来了，盯着脚下橡胶垫上的菱形花纹。橡胶垫在吉普车驾驶座和后排座之间。菱形花纹上可以看到沙子、纸团儿、头发和一块粘在上面的口香糖，还有就是他自己的双脚。

随着吉普车行驶的节奏，沙子和纸团儿在那里上下跳动着。有人用手按着卡尔的脖子，使他抬不起头来。这是其中一个穿着军装人的手。他的面部有着棕色近乎橄榄色的肤质，体格健壮得如同衣柜一样。他用阿拉伯语对卡尔说了两句话，标准的阿拉伯语，稍带叙利亚口音。另一个身穿军装的人说着美国英语，坐在副驾驶座上，看上去像是头儿。他的肩章上有四颗星——他真的是军队的人吗？他不是梅洛夫主帅乐队里的演奏员，那个贝斯手吗？

司机是卡尔唯一看不到的人。他只能从座位间的缝隙中看到，司机没有穿军装，而是穿了一条有条纹的裤子。一只像少女一样细长的戴着手套的手扶在挡把儿上。光滑的手腕……几秒钟里卡尔甚至愚蠢地以为，这会不会是海伦，她来救他了。

坐在副驾驶座上的人大吼着。叙利亚人使劲把卡尔的头向下压着。吉普车驶入了弯道。

“一切正常？”

“他在你手里？”

“你受伤了？”

“他在你手里？”

“他在我手里。”

“你呢，一切正常？”

“是的，你们呢？”

“没问题。”

“有人在后面追咱们吗？”

“都死了。”

“我是问：有人在咱们后面吗？”

“没有。”

“你肯定？”

“我把他们都解决了。”

“您受伤了吗？”

“谁，你是说我吗？”卡尔问。

“您受伤没有？”

“没有。”

“前面向右拐。”

“你们是什么人？”

“前面有座桥，过了桥后再向右拐。”

“你们是什么人？”

“慢点开。”

“我们去哪儿？”

卡尔试图抬起头。叙利亚人更加使劲地向下按着他的脖子，说了句关于安全第一的俗语。卡尔只好顺从，虽然他不明白，为什么他是唯一一个在车上蜷缩着身子坐在那里的人。从座椅之间的缝隙中他可以看到，司机和副驾驶位子上的人都是直着身子坐着的，叙利亚人半个身子压着他，也没有显露出要躲藏的样子。显然他的生命比他们的要珍贵。

现在，在被救出几分钟后，他才开始感觉到骨头在酥酥痒痒地松懈开来，对死亡的恐惧消失了，身体也随之松软下来。他歇斯底里地抽泣着，感谢他的救命恩人，那说话的声音连他自己都觉得寒碜。他们对卡尔说的话毫无反应。

“往左？”

“是的，往左，我觉得是。”

“那条宽阔的马路？”

“不对，我觉得。”

“你觉得？”

“百分之九十。”

“那我往左拐。”

“那是座犹太教堂。”

“那是另一座犹太教堂。”

“那我向右拐呢？”

“不对。”

“你说不对？”

“我也这么觉得。”

“你也这么觉得？”

“您不想告诉我，您是谁吗？”

“请您保持安静。”前排的一个声音说道。

当卡尔再次尝试抬起头时，叙利亚人把他的一只胳膊拧到了后背上。他试图反抗，但首先是肋骨挨了一击，然后他感觉到双手被手铐在背后铐了起来。

“他在惹麻烦？”

“就几秒钟。”

“你一个人成吗？”

“当然没问题。”

“如果他惹麻烦，汽车后面的平板上有针头。”

“那个之前断掉了。无所谓了，他没有惹麻烦。”

“他不应该叫。”

“他没有叫。”

“如果他再叫，就往他嘴里塞点东西。”

“为什么这样？”卡尔大喊道。

叙利亚人把一张揉成一团的面巾纸蒙在他的脸上，并试图把面巾纸塞进他的嘴里。卡尔左右扭着头。“我什么也不说了。”他紧咬着牙齿挤出那么句话来。

“安静，保持安静。”司机小声嘀咕道，他的声音让卡尔模模糊糊地觉得似曾相识。

他很快地想了一下，然后对司机说：“我认识您。”

“如果您不认识我那才奇怪呢。这不是顺行性失忆。现在请您保持安静。”

“这是您吗？您为什么要这样做？您想要怎样？”

“安静。”

“您想从我这儿得到什么？”

“您想从我这儿得到什么？”副驾驶座位上的人用愚蠢的声音模仿着。

“请安静，我已经说过了。“

“我不知道为什么要这样。”

“好吧，”考克罗夫特博士说道，“堵住他的嘴。”

“我堵不住。他把两排牙齿咬得紧紧的。”

“他不应该在这儿胡言乱语。”

“但是我堵不住。”

“那就这么着吧，只要他安静下来不说话就随他去吧。您现在安静了，还是想继续胡说八道？”考克罗夫特博士一下往左一下往右打着方向盘，使得卡尔的脑袋不停地晃来晃去。

他不说话了，注意听着车外的声响。

天气虽然炎热但所有的车窗都紧闭着。可以听到大街上被减弱了的汽车噪声、随风飘过的音乐声、卖水人的叫卖声、马匹嗒嗒的脚步声。当车在十字路口停下时，可以听到人群的嘈杂声。叙利亚人按在他脖子上的手又使劲压了一下。

途中叙利亚人问了一句，这车还要开多久？副驾驶位子上的人咕哝了一句什么。卡尔从下面看到了他棱角分明的下巴，现在他完全确信，这就是那个贝斯手。

“差不多。”叙利亚人说。

“差不多还要一个小时才能开出这个城市。然后还要将近两个小时。如果到了矿山之后没有了大路，我们可能需要一整个晚上。”

“马上就是晚间祈祷的时间。”

没有人对他的话作出回应。叙利亚人自己补充道：“这样的话我们必须把车停下来会儿。”

车子继续开过了几个街区，没有人说话。然后又是叙利亚人开了口：“太阳下山后我们必须把车停下来会儿。”

“你脑袋出毛病了吧，”贝斯手说，“好好做你该做的事情。”

“这不成。”

“什么不成？”

“那样的话我就不干了。”

“什么？”

“如果不能祈祷，我就不干了。”

“那你就祈祷。”

“你们必须停车。”

“你疯了吗？在市中心，后座坐着一个嘴里没塞任何东西的人质。你能这样祈祷吗？”

“我可以往他嘴里塞点什么。”

“别废话，就在汽车里祈祷。”

“这是不可以的。”

“这当然是可以的。现在闭上你的嘴。”

“唉！”叙利亚人自言自语道，语气里明显带着几分无奈，“原来是这样。我应该闭嘴。”他把一只手插在口袋里翻着什么，然后把胳膊向前伸了过去，“那么我现在就下车。这是一百二十元。停车。”

“拿着你的臭钱，你现在不能说不干就不干。”

“凭什么不能？”

“你可以在后座上祈祷，低下身去念你的祷文，不要再来烦我们。”

“这样不成。即使我想这样也不成。你不知道我们在往哪儿开吗？”

“就是我们想去的地方。”

“我们在向西开。但麦加是在……”

“万能的上帝，向西开！那你就向着西边祈祷呗，”贝斯手说道，“怎么说地球也是圆的。”

“你们不能这样对我。”他停了一下，气氛陡然紧张起来，“这太不像话了。”

“什么太不像话了？你是说地球是圆的这件事太不像话了？”

“停车。”

“继续开。”

在他们对话的时候，卡尔感到压在自己脖子上的手慢慢松开了。他小心翼翼地抬起头，看了看窗外。新城区的房子。贝斯手大叫一声转过身来，用枪把砸了一下卡尔的脑袋。

“做你、该做的、事。”

“停车。如果我不能祈祷，我就要下车。”

“你是想要更多的钱吗？”

“你们真是狭隘。”

“什么？”

“我说的是：你们真是狭隘。”

“什么意思？”

“就你们犹太人把金钱看得那么重。你们以为，用钱可以控制一切！钱，钱，钱。”

“你也可以免费为我们工作。”

“我见到过的美国人都是这副德性。对你们唯一重要的东西就是钱。你们不祈祷，你们不知道五根柱子，你们的灵魂救赎……”

“五根柱子。不要在这儿胡言乱语。”

“这是一项神圣的义务，这项神圣的义务是……”

“但并不是在所有的情况下都必须这么做吧？”考克罗夫特博士插了进来，“在战场上，当以色列的坦克向你们碾压过来的时候，你们还会祈祷吗？”

“如果真是这样倒也能说明一些问题。”贝斯手小声嘀咕了一句。

“我二十年来从没错过一次祈祷。再说我们现在也不在战争中。”

“这可说不定。”

“也许你们在战争中。我只是被你们雇来的。你们付给我钱——但我和这件事没有一点关系。”

“哦，他和这件事没有一点关系！”贝斯手装出一副激动的表情，转身对考克罗夫特博士说，“我们雇了个叫钳子的人，可他和这件事没有一点关系！他的灵魂救赎和这件事没有一点关系。”

“我要在下一个红绿灯的地方下车。”

“前面没有红绿灯了。”

“我还是要下车。停车。”

一段时间双方都没有什么举动。接着叙利亚人打开了他座位旁边的车门。卡尔听到车道发出的响声。一阵骚乱。卡尔的衣服被扯了一下。卡尔趁机又抬起了头四处张望。他们正行驶在六车道的五月革命大道上，这条车道连接经贸部和民用机场。这时他们驶过一个公交车站，刹那间卡尔看到了一个等车的女人，她正凝视着过往的车辆。卷发，考究别致的衣服，简单乏味的脸。这个女人来自廷迪尔玛。他使劲摇着头，绝望地冲她打着招呼，但她好像没有看到他。

坐在前排的贝斯手用枪把打着卡尔和叙利亚人。考克罗夫特博士开得越来越快。叙利亚人关上了车门。

“我是一个虔诚的人，是一个好的穆斯林……”

“一个虔诚的好穆斯林也会允许自己错过一次祈祷。过两个小时后你可以再补上。”

“这是违背教义的。”

“绑架和拷打人就不违背教义吗？”

“你们也这样做嘛。”

“我们也这样做？这是什么混账逻辑？”

“不是吗，这符合你们的宗教信仰吗？”

“我是无神论者。”

“你说过，你是犹太人。”

“我说过，我妈是犹太人。但是她相信上帝差不多就像她相信雅利安人的阴茎有生理优势一样。现在请给我解释一下，你是如何一边做这份工作，一边认为忘记做一次普普通通的祈祷就会激怒真主的？你觉得，有一天你会遇到你的造物主，对他说：‘你好，我就是那个叫钳子的男人，但我做过的事是可以原谅的，因为一个无神论的犹太人和一个满脸胡子的浑蛋心理医生做了同样的事情？’”

“你们美国人无法理解这些。祈祷是神圣的。在你们眼里没有什么事情是神圣的。”

“问题不在于，什么事情对我们来说是神圣的，”考克罗夫特博士说道，“问题在于，你是否跟我们站在一起。”

很长一段时间卡尔没有听到任何声音，他只能猜想，在他的上面他们正用眼神交流着什么。最后是医生的声音：“如果我稍微绕一下圈？这是不是一个折中办法？我们可以在前面拐弯，然后在林荫大道上向东开几分钟，你可以向前方祈祷，然后我们再绕回来。这样可以了吧？在塔吉特市中心绝对不能停车。”

叙利亚人二十秒钟没说话，显然是为了维护脸面。然后他说：“我需要绝对的安静。”

“当然，安静，没问题！”贝斯手大叫道。透过座位间的缝隙卡尔看到，考克罗夫特博士用指尖碰了碰贝斯手的手臂。

很长一段时间的沉默。吉普车向右拐了个弯，接着又一次右转弯。卡尔听到了不一样的声响。拥挤的交通，工地，摩托车的喇叭声。

几分钟后，贝斯手竭力克制着自己的声音问道："现在怎么样了？你是不是可以开始了，还是已经祈祷完了？不可以再向东开了。"

"太阳还没有下山。"

"你说什么？"

叙利亚人用手指敲了敲侧窗。"还有晚霞。"

"你到底怎么回事？我们的折中办法是绕个圈。现在我们已经在绕了，快点祈祷！"

"要太阳下山后才成。"

"什么，什么，你说什么？你说过，现在正是该死的晚间祈祷时间。"

"我说的是，马上。马上时间就到了，等太阳下山之后。"

"太阳已经下山了，你这个人！"

"必须等晚霞消散了之后才可以。"

"那边的人！嘿，快看啊！那边的人在干什么呢？"贝斯手兴奋地转过身来。

"他们不是贾法里派的。"

贝斯手之前的声音还夹带着恐吓和歇斯底里，现在完全不知所措了。

"你知道我们现在正往哪儿开吗？你以为我们是在悠闲地旅行吗？如果我们再这样开五分钟，我们就到塔吉特的东部了。"

"这有什么问题吗？他被我按在下面呢。"

“考克罗夫特，现在往回开。”

“这儿不能掉头。”

卡尔听到了怒发冲冠的声音。

“祈祷！”

“不要犯傻了，”叙利亚人现在明显有了优势，“要是天上还有一丝晚霞就不能祈祷。这是禁忌。”

“禁忌！”

考克罗夫特博士的声音也不再那么镇静，他继续问道：“为什么这是禁忌？车外那些人不是也在那里祈祷嘛。”

“可事情就是这样。”

“为什么是这样？《古兰经》里写的？”

“我不知道。”

“你不知道，《古兰经》里写没写？”

“我知道事情就是这样，这就足够了。”

“那你是从哪儿听说的？”

“从哪儿，从哪儿！因为我知道。太阳升起的时候，太阳下山的时候，还有太阳正当午的时候——都是禁忌。”

“也就是说，《古兰经》里没有写，你也不知道是从哪儿听说的。”

“我不需要知道这个禁忌是从哪儿来的。我的父亲就是这样祈祷的，我父亲的父亲也是这样祈祷的，我父亲的父亲的父亲同样还是这样祈祷的。伊斯兰不像你们的教堂，你们的教堂里总有人会告诉你应该怎么做。”

“我说过‘我们是无神论者’，你难道哪儿没听懂吗？”

“无神论者或是基督徒，其实都一样。在你们看来没有什么是神圣的。而我神圣的义务要求我……”

“神圣的义务！你连一遍《古兰经》都没读过。你到底识不识字？太阳上山，太阳下山，禁忌——你都知道些什么？”

“只要车外的那些人在祈祷，”考克罗夫特博士试图缓和气氛，“这就说明，对应该何时祈祷这个问题显然有不同的理解和诠释。但在目前这样的紧急情况下，在这种准军事的情况下，而我们现在正开往塔吉特东部的军事基地，我相信，作为一次例外……”

“对何时祈祷问题的诠释，没错。”叙利亚人的声音越来越安静平和、彬彬有礼，他显然很希望，这样能让他很有限的英语水平听上去还过得去，“的确有这样或那样的教派。贾法里派的人要等到天空中的晚霞都散尽才能祈祷。”

“为什么？”

“这是一个愚蠢的问题。只有基督徒才会提出这种愚蠢的问题。这跟为什么无关。有些东西比为什么更重要。为什么上帝允许邪恶存在？为什么天空中有云朵？为什么美国人不是足球世界冠军——为什么，为什么，为什么？”

“如果你不知道原因，”考克罗夫特博士说，“我现在就掉头。”

“我知道。”卡尔说，他盯着脚下的橡胶垫子，车里的沉默让他感到似乎既不应该说话也不应该继续这种沉默，所以他继续说道，“这是由于自然拜物教。这种教派起源于中东。信奉自然拜物教的人绝不允许把祈祷和对太阳的朝拜相混淆。”

叙利亚人带着赞许的意思压了压卡尔的脖子，显然把他当成了用腹语说话的木偶。“正是出于这个原因，”带着自以为是的口气他又补充道，“当然还有上百个其他的原因。”

贝斯手长长地叹了一口气。考克罗夫特博士缓慢地向前开着车。接着卡尔看到，叙利亚人正在把拖鞋从脚上蹭下来。卡尔的头被拧到一边，深深地按在了副驾驶座和叙利亚人膝盖之间的缝隙里。叙利亚人狠狠地用力向下按了按卡尔的脑袋，意思是警告他不要乱动，随后抬起了手。卡尔感觉什么东西在身上压了一下，一个九十公斤的庞然大物满身是汗地向着麦加的方向俯下身来。

在汽车有节奏的颠簸下卡尔的上半身被慢慢地颠向了车的侧面。他的嘴快挨到车门把手了，他努力伸长着下巴。

三四次的尝试失败后，卡尔成功地用牙齿咬住了车的把手。他等着叙利亚人结束祷告重新坐直身体。汽车向左一个急转弯，卡尔打开了车门，借助着离心力冲出了车门。后面有两只拳头试图拉住他，但没有成功。卡尔双脚使劲往后一蹬，从一只哞哞叫的骡子前横穿过了马路。虽然他戴着手铐，但还是踉踉跄跄地站了起来，快速奔跑着。只可惜跑错了方向。在他的正前方是一堵二米五高的墙，左右两边都是房子，后面追赶他的人已经逼近：刺耳的刹车，两扇车门打开的声音，至少有两双军靴踩踏着沙子。他没有时间再去考虑。高墙前停着一具被烧毁的汽车残骸，汽车的轮辋被砖瓦高高顶起。双手还被铐在背后的卡尔把汽车后备箱和车顶当作跳板一跃而上，腰部正好撞在了高墙上端的边棱上。一时间他和他的生命就这样悬在那里。接着他的上半身慢慢地向墙的另一侧倾斜了下去，他头朝下地落在了一大堆红枣上。

小商贩们一下子跳开了，戴着头巾的妇女纷纷躲闪而去。这是一个集市，中间有一个灰色的大型帐篷。卡尔在枣堆里翻滚着身体，抬头看了下，没有人追着跳过来。向左看向右看都是连绵的高墙。他翻了个身背朝下，把手铐往下顺着屁股蹭到了膝盖下，然后从脚下套了过来。他又向上看了一下：没有人。四周的人大声叫嚷着。一个老妇扯着他的衣服，怨气十足地拾起了一个被他压成泥的枣，破口大骂。他推开了老妇，蹦跳着跑开了。后面的叫嚷声加大了一倍。穿着长袍的男女商贩们波涛汹涌般地冲向他。这时卡尔发现就在他前面几步远的墙上有扇门，三个狞笑着的男人正穿过门洞走来。考克罗夫特博士走在最前面。

卡尔来不及多加考虑，跌跌撞撞地穿过两排卖调料的摊子，扯翻了好几个彩色编织袋，撞上了两片挂着的羊排，跳过一堆还没熟的南瓜，脚被铁杆和麻绳搭起的建筑物绊住了。大型帐篷在他头上塌倒下来。震耳欲聋的噪音。穿着灰色亚麻长袍的人群把他围了起来。他能听到他们刺耳的尖叫声，却看不到他们的面孔。当卡尔从篷布里探出头来的时候，首先看到的是一把对着他的手枪。

拿着手枪的是一个留着小胡子的警察。他的旁边是另一个身体一半儿还被裹在篷布里的警察，他的手里拿着一个被折断的水烟斗。警察的身后是几个女商贩，再后面是叙利亚人、贝斯手和考克罗夫特博士。卡尔为他的幸运感到高兴，向那三个追赶他的人投去了幸灾乐祸的目光。

叙利亚人在贝斯手耳边小声地说了点什么，然后贝斯手在考克罗夫特博士耳边也小声地说了点什么。考克罗夫特博士掏出了口袋里的钱包，扔向了警察。

在两个警察还在看钱包里究竟有些什么的时候，卡尔感觉到自己已经被戴上手铐，拉扯着，穿过向他吐唾沫的人群，重新被带上了吉普车。

第五部
黑　夜

第五十四章　藤椅

游牧民族会像海伦人一样把死去的人安葬。但纳撒莫讷人则例外，他们会非常注意，人死的时候不是面朝上背朝地。当人断气的时候，他们会把死者扶着坐起来。他们的房屋是用植物茎秆儿捆扎而成的，可以随身搬来搬去。这是这个民族的习俗。

——希罗多德（古希腊作家）

嘴里被塞上了东西，脑袋上被松松地套着一个塑料袋，手被反绑在背后。此外，脚也被贝斯手的腰带捆绑在一起。卡尔感觉车子已经在路上开了很久。除了几句有关行车方向的简短指令，没有人再说任何一句其他的话。城市的喧闹渐渐消失。很快，除了吉普车行驶的噪音听不到任何其他的声音。根据石子拍打着车底发出的噼噼啪啪的响声，卡尔确信，他们正穿过沙漠。其间向左一个急转弯，然后车子开始往高处行驶。盘旋路。更多的盘旋路。车子停住了。

一只很有力的手拽着卡尔下了车，外面一片漆黑。他被扔到地上，脖子上套着一根很长的绳子，绳子的另一头固定在某个地方。他从塑料袋下沿可以看到，绳子系在了汽车的保险杠上。虽然嘴里塞着东西，但他还是竭力叫喊着。他感觉到，有两只、四只、六只手在他身上摸来摸去，他们拉扯着他的衣服，搜查着他的口袋。他们脱掉了他的鞋子和袜子。他们拉下了他的裤子，在他的大腿之间抓来抓去。他挣扎着，来回翻转着身体。塑料袋从他头上滑了下来。他们又重新给他穿上了鞋。然后他听到三个男人走了。随风飘过来他们断断续续的说话声。最后他们又回来了。考克罗夫特博士用手电筒照着卡尔的脸，检查了一下固定住塞在他嘴里的布团的绳子。然后考克罗夫特博士跟其他几个人一起上了吉普车。显然，他们去那里睡觉了。

卡尔没有睡。卷起来塞在他嘴里的抹布经过一夜的时间变成了一个很大的黏黏的布团。他的下颌就像麻木了一样。对绑着的手和脚，他早就没有了知觉。

当新的一天的第一缕阳光出现的时候，他很高兴看到贝斯手从汽车上下来。

考克罗夫特博士在那里做着早操。屈膝，踢腿，俯卧撑。贝斯手抱怨着工作条件。叙利亚人把前额抵在地上，赞美着善良的真主。三个男人分别吃了一个苹果之后，把卡尔从汽车保险杠上解了下来，同时还解下了绑在他脚上的带子，然后拉着一根长长的绳子牵着他上了山。越过山顶，前往下一个山谷——径直往金矿的方向走去。走的路线几乎跟他前几天和海伦一起走的完全一样。

早在夜里的时候，看到周围的山峦在星空下映现出来的黑色三角形状，他就猜到了几分，他们把他带到了什么地方。但是他还是一再地否定着自己的这个念头。过了好一阵子，当他们慢慢接近对面山崖上的那个小平台时，当可以看到那架风车、那些大木桶以及哈奇姆三世的小茅舍时，卡尔还是觉得这可能只是一个巧合。他坚信，在这儿的坑道里不可能找到任何东西。

在坑道和茅舍下方几十米的地方，在一块岩石的后面，他们把他脸朝下扔在地上，用一根麻绳从背后把他的脚和脖子紧紧地绑在一起，然后就让他这样躺在那儿。

嘴里的那团抹布膨胀得似乎越来越大了，他只能费劲地用鼻子来呼吸。他在那里打着滚儿，呻吟着。太阳已经越过了山顶。他觉着听到上面有声音，但他无法把头转到那个方向。接着很长一段时间里周围寂静无声。然后贝斯手下山来看了一下，见到他们的俘虏还在原地未动，重又走了。最后几个男人都回来了，他们松开了绑在他身后的绳索，拿去了堵在他嘴里的抹布。显然他现在可以大声喊叫了，如果他愿意的话。他没有喊叫。他实际上也没有力气再叫喊了。

叙利亚人从一只玻璃瓶里把水灌入一个电石灯，然后把剩下的不多的水浇在了卡尔的脸上。

考克罗夫特——卡尔在心里早就不把他称为博士了——说了几句话，贝斯手回答了他。他们说的语言卡尔听不懂。接着他们带着他往坑道口走去。穿过一条墙上印着一个煤黑的手掌外加四个手指的通道，他们拽着他走进了山里。接下来的墙印是一个只有食指和无名指的左手掌和一个没有大拇指的右手掌。他没有看到哈奇姆和他的步枪。

电石灯的光亮落到了一扇嵌在岩石中间的锈迹斑斑的铁门上，卡尔不记得曾经看到过这扇门。叙利亚人猛地一推打开了铁门。里面是一个不大不小的空间，放着锄头和铲子、铁棍和钢丝绳，很大的木箱上印着“发回戴姆勒·奔驰公司杜塞尔多夫工厂”的字样。砸碎的石块、灰尘、索环。一个矿工的工具房。

洞穴的中间有一把椅子，椅面是藤条做的。他们让卡尔坐下，然后把他绑在椅子上。叙利亚人和贝斯手在那里折腾了将近一个小时才算完事。他们把卡尔的胳膊肘绑在椅背后面，又把他的脚和小腿绑在前面的椅子腿上，用了好几米长的绳子把他的上身紧紧捆住。他们还用一根绳索从后面套住了他的脖子。连他的大腿上也搭上了绳扣。最后叙利亚人摘下了他的手铐，用一根很细的绳子把他的手系在椅面的旁边。现在卡尔唯一能动的只有他的脑袋了。他试着摇晃着头，摆动着手指。由于害怕，他出了一身汗。考克罗夫特和贝斯手一声不吭地走开了，临走时带上了门。叙利亚人微笑着点燃了一支香烟。卡尔快要失去知觉了。接着叙利亚人也离开了洞穴。

电石灯忽明忽暗。洞穴里一片寂静。卡尔拉扯着绑着他的绳索。汗珠从他的下巴上滴下来。三个男人回来了。叙利亚人手里拿着一个收音机大小的灰色金属匣子，放在卡尔的面前。贝斯手晃动着一只看上去像是购物袋那样的麻布袋，从里面拿出一团蓝色的和黄色的电线。他把电线团高高举起，看上去像是一个人的血管和神经系统的示意图。然后他把电线交给了考克罗夫特。

“为什么这些人总是把电线弄成这个样子？”考克罗夫特一边问道，一边整理着乱成一团的电线，并试着用唾沫把上面的两个电极沾湿一点儿，“就因为这不是他们个人的东西。这就是人的本性，也是共产主义失败的原因。”

他把整理好的电线递给了叙利亚人。叙利亚人把电线接到了灰匣子上，接着他们开始争论，电极应该固定在身体的哪个部位上。贝斯手和叙利亚人的意见是一致的，他们认为生殖器是最佳位置，但因为卡尔被捆绑着，所以要把电极固定在生殖器上几乎不可能。因为臀部那里有绳结，所以脱下他的裤子都很困难。为此先得给卡尔松绑，然后才能把电极安上。

“那就安在脑袋上。”叙利亚人说。

“安在脑袋上总没错。”贝斯手也这么认为。

但是考克罗夫特对此有不同看法。他虽然表示自己对电休克治疗的知识有限，仅限于昨晚阅读的一篇刊登在俄语心理学专业杂志上的文章，但是按照那篇文章的介绍，他很肯定地认为，脑休克对于患有癫痫、抑郁和偏执狂等疾病的人来说是很有效的，但对患有记忆障碍的人却毫无作用，而且相反会给记忆力造成进一步的损伤。他们在这里要达到的目的，既不是进一步损伤卡尔的记忆也不是给他疗伤，而是要找到事实真相。他是否有记忆障碍，如果有的话程度如何，这也是这项检查的一个组成部分。

对于考克罗夫特的这些论断，另外两个人没法说出什么不同的看法。随后他们一致同意把捆绑的绳索局限在四肢和脖子，但紧接着他们又开始围绕着电流是否必须通过心脏而争论不休。

卡尔听着在他的面前展开的这场大话很多但理由不足的讨论，就好像这一切都只是一场梦那样。考克罗夫特和贝斯手所说的那些空洞的言辞，特别是叙利亚人发表的讲话愈来愈给他一种不真实的感觉，就好像这几个人把他们要讲的话事先都背了下来，还作了试讲。而在整个过程中，他们中间没有一个人对他这个唯一的听众看过一眼。这更让卡尔觉得这一切仿佛是一出小学生的表演。

叙利亚人特别赞成左手和右脚这个组合，正是因为这样可以让电流通过心脏。贝斯手用手指了指自己的下身，认为若把电极接在左脚和右脚上还是有可能让电流通过生殖器，他显然非常推崇这个办法。最后还是考克罗夫特的办法占了上风：右手和右脚，电流绝不能通过心脏。

这期间叙利亚人从麻布袋中又拿出了一样东西，一个黑漆闪光的半圆形的东西，上面有两只角凸出来，看上去好像缝纫机的脚踏开关，也许本来就是。他用一根螺旋线把这个黑色的小匣子连到灰色的大匣子上。一个指示灯亮了。

“我们一切都准备就绪了吧？”考克罗夫特问。

第五十五章　黑匣子

卢克·天行者：你的想法背叛了你，父亲。我感觉到你内心的冲突，这是好的。

达斯·维达：这里没有冲突。

——《星球大战6：绝地归来》

“我们现在要向您提几个问题。”令人可疑的心理学家说。他在卡尔面前的一个戴姆勒·奔驰公司的长形箱子上坐了下来。他脚的前面放着那只黑匣子。贝斯手站在洞穴后面最黑暗的那个角落里抽着烟。只能看到烟头燃烧发出的那点微光。卡尔的斜对面，叙利亚人蹲在地上，两边是连接的电线。

“很简单的问题。您只要说是或者不是或者用尽可能简洁的陈述句。您不能提出反问。我们向您提出的问题其实都已经问过您一次了。不过我们有理由相信，迄今为止我们得到的回答与事实真相没有多大的关系。所以我们现在再问您一遍。我现在开始问一个最简单的问题：您叫什么名字？”

“我不知道。”

“真的不知道吗？如果您连这么简单的问题都回答不了的话……您是否能够想象，您将面临什么样的情况？”考克罗夫特略微向前弯了一下腰，他的络腮胡子沾上了一些烟草末，“我再问一遍。您叫什么名字？”

“我不知道。”

“您确定？”

“我不知道自己的名字，这您是知道的。”

“不要去揣测我都知道些什么。我知道的比您想象的要多。回答我的问题。”

“如果您是医生的话，您应该知道我的情况。”

“我是医生。您记得我的名字吗？”

“考克罗夫特。”

“考克罗夫特博士。”

“但您不是博士。”

“您误会了。但这不是我们要讨论的问题。我们的问题是：您是谁？”

“您知道吗？”

“我不是跟您说过不能反问吗？”

“但您知道，是不是？您知道我是谁，或者说您知道我都做了些什么，为什么您就不能直接说出来？”

“因为您连第一个问题都没有回答。现在给您最后一个机会。”考克罗夫特把脚抬了起来，放在黑匣子上面几厘米的地方，用跟开始时完全一样的口气重复了一遍问题，“您叫什么名字？”

“我、不、知道！”卡尔大声叫道。

考克罗夫特的脚在空中犹豫了一阵子，然后落了下来。卡尔的身体惊慌地抽搐着。他的脑袋往后倒去，他断断续续地从鼻子里挤出气来，又通过臼齿吸入。

为了迎接电流的冲击，他把浑身的肌肉都绷紧着。由于感觉不到疼痛，他的眼睛里满是泪水。跑上前来的贝斯手满意地观察着卡尔的反应，叙利亚人眯缝起眼睛看着，考克罗夫特皱起了眉头。他把灰匣子的开关关上了又打开，打开了又关上。卡尔的抽搐变得有点延时，但还是感觉不到疼痛。考克罗夫特看着他的眼睛，等了几秒钟，然后用脚不均匀地急踩了三下。卡尔试着尽可能以同样的节奏抽搐和呻吟。考克罗夫特摇了摇头。他猛地踹了几脚把黑匣子踢出了视线范围。短时间内寂静无声。然后是有人急促地踩动着开关。

“这家伙完全感觉不到。”考克罗夫特说。

几个男人检查了一下电线，摇了摇灰色的匣子，把匣子翻转了过来。他们把电极从卡尔的皮肤上取了下来，按在自己的手臂上。他们用口水把电极弄湿了再粘了回去。叙利亚人把插头拔了出来，把金属部分擦得锃亮。他们使劲摇动着电线接头的地方。他们把脚踏开关拆开了又装上，然后在上面按来按去。就这样忙乱了几分钟后，他们终于在灰色匣子的背面发现了一只定位螺丝。叙利亚人松了一口气，用螺丝刀把分压器拨到最右边。贝斯手说：“现在我们可以了吧？”

他们重又面对着俘虏。考克罗夫特接上了电，卡尔一下子连着椅子飞起来撞到了墙上。

他的感觉，就好像每根血管都被注射了液体炸药，毫无声息地就炸开了。

“好奇怪，他自己完全不能活动。”叙利亚人说。他和贝斯手一起重新把椅子扶了起来，又检查了一下捆绑的绳索。

接着他们几个讨论了一番，是否要把分压器往回拨一点，或者用石头把椅子压住。卡尔好长时间里接不上气来。等他喘过气来的时候，首先感觉到的是，颈部就像被一块大磨石砸了一下。

接下来他感觉到的是腿上被压着的一块大石头，一个一闪一闪的指示灯，大胡子的一丝微笑。

“接下来我们要开始今晚最激动人心的那部分了。”考克罗夫特说。

第五十六章　电流

我们的故事有关心理分析，这是一种用现代科学治疗精神病人情感问题的方法。心理分析专家只是引导病人讲述其深藏内心的问题，帮助打开他的心扉。一旦谈话触及病人的某种情结，他开始主动谈及和解说，他的心理疾病和心理困惑就会消失……魔鬼般的邪念无一不是受到人的灵魂的驱使。

——希区柯克（导演）电影《爱德华大夫》

他说了很多，不管他知道的还是不知道的，他都说了。只是他们究竟要从他身上得到什么，他还是完全摸不着头脑。他们问他现在叫什么名字、住在什么地方，但是他们却不想知道他曾经叫什么名字、曾经住在什么地方。他们只想知道他是否愿意承认是在装病，他便承认了。接着他们又重复起已经提过的问题，问他叫什么名字，他回答说不知道，他们就给他上电刑。他说他证件上写着的名字是蔡特罗伊斯，他们给他上电刑。他说他叫阿道夫·奥恩或者伯特兰·贝多克斯，他们说，他不叫阿道夫·奥恩也不叫伯特兰·贝多克斯更不叫蔡特罗伊斯，然后他们给他上电刑。他说他不知道他叫什么名字，然后他又说他知道。他编造名字和故事，当他受够了电休克的折磨，他又编造出其他的姓名和故事。他恳求他们不要再继续给他上电刑，他把知道的关于自己的一切都倒了出来，从在仓库里醒来直到现在，希望他们由此能够看到他的合作精神。但他们还是给他上电刑。他们说这不是他们想知道的，然后又重复第一个问题，第一个问题就是问他叫什么名字。他说，他的名字叫卡尔·格罗斯。他们给他上电刑。

他们问他汽车和船有什么共同的地方，然后给他上电刑。他们问他在廷迪尔玛都干了些什么，他们问他是否还想得起来阿克拉伽斯的暴君这个故事，让他从一千开始往回数数，每十三个数为一节。完后又给他上电刑。他们想知道他是否在沙漠里下了车、跟谁碰了头。接着又给他上电刑。他们问他的妻子叫什么名字，问他是否听说过洞穴里的骷髅和特工的笑话，问他为什么在加油站同海伦攀谈，而不是找大众车里的那对德国情人。他们让他详细描述他在酒店里碰到的那个女人，让他描述黄色奔驰车里的东西。他们问他，谁是阿狄尔·巴斯尔，他跟那人过去是什么关系，现在又是什么关系。他们问起他的同伙和同伙的名字。接着又给他上电刑。他们问他既然失忆了怎么能在廷迪尔玛找到那辆奔驰车。接着继续给他上电刑。有一只饮料罐头？一个理发师？一支圆珠笔？他们询问其中的细节，指出其中的矛盾之处或者声称给他指出了其中的矛盾之处。接着还是给他上电刑。

他们看上去很确定他知道他们想要的是什么，或者说他们企图造成这样的印象，让人觉得他们很确定，以便让他感觉到，他们是不会放弃的。他们会继续审讯他，直到他把所有事情都说出来。他们好像是希望他主动把所有事情都说出来，好像他们竭力想避免诱导他说出什么事情来。他们好像自己也不是很清楚，他们到底想知道什么。但是他把自己能够回忆起来的事情都已经重复说了十多遍，他不知道还能说些什么。他问他们，他们究竟想要什么。他们给他上电刑。

他们究竟想要什么？当然就是阿狄尔·巴斯尔想要得到的东西。巴斯尔已经被他们打死了。他们想要的是Mine。但究竟是哪一种Mine?

如果他们找的是矿井，为什么他们还要审讯他？他们不是已经找到了吗？如果他们要的是圆珠笔里的那两个小东西，那又为什么把他带到这里来？这完全没有意义。他的脑袋轻飘飘的，他机械地回答着问题。他的脑海里出现了很多画面。一幅反复出现的画面是：他从一幢高楼上摔下来，砸到地面上发出一阵令人愉悦的声响。没有上文也没有下文，没有故事情节，只有坠落和撞击。另一幅画面是一个拿着枪的老汉。他端着枪冲进铁门接着扣动了扳机。考克罗夫特的脑袋被打飞了，就像是一只长着大胡子的西瓜，然后被击中的是贝斯手和叙利亚人。他们还在给他上电刑。这些还算不上是白日梦。卡尔并非想要做这些梦，但他也没有能力阻止这些梦。他的脑子里有人打了一个响指，门就无声无息地开了，山里的哈奇姆冲进来伸张正义。他们都对他做了些什么？他们把他解决了？他们贿赂了他？他跟他们是一伙的？

他没有办法去思考这些事情。他感到浑身疼痛。如果他感觉不到疼痛的话，那种明知疼痛还会再来的念头就会穿过他的身体，拭去他的所有想法。他感觉到他的生命取决于这些想法，取决于专注和逻辑地去思考的能力，尤其是他跟矿工所做过的那些事情。那个矿工是唯一还能救他的人。然后他又觉得，他的生命并不取决于这些，那个老汉是一个与他的那些想法完全无关的系统。突然他想起，这一切的关键是什么。关键不在于矿井，也不在于金子，其实根本就没有金子。但确实有其他的什么东西，看不见的东西，他们无法找到的东西。他费力地抬起眼睛，盯着考克罗夫特，说：

“我带您去。”

“什么？”

“我不行了。我受够了。”卡尔尽力想让自己的声音听上去很自信。因为他知道，他的表情会出卖了他，所以把脑袋在胸口晃来晃去。“如果您把我放开，我可以带您去。”

“去哪里？”

“在山下边。我无法描述清楚。那里有一个通道，墙上只有一个手指。我知道，他在什么地方。我带您去。”

过了长长的好几秒钟，接着又是电刑，卡尔的脑袋被抛来抛去。看来这也不是办法。但这帮刽子手在这里究竟要干什么？

“我能不能提个问题？”

“不能。”考克罗夫特说着，往他的肩上狠狠踹了一脚，“您不准问您可不可以提问题。”

“为什么在这里！”卡尔叫道，“为什么你们偏偏要在这里审问我？”

“这是什么问题？”考克罗夫特皱起眉头看着他的俘虏，“您是想在大庭广众下、在集市广场上接受拷问吗？您的智力也就是中学生的水平，我无意让您接受更为严峻的考验。不过我们在这里做的事情是不符合这个国家的法律的，其实也不符合我们国家的法律。”

审讯就这样继续着。他们问他为什么去了荒芜区，他回答说，他喜欢奇想乐队要胜过披头士乐队。他们问他是为谁工作的，他回答说，他喜欢披头士乐队要胜过主帅梅洛夫。他们问他，他真正的名字叫什么。他回答说，他们会给他送来豆类菜肴。他们继续给他上电刑。

疼痛遍及他的全身。这跟牙痛没法比，牙痛只是集中在一点上。他的疼痛更多像洪水一样涌来涌去，像一场话剧演出，有时表现在他的身体里，有时表现在观众的脸上。手指发出嘎吱嘎吱声，双腿完全失去了知觉，嗓子里像斧头砍过一样，发出就像移来移去的石墙的撞击声。卡尔感觉得到他的心肌在胸膛里拱了起来。在两次电击之间的片刻，头痛好像不仅是在头部，而是遍及全身，笼罩在整个洞穴里。他昏过去了好长时间，然后又醒了过来。临昏过去的那一瞬间是最好的，他已经有好长时间没有过这种美好的感觉了。接下来的几分钟他到了一间半明半暗的房间，好像是天快放亮的时候，房间里到处是噩梦的残余。他躺在被汗水湿透的被子里，阳光照在了海伦住的那栋别墅的百叶窗上，海鸟在叽叽喳喳地叫着，意识又慢慢地回到了他的身体里，告诉他，他还没有从噩梦中醒来。他试着去回忆昏过去之前那段时间里的生理反应，想由此回到那样的一种状态。但他看到的自己好像已经不属于自己。考克罗夫特和叙利亚人用同样的方法观察着他，他们想要阻止的正是他想要达到的。他们减低了电流量，为的是不让他再次逃逸到那样的一种状态中去。

“……我们是不是来聊聊天。”

“就像理智的文明的人一样。”

"我们不说其他的。"

"就是这里。"

"小学生。"

"真的。"

"您的名字。"

"我攻读的真的是心理学，六个学期。"

没有任何意义的不连贯的语句。

已经好几分钟了，没有发生任何事情。他们好像是想休息了。香烟熏人的烟雾，三个闪着暗光的亮点。考克罗夫特在说话。卡尔试着把注意力从身体重新转回到头脑中来。断断续续的想法。他想到了海伦，想到她没有留下任何消息就走了。他想到了大海，想到了廷迪尔玛的大火。他想到了海伦的汽车。她真的离开了吗？或者他们也绑架了她？他们会不会让他喝口水呢？跟他们合作究竟有没有意义，或许每一次试着回答他们的问题反而会没必要地拉长这没完没了的折磨？思绪里他正睡在一条丝绸的被子里。突然之间他明白了他们为什么在这里。

原因是如此简单，这让他有点揪心：因为在过去几天里，那些追踪他的人并不是他想象出来的。他们一直在跟踪他。考克罗夫特自己不是也说了嘛，他们需要一个偏远的地方，可以不受干扰地审讯他。因为他们一直在紧紧盯着他，包括他和海伦一起外出的时候，所以他们才会找到矿山，一个对于他们来说非常理想的地方。他们也许贿赂了哈奇姆，或者是把他干掉了。"或者他根本就不在！"卡尔出于尴尬地大声地说道，接着又想到，这个假设是否无懈可击。但是他想不起可以反驳的理由。由此看来，他们关心的一定是圆珠笔。不是矿井，肯定是圆珠笔，是圆珠笔里的那两个金属的东西。

“东西。”他大声地说。

考克罗夫特歪着脑袋看着他。

“东西，那两个金属壳体，”卡尔说，“东西在我这里。”

他还没有说完那几个字，就百分之百地相信自己的判断是正确的。

他们要找的肯定是那两个金属壳体。他们之所以在这里审讯他，是因为他们在跟踪他的过程中碰巧发现了这个地方。既然这么确信原因就在于此，他原本应该有理由可以高兴一番，但他很快意识到，那两个被他弄丢了的金属壳体也帮不了他任何忙。可是他却没有想到，在这个荒凉的山区，没有人可以不被发现地跟踪别人。

第五十七章　史塔西

这是一个白痴讲的故事，虽充满宣泄和骚动，但全然没有意义。

——莎士比亚

“什么东西的壳体，”考克罗夫特说着，带着嘲讽的表情笑了起来，“您有什么东西的壳体？看来我们需要稍稍休息一下。”

他给叙利亚人和贝斯手打了个手势，两人走了出去。可以听到他们在过道里的笑声。

考克罗夫特面对俘虏弯下腰来，最后吸了一口香烟，并且礼貌地把烟向上吐去。他带着一脸无以指责的真诚坐在卡尔的对面，跷着二郎腿，一只脚放在黑匣子的边上，另一只脚在那里晃动着。这时卡尔则在一门心思地考虑，如何为金属壳体找到一个可让人信服的存放点。他不想给对方留下他为此需要长时间考虑的印象，所以脱口而出说道：“我把东西给了阿狄尔·巴斯尔。”

“我不知道您说的东西是指什么。”考克罗夫特说，“我们在这里如此有品味地交谈，但我还是要提醒您注意一个小小的状况。这个状况在我看来很重要，但您显然还不知晓。我说的状况不是指，如果您真的已经把什么壳体或是其他什么东西交给了阿狄尔·巴斯尔，他和他的三个帮凶不可能还会那样全副武装大张旗鼓地在后面追你。不，我说的状况是，我昨天跟马提内兹教授通了两个小时的电话。他是这个领域的绝对权威、最高的权威。在这里要打通长途电话不那么容易，而且电话费非常昂贵。但马提内兹教授，谦虚点地说，他完全赞同我的看法。整体记忆缺失是不可能的，而要假装整体记忆缺失，您的知识和能力又是完全不够的。对不起我不得不这样说。我的两位同事马上就会回来，我们接着会使用一些让您更加疼痛难忍的方法来教会您明白这一点。再接着您可以欣喜地迎接下一位游戏主持人的到来。因为我的性格过于温柔，无法驾驭再接下来的游戏。但现在就我们两个人，我们肯定还可以有几分钟的时间。如果您愿意利用这最后的机会告诉我一些什么……不愿意？那好吧，那就算了。如果您说了，在我的人事档案里会有一笔不错的记载。不过，这是您的决定。那我们现在就等着专业人士的归来。如果您愿意，我们可以不说话。或者我是不是可以给你讲个笑话？”

“这是刑讯的一部分？”

“刨根问底。您的状况不错嘛。”

考克罗夫特把两只手在背后撑在箱子上，有点讳莫如深地看着卡尔，最后说道：“美国中央情报局。”

卡尔闭上了眼睛。

“美国中央情报局、苏联克格勃和东德史塔西三家之间有一场比赛。如果您还不知道的话，史塔西就是国家安全的意思，东德的间谍机构。您不知道？咳，看来人家是不愿意跟我说话。没关系。我继续说。中情局、克格勃和史塔西之间有一场比赛。在一个山洞里有一个史前的骷髅。谁能最准确地说出骷髅的年份，谁就是不朽的冠军。中情局的人第一个走进山洞。过了几个小时他出来了，说：‘骷髅是大约6000年前的。’评奖委员会的人感到十分惊讶，因为他的估算相当不错。‘您是怎么发现这个相当准确的年份的？’美国人回答说：‘根据化学成分。’下一个走进去的是克格勃的人。过了十个小时他从山洞里走出来，说：‘这个骷髅是6100年前的。’评奖委员会的人欢呼道：‘太棒了。您说的比上一个人更为准确！您是怎么做到的？’俄国人回答说：‘根据碳化检测。’最后走进山洞的是史塔西的人。他在山洞里待了两天，筋疲力尽地爬了出来，说：‘这个骷髅是6124年前的！’评奖委员会的人大吃一惊，张开的嘴都合不拢了。这正是骷髅的准确年份。‘您是怎么做到的？’史塔西的人耸了耸肩，说道：‘这是它自己向我承认的。’您觉得这个故事有趣吗？我觉得很好笑。要不我再给您讲个笑话，您一定喜欢。以色列的一名高级军官要找一位女秘书。”

“我不想听。”

“您不听也得听。他要找一位女秘书。”

“我不想听。”

“他问第一位来应聘的人：‘您每分钟可以打多少个字？’”

卡尔闭上了眼睛，把脑袋转来转去，嘴里叫着“啦啦啦啦”。

这期间贝斯手和叙利亚人回来了。贝斯手拿着一只塑料盒子，费劲地从盒子里拿出一块三明治递给了考克罗夫特。考克罗夫特咬了一口，满嘴都是食物地说道：“这个笑话我都讲了好多年了，这是我知道的最好的笑话之一。对不起啊。”他把掉在卡尔裤子上的几片碎屑掸去，“迄今为止每一个听过我讲的这个笑话的人都笑得特别开心，您也肯定不会例外。请您仔细听好，等到高潮的时候，请您笑一笑，也可以说明您的智力是成熟的。好，他要找一位女秘书。”

考克罗夫特又讲了两个还是三个笑话，卡尔都不知道自己是不是还清醒着或是在梦里。透过耷拉着的眼皮他觉得看到铁门上有什么东西动了一下。门把手慢慢往下，然后门被开了一小道缝。或者门是不是一直就开着？不，门是刚被打开的，而且一毫米一毫米地越开越大。卡尔把视线移开，转而盯着考克罗夫特的眼睛。

考克罗夫特和贝斯手背对铁门坐着。叙利亚人坐在灰色的匣子上，看着自己的脚，玩弄着蓝色的和黄色的电线。接着传来一个缓慢的、自命不凡的、单调的女人声音：“不好意思，打断你们了。能不能告诉我游客咨询处在什么地方？”

第五十八章　范德比尔特系统

人的大脑中还有许多区域没有被利用，这意味着，人的进化是一件长远的事情，要完全达到进化还有很长的一段路要走。

——乌拉·贝克维斯兹（德国女演员）

在这儿没法摆放凯尔特十字，原因很简单，因为座位前面的小桌板太小。如果把纸牌摆成一个长方形的话，小桌板上最多只能放六张牌。当米歇尔闭上眼睛，吞咽着唾液，努力回忆着儿时的种种经历，来克服飞机起飞带来的不适时，她就想到，是否可以把纸牌摊放在波音727机舱后面的地毯上。但飞机在空中飞行还不到一刻钟，身着双排扣西装的商人、穿着舒适运动裤的旅游者和带着孩子的母亲们就开始纷纷上卫生间，把机舱里的过道给堵上了。如果在地毯上摆出凯尔特十字，那么她势必要向所有的人道歉，为自己的行为辩解，回答种种门外汉的问题，面对某些人的兴趣或是忍受某些人的不理解。埃迪·法埃勒能做到这些。如果埃迪在身边的话，米歇尔也许有足够的勇气来尝试一下。但在某些日子里——而今天正是这样的一个日子——只要看到一张陌生人的面孔，米歇尔都会感到惶惶不安。

她握起拳头把桌面擦干净。边上坐着一个呼哧呼哧喘着粗气的胖男人。她就像没看见那人一样，她甚至没往舷窗外望一眼，去看朵朵白云下那无底的深渊。但为了不打乱能量的流动，她也没关上遮光板。她的注意力完全集中在小桌子上。两行各三张牌，没有地方可以摆放更多的纸牌。虽然因为情况特殊也可以摆放一个小的十字，但是米歇尔不喜欢小的摆放系统。小系统只能揭示小问题。如果开始提出的问题比较大，那就需要四张以上的纸牌，否则就会变得过于公式化。在公社的时候，面对所有重大的决定，她都把摆放凯尔特十字扩大到十三张牌，这个做法得到了大家的认可。但是在飞机上不可能想到什么临时的办法来做到这一点，即使她把座椅扶手、自己的大腿上以及两腿之间的一小块座椅都利用上的话，也不可能摆放十三张纸牌。她把摇摇晃晃的小桌板推上了又放下。她在想，如果有一副小一点的适合旅行的纸牌就好了。比如说像火柴盒大小的纸牌，用照相版印刷就可以了。只要稍有商业上的才能，也许这样的纸牌还会畅销，发明这种纸牌的人还会发财。可以在火车站、汽车站、轮船上、飞机场、免税品商店等地方推销这种纸牌。或者直接向航空公司供货！这样在登机的时候那些容易接受新事物的乘客除了报纸、水果和湿纸巾之外就可以拿到这样的纸牌。对于尚缺乏练习的人，空姐可以用介绍紧急情况下的行为须知一样优美的姿势展示摆放凯尔特十字的方法。米歇尔闭上眼睛，看到自己穿着一身蓝色的制服做着优美的动作。当空姐推着餐食和饮料的小车经过她边上的时候，她要了一杯咖啡。她旁边的胖男人要了两杯威士忌，并且一饮而尽。他看了米歇尔一眼，随后重又喘着粗气陷入半睡眠的状态。从他的嘴角流下来一丝口水。

想要了解未来的欲望在米歇尔的心里越来越强烈。就摆放一个小十字怎么样？她看了一下四周。大部分乘客在看书或读报。后面有一个空姐拿着一个垃圾袋在收集用过的塑料杯子。就在这时，米歇尔有了一个灵感。

她直了直身子，整理了一下头发，然后果断地把坐在她边上的乘客摇醒了。那个胖男人肥大的脑袋都快要靠在她的肩上了。她说想要用一下他的小桌，问他是否同意。胖男人惊愕地看着她，那丝口水颤抖着流到了下巴上，然后嘴里不知嘟囔了一句什么，不情愿地靠向了另一边。

米歇尔在确定胖男人已经睡着了之后，小心翼翼地把六张纸牌放到了他的小桌子上。她考虑了一会儿，又把一张牌放在了两个座椅中间的扶手上。她的眼睑扑闪了几下。该怎样来解说这个新的模式？

最左边的两张牌很明显是深层的，指的是过去。上面是男性原则，不，上面是女性原则，下面是父亲。接着一对牌是儿童和青年，然后是自我视角和他人视角、环境与自我、希望和愿望、未来身体和精神的发展。座椅扶手上那张孤零零的牌该怎么看呢？原本只可能是连接所有其他牌的要害所在，本人的现状，关联……出发点的问题。

好长时间里米歇尔把余下的纸牌放在自己的大腿上。她使劲往后仰着把身子紧紧靠在椅背上，注视着眼前的纸牌摆放阵式，就像一个艺术家后退几步观赏自己的画作一样。摆放的阵式不错。但能否达到目的？米歇尔决定，为了检测一下这种摆放模式的功效，首先来询问一下波音727的命运。

除了最右边的那张牌有点麻烦，结果总体来说是可以让人放心的。飞机是由波音公司设计和制造的，制造过程中严格遵守飞机制造行业所有的规定，投入了最高超的工程技术。飞机已经安全飞行了很多小时，还能继续安全飞行很多小时。中间的牌，可以说是飞机驾驶员，就放在座椅中间的扶手上，是一切的主宰。对于一次飞越大西洋的航行，不可能有比这更好的预测了。最右边那张牌的麻烦最多只是说明飞机在很远的将来需要做一次小小的检修，也许是飞机某个不太重要的部位有个螺丝松了。也许是飞机的外壳上……或者更有可能的是机舱内装修方面的问题。比如哪个座椅的靠背坏了。米歇尔在头脑里通知所有乘客，没有任何理由需要担惊受怕。她看了一下四周。大部分乘客都睡着了或者把身子埋在报纸后面。

接着，她重新把纸牌摆放好，这次要问的是海伦的情况。为此她特地把那张吊着的男人的牌放了进去，但那张牌却没有再出现。这次的结果也很不错。海伦·格立泽的天资非常好，很年轻的时候就养成了她那种矛盾的双重性格。在丑角和魔鬼之间，她一副伤人的玩世不恭的样子，戴着假面具向外张望着。强硬、冷漠、果断。大部分男人不知为什么不但对这样的性格不厌恶，反而会觉得很有吸引力。

米歇尔开始寻找一个有着阿拉伯血统的新的人生伴侣，但没找到。她不由松了口气。并不是她不希望海伦能够得到卡尔这样一位男友，而是因为这一结合的前景会不太妙。米歇尔很强烈地感觉到了这一点。放在座椅扶手上的还是那张大祭司的牌。往右米歇尔都不敢看一眼：那里所有的六张牌都放倒了。

胖男人喘着粗气醒了过来，看了一眼他面前小桌板上放着的乱七八糟的纸牌，又睡了过去。现在米歇尔开始摆放纸牌来测算自己的命运，接着是埃德加·法埃勒，然后是她的母亲、她已过世的父亲。再接着是沙隆、吉米、雅尼斯。最后，当客机已经飞临大西洋上空的时候，她又测算了一下理查德·尼克松的命运。所有结果都异常地准确，比凯尔特十字通常能够预告的还要准确。米歇尔不禁欣喜若狂，差一点又一次把邻座的胖子摇醒。她需要有人说话。她想象着媒体代表纷纷前来，她接受他们的采访。美国的专业刊物争先恐后地来约她。一个黑眼睛的年轻男人，褐色的头发轻轻搭在前额上，戴着一副无框的眼镜，一台录音机的皮带挎在他肌肉发达的肩膀上，脸上满是悲伤的怜悯之情。就像米歇尔已经接受过的其他采访一样，他的第一个问题也是关于给她的生活打下深深烙印的那些沉重的苦难，在撒哈拉经受的苦难。但米歇尔闭着眼睛摇着头告诉对方，她现在不想也不能讲述这些。虽然已经过去那么长时间。那份苦难实在过于沉重。

“那好，范德比尔特小姐，我再提一个问题，这个问题对于我们的读者来说也许是最为激动人心的。您是怎么——或者换一种表达——您在什么状况下才发现了这个六位系统？现在这个系统在西方世界的大部分圈内人士那里已经替代了在解说一致性方面存在明显缺陷的凯尔特十字。”

她想了很长时间。看着座椅上方的通风孔，她最后纠正了一下那个可爱的年轻男人说的话。虽然现在大家都把这个系统叫作六位系统，但实际上应该是叫727系统。虽然有许多人也说这是范德比尔特系统，或者简称为“范氏系统”。但她作为发明这个系统的人更愿意使用727这个名称，因为这才是系统原本的名称。虽然纸牌的摆放从根本上来说是六加一加六。但是考虑到飞机是发现这个系统的所在地，再考虑到飞机在空中的高度这个具有象征性的事实，也就是说有一种更高的能量在起作用，所以我们在这个摆放阵式的数字上各加一，所以应该是七加二加七，727……米歇尔突然想到，616在埃弗拉艾密法典上也是动物的名字，不禁出了一身冷汗。在圣经上错误地写成了666，但在更老的手稿和羊皮纸的记录上都可以找到最初的数字，后来只是为了欺骗那些无知的人而被统治者改成了相对无害的六。一派谎言。这次又是神的力量，只要我们对这类现象多一份坦诚，神自然会从最深处循道而来，告诉我们真相。米歇尔还纠缠在记者提出的第一个问题之中，而空姐已经在分发主餐食品了。

令人厌恶的塑料盒子，用塑料裹着，放在塑料的盘子上。胖男人在吃饭的时候说了一番尘世间的评论，米歇尔听不懂他在说些什么。几分钟后胖子又睡着了。米歇尔发现她的座椅下面靠右有一颗螺丝松了。她笑了。她丝毫没有感到吃惊。

她看着太阳向周边伸展开来的八条闪烁着金色和红色光芒的手臂。后来，她主动向胖子表示可以免费为他摆放纸牌。这时他已经醒过来好一阵子，丝毫没有改变他半躺着的姿势，眯缝着眼睛看着两张小桌子上纸牌摆放的阵形。

“这是什么？”他咕哝着问了一句。米歇尔平静地告诉他，纸牌的阵形表示了一个人的未来。胖子马上挥了挥手表示不要。

“我能理解，”米歇尔说道，“大部分人都害怕了解自己的命运。他们担心无法面对命运，因为命运对他们来说过于沉重。”

"什么？"

"生命，"米歇尔说，"一个人的过去和未来，二者之间的关联。"

"您对我的未来感兴趣？这样看来您的兴致比我的还大。"

胖子的最后一句话在米歇尔看来十分模糊费解。她没有马上明白他的意思。胖男人继续说道："我的未来我已经知道了。您不必告诉我。我的未来如同我的过去一样，而我的过去是一堆臭屎。您看到了吗？"他把衬衣领子拉了下来，露出了脖子上和上身一片细细的伤痕。

"您是去度假的吗？"米歇尔小心地问道。

"度假！我是不是可以告诉您，在那帮白痴那里我都经历了一些什么？"尽管米歇尔摇了摇头表示不要，他还是开始讲起了他在非洲的故事。米歇尔尽力控制着自己的面部表情。他的描述开始时还算过得去，部分还有点好笑，但很快就变得令人反感，甚至可以说是违法的。只是出于良好的教养她才没敢一再打断他的滔滔不绝。

"那是最便宜的房间。"他说着，详细描述了他的房间、他住的酒店、堵塞的厕所、糟糕的饭菜、沙滩度假、气候和在酒吧度过的夜晚。很多夜晚，很多酒吧。而这一切都出于同一原因，一个米歇尔无法理解的原因，那就是酒吧里的女人。但这都无所谓啦，他自己说的。他是来自衣阿华州的汽车机械师。他的祖先来自波兰，波兰，是的，他是一个正派的男人，凭良心讲，正派是他的第二个名字。他挣钱不多，而这回是他第一次度假，肯定也是最后一次在这个可怕的欧洲度假。

"非洲。"米歇尔说。

“非洲，”胖子说，“二者也没多大区别。”可能是误解了。一个男人为什么跑到这里来？因为有人告诉他，这里——他指了指飞机的地板——新老两个世界汇集在一起。女人很漂亮，习俗不那么严格，节日庆典又非同寻常。而最重要的是，就像那个奥地利心理医生所正确揭示的那样，他用了一个以什么“主义”结尾的词，米歇尔还从来没有听到过。她想问，但又有点犹豫。当胖子说出下一个句子的时候，她又以为自己听错了。因为胖子从“主义”马上转换到了另一个论断，说什么这里根本没有什么不好说的事情。整个就是一场无聊的骗局！胖子狠劲拍了一下桌子。

十三张牌同时飞了起来，就像一窝被惊飞的小鸟。米歇尔马上去抓纸牌，接着才想起张开双手去抓住一个稳固的支撑点。当她的身子还在座位上来回滑动的时候，飞机猛地颠簸了起来，她立时吓得面如土色，这倒不是因为飞机的颠簸，她本来对飞机完好的性能是坚信不疑的，而是因为发现自己一下子用双臂抱住了那个肥胖的满头大汗的男人，拼命地尖叫着。

“飞机遇到了坑坑洼洼的地方，”扩音器里传来机长的声音，听上去好像喝醉了，“我们的飞机正穿过一大片舞场。”

“跳舞。”胖子说道，他的口气就好像根本没有发现一个极有魅力的年轻女人正吊在他的脖子上，把他当成了能够解救自己的最后靠山。他帮米歇尔把纸牌捡了起来。她向胖子道了歉。他继续讲他的故事，声音里听不出有任何的变化。很多很多钱，他说，他在那里挥霍了很多很多钱，即使是酒吧里的非洲女人，即使是年龄最小的女人，即使是皮肤最黑的女人……他觉得她明白，他想说的是什么。难忍的臭气、害虫、炎热。最大的问题还是钱。比一个女人更贵的什么？米歇尔不知道。两个女人，没错。可是接着出现了一个意外情况，突然之间。

他剧烈地咳嗽起来，把一张餐巾纸蒙在嘴上，看着咳出来的一口深黄色的浓痰，就像一个小孩看着他的玩具一样。

“我很喜欢听您讲故事。”米歇尔说，虽然她到现在也不能肯定，胖子讲的究竟是什么。但这个男人摆弄那口浓痰的样子比他之前讲的所有事情都要令人恶心得多。

他抬起身来，弄出了很大的响声。他把手巾纸塞到两个座椅中间的夹缝里，还用手掌往里使劲按了按。

不管怎么说，他继续讲道，接着突然有一个男人向他走来。那人看上去有点像当地人，或者是一半一半吧。但那人穿的衣服非常奇怪，有点像小丑。那人请胖子陪着一起去他的房子。

“不，事情不是您想的那样！”胖子叫了起来，把脑袋凑到米歇尔茫然不解的脸前。

实际上那个男人只是在找一个翻译。为了这个目的他在躺在沙滩上的人群中转悠了半天，询问谁会波兰语。虽然胖子不是真的会波兰语，但他还是回应了那个男人。不管怎么说他的祖父母会。作为后代，还在孩提时代，这里可以就语言和语言天赋说上一大通。不管怎么说他有很快掌握实际技能的才能，就像他的所有家人一样……现在他思路有点乱，不知该如何往下讲了。

“那个男人，”米歇尔说，“那个男人和他的房子。”

没错，那个男人和他的房子。还有他穿的那条玫瑰色的百慕大裤子。他们去了他住的那套房子。在屋子中间放着一台机器。一台闪着银光的机器。他虽然不懂波兰语，但马上就认出来这是一台蒸馏咖啡机。咖啡机很大，是食堂或者酒吧使用的那种。上面有波兰文的说明。不是什么特别的东西。但一定很贵。接着发生的情况就有点匪夷所思了。

匪夷所思这个词让米歇尔一下子紧张了起来。她试着把身体斜过来，把一条腿架在另一条腿上，但即便把小桌板翻起来也不大可能做到。胖子站了起来，因为他还以为她要上卫生间。他们折腾了好一会儿才搞清楚原来是一场误会。

“然后，”胖子说，“他突然一下子走了。”说的是那个男人，他只是想知道自己房间里的那台机器是什么东西。然后他一声不吭就离开了平顶别墅，急急忙忙地，连招呼也不打一声……故事就这样结束了。

“真的很古怪！”米歇尔失望地叫道。她不明白为什么胖子要把这一切告诉她。

他沉默了一会儿，接着笑了起来。

“现在您当然想知道，接着我都干了些什么。”他说。米歇尔本来还想再考虑一下自己是否想知道这一切，但此时感觉到了一种精神上的麻木。她睁大了眼睛点了点头。

“不管怎么说我也是一个凡人。”胖子说。如果这不是命运的暗示还能是什么。他接着回到了沙滩上，从他躺着的地方可以看到那栋房子。别墅的大门一直开着。到了晚上那个男人也没回来。他随即租了一辆手推车，把屋里那台咖啡机运走了。这么做是否有失道德，且不去管他了。不管怎么样，他用机器换了钱。八十美元，顶多是咖啡机价值的十分之一。但那是他在非洲的最后一天，她懂的。然后他拿了钱去了港区，狠狠地玩了一把。两个黑种女人和一个白种女人。

米歇尔说对不起。他重复说了一遍：两个非常棒的黑种女人和一个白种女人。那个白种女人只是摆摆样子的。但他请米歇尔原谅，他说他作为男人无法违背自己的偏好。对他来说黑色就像煤球，黑种女人就像地狱。没有黑种女人他宁可不要。然后，长话短说，故事的尾声，她们想要杀了他。他又一次把衬衣领子拉了下来，用大拇指指着咽喉的地方。

他在一个街旁的排水沟里醒了过来，没有行李，没有钱，没有衣服、护照和机票。接着他在美国大使馆待了半天。这就是他的过去。他的将来肯定也会是这样，因为她们都是这个德性。女人们，改不了的。这是他倒霉的地方。他的整个生命。即便不看纸牌他也知道他的生活会非常不幸。

他喘着粗气，又一次剧烈地咳嗽着。他带着审视的眼光看着米歇尔被沙漠的烈日晒成深褐色甚至有点发黑的皮肤，突然笑了起来。他的笑很让人不舒服，很令人讨厌。米歇尔看到过他这个年龄的男人，体重超重，头发脱落，生活带来的自然结果。他的笑同时还带着那么一点奇特的童真和纯净。米歇尔估计，他并没有意识到他的脸部表情，或者至少说他那张肿胀的衰老的脸，和他像年轻人一样的企图之间有多么不协调。

但是她没有躲开他的目光。相反，她紧紧地盯着他的眼睛。就像一台高精度的测试仪器，记录下了他脸部表情的所有变化，从满脸微笑到僵硬直至不安地微微抽搐，最后是微笑完全消失。她观察到，这个大个子的肥胖男人如何转过身去，在她的自信面前变得不知所措。接着他又转过身来，试着再一次露出那种做作的微笑。整个过程，这个让人一眼就能看穿的男人以及他那追逐肉欲的拙劣表现，不禁让米歇尔想起她小时候有过的一只可爱的哈巴狗。那时候她的金丝雀死了。她在圣诞树下找到了这只哈巴狗（嘴角淌着哈喇子，肚子上系着一条蓝色的饰带，淡褐色的牵狗皮带）。米歇尔知道，胖子的亲昵举动在飞机快要到达目的地的时候肯定还会继续，就像太阳每天都会下山一样。她现在更倾向于不是带着成见地去回应胖子的举动，而是带着一份惊人的真挚。她的结婚礼物是一个日光浴室。她的婚姻十分长久和美满。

第五十九章　洋蓟行动

在这样的一场战争中，把敌人掐死，抢走他们的东西，把他们烧了，做一切有损于敌人的事情，直到把敌人消灭干净，这样做是符合基督教精神的，是爱的表现。尽管看上去把人掐死和抢夺别人的东西不是爱的表现。所以一个头脑简单的人会想，这不符合基督教精神，笃信基督教的人不可以这么做。但事实上这也是一种爱的表现。

——路德

“不是开玩笑。”海伦说。她穿着白色的短裤、白色的衬衣，戴着一顶白色的帽子，脚上是一双白色的帆布鞋，肩上背着一只很大的麻布挎包。海伦走进山洞，越过考克罗夫特的肩头看了卡尔一眼，然后从包里拿出两只绿色的橡皮手套、一份厚厚的阿拉伯报纸和一把扁嘴钳。她把所有东西交给了叙利亚人。

叙利亚人把报纸展开，取出了体育版，然后细心地把其他部分摊放在地上。

“你还好吗？”海伦边问，边从包里拿出一个黑色的塑料瓶，“你口渴吗？”

她拧开了瓶盖，在瓶口闻了闻，然后递给考克罗夫特，他也在瓶口闻了闻。接着他们三人——海伦、考克罗夫特和贝斯手——走到门口。虽然门并没有关紧，但卡尔还是无法听清楚他们在说些什么。他们走回来的时候，考克罗夫特给了叙利亚人一个信号。他马上放下了那些有关西班牙足球甲级联赛不那么振奋人心的新闻，把体育版报纸塞在裤兜里，站到了藤椅的后面。他用双手像老虎钳一样从两边抓住卡尔的脑袋。贝斯手从前面抓住卡尔的下巴，海伦把黑色的瓶子塞到他的嘴唇上，同时夹住了他的鼻子。

“张嘴。张嘴。张嘴。味道虽然不怎么样，但没有毒。”

味道的确不怎么样。但也真的没有毒。好像是一种药。有点苦。有点肥皂的味道。

他们把瓶子里的大部分液体灌入他的嘴里之后，松开了他，并马上往后退了几步。卡尔的嘴里流出来一股黄色的液体。当他还在那里打着嗝儿咳嗽着的时候，他们把绑在他身上的绳索全都解开了。卡尔无力地滑到了地上。他们命令他脱衣服，但是他那红一块蓝一块的双臂已经完全不听使唤。他们弯下腰来，把他的衣服脱光了。然后他们把他拉到了摊开的报纸上。他们让他蹲在那里。但是他一再地倒在地上。最后叙利亚人用拳头顶着他的脑袋把他拉了起来。他们两人一起在那里晃来晃去。

“要不要我替你一会儿？”

“这需要多长时间？”

“瓶子上怎么写的？”

“你有没有什么感觉？”

“没有。”

“把瓶子给我。”

“你有没有感觉？”

“他什么时候吃过东西？”

“根本没有吃过。”

“之前呢？”

“前一天应该吃过。后来就没有过。如果你们看紧了的话。”

“你快来看看。快看。哎哟。”

卡尔把肠胃里的东西在报纸上吐了一地，叙利亚人抓着他的头发使劲抖着，就像拿着一只口袋要把里面的东西抖落干净了一样。

过了一会儿，叙利亚人把他的手放开了，卡尔软软地往一边倒去。他的额头被撞破了。他一动不动地躺在那里。在他的眼前有很多小黑点在动。是蚂蚁。他听到一个抓起什么东西的声音，透过蚂蚁摆动着的触角，他看到贝斯手正戴上绿色的橡皮手套。卡尔好长时间里一直努力控制着自己，这时他忍不住哭了起来。

贝斯手拿着一把小刀开始在呕吐物里戳来戳去。他蹲在报纸前，两臂悬在膝盖中间，用刀片把呕吐物的东西切成小片，然后涂在旁边的纸上，就像往面包上抹黄油一样。

考克罗夫特、海伦和叙利亚人站在他的身后，手臂交叉在胸前，好像他的玩伴一样。他们在那里捣腾这刚从他身体里排泄出来的又热又臭的东西，让卡尔有了一种莫名的悲哀。其中有着一些象征性的东西，很残忍的东西，让卡尔深深地担忧，他们很有可能会把其他东西从他身上割去。卡尔把目光重新投向蚂蚁。

贝斯手把全部呕吐物都涂在了报纸上，报纸看上去就像是一大片涂了巧克力酱的面包，这时他脸上的表情和他说话的声音如同一个八岁的孩子："这里什么都没有。"随后三双蓝眼睛和一双黑眼睛一齐转向了一丝不挂吸着鼻涕躺在地上的男人。

海伦用脚把卡尔的衣服踢给了他。他勉强地一个人把衣服重新穿上之后，他们又把他绑在了椅子上。

"继续进行第二项，"考克罗夫特说，接着转向海伦，"您的男人。"

第六十章　承受之传奇

审讯专家和学术专家之间有过一场精彩的讨论。事实表明后者有微弱的优势。但就反间谍的目的而言，这场辩论过于学院化。

——库巴克手册

一条很细但很直由许多黑点组成的线从卡尔坐着的椅子右边穿过，一直通向洞穴后面他眼睛无法看到的地方。往洞穴的另一边还有一条带着橙色细粒的线从铁门下穿过通向自由。

当卡尔还在想着那些蚂蚁的命运的时候，海伦在他对面坐了下来。其他人已经离开了山洞。海伦从烟盒里取出一支香烟，但没有点着。带着她特有的那种懒洋洋的麻木的仪态，她一只手夹着烟另一只手拿着打火机开始讲话和做着各种各样的手势。她跷起了二郎腿。卡尔拉扯着绑住他的绳索，给人一种他正遭受着巨大的疼痛的感觉。实际上他们并没有像第一次那样把他绑得那么紧。他已经没有多少知觉的右手（他不敢看他的手），这时正一毫米一毫米地从绳扣中滑落出来。他说："你知道的，我什么都不知道。”海伦说：“我什么都不知道。”为了表示她不希望自己的话被打断，海伦用脚把黑匣子往自己这边踢了踢，放到了大腿上。黑匣子在她白色的短裤和赤裸的大腿上摇来晃去。

“现在，我们从什么地方开始？你可能会问，为什么为了这么一点小事要花那么大的工夫？但这不是小事，不管你是不是明白。对我们来说这不是小事。这样东西的结构每个大学生都知道，整体说来这样东西也没那么精巧，几个聪明人也许就能组装起来。但这样东西还是相当精巧的，我们不可能也不愿意将此作为大批出口贸易的对象。除非航运途中还有其他什么垃圾要一起运送。”海伦拿起香烟和打火机，但很快又把双臂放了下来，“你不是第一个想做如此尝试的人。你只是第一个被我们抓住的人。也许是第二个。但你是第一个活着的人，所以你是第一个必须和我们分享你所知道的事情的人。你也许知道，我们在这里所做的小小的游戏的目的并不在于，你是否告诉我们实情。这你根本说了不算。你能决定的只是时间点，你什么时候决定把真相告诉我们。你可以继续折磨自己，继续拖延下去，但想逃脱这是不可能的。如果你接受过如何应对审讯的专门训练——很可惜我们必须以此为出发点——那么你也应该清楚这一点。你知道，面对简单的暴力，你可以靠自己的意志力、运用自我暗示之类的东西坚持一阵子。前提条件是，你在这方面的确受过良好的训练。也许你可以坚持一天两天，甚至三天。可能会有例外。迦太基号称，”海伦用拇指指了指身后，“他说曾见过坚持了五天的人。但我不相信。这一定是出自那些称颂勇敢士兵的传奇，说什么他即使被燃烧着的煤块烫焦也不会出卖他的军队、他的故乡和他的家人。接着人们会为他建一座纪念碑。碑上的勇士用一双健全的大理石眼睛若有所思地望着远方的地平线。很庆幸，四肢也都还在。但这要不就是传奇，要不就是参与审讯的专家太无能。大部分情况下那些自称专家的人都是无能的。至少在这一点上你可以完全放心。”海伦把烟夹在嘴唇中间，点上火，往被锤子砸得千疮百孔的洞顶上吐了口烟。

“我可以帮你作出决定，我可以告诉你我们都知道些什么。你别想也不可能庇护某个人或掩盖某件事。因为，我们都知道些什么呢？我们知道，东西是在廷迪尔玛移交的。我们也知道大概是在什么时候发生的。我们知道东西移交了，但不知道移交给了谁。在酒店有人预订了房间，用的是一个叫海尔利希克菲的名字。海尔利希克菲，这是德语，就是漂亮箱子的意思。你听说过这个名字吗？没有？我愿意相信你。不管怎么说我们在塔吉特机场发现了这个叫漂亮箱子的人，并一路跟踪他到了廷迪尔玛，在那儿我们把他给跟丢了。他没有出现在酒店。当然我们早一点就可以动手，但我们不知道，那样东西他是否带在身边，或者说我们不知道东西究竟在什么地方。我们甚至不知道，那究竟是什么东西，是采用什么形式运送的。我们只是知道，有一样东西要送过来，是从研究实验室里偷出来的。接着我们为重新找到他花了近二十四小时的时间。但那段时间里似乎什么都没有发生。他一天又一天地坐在咖啡馆里好像在等什么人，但东西没取走。我们派了一个家伙在那里盯梢，带着无线电通信设备。他报告说：没有发现任何情况。要不就是我们的人瞎了，要不就是那个人产生了怀疑。或者那个人根本就不是我们要找的。接着在公社里发生了血案。就在这个时候我们犯了一个小小的错误。也许任何人在那种情况下都会犯类似的错误。那里发生了什么情况呢？一小伙共产主义者、嬉皮士和留着长发的人，政治上稀里糊涂的人。四个人死了，很多钱不见了踪影……我们想，事情很清楚，我们跟踪的人不是我们要找的人。所以我们去了公社。但我们的人没有进到公社里面去。他们很快把自己隔离了起来，不让媒体和其他任何人接近。他们在那里哀悼死者。当打听到公社里面有一个我学生时代的女友时，组织就把我派到这里来了。当时我正在西班牙。在我去公社拜访之后，米歇尔明确告诉我整个事件其实跟钱完全无关，完全是那个叫阿玛窦的阿拉伯疯子因为性生活的问题而一手造成的。在我们了解到这个情况之后，我们的线索完全断了。漂亮箱子就像在人间蒸发了一样没了踪影。而那些嬉皮士能够做出违法行为的程度都不够从瑞士海关走私一条巧克力的。就这样，整个行动告吹了。我心里已经做好了回家的准备……就在这个时候，我碰到了一个阿拉伯人，在沙漠中的一个加油站。他流着血，昏头昏脑地请求帮助，他显然在逃跑的路上。我只是有那么一种直觉，所以就把你收留了下来。我想，谁知道呢，因为，你说的失去记忆，这完全是胡说八道。我的第一个估计是：这只是寻求同情的手腕，一个阿拉伯男人想找一个白人女性。百分之九十。那天晚上我就是这样向上级汇报的。但我不是那么肯定。我们很长时间里都不那么肯定。一直到巴斯尔把你逮住了之后……那是一场完完全全的灾难。我们这里有一些人差点为此丢了他们的饭碗。近百人围着你转，他们就那样简简单单地把你塞到了汽车的后备箱里。我还从来没有看到过那么多的笨蛋在一起。都是半瓶子醋。我们整个行动小组。我们要把人员在只有不到二十四小时的时间里集中起来，然后运送到沙漠里去。我都没订到飞机票，所以只好乘船从西班牙来到这里。另外有两个人滞留在了纽约。还好有我们的妥拉弟子想出来的妙计！那张心理诊所的字条。当我在信箱里看到这张字条的时候，都快要晕过去了。体验价！整个行动就这样展开了。我想，你是无法想象的，在八月份要组建一个小分队有多难。我们中间有两人根本就不会法语。刚开始时我们也没有阿拉伯语翻译，后来是专门从比利时调过来的。那人现在正患流行性感冒躺在酒店里。我们的报务员听力不好，他是从艾奥瓦州来的，在开始的四十八小时里他一直以为我们的行动是在利比亚。有两个人在寻找矿井的路上差点渴死。那时候。海尔利希克菲已经死了，还没等我们找到他。一次小小的失误。等等，等等。还有就是巴斯尔把你捞走了……这我已经提到。令人难以相信地草率。但你会一再相信那帮草包，连续落到他们手里，从中不难看出，你也不是天上那颗最亮的星星。"

海伦轻轻抖了一下烟灰，露出了一丝微笑。这是一种很朴实的微笑，跟她那天在平顶别墅露台上做完体操后转身向卡尔投来的那丝微笑一模一样。当时卡尔第一次意识到，他爱上了海伦。

"相信我，我每天都在祈祷。老天爷，我祈祷说，请让他继续这样傻乎乎的，就像他的长相一样。谁都没有想到。三次啊。"她伸出三个手指，"我连续三次得到指令，马上中断行动，启动灰色匣子。连续三次我费了很大的力气才把这帮人凝聚在一起。我反复对大家说，这家伙会把我们引到那里去的。"

卡尔拉扯着绑住他的绳索。他感觉到右手发出咔嚓咔嚓、嘎吱嘎吱的声音，随即闭上了眼睛。

"如果你以为，这就算了，如果你以为，我们仅仅是说几句话，来那么点心理学，再加上几道可笑的电刑，事情就算过去了……你是这么想的吗？你以为，我们在这里只是搭建一个漂亮的舞台，大大的山洞，毫无危险的设备和一个金发女郎的香烟广告，她只是在那里用言语开导你？我可以明确告诉你，事情不是这样的。我现在再一次向你提出几个问题。你可以继续像电影明星那样矫揉造作。这是你的决定。但接着……”

卡尔抬起右胳膊痛得大叫一声。他的手突然从捆绑的绳索中解脱了。

第六十一章　微小的概率

有什么理由要反对战争？就因为战争中会有人丧命？人不是早晚都会死的吗？

——奥古斯丁

烟把空气熏得像磨砂玻璃一样。海伦把上身往后靠了靠。“噢，这是怎么回事？”她问道，短短咳嗽了几声，“我们再重新好好绑一下。”

她把卡尔的手重新绑紧，然后让卡尔把故事从头再讲述一遍。所有的一切，他在忍受电刑的时候给考克罗夫特、叙利亚人和贝斯手都已经讲过的一切。所有的细节。讲完后，她说：“现在把整个故事再倒叙一遍，每个环节，不要遗漏。”

“你现在也成了心理学家了吗？”

“从你碰到妓女的那一刻讲起，一直到我把你一个人留在了公社门口为止。”

“如果你们还是不清楚我是不是患有失忆症……”

“你不是。开始讲。”

“那你为什么还要测试？”

“我不是在做测试。开始。”

卡尔皱起了眉头。过了一会儿，海伦说：“我已经说过，你不是天空中最亮的那颗星星。对这样的人不需要做失忆方面的测试。要测试的是鬼话连篇的谎言、结构混乱的谎言。好了，快说吧，你的那个妓女。”

他看着海伦。他看了看她的膝盖，又看了看自己的膝盖，然后又盯着她的脸。

她指了指腿上放着的开关。卡尔又把整个故事倒叙了一遍。那个称他为蔡特罗伊斯的妓女、吗啡针剂、去港区的过程。之前是荒芜区，他错叫成了盐工区。那家小咖啡馆，咖啡馆前的小学生以及被他们偷走的黄色上衣。再之前是沙漠、那个老农、那具脖子上有一根电线的死尸。摩托车的问题，还有口袋里的碎纸片。逃跑，穿着白色长袍追踪他的人。廷迪尔玛。骚乱，公社的焚毁，那头卡车那么大的动物引起的聚众闹事。卡尔讲述了人群的恐慌，他又是从什么地方观察到这一切的。他讲述了那家破旧的旅舍，（特别详细地）讲述了他跟那个无聊的女人在旅舍里发生的事情。他讲了那只绿色的饮料罐、黄色的奔驰车以及车里的东西。那只球，还有圆珠笔和一本写着“蔡特罗伊斯”的记事本。最后他提到了给海伦留在丰田车里的纸条。

海伦听着这一切。卡尔讲完之后像是一个五年级的小学生在口试结束时那样地抬起了头。她让他再重新讲一遍，从头讲起。然后再倒叙一遍。在讲述过程中，她既没有插话也没有动用黑匣子，这让卡尔看到了一丝希望。他觉得，只要他把所有细节按同样的顺序而且内容一丝不差地讲述出来，她就会相信他。

海伦唯一的一次评论，是当卡尔讲到那些兴高采烈的小学生的时候，她露出了一丝嘲讽的冷笑。卡尔每在这个地方用一次“兴高采烈”这个形容词，他自己都会觉得很别扭，很不可思议，他怎么可能把装着金属壳体的运动上衣搞丢了。这里的一切都围绕着那两个金属壳体，卡尔现在对此也深信不疑了。他开始在他的句子里加上一些解释性的词语。当他讲到第五次或第六次气喘吁吁地跑着去追赶那件黄色上衣的时候，他补充了此前没有提到的细节：奥茨。那头戴着一顶纸扎的皇冠的动物在晚霞中突然站在沙丘顶上，后来还咬了他一口。卡尔还说，他那回就差一点把金属壳体给弄丢了，当时的情况有多么地可笑……就好像这件事情的不可思议性多少可以解释后来丢失金属壳体的不可思议性似的。一个数学定律，一个宇宙间的偶然事件。他求她看一下他手腕上的伤口。海伦站起身来，两只手背在后面围着卡尔的椅子走了一圈。

“谁是你的教官？”她站在他的身后问道，声音轻得几乎听不见，“这就是你想告诉我的全部？”她又在木箱上坐了下来，“民族自尊、理想主义、宗教信条，那些不值一提的华而不实的东西，一个思想不成熟的人要是用这样的东西来建构他的世界观，成年以后一般来说就很难再摆脱这些东西的束缚……不知道你究竟是为了什么。但你最好再考虑一下。如果我跟你说，我再向你提一次这些问题，意思就是你真的只有这次机会了。如果我还对你说，这只是小事，意思不是说这事对我们不重要。这事很重要。”

“比人的生命还重要吗？”卡尔打起精神说了一句。

“你是说你自己吗？没有任何东西比生命更重要。”海伦用食指点着卡尔血迹斑斑的毛衣，“就算说的是一个骗子的生命、一个走私犯的生命、一个白痴或一个惯犯的生命。任何生命都是无价的、唯一的和值得保护的。法学家会这么说。问题是，我们不是法学家。我们并不认为，为了保护其他的东西或他人的生命不可以权衡某人生命的取舍。我们更多是一个统计部门。统计部门的意思是，你所说的也许有百分之一的可能性。你说你不知道你是谁。你偶然在错误的时间出现在一个错误的地方，而且不止一次这样。小学生、沙漠里脖子上套着电线的死尸、口袋里的证件等。这一切均有可能。但百分之九十九的可能性则是说，情况完全不是这样，你说的完全是胡编乱造。这里有一个男人想要获得本不属于他的东西。他并没有把东西弄丢了，而是转移了，或者藏匿起来了。百分之九十九。百分之九十九的可能性是，我们在这里捍卫着世界和平。百分之九十九的可能性是，我们的微不足道的调查是为各国人民在一个无核世界上的和平相处做着一份贡献。百分之九十九的可能性是为了以色列国家的继续生存，为了幸福的孩子，为了吃草的牛羊，为了其他的种种。百分之九十九的可能性是，这里不是关乎一个人的生命，而是关乎百万人的生命。百分之九十九的可能性是为了澄清事实，为了人道主义。只有百分之一的可能性是，我们令人不愉快的审讯有点像是倒退到了中世纪。你老实说，”海伦边说，边用两根手指轻柔地抬起了卡尔的下巴，看着他的眼睛，“一百比一。或者一百万比一。我们现在应该怎样继续？你是怎么想的？我可以给你一个提示。统计部门的工作传统是从来不动感情的。”

“你了解我。你曾跟我在一起。”

“你连自己都不了解你自己。这可是你说的。”

“但我为什么要告诉你那么多的事情？”

“因为你太过愚蠢？”海伦说，“因为你到最后都没明白你当时上了谁的汽车？因为你以为一个嚼着口香糖的金发女人也许能够帮到你？我们当时甚至不知道是不是真的有金属壳体，或者是以什么形式……”

“你知道，”卡尔说，“你知道我什么都不知道。”

“我会知道，如果我们在这里结束了的话。当我们在这里完事儿的时候，当我们把所有这些漂亮的仪器都试了一遍之后，我自然会知道一切。接着我会相信你，我会向你道歉……但这种可能性只有百分之一。但你可以相信我：当我们在这里完事儿的时候，你会把一切知道的事情都招出来。因为尽管我很遗憾，但在这件事情上，我们是好人，而你不是。不管你是否清楚这一点。你插手了这件事，你占有了本属于我们的东西。是我们发现的东西。是我们的科学家发现的东西。所以我们是好人：我们制造了原子弹，并且造成了骇人听闻的后果。但我们从中吸取了教训。我们有一个善于学习的体制。在广岛投放的原子弹缩短了战争。在长崎投放的原子弹是否有必要可以争论……但现在不会发生第三次。我们会阻止第三次发生这样的情况。原子弹在我们手上仅仅是一个道德原则。但原子弹到了你们手上就会引发灾难。与这样的灾难相比其他的一切都不过是轻微的头痛脑热。我为什么把这些告诉你？我说这些，并不是因为我相信可以说服你。我说这些并不是因为我觉得你还有可能从理性的角度去看问题。如果你能理性地思考问题，你也不会在这里了。我说这些只是想清楚地告诉你我们的立场和处境。”

她解开了衬衣最上面的那粒纽扣，用两根手指抹去了锁骨上的汗珠，又点上了一支香烟。

第六十二章　在最底层

他们在那里到了流脓流血的地方，对他们来说这该是一个失败的所在，是令人恐惧的地方。他们甚至没有真正穿行过这个地方，只是踩着吹箭筒越了过去。

——波波尔·乌赫

山羊不见了，铁链空着的一头挂在岸边。岩石的影子在灯光下晃动着，卡尔尚能记得岩洞里山崖的形状。叙利亚人卷起裤腿，把卡尔拖到了淤泥池沼的中央。他捡起了铁链，套在卡尔的脖子上，并用锁给锁上了。“铁链太长。”有人说了一句。叙利亚人把卡尔的脖子使劲往下按，致使他的脸差点碰到水面，然后打开锁，把铁链重新绑紧。考克罗夫特、海伦和贝斯手提着电石灯在岸边看着。

他们鼓励卡尔开口说话。他沉默着。

考克罗夫特蹲下身来，长时间看着卡尔的眼睛，对他说：“没有一种理念如此伟大，值得为此牺牲生命。我们到现在为止对您一直都很坦诚，接下来我仍想对您坦诚相见。个人生存的绝望，这是我们所采取措施的主要目的。也就是说，我们要把您置于一种关于个人生存的绝望境地。这方面有不同的理论。直到不久前，以汉斯·沙尔夫的名字命名的假设还占主导地位。按照他的假设，过于绝望并不利于找到真相，相反会促使对方胡编乱造。但这个假设现在站不住脚了。今天我们把这个假设称作奶酪。其他还有一些观点，一些值得重视的观点。比如有人认为，特别是那些顽固不化的人，如果被置于过于绝望的境地，他们可能会变得更加顽固不化甚至完全不可救药。不过这种理论也已经被证实是不可靠的。深度的有关个人生存的绝望，这是科学研究的最新成果，是解决问题的最佳途径……”考克罗夫特没完没了地讲着。

卡尔早就不知道对方都在说些什么。完全都是空话，反复说了多少遍的废话。卡尔用手摸着铁链慢慢往下，铁链在淤泥深处用一根铁棍固定在岩石上。他闭上了眼睛。

“明天见。”有人说了一句。是海伦的声音。这显然是结束语。随着脚步和声音的远去，灯光也随之消失了。卡尔被一个人留在了黑暗中。他在齐膝深的水里挪来挪去，想找到一块坚硬一点的地方。水面和脖子之间的铁链长度不到十五厘米。铁链太短，他无法伸直双臂把自己撑起来。如果用胳膊肘撑着，水一直漫到他的下巴。他试着保持冷静。他大叫了起来。

他用左边的胳膊肘支撑着，直到肌肉痉挛，然后他用右边的胳膊肘支撑着，直到肌肉痉挛。然后他来回摇晃着，直到筋疲力尽。体力消耗得很快。他知道，这样的话他坚持不了一个小时。但一个小时之后，他还活着，还在那里晃来晃去。

开始的时候他可以坚持五到十分钟，然后换一个胳膊肘来支撑。但现在交换的间隔越来越短。就像一个人提着一口笨重的箱子穿街走巷，开始的时候他可以把箱子从一只手换到另一只手，但到最后哪只手都不管用了。他尝试着把肩膀靠在铁棍上，把淤泥堆积成一个靠枕。他收紧腹肌。他收紧背肌。当他发现一切都无济于事的时候，他试着把自己溺死。他向后倒入暖暖的水中，除了汩汩的水声，四周一片寂静。到处是淤泥。他屏住呼吸。闭上的眼睑上是一片黑曜岩。他看到了沙漠。他看到了黄色的云朵。他看到了一面绿色的旗帜。嘴里呛了一口恶心的脏水，他赶紧掐着脖子吐了出来，随即重又把头露在水面上。他拉着铁链。他拉着铁棍。左边。右边。然后潜入水中。就像任何一个费劲的单调的动作，他注意的不是在做什么，而是怎么做。他开始给自己作报告。他想象着，站在讲台上面对好几百学生作着一个报告，题目是如何在淤泥中求生存，如果命运（或者命运在人间的代表）毫不留情地把某人拴在那里。

在某些情况下可以支撑，他说，在某些情况下不可以支撑。为了尽可能少地消耗体力从而坚持最长的时间，关节A、B和C应该放在这个或那个角度。接着按逐渐缩短的间隔时间交替做上下和左右摇摆的动作。所有学生都打开本子做着笔记。这有点像是在上一门生理学的奢侈课程。但教授关于理想的支撑姿势的讲座如此地引人入胜，很多同事都来旁听他的讲座。讲座的时间也是非同寻常的。讲座持续了几个小时、几天、几个星期、几个月、好几个学期。每次讲座的时候，最后一排总是坐着一个金发大胸的女学生，嚼着口香糖，脸上的表情非常特别。

在头脑还比较清醒的时候，卡尔知道他快要死了，他认命了。但正是这个念头让他想到，他并不是独自一人处在黑暗当中。他们知道，他们肯定知道，处在他这样境地的人在短时间里就会淹死，同时也会带走他所知道的事情。所以肯定还有人在那里，观察着他，听着他的动静，在黑暗中助他一臂之力。他们四个人中的一个。卡尔先前听到他们的脚步和说话的声音越来越轻，他看到灯光逐渐消失，但他没有注意离去的是否真的是四个人的脚步。

他保持安静，对方也屏住了呼吸。但他很肯定。在黑夜的墓碑后面有一缕金色的鬈发。

他已经自言自语地说了好多话，现在他提高了嗓音。他跟他的家人说话，他抱怨着自己可悲的命运，他跟父亲和母亲告别，他戏剧性地抽噎着，沉入水中。他在水下戏剧性地咕噜咕噜吐着水泡。他使劲拍打着手臂和大腿，然后突然停下了所有的动作，一声不响地抬起头。呼吸。要保持住不呻吟不喘气地一动不动，花费了他很多的体力。他颤抖着，他的颤抖让水产生了微小的波动。他听到了潺潺的流水声和水声的回音以及回音的回音，但其他什么声音也没有。没有人出现。他又反复做了几次同样的试验，渐渐忘了，这只是一个试验。他现在真的开始跟他的父亲说话。他的父亲把手放在他的脖子上，把他带到了一个很长的铺着瓷砖的过道里，过道里满是氯气的味道。一块毛巾叠得整整齐齐地放在暖气上。两个穿着蓝色泳衣的女孩站在跳水台的边上，带着完全冷漠的眼光看着他。其中一个女孩还在上八年级，是他此生的最爱。他把口中的水吐了出来。他短时间内有了知觉。他大声叫喊，发出呼哧呼哧的声音。他知道，他们想知道的是什么。他其实一直都知道。圆珠笔里的金属壳体没有被偷走，他把壳体藏在了一颗蛀空的牙齿里。他们不必等到明天。

“等到明天！”山洞里传来单调的回声。

第六十三章　空间的想象

在日出日落和在夜晚接近黎明的那几个小时里做祈祷，可以真正感觉到，好的行为会剔除不好的行为。这是对喜爱思考的人的一个告诫。

——《古兰经》第二章

到了第二天，他还活着。他不知道，他是怎么挺过来的。他不知道，他是不是应该为此感到高兴。但当他听到好几个人的脚步声的时候，他的心里并没有感觉到轻松。除了饥渴和疼痛，他没有了其他任何的感觉。水里有一块烂泥在他身边漂浮着。他的脸上溅满了淤泥。脸由于长时间被水浸泡肿胀了起来。躲藏在灯光后面的那个声音说，把他一个人留在那里仅一个晚上，但是按照他的感觉，过去的时光肯定是五倍或六倍。

他在灯光下看到有三双鞋。一双褐色的，再一双褐色的，还有一双女人的鞋子。没有人卷起了裤腿。

“可惜迦太基把钥匙给带走了。不过我们有这个。”

考克罗夫特在岸边蹲了下来。海伦的手上拿着一把螺栓切割机。一只很大很温和的绵羊突然出现在山洞里，在卡尔的背上又啃又咬的。

“哎哟。”他说。

“您是不是想起来有什么可以告诉我们的？没有？我们正在撤销这个岗位。之后也许要过好几年甚至几十年才会有人到这个山洞里来。好吧，不绕圈子了。您还有没有什么要对我们说的？没有？您觉得这很好笑吗？很抱歉，真的很抱歉。”

考克罗夫特说了一番话，接着海伦说了一番话，然后又是考克罗夫特说话。但卡尔觉得只有在水下才能回答他们提出的种种问题。他们一会儿说，要把他一个人留在这里。一会儿他们又说，要再给他一次机会。海伦把螺栓切割机放在她旁边的石块上。他喝了一口有点淤泥的脏水。那个模糊的身影坐在那里一动不动地看着他。

“你再考虑一下。”海伦弯下腰，用手指往他的方向泼了一点水。

“我要死了。”他说。

“你现在不会死。你听说过把老鼠扔到桶里的故事吗？这个过程可能会持续好几天时间。”

“不要跟我说什么该死的老鼠。别胡扯了。该死的老鼠。”他也试着把水泼溅起来，但溅不到三米之外的海伦。

“你至少应该放聪明些，利用我们最后的谈话说点不是完全不着边际的东西。”

他想了想，说：“我觉得你是一个烂货。”

那几个模糊的身影站了起来。电石灯摇来晃去的光束把山洞里岩石的影子推来挪去。脚步声，山羊，黑暗。他等着。

他牢牢记住了摆放螺栓切割机的位置，是在岸边的一块平面的岩石上。他如果把手臂伸直了，离他大概还有三米半到四米的距离。

为了把裤子脱下来，他一次又一次地潜入水中。他用双手把裤子慢慢从臀部往下推。他那被奥茨咬过一口的左手感觉到的疼痛，显然要比右手厉害，他的右手曾被巴斯尔用拆信刀扎穿过。他的眼睛上沾满了淤泥。他希望，那只是淤泥。

他把毛衣从头上扯了下来，把一只袖子结在一只裤腿上。做这点事情他已经十分费劲，这可能是因为他的头脑早已在使用备用电源，也可能是因为在黑暗中他对空间的想象能力进一步减退。他花了好长时间才弄明白，原来毛衣被铁链绊住了。他把连着裤子的结重新解开，使劲来回拉扯着毛衣。他试着把毛衣从上到下撕开，但他用手指无法把毛衣抓牢。成团有毒的沼气在眼前飘舞着。他大声喊叫起来，不知是一种什么样的连锁反应短路了，让他的喊叫变成了各种不同的色彩。他知道，他的时间不多了。他把毛衣放在一边，开始用裤子来尝试。

他把一条裤腿扎紧，往里灌了几把淤泥，掂了掂分量。然后他又量了长度。他计算着：铁链长度为三十厘米左右，加上半个肩宽，再加上伸直的手臂长度，最后再加上约一米五长的裤子，加起来顶多三米。长度估计不够。

他把一条裤腿就像套索一样甩起来，可以听到裤腿一头拍在水面上的声音。第二次、第三次试验结果还是这样，连岸边也够不到。也许是甩的技术有问题？他撑着左边的胳膊肘，身体半躺着，在准备把裤子甩出去的时候，裤子总是挂在右边肩膀后面的水里，然后甩出去的时候总会偏，而且带出大量的水花。有一次他把裤子投掷出去的时候还砸在了自己的脑袋上。每投一次都要花费很多体力。

在做第四次试验之前，他仔细地在右肩上把裤子打了两个活套，然后试着不是扔出去，而是把灌了淤泥的裤腿推出去。这样做很冒险。因为他不仅要把有分量的裤腿推出去，同时还要用同一只伤残的手抓紧又湿又滑的裤腿。如果裤头滑落了，意味着他肯定没救了。

他集中起注意力，把手臂猛地按到水里，马上就听到了水拍打岸边，打在岩石上湿湿的噼啪声。他收起裤腿，四五次推向略为不同的方向。每次都能推到岸边的岩石上，但最终未能够到他的目标。接着他让自己平躺在水里，把铁链拉直，心里想着，只要有系统地去尝试就一定能把自己从困境中解救出来。裤腿一次又一次打在岸边发出的噼啪声在他的大脑里逐渐形成了一张可以救他一命的方位图，他只要仔细地一格一格地去试验，最终一定能够够到切割机。有的时候他会想到，其实切割机远在他能达到的距离之外。然后他又会觉得，在黑暗中他已经迷失了方向。他就像一个时钟的指针一样，往不同的方向掷出裤子，最后却发现，在百分之七十五的尝试中，裤腿都没有能达到岸边。

但是通过这些试验，他从一开始就认定的正确方向还大致能够确认。海伦站着跟他说话然后放下螺栓切割机的那个地方，是离他最近的岸边。

他继续尝试着，但灌了淤泥的裤腿没有一次能够够到那件钢铁制成的工具。他时不时摇着脖子上的铁链，好似这样就能奇迹般地唤来金属碰撞的响声。他在那里自言自语。突然间四周的雾气散去了，他看到池沼的周围出现了阴暗的树影。大树把没有叶子的树枝伸向灰色的天空。天上飘下雪花。池沼结冰了。他穿着溜冰鞋在冰上滑去。他的母亲告诉他要小心，这是一个年轻的女人，有着褐色的眼睛。接着跑来了一只狗。小动物就像一只很大的羊毛手套一样在他面前跳了起来。圣诞树亮起来了，着了火，又倒下了。一个医生嘴里含着一根木棍给他检查身体。检查完身体后，他把小木棍带回了家。一只瓶子里有糖果，用以表示谢意。老师布置了质数分析的作业。在丛林的边上生活着会说话的猴子。有人来追猎这些猴子，把它们做成标本放到博物馆去展览。他回忆起一幅沙滩上的自由女神图片，女神像上方的天空中有一团闪光的绒毛落在相机的镜头上，蛇蝎般的问候，来自逝者的天国。他有整整四十八个小时没有合眼了。

卡尔呛了口水，回过神来。他咳嗽着，吐出一嘴黏液。他开始做一些奇特的动作。他用力收起胳膊肘，手握成拳头，然后张开五指向前出击，最后以一个铲土的动作向上。他一遍又一遍重复着这些动作。两遍、三遍……十七遍。

他又看了一眼一只在夜里迷了路的乌鸫。一个戴着金表的男人打开了窗户，让鸟飞了出去。一只烤焦了的蛋糕的气味。一个正全神贯注说话的年轻人把一支香烟放倒了含在嘴里，把滤嘴给点着了。正在洗车的祖父突然僵硬在那里一动不动，颜色渐渐变得苍白，只有水管还在不断地喷着水，在汽车引擎盖上溅起一片银光，直至永远。

他机械地把湿透的裤子又收了起来。他问自己，当时跟山里的哈奇姆在一起都做了些什么。他冻得瑟瑟发抖，试着从铁棍上扯回毛衣重新套在身上。经过无数遍失败的尝试后，他终于爬进湿湿的毛团里，然后钻出脑袋，把衣服扯到身上。

安静了一阵子，突然有一个想法蹒跚着向他走来：既然可以把这块毛料从头上套下来，为什么不可以继续往下翻直到脚跟？在黑暗中他不敢回答这个问题。他对空间的想象能力已经完全失效。

他觉得自己就像一个卡通人物一样，脖子被一个形状和大小如同地球一般的重量牵绊着。往这个方向不行。那换一个方向呢？他的那件毛衣有几个出口呢，身体要穿过其中的几个出口才能套出来。他不知道。他只能试验。

他躺在水下，把一只手臂沿脖子往上举起。这还比较容易。但伸起第二只手臂的时候就出问题了。在快要伸到胳膊肘的时候他被卡在了毛衣领口的地方。毛衣很结实，但却完全没有了弹性。卡尔试着重新把毛衣脱下来，但现在他卡在了那里，进也进不得，退也退不下。就这样他卡在紧身衣里一下子倒在泥浆中，就像鱼掉到了岸上那样挣扎着。他大口地喘着气。他又潜入水中。另一只胳膊肘突然一下子从他的脸边滑了过去。他扑腾着翻身起来。两只手臂并排高举在头上，前臂就像在跳着绝望的芭蕾舞，好似在哑剧中扮演着一只兔子。他发怒了。他一下子倒在水中。然后毛衣滑到了他的胸口，让他喘不过气来。他使出最后的一点力气在水下把毛衣拉到臀部的位置。接下来的事情就好办多了。他两手抓着毛衣停了一分钟，试着放松一下。

接着他去找他的裤子，想把裤子和毛衣结在一起。但裤子不见了。他三四次地用胳膊肘撑着趴在铁棍周围，但还是没有找到。等他最后找到裤子的时候，里面的重量已经没有了，原来是打好的结松开了。

他把裤子重新打了个结，才发现，他的投掷物变得很短。他解开结，重新在裤头边上打结，但还是太短。他嘴里抱怨着从裤子的一头摸到另一头，事情变得越来越蹊跷。裤子上好像少了些什么。裤子的中间松松地挂着一块布片。只是把裤子翻来翻去怎么可能把裤子扯掉一块呢？

为了找到其中的原因，他把裤子放在手里一段一段地滑过。但他还是没有找到。他觉得自己已经完全丧失了判断力。他敲打着自己已经什么也看不见了的眼睛。当他把衣物按在脸上用舌头舔了一下，才发现，这不是裤子的布料，而是什么编织的东西。他忙乎了半天，原来并不是他的裤子，而是毛衣。他的手已经完全麻木了，没有了感觉。

"现在一样一样按顺序来。"他压低声音对自己说。听到自己的声音让他有一种抚慰的感觉，一种高一个层次的理性，这种理性显然要比他自己的更有效。他继续更加大声地自言自语。

"先把毛衣放在这儿。"他说着，把毛衣放在肩上。然后他在四周摸索了一遍，但还是没有找到裤子。他对自己说："没问题。完全没问题。如果裤子不是在这里，就是在那里。或是在这里，或是在那里。"

"现在不要惊慌。"他说。他向前伸出一条腿，慢慢地在铁棍周围挪动，脚就像一只钩子一样在那里搜索。他的脚脖子上真的挂住了一条长长的布料。他马上确认一下，毛衣是否还在肩上。毛衣还在。

"太好了，"他说，"一切都太好了。"他把毛衣系在裤腿上。

然后他把投掷物的长度量了一下，结果大失所望。裤子连上毛衣的长度也只有他把两臂张开的跨度的一倍半。把两件东西打成结系在一起花去了太多的布料。但是他又不敢把结打得更短一些。如果两件东西松开了，毛衣或者裤子飞走了，他就真的输定了。

在第一次尝试投掷之前，他郑重地休息了一下。然后集中注意力，使用行之有效的铅球推掷技术，衣料打在岩石上发出一阵弱弱的响声。

现在他完全失去了方向感。第二次投掷的时候他向右转了九十度，听到的是同样的湿湿的拍打声。第三次试验的时候出了错，他忘了继续转身换个角度。又是一下湿湿的拍打声……这一次的拍打声中夹杂着一点轻轻的金属发出的清脆响声。他吓得一愣，他伸直着投掷的手臂在黑暗中好几秒钟一动不动，然后才斗胆把套索慢慢地收回来。慢点，再慢点。他听到了金属刮在岩石上的响声。一厘米，两厘米，五厘米。接着衣物滑动的声音里没有了金属的动静。

为了增加重量，卡尔又往裤腿里放了一些淤泥，然后又一次投掷了出去。这一次没有够着螺栓切割机。但这不是问题。他已感觉不到身上的疼痛。奇特的直至最后一刻停留在身体里的信号，在他的脑子里一下子散发开来。

积聚起最后的力量和信心，卡尔又一次在黑暗中把重量推掷出去。直到最后一刻他才发现，他本应紧紧抓住的毛衣袖管从他冻僵的手指里滑了出去。然后他听到远处的岸上传来一阵潮湿的衣物掉在岩石上的声音，伴随着最后一阵幸灾乐祸的金属响声。

这一次不到十秒钟卡尔就明白了，裤子和毛衣完全被推掷到了他能够得着的范围之外，无论用手还是用脚都不可能再取回来了。他感觉裤子和毛衣连成的套索挂在了很远很远的岩石上，比岸边还要远很多，比他自己的生命还要远很多。

他感觉到，直到这一刻之前他还一直相信自己是死不了的。他把铁链缠在脖子上。他把脸埋在泥浆里。他把额头撞在铁棍上。他大叫一声重新把头从水里抬了起来。他大声叫喊着那个好长时间一直挂在嘴边的名字。现在，这个名字撞在四壁发出回声，无人应答。

第六十四章　自由的空港

如果生命不能承受苦难，就绝不可能升起意识。如果世界上没有了死亡，就永远不可能在可见的世界中有灵性存在。这就是灵性的力量。

——鲁道夫·斯坦纳（十九世纪教育家）

有人为她购买了上午十一时的机票。其他人前一天晚上就已经启程了。海伦打理好行李，叫了一辆出租车，在八点不到的时候到了塔吉特北面的机场。到了那里她才获知，她的那个航班因技术故障被取消了。法国航空公司晚些时候有两班飞机去西班牙和法国南部，而且还有剩余机票，但海伦无法乘坐。她的行李里有枪支，所以她必须乘坐美国的航班。

经过几番交涉（包括其他一些没有拿到机票的乘客的抗议），她最后成功改签到一班晚上的飞机。现在她还有十二个小时的时间。她把行李存放在机场的自锁保管柜里。在机场楼上找到了一家很漂亮的带有欧陆风情的咖啡馆。有人在咖啡馆的桌上留下了一份《国际先驱论坛报》和一份法语报纸，她翻了翻两份报纸，没有读到什么熟悉的事情，这让她安心。

她要了一杯咖啡。杯子是白色瓷器的，边上有蓝色的月牙和星星的图案。这跟581d号平顶别墅厨房里的咖啡杯是完全相同的产品。在别墅里居住的那些天，她每天早上都会把咖啡杯放到早餐桌上，而且是两份。她漫无目的地看着眼前的东西，问自己，三十年或四十年之后自己的生活会是什么样的。她的生活，她的幸福，可能还有她对现在的回忆，对这个位于北非的落后的、半文明的、充满暴力的、肮脏的小国的回忆。她希望，过几个小时她离开这个国家后永远不再回来。

那个无名无姓的男人现在还活着的可能性几乎为零。她上一次看到他时，他的情况已经非常糟糕。现在又过了三十六个小时。就算不是悲观主义者也会想到，水面早已永远地淹没了他。

机场广播正在呼叫威尔斯先生和太太，请他们马上到法国航空公司的托运窗口去。海伦透过大落地窗向外望去，机场周围鳞次栉比的白色、蓝色和沙土色的阿拉伯房子中间有一块霓虹灯广告引起了她的注意。

她看了一下手表，叫来服务生付了账。然后她走到行李自锁保管柜，小心地看了一下四周，从旅行袋里悄悄取出了两样很重的东西，并放进了保管柜里的一个塑料袋。她拿着塑料袋离开了机场大楼，穿过大街，在挂着霓虹灯广告的那栋房子前站住了。这是一家租车行。

租金最便宜的车子是一辆沙土颜色的R4，手柄式换挡。车子在路上好几次熄了火，海伦费了好大劲才摆脱了拥挤的市内交通，开上了通往廷迪尔玛的大路。她把汽车的油门一下子踩到了底。当看到那两头亲吻的砖砌骆驼时，她感到很压抑，就像看到了那口装着童年回忆的落满了灰尘的箱子。

她去那里到底想干什么，她自己也不知道。任务已经结束。他们没有找到什么重要的东西，但大致可以确定，图纸的交接没有成功。在详细汇报了各种错综复杂的情况之后，总部在夜间发出了撤回的指令。他们把问题——这是他们现在的说法——留在了山里让他自生自灭。把他放了是不可能的。

她还想做什么呢？她把汽车停在熟悉的位子上。跨过山脊，海伦看到对面山上坑道的入口、风车和堆积的木桶。她没有看到茅舍，那里只留下一片深黑色。她穿过山谷的时候，闻到了一股淡淡的烧焦的味道。

她从塑料袋中拿出手枪，摇出弹筒，用手指握住枪把，透过枪管看了一下，然后把弹筒又装了回去。她把枪和手电筒别在腰带上，小心地登上了岩石上的平台。

茅舍被烧焦的大梁倒塌了，中间还微微冒着烟。海伦四处打量了一下。她想起的唯一一个解释是，考克罗夫特和迦太基曾试着把痕迹全部消除掉，他们是最后离开这个地方的。但这种可能性在她看来并不大。她把枪上了膛。

这时已近黄昏，天气闷热，乌云密布。天色渐暗让她感到有点恐惧，但不是因为别的，只是因为黄昏。虽然在什么时候进入山洞都无所谓，无论是白天、黄昏还是夜间，里面反正是漆黑一片。但想到她要在黑暗的地下摸索前行，而地上也将变得一片昏暗，当她重新回到地面的时候，迎接她的将不是日照的光明，而是没有星月的夜空，漆黑一片如同最深的地下。想到这些，她感到有点不安。就算一个头脑比海伦要简单得多的人在这种情况下或许也会发问，在这里羞愧和罪恶感是否在与平和的景色和光线条件做着捉迷藏的游戏。

“无稽之谈。”她对自己说，然后打着手电筒进入了坑道。她不时把手电筒对着两边的岩壁，为的是仔细察看熏黑的掌印留下的记号。继续往下走，她的心情慢慢平复下来。在进入最底下的山洞之前，她就开始喊着卡尔的名字。没有回答。只有黑暗和寂静以及小池沼发出的腐烂的气味。

手电筒的光束照到的第一样东西是一堆沾满污泥拧成一团的衣物，就在岩石上的螺栓切割机的上面。周围一片潮湿。海伦马上意识到这里曾经发生了什么，但仅仅是尝试，并没有成功。

她在池沼的岸边站了将近一分钟，屏住了呼吸。她又一次大声喊叫着他的名字。她听到的只有单调的回声，不禁打了一个寒战。但并不是因为想到平滑如镜的水面下可能隐藏着什么让她感到毛骨悚然的东西，而是因为她自己声音的音色。确切地说，是因为这让她回想到从她年轻时起就一直挥之不去的对自己声音的那份厌恶。陌生的环境，心神不定和一个小小的思绪：过去的岁月，年轻的时光，而一切都毫无意义。

为什么偏偏在这个时候自己的声音会给她留下如此强烈的印象？她不知道。但这个想法很快就过去了。

她在汽车里坐了许久，没有转动汽车钥匙。她抽了两支烟，看着停在挡风玻璃上的一只苍蝇。然后发动了汽车马达，打开了前灯。

第六十五章　接着发生的事情

唉，可预见事情的不可解释性！

——卡尔文·斯科特

如果愿意的话，我们可以问心无愧地在这里打住，不必按时间顺序继续讲述那些令人不快的故事。除了已经写到的，也没有发生更多的事情。

喜来登大酒店有一把钥匙不见了。在荒芜区有人把一台低价买进的蒸馏咖啡机用十倍的价格转手卖了出去而发了财。一个年轻的白种女人（诺曼底人）和她三岁的孩子被人割喉后丢在了山里。找到他们的人在男孩的咽喉里发现了一个形状像小鬼一样的护身符。这一暴行始终没有破案。

逗笑脸和哭丧脸都没有获得诺贝尔奖。虽然跟他们有关的维基百科词条有增无减，但他们的声望显然大不如前。非洲合众国没有建立。

塔吉特警署的将军不得不让没有接受过良好训练的警官来替代他的三位一半阿拉伯一半欧洲血统的警官卡尼萨德斯、波利多里奥和卡厉米。卡尼萨德斯的尸体在荒芜的沙漠里一家废弃的酿酒厂附近被找到，脖子上勒着一根电线。卡尼萨德斯去那里是为了调查有关农民家两个儿子失踪的线索，有人把农民的儿子错误地跟发生在农业公社的四人被杀的谋杀案联系在一起。杀害卡尼萨德斯的罪名最后被安在了一个老年酿酒师的头上，他没有儿子，没有无罪证明，而且老实说，也没有任何作案动机。

阿玛窦·阿玛窦去了南方，在通往努瓦克肖特的路上把那辆司机座椅沾满血迹的汽车卖给了游牧人。最后一次有人看到他是在迪姆亚附近，此后就再也没有了他的踪迹。

卡厉米于1973年退休。他在第五次清理盐工区的时候被那里的居民从推土机上拽了下来，差点被乱石砸死。他在一家专治脊椎损伤的法国医院里接受了两年的治疗。之后他坐着轮椅车带着比之前更为厌世的心境回到了沿海地区。他拒绝了一份内勤部门的工作。差不多有一年的时间他在他兄弟开的一家酒吧的吧台帮忙，气走了很多顾客。最后他得到了一份微薄的退休金，开始潜心于油画艺术。

接触绘画多少有一点偶然。有一次他去港区闲逛，在一家商店的橱窗里发现了一个颜料盒，里面装着的锡管颜料看上去就像胀鼓鼓的彩色香肠一样围着一把画笔。这些东西都是为旅游者准备的，所以要价奇高。他告诉店里的人他之前是干什么的，经过一番讨价还价，最后他以八分之一的价格把绘画工具买了下来。此后他便把时间完全用在了幻想现实主义的绘画中。

有几张画作成功出售了，他还参加了一些小型展览会。他参加了1977年在巴黎国立网球场现代美术馆举办的画展，这是有据可查的。画展的目录画册很难得到。但谁要是真有兴趣的话，可以去塔吉特的警察总署看看。那里有一幅画作，上面有画家亲笔签署的“库・卡厉米 1978”。那幅画用来装点警署的门厅已经有三十年了，迎接着来访的宾客。画面上是漂亮的女人、可怕的死人骷髅、幽灵般光秃秃的大树，还有在大树上方盘旋的蝙蝠，画家以引人注目的手法把这些东西汇集在一幅画上。艺术家于1979年因肺炎去世。

最后还有波利多里奥。我们还记得，他在1972年一个星期六的早晨开着他的奔驰车前往廷迪尔玛，从那以后一直下落不明。一段时间里在塔吉特和廷迪尔玛到处都张贴着他的照片。过了一段时间只有在塔吉特还张贴着他的画像。到最后仅在当地的警署里还能看到他的画像。他在1983年被宣布死亡。这份声明至今未有人提出异议。

海瑟・格立泽曾来信告诉我，她的母亲生活很幸福、很充实，到了晚年也一直精力充沛，身体状况良好。她在七十二岁生日前几天安详地与世长辞。她留下了四个孙子孙女。她的藏书室有不同语种的八千多册图书。她曾被一个不断出现的噩梦困扰着，在中年的时候常常令她寝食难安，甚至失眠。但最后未经医生治疗这个噩梦就自己消失了。

到这里我们可以用几个优美的和弦来结束本书。也许可以再加上一小幅全景画面。相机的镜头摇过康格里山脉高低起伏的剪影，晚霞下粉红色、淡紫色的云雾缠绕着山谷，峡谷间满是紫红色的投影，飞过几只蝙蝠、一头可爱的动物。瑞・库德弹着吉他。左边一个慢慢转动着的风车进入画面。

但如果有足够的勇气，心情也够好的话，我们也可以再回过头看看这个故事中的一个至关重要的人物。他扑朔迷离的命运曾让我们紧张不已。一个男人，他被命运的车轮辗过，既非自愿也非偶然，而完完全全是出于一个错误的逻辑推论。我们相信这个被安上罪名的男人是无辜的。一个失去了记忆的男人。

我们要不要再来看一下呢？望一眼摄影助理，他耸了一下双肩，相机的变焦镜头马上对准了矿山坑道的入口，在对面山崖的一侧只是一个小小的黑点。坑道口很快变大了、变暗了，很快占据了整个画面。随着飞快推进的相机和特技摄影的辅助，我们一起飞入山洞的最深处。

如果我们有一架夜视仪的话，此时可以看到一个满是淤泥的池沼的剪影，泛着绿色微光的池沼中有一个人影。摇晃不定的图像围着池沼转了一圈，让我们从不同侧面看到了一个男人僵直的上身，一个已经绝望了的与饥渴、失眠和死亡抗争了很久的男人。然后马上一个近镜头对准了那张已经完全看不到希望的脸。我们可以带着那种惯常的好奇心和同情心旁观这个男人的痛苦挣扎，我们可以看着他最终死去，或是看着他获救，后者在我们所了解到的境况下似乎并不合乎逻辑。

当然我们也可以承认，我们并没有这样的一架夜视仪。而且就算我们有这样一架仪器，事实上又有什么用呢？山洞里很暗，暗得没有一丝残光，没有一丝可以通过技术手段来放大的光线，来帮助我们深入山洞的深处。彻彻底底笼罩着一切的黑暗包围着我们。我们在此不得不敬请读者完全凭借自己的想象力来勾勒下面的故事。

第六十六章　美好的回忆

我在公园里玩时，抛出的皮球还没有落到地上。

——狄兰·托马斯（威尔士诗人）

卡尔撑着左边的胳膊肘。他撑着右边的胳膊肘。他回忆起，曾经迎着朝霞向外游去，游进灰色的大海。那应该是大西洋或者是另一个一望无际的海洋。他的四周是黄色的雾气，在水面上越积越浓，放眼望去，见到的只有那黄色的雾气。海岸早已不见踪影。他没有真正迷失方向，但心里突然升腾起一种抽象的莫名的恐惧。独自一人在大海当中，周围没有任何可以抓住的东西，下面是深不见底的海水。这是一个无形的世界，充满了黄色的棉絮。他相信自己感觉到了死亡。他还能听到岸边孵蛋的海鸥发出的声响，但如果它们飞走了怎么办？他赶紧往回游。当他游了比自己判断的到达岸边所需的时间多出了一倍的时候，他听到在他身后响起了海鸥的叫声。他惊慌地又一次改变了方向。他的身体发冷，肌肉衰竭。他想到，最聪明的办法应该是留在原地，等待太阳升起，云雾散去，再用尽最后剩下的那点体力游回去。但他是如此惊慌失措，根本没有能力那样去做。他继续按选定的方向一直不停地往前游去。就在他相信自己已经没救了的时候，雾气突然散去，他这才发现，整段时间里他一直在离海岸一箭之遥的地方平行地游着。

现在，在深山里的一个泥坑中，上面是数公里厚的岩石，他觉得大海里的经历是他一生中最为轻松愉快的回忆之一。他希望，能再一次在大海中死去，在漠不关心的天空中那黄色光线的照耀下，被清澈的盐水吞噬。浪花打在他的脸上，电线杆飞速地在两边往后闪去，他用双手紧紧地握住方向盘。

一道大风卷起的沙柱正对着汽车的挡风玻璃。他拿着一块毛巾缠在头上，打开了车门。一大堆沙子飞进了汽车，他马上又关上了车门。

他一再地恢复知觉，然后他看到的是岸边的影子。他认真地思考了一阵子，究竟怎样才能辨别出一个人是否已经死了。这时他发现，有一个人坐在他的边上。

“这儿真热。”那人说，卡尔没有兴趣跟幽灵说话，他沉默着。他看到街的对面有一栋绿色的房子，房顶上飘着一面绿色的旗帜。

“这儿真热。”那人又重复了一遍。

“哦。”卡尔厌烦地回了一句。他潜到水中，把头撞在铁棍上。他几乎感觉不到疼痛。

“怎么回事？”

“什么？”

“您贵姓？”

“您说什么？”

卡尔胆怯地看了一下四周。但没看见有人在那里。只有一个小女孩把一杯薄荷茶放在他面前的桌子上。他差点儿把嘴烫着了。他用手在滚烫的茶上面来回扇了几下，问道：“您贵姓？”

“您先说。”幽灵答道。

“您先开始的。”

“什么？”

“不是您先开始的嘛。”

“那好吧。”幽灵模仿着卡尔的手势说道。

“我叫漂亮箱子。”

“什么？”

“漂亮箱子。别那么大声。或者叫伦德格伦。对您来说，我是漂亮箱子。”

“对我来说，您叫漂亮箱子。”

“是的！现在请把您的名字写在这里，这里，这里。”

幽灵把一个小本子在桌上推了过来。这只是一个实验吗？或是他们现在真的想知道他的名字？他开始写，但还没写完七个字母，那人就跳了起来，沿着大街跑了下去。“您的记事本！”卡尔对着那个狂人喊道，但他没有听卡尔的。他不但把记事本和圆珠笔忘在了那里，而且还忘了付茶钱。小女孩问卡尔，他可不可以代那人付账。

他把钱放在桌上，她把硬币从桌面拨到了她那脏兮兮的小手心上。街的一头一辆雪佛兰汽车在急刹车，从车上跳下四个穿白色长袍的男人。他碰巧看到了他们……接下来的画面：他奔跑着。他摆脱那些男人跑向他的汽车。他看到奔驰车停在那里，驾驶员座位上有一件白色长袍。他拉开了车门，把长袍套在身上，试着混入人群。一片叫喊声。几个男人。沙漠。他差点被躺在地上的一个小男孩绊了一跤。小男孩趴在沙地上，无力地举起一只手，他的脸肿得很厉害，额头上开裂的皮肤脱落下来。他穿着蓝色的军装上衣，上面有金色的绶带，胳膊下挎着一支冲锋枪。他没穿裤子。一只脚踝上耷拉着一只浅蓝色的袜子。鼻子下干了的血迹画出了一个大大的惊叹号。

“啊。”男孩的声音轻得几乎听不见。

“什么？”卡尔转身看了看追赶他的人，然后又看着男孩。

“啊。”

“什么？”

男孩低下头，眯起眼睛咽了一下口水，猛地张开了嘴。

“阿斯——萨。”他呻吟着。随即大哭了起来。

“我没有水。”卡尔叫道，把枪从他的手上拿了下来，越过他的肩上往后指了指，“廷迪尔玛。在那里。”

他继续奔跑。在奔跑中他把枪的背带套过头顶挎在身上。他找着枪的保险栓。这把枪没有保险栓。这是把木头枪。

第六十七章　非洲国王

我们创造天和地。天地之间的事情不是为了玩乐。如果要消磨时间，我们可以自己去忙碌，如果我们真的想要这么做的话。

——《古兰经》第二章16、17节

他的头有节奏地撞着铁棍。突然间他感觉到铁棍微微有了些松动。“拿起武器，弟兄们。”他嘟囔了一句，无力地拉着铁链，往一边倒去。他重又撑着坐起来，用双手来回摇着金属棍，一时间他不知道，是自己手上被泡软的皮肉在动还是扎在池底的铁棍在动。

就像小孩发现嘴里有一颗乳牙松动了，他们会一直去摸这颗牙齿，会去挤压，会去摇动，很快不仅牙齿而且舌头和整个口腔都会变得麻木，最后他们自己也说不清楚，乳牙是否真的松动了。卡尔也是这样地拉着拔着扎在池底的铁棍。他将整个身体倒向铁棍，摇晃着，虽然疼痛异常，但还是机械地不停摇晃着，直到彻底地筋疲力尽。他好长时间里不敢去检测努力的结果。但当他最后直起上身的时候，却毫不费力地就把铁棍从池底拔了出来。

他划动四肢噼噼啪啪地游向岸边。头撞在一块岩石上。他抽噎着在黑暗里躺了许久。

他毫不费力就找到了从泥泞的山洞通往外面的那条狭窄的通道：那是在一块巨大的磐石附近，那里是走出山洞的起点。他用手在左右两边摸索着岩壁上凿过的痕迹。通道不足一肩宽。套在脖子上的铁链连带着铁桩拖在他的身后。金属发出的响声每过几秒消失一次，那是因为他停下了脚步。他在黑暗中向前伸出了手臂。马上倒在地上睡上一觉的愿望是如此强烈，但现在更为强烈的意愿是，尽快离开这一片黑暗。就像预料中的那样，通道渐渐变宽了，他从回声中可以辨别出来。

如果他没有记错的话，这时他到了一个一人高的走廊里，那里分岔出好几条通道。到底有多少条通道、哪条是正确的，他不知道。他马上作出决定，爬进了右边的第一条通道。这是一条上坡路。通道很长，曲曲弯弯地穿过岩石。接着出现了一小块平坦的地段，然后继续往上。卡尔能够感觉到，被水泡软了的皮肤滴着血，开始脱落。有两三次他试着直起身来，但因为害怕掉进看不见的深谷，他马上又恢复到四肢着地的姿势。实际上他也没有力气站起来行走。突然间一堆山崩引起的乱石挡住了去路。他用手摸索着四周。他的左手碰到了一团黏糊糊臭烘烘的东西。他试着爬过乱石，但乱石堆得很高，一直到顶。一个可怕的猜疑让他惊恐不已。

“他们没有那么做！”他叫道，“他们没有必要那么做！”他以极慢的速度往回滑行，用胳膊肘撑着地面，又爬回到了一人高的山洞。他爬进了右边下一条通道。他几乎没有了知觉。

下一条通道陡峭地向下通往山岩的深处，再下一条也是这样。他在两条通道里爬出没几米就发现了往下延伸的陡坡，知道自己进了错误的通道。

接着又有一条通道是往上走的。“这条是对的，一定是对的。”他说着，用手撑在地上一步一步往上爬去。他不时地昏睡过去。通道长得不见终点。继续向上。接着出现了一小块平坦的地段，然后继续向上。然后一堆山崩引起的乱石挡住了他的去路。他的左手摸到了一团黏糊糊臭烘烘的东西。

他听到自己就像一个两岁的小孩那样在叫喊。在稍微平复下来一点的时候，他试着去确认一下，那团黏糊糊的究竟是什么东西，是腐烂的东西还是什么可以吃或者喝的东西。但他在泥泞的山洞里已经度过了一天半的时间，他的感官已经是那样迟钝。他无法辨别。他现在还能有这样的想法也使他明白，他离精神和身体的彻底崩溃已经为时不远了。

重新回到一人高的山洞。他在已经爬过两次的死巷前放了一个小石块做记号。然后他想了一下，山洞究竟一共有几条通道。三条？还是四条？他不知道。他记不起来了。为了确定有几条通道，他又痛苦地按顺时针方向爬了一遍。一条通道往下……又一条通道往下……接着就是那条做了记号的通道。就是说只有三条通道！一条死巷，一条通回到泥泞池沼去的通道，还有一条通向自由，必定通向自由。但是哪一条呢？右边的那条？左边的那条？他的逻辑思维完全被黑暗笼罩着。一个有着三个出口的空间，在白日的光线下可以看得清楚，也可以很确定地存储在脑子里。但是在伸手不见五指的山洞里凭着双手摸索出来的三个通道更多的是一个无形无状的噩梦。他的感觉是，不是直接挨着做了记号的那条死巷的通道应该是正确的。但他又觉得，三条通道其实都是相互挨着的。他在黑暗中听到了喘息的声音。直觉执拗地告诉他应该往左走，因为到目前为止他都是往右转。但同时直觉又告诉他，他的空间思维已经如此混乱，直觉其实也是不可靠的。就这样，他又一次地转向右边。

他进入的这条通道，大概有十米至十五米很陡的下坡路。接着出现了一个比较平缓的路段，然后分岔成一个十字路口。

卡尔发现旁边的两条路很长，但都是死巷。他在这两个道口做了记号，然后继续爬行。他最后的希望在渐渐消失。在泥泞的池沼中他至少还有具体的抗争对象：水和金属物。现在他不知道抗争的是什么。令人窒息的、酷热的、三头六臂的黑暗吞噬着他，已经把他吞没了。

右边和左边又分岔出其他的路。他找不到小石子来做记号，所以只好走一步看一步。不知什么时候他拐入了一条看上去比较宽敞一点的通道。边上有砾石和其他小石块。他试着用嘴去捡起几块石头，但没有成功。他有很多地方可以用到这些石子。现在每走几米就有岔路出现，有的往左，有的往右，有的是上坡路，有的是下坡路，他不停地爬着，不知什么时候他瘫倒在地，趴下了。脸贴在冰冷的岩石上。没有外人的帮助他自己永远不可能逃离这座迷宫。他暗自希望自己能够就这样简单地睡过去，安静地死去。但是死亡最终来临前，他无法睡去。也许要等到这条宽一点的通道走到尽头。带着撕碎的双手、胳膊肘和膝盖，他拖着伤残的身体爬过了一条很长、弧度很大的弯道……突然周围亮了起来。

这是一种不真实的、天国的、无形的光。亮光下不见物体，就像雾障一样飘浮在他的眼前。他把头来回转了几下，但光雾没有跟着转。迷雾的中间有一个黑点。他往黑点的旁边盯着看了一下，黑点开始清晰起来。他使出最后的力气又往前爬了二三十米，直到他确信，闪光的确越来越强，这可能是来自远处的出口经过多次反射照到了这里。他晕了过去。

在一个反复出现的梦中，他看到自己拿着一个海伦递给他的水瓶在喝水。

当他睁开眼睛的时候，周围又是一片漆黑。那个亮点消失了。他眯起眼睛，转了转脑袋，那个亮点还是没有出现。但他并没有恐慌。外面一定是太阳下了山，他对自己说，整个世界都沉浸在黑暗当中了。他再一次睡着了。他的口腔完全干裂，硬得像木头。当他最后感觉到再次恢复了知觉的时候，他很长时间里没敢眨眼睛。饥渴、疼痛再加上激动让他感到身体异常难受。但这个时候亮点又出现了，而且比先前要清晰。

他继续往前爬去，眼前第一次出现了东西的轮廓。转过两个弯后可以看见他身体下面的岩石。卡尔蹒跚地站了起来。铁棍在他的膝盖旁边晃来晃去。空气好一些了。岩石也有了形状和颜色。最后他看到了不远处被高低起伏的石峰衬托着的一块天空。

光线很刺眼，他用满是血块和泥巴的手臂挡住了眼睛。走到矿工茅舍的那块平地上，他站住了。他像一只小鸟那样使劲呼吸着。风车在转动。新的一天刚刚到来。

卡尔就这样在那里站了好几分钟，看着这个令人欣慰的空无一人的世界，一个有着紫色峰峦、粉红色和淡紫色云雾缠绕的山脉、满是紫红色投影的峡谷的世界。一只蝙蝠在他肩头飞过，在他身后飞进了坑道。他突然觉得听到了一阵轻轻的撞击声。声音很轻，以致他不能确定是从木屋方向传来的还是他左边的太阳穴发出的。

在同一时间里脑子里涌上了几个性命攸关的问题：怎么可以找到饮用水？怎么可以找到医疗用品？最要紧的是：我怎么才能离开这里？

茅舍的门“砰”的一下撞开了，撞在了一块石头上反弹回去又关上了。里面有人在怒吼着。门又开了，山里的哈奇姆蹦了出来。除了晃荡在膝盖上的一条破烂不堪的内裤，他身上一丝不挂，样子很是可怕。他的脚被一根麻绳绑着。大腿上是干了的粪便。他的手腕上戴着很重的铁链，铁链之间的连接处磨损了。他动作迟钝地跳了出来，短裤掉到了脚踝上。他的手臂下夹着一支温彻斯特步枪。他盯着卡尔，大叫了一声。

“我们认识。”卡尔叫道，随后示好地举起了自己满是血迹的双手。

“我们当然认识，”哈奇姆说着，把枪上了膛，“该死的美国人！”

“我跟那些人不是一起的！我跟他们不是一伙的！”

“当然不是……我还是非洲的国王呢。”

“我没有对你做过什么！”

“你没有对我做过什么！没有，只是你的妻子，一堆臭大粪！”老汉咆哮着，举起了枪。一颗子弹击中了卡尔的眉心。

哈奇姆尽力地保持着平衡，在原地蹦了两下，然后蹦回到茅舍里去，解开了绑在脚上的绳索。将近中午的时候，他打点好自己的行装，把卡尔的尸体拖到茅舍里。他把所有东西都倒上了汽油，然后划着了一根火柴扔了过去。他背上行李下山而去。哈奇姆三世，康格里山脉伟大矿工中的最后一人。

第六十八章　盐工区的伊斯兰学校

发抖吧，暴君和背信弃义的奸人
无耻的狗党狐群
发抖吧！你们卖国的阴谋
终将得到应有的报应！
人人都会是讨伐你们的战士
他们倒下，自有新人前赴后继
大地孕育新的勇士
随时准备杀敌效命！

——《马赛曲》

双臂向两侧伸展着，好像钉在十字架上。简恩·贝库尔茨站在学校的屋顶上，一手拿着一个蓝色的塑料油罐，一手拿着一把生锈的螺丝扳手。他遥望东方，等待着太阳的升起。

简恩出身于法国一个公职人员家庭，年轻的时候曾去印度支那参战。他母亲曾告诉家庭医生，简恩在战场上受过轻伤。

纳瓦拉将军被免职后，简恩继续在远东待了一段时间，随后开始了居无定所的流浪生活。他到过世界上的许多地方，但是从来没有回过法国。最后，大约在1960年前后，他留在了北非的沿海地区。他这代人把质疑父辈的生活方式视为至关重要的任务，他是同代人中的先行者之一。

他向旅游者兜售皮凉鞋、帽子、防晒油、浴巾、钥匙圈垂饰、T恤衫、自制的首饰、墨镜等等。有的时候也兼卖一些大麻。做这样的生意收益不多。那不是一种很充实的生活。要不是简恩某一天在塔吉特的沙滩上偶尔碰到了魅力四射的埃德加·法埃勒三世，这样的生活也许还会持续很长时间。当时他们两个差点撞到，都绊了个踉跄。他们有点一见如故。左边是悉达多，右边是菲尔特利讷里，两个心灵上的兄弟。简恩对于他们两个之间建立友谊后的最初几个星期，脑子里只留下了一份绚丽多彩同时又模糊不清的回忆，而这是有原因的。当时他们合住在一个很小的房间里，从那里可以看到大海（简恩的回忆），也可以看到垃圾山（法埃勒的回忆）。他们两个都喜欢看有关社会对女性施加性剥削的意大利电影，他们用一个少儿化学游戏箱子做着各种各样的实验，他们一起阅读那些名声不大好的作家的作品。最后他们想到了可以在沙漠里建立一个公社，靠种植蔬菜来自给自足。当时为什么会产生这个主意，原因同样是模糊不清的。

法埃勒拟定了公社意识形态方面的基本取向，并很快招募了不少模样姣好的年轻女性。简恩的主要贡献则是提出了开展农业劳动的想法。

简恩称那段时间里所做的事情为生活的奇迹。其实作为在大城市长大的孩子，他对那些事情一窍不通。但他的热情具有很大的感召力。他一大早就光着脚，手拿一只塑料浇水壶，在从坚硬的沙地里冒出头来的小米苗旁跳来跳去。他给大家作报告，畅谈挥洒汗水在田里耕作，而后与志同道合者分享劳动果实的那种无与伦比的感觉。正是简恩这种超常的、时而略带绝望色彩的狂热，在公社建立初期使大家能够抱成一团。而简恩却又是第一个对种植蔬菜失去兴趣的人。

卡玹依山岩上空的烈日不堪忍受，更为不堪忍受的是沙！种下去的植物就是不愿意长大，即便用水浇灌也收效甚微，更不要说这水是费了九牛二虎之力才弄来的！这不是他要的放任生活。

不久，他和公社的其他八位成员之间第一次产生了矛盾。几个星期之后，由于他对在加引号的成年人之间实践自由的（在他眼里根本不是自由的）性生活有不同看法，鉴于存在着无法调和的意见分歧以及无休止的争论，最后简恩被逐出了公社，而且是他的朋友埃德加·法埃勒亲自取消了他公社成员的资格。那是1966年。

回到塔吉特后，简恩重操旧业，靠卖旧货为生，但生意不景气。他有了竞争者，沙滩上突然出现了留着长发的人。他只好转而出售鸦片，四分之三的盈利却都被警察收走了。他连租一间小屋的钱都没有，他颓败了。自奠边府以来，这是他人生中最糟糕的一年。他已经开始考虑是否要回到法国去。直到有一天，一个身无分文的美国人来找他，要用一块冲浪板换他一天的食物。

简恩还从来没有看到过这样的冲浪板。很有创意的形状，令人目眩的白色。当天晚上他就趴在冲浪板上出海去。全新的视野，自由的搏击，海浪催生的冥想让他兴奋不已。他闭上了眼睛。当他重新睁开眼睛，看到天际线上乌云密布，但这并没让他感到不安。风向转了，大海突然波涛汹涌，他还是没有感到不安。当海浪把他从冲浪板上掀走，开头的几秒钟里他还感到非常有趣。但马上他开始为求生而挣扎。他迷失了方向。在水下他被漩涡卷着冲过岩石，伴随着怒吼的海浪他浮出水面拼命吸气。最后，一阵激浪把他冲到了岸上。

在他完全迷糊了的脑子里，所处的危险境地被无限地放大。他躺在沙滩上喘着粗气，大声咳嗽着。他看到冲浪板被海浪冲上了海岸，接着又被卷入了水中，一会儿又被冲上了海岸。他的心里一下子明亮起来。何必再与那些吃白米干饭的阴险小人争斗不休，何必去理会一个毫无意义的蔬菜公社的诡计多端，他看到的是万能的大自然的无限威力。该是果断作出决定的时候了。大海向他展示了自然的力量，他，简恩·贝库尔茨，则告诉大海，他愿意接受大海具有无限威力的这个事实。狭长的岩峰上一片光亮，横空写下：你必须改变你的生活。他开始改变自己的生活。

每天，当大海掀起汹涌的波涛时，他就趴在冲浪板上跃入大海。他花了大约两个星期的时间，才第一次能够在冲浪板上站起来，顺着海浪滑下几米。在往后的几年里，每一个在塔吉特海滩度假的人都可以看到他站在冲浪板上搏击大海的身影，风雨无阻。他时而两手插在腰间，时而两臂交叉在背后或胸前。他不时还大声唱着歌。简恩戒了烟。他的脑子变得如此清晰，清晰这个词似乎都不足以形容他的思维能力。晒成棕褐色的皮肤，一身训练有素的肌肉，被海水和阳光漂白了的头发。

将近三年时间里，天天如此，他从未有过哪怕是一瞬间的疑惑。他是在这个地区的海滨可以看到的冲浪第一人。翻看一下当时欧洲和北美的影集，今天还能找到一个留着长发、姿势优雅、充满深情的年轻男人的照片。他带着一个十岁的男孩在海滩附近的水面上操练着平衡，男孩时而欢呼、时而惊恐、时而瞪大眼睛，时而又大吵大闹。那是1969年的塔吉特。

但是，这样的生活来得突然，结束得也快。在简恩留宿的客栈，有一天来了一位骨瘦如柴的西班牙人。这个西班牙人带着两口笨重的箱子，他已经订好了回国的船票，但他的身体如此虚弱，自己已经没有能力扛起行李。那人的下颌已经被癌症侵蚀得不成样子，脖子上满是肿瘤，他呼吸时吐出的气味好像已经是来自另一个世界的了。他告诉简恩，他只是想要回到家乡，然后再离开这个世界，接受治疗对他来说已经为时过晚。

简恩微笑着，一只胳膊下夹着箱子，另一只胳膊下夹着冲浪板，把所有东西抬到了港口。他坐在行李中间，抽着烟，看到天边出现的轮船渐渐变大。那个西班牙人给简恩讲述了他的人生。他的声音很轻，言语很有礼貌。他讲述的内容有点前言不搭后语，他的嘴巴半张着，好似他不愿意把天国的气息过多地吐露在人世间。

八年了，他在盐工区坚守着一个教师的职位，他是那里唯一的教师。说是职位或许有点夸张。中央政府的管理部门没人关心这里，他做的实际上是一份无偿的工作。他讲述了一些教师生涯的插曲。看得出他讲话非常费劲。他擦去脸上和肿瘤上的汗珠，伸出手臂给简恩示意孩子们的身高。他还说了许多有关孩子们的套话，他们好奇的眼神、纯洁的心灵和清澈的笑声。准确地说，他讲述的所有一切的最终高潮就是孩子们那银铃般清澈的笑声。他给孩子们传授知识，给他们以希望。孩子们称他为某某先生，用欢乐的笑声回报他给他们讲的笑话！他们的眼睛周围虽然尽是尘垢，但他们的眼神里流露出来的是感恩。可现在，他们的教育将永远都无法完成了。

他模仿着孩子们告别时小脸上露出的难过表情，咳嗽了几下，咳出来的血滴在栈桥上。简恩自然很快就明白了他所听到的这一切原本要传达给他的信息。像他们这样的人，即便离开十里并且逆风，也能够闻得到对方的气息。他请生命垂危的西班牙人给他详细讲述了学校的状况。在告别的时候他再一次带着愉悦的笑容向轮船挥手致意。两天后，盐工区有了一位新的教师。

简恩·贝库尔茨跟他的前任一样没有受过正规的师范教育。但阅读、写字和算术应该是人人都会的事情。

教室是一间用黏土夯成的房间，四周没有窗户。屋顶上遮盖着一层不那么严实的草席，光线从草席间的空隙里照进来。桌子和椅子还是殖民地初期的，有的上面还刻着战争年代留下的标语口号。如果来上课的学生太多，他们就坐在自己带来的空油罐上或靠墙站在教室后面。土屋的正面前不久挂上了一块很大的黑板，是一块被锯去了两端再涂上黑漆的冲浪板。

西班牙人的描述并没有夸张。学生的人数很多。节假日也有许多家中无人管教却讨人喜欢的男孩来到学校。简恩常让他们坐在自己的腿上，给他们做古希腊历史的课外辅导。如果他有一点点钱的话，会给班上最好的学生买冰棒或者巧克力或是其他一些小孩们喜爱的东西。课间休息的时候他们一起踢球，一只已经很旧的足球。如果哪个小家伙把球带过贝库尔茨先生脚下，先生会把他举起来，作为惩罚，在手舞足蹈的小家伙额头上贴上一个湿湿的吻。"你们让我快要疯了！"老师接着大喊一声。孩子们回之以银铃般清澈的笑声。但大部分时间里他们真的是在上课。

传说中贫困家庭的孩子对知识有着特别的渴望，这在简恩的课堂上只被证实了一半。就像其他学校一样，这里有一个半聪明的学生、五个中等水平的，其余的多是可爱而简单的。年龄最大受虐时间最长的学生中有几个之所以来学校上课，只是因为他们身体过于虚弱根本无法去劳作，因为他们在街上像狗一样被驱赶，因为在离此地很远的《古兰经》学校没有给所谓的社会渣滓的一席之地。

上课没有教材。如果简恩对阅读课和算术课没有了兴致，他就吃力地把自己童年时期获得的那些一知半解的知识复制一遍。他给学生念那些通俗的小说，或是在黑板上画那些从画报上看来的图画。在比利时法语区一家牛奶加工企业的商品说明手册上，他找到了一幅奶牛的简图，他凭想象用笔给奶牛加上了四个肚子，各自具有奇异的功能。他一边给学生展示着图画，一边唱着赞美大自然的颂歌。一天早上在校舍门槛上他发现了一只已经死去的小鸟，他用一把便携式小刀把小鸟的尸体解剖了，并把它展开的翅膀比喻作波音飞机的机翼。在一本汽车运动杂志里他找到了一张非常复杂的汽油发动机的示意图，图纸被他用粉笔放大了画在黑板上，好几个星期都在那里俯视着班上的学生。对于发动机的各个部件，同学们各抒己见，进行了充分的讨论。班里的大约七十名学生在课堂上尽情地转换着不同的角色，有的变成了兽医，有的变成了飞行员，还有的变成了汽车机械师。其实简恩心里很清楚，他们中间没有一个人将来真的会从事其中的某项职业。许多个孤独的长夜里，这个想法折磨着简恩。早上醒来的时候，头非常痛，面对夜晚的思绪，他很费劲地守卫着他那份飘忽不定的理想主义。许多年过去了，简恩变得非常多愁善感。

每当他早上站在校舍的屋顶上敲响自己制作的大钟，每当他看到那些可爱的学生从四面八方向学校涌来，在那里闲谈、嬉笑、唱歌，向他招手，心怀悲伤或是欢乐地走进他的房子，每当这种时候，他就会想到，所有的努力都是徒劳的。他们生活在垃圾山上的命运是注定的，从他们出生的那一天起就是无可改变的。或许他们信仰的宗教破例地不仅仅是一则童话。简恩在孩子们幼小的心灵上种植下了那些对未来的美好期盼、那些对教育和自由的童真般的向往。这些希望的闪光看上去是那样暗淡、摇曳、脆弱，极容易被一个笼罩着迷信和家长制的世界扑灭。但希望毕竟还在闪光！简恩虽然在他的人生中曾经有过很多次的半途而废，但现在他忠诚于自己的使命。他是盐工区的教师。他一直留在盐工区当教师，年复一年。

每天日出开始上课，夏天是这样，冬天同样是这样。第一节课的内容是拉丁字母，这个习惯简恩还是从西班牙人那里接受过来的。通过学习字母，学生们进而掌握了“启蒙”“人道主义”这样的词语。简恩把字母写在黑板上，学生们用粉笔抄写在属于学校财产的小木板上。小木板闪烁着像沙子一样的光泽。每次下课后，学生们会用破布把小木板擦干净。

1972年的春天，简恩已经在盐工区当了两年的教师。当时在书写方面发生了一场小小的革命。卖水小贩的儿子阿卜德拉曼不知从哪儿搞来了一支铅笔，他用铅笔在小纸片上写了字，在同学面前炫耀。卡立德·沙马蒂是当地的面包师，能耐当然要比卖水小贩大，他花了好多钱给他的儿子塔里克也买了一支铅笔头和一本一半没有写过字的本子。短短几个星期之后，只有那些来自最贫困家庭的孩子还在小木板上写字。

能得到一个写字工具的最佳办法是在城里转上一圈，缠着那些旅游者。“为了读书，为了读书”是一个比较容易接近那些神秘的欧洲人的理由，至少比饥肠辘辘地叫唤“我饿了”更有效。在这个百万人的城市可能会迷路，可能会被当兵的和其他的无赖捉住或拖走，或者由于其他什么原因再也回不来，这些风险所有的学生都认了。海港后面有许多装着腐烂蔬菜的大木箱，如果运气好的话可以在新城区找到一份临时工的工作，在城市的东南部被扔到一辆装着铁栅栏的卡车上的危险最大。每三次外出中就有一次以悲剧结束。就像追逐着灯光的虫子一样，孩子们越过垃圾堆砌而成的屏障，蹒跚着向财富奔去。

在四个叫穆罕默德的孩子中，有一个孩子用一根削尖了的木管蘸上咖啡渣自制的墨水写字。拉苏尔有一支毡笔，他得不断在上面往里吐唾沫，下面才会出来一点绿色的液体。识字班里最厉害的当数埃余普。

埃余普是一个被社会抛弃的孩子。他智力平平，没有家人，自己住在一个用厚纸板遮盖的地洞里。他身体过于虚弱，没有能力跟其他孩子一起去城里。一颗地雷夺走了他的左小腿。他是最后一个还在木板上写字的孩子。直到有一天，他带着十分夸张的表情从破长袍里抽出一支圆珠笔来。笔的外壳是抛光金属做的，闪着柔和、贵重的光泽，甚至很有可能是银质的。不，肯定是银质的！因为在笔杆的夹子上有一行特殊的字母，一个无法念出来的词，甚至老师看了都觉得惊诧不已。这样的一支笔还从来没有人见到过。可以把笔尖从前面推出，按一下机械部件，按键又会从后面弹出来。如果把笔顶在一个同学的后颈，同时按一下按键，就会让他感觉到一阵轻微而有趣的疼痛。

埃余普守护着他的笔就像守护着一件无价之宝。去睡觉的时候他用两只手紧紧地抓着笔，整整四个星期，天天如此。尔后一场痢疾夺去了他的生命。他最好的朋友布胡姆继承了这个宝贵的物件。布胡姆既不会读书也不会写字，他用这支笔跟卡伊德交换，得到了一张足球明星约翰·克鲁伊夫的照片和一粒薄荷糖。卡伊德又把笔输给了德里斯，因为他跟德里斯打赌说希特勒是法国人。德里斯最大的愿望是看一眼裸体女孩儿小便的样子。就这样，这支笔最后到了侯萨姆的手里，他有一个妹妹。

侯萨姆笨得像水底的桩子。他把圆珠笔的部件拆得七零八落，把金属弹簧拉直了，把按键的一个部件丢失在沙地里，还把空笔套扎在他妹妹的眼睛里。他的母亲大叫一声把那件该死的东西从他手中打落，并把他赶出了家门。第二天侯萨姆只得重新在木板上写字。很久以后，在铁皮窝棚的沙地上还可以找到圆珠笔的各个部件。侯萨姆的妹妹不知什么时候把笔芯从沙地里刨了出来，插在一个用草编织的摇摇晃晃的玩具娃娃上作为支柱，这样娃娃就可以坐直了。这是她最喜欢的娃娃。

这个小妹妹的名字叫萨玛娅。萨玛娅七八岁的样子，美丽无双。一个在婴儿时被马西纳王国最后一任国王抱过的图瓦雷克老人说，看到萨玛娅的容颜就意味着理解了真主创造的万物。每天早上她都第一个来到学校。她的智力比她的哥哥高不了多少，但是她天使般善良的心地赋予了她无限的生命。她没有任何恶意的想法，她纯洁无瑕。当第五次清理浪潮席卷盐工区的时候，她挣脱了逃跑中的母亲的手，跑回到窝棚里，她把她最心爱的玩具娃娃忘在了那里。房子的一堵墙突然倒下，把她和她的娃娃埋在了下面。一辆往后倒车的推土机从她们的身上压了过去。推土机扬起铲斗，就像大祭司抬起法柜，向所有不信神的人宣示，然后把铲斗里所有的垃圾扔到了山坡上。

感　谢

本书作者衷心感谢下列人士，没有他们的帮助和支持，作者不可能完成本书：

卡琳和克里斯蒂安·赫伦多夫、拉尔斯·胡波瑞西、马瑞克·哈恩、特克斯·鲁毕诺威茨、克里斯蒂安·安柯威士、乌尔里希·蒂特尔、安格利卡·阿伦特、丹尼尔·阿卡德米尔、乌韦·海尔特、乌尔里克·斯德勃里希、乌尔里卡·利希特、安格利卡·麦时、库尔特·谢尔、菲利普·阿尔伯斯、克里斯托夫·阿尔伯斯、卡尔文·斯科特、西蒙娜和克里斯蒂安·威尔、奥利弗·施威诺赫、阿莱克斯·舒尔茨、霍尔姆·弗里贝、延斯·弗里贝、科尼利乌斯·莱贝、安吉拉·莱恩、伊拉·施图倍尔、默梅尔·克劳森、马克斯·海勒、希瑟·格利泽、扬·伯尔舍、乌尔丽卡·瑞科、卡尔斯滕·涛尔勃、沃尔夫冈·韦伯、柯琳娜·施特格曼、格瑞特·珀尔、安德烈亚斯·莱特迈尔、托马斯·彼灵、麦克·诺沃特尼、皮娅·伯特科维奇、雷奥尼特·雷奥诺夫、娜塔莎·伯德格尼克、尼古拉斯·黑维克、克里斯托夫·魏尔晓夫、罗伯特·考阿尔、马吕斯·弗朗泽尔、伊内斯·库特、阿卜杜尔·法塔赫、约亨·雷内克、娜塔莉·巴尔科夫、约克·迈尔霍夫、朱莉娅·舒尔特—恩特罗珀、约阿希姆·歌伯、卡塔琳娜·菲舍尔、乌塔·莱夫、费利克斯·穆勒、安德莉娅·巴尔、施特泽·瓦格纳、施特菲·罗斯德尔赤、马尔库斯·肯姆普肯、索菲亚·西伯特、迈克尔·伦茨、派儿·雷欧、约亨·施密特、克劳斯·凯撒·策勒尔、贝蒂娜·安德烈、卡·施莱伯、卡罗琳娜·海尔特、卢卡斯·伊姆豪夫、萨沙·洛勃、麦克·施多文洛克、马恩·施多姆克、克里斯·施特尔策尔、埃贝桑德·弗鲁特瓦瑟、塞巴斯蒂安·施蒂勒、亚娜·莫尔、亨宁·恩斯特·穆勒、赫尔曼·布劳尔、宋娅·施隆多夫、萨碧娜·洛文、伊莎贝尔·波格丹、米歇尔拉·格鲁伯、阿斯特丽德·菲舍尔、克里斯托夫·帕格弗利德、玛蒂娜·金克、克里斯托夫·舒尔特—里希特林、安德烈亚斯·胡茨勒、苏珊·帕斯茨托、沃尔克·亚尔、阿斯特丽德·科伯、马库斯·洪斯格、布鲁诺·米沙尔克、延斯·克罗珀曼、安娜·索菲·冯·伽尔。特别要感谢的是卡罗拉·维默、卡特琳·帕斯克和马库斯·格特纳。

图书在版编目（CIP）数据

小心，沙漠有人 /（德）沃尔夫冈・赫伦多夫著 ；孙雪珂译. -- 上海 ： 文汇出版社，2018.1

ISBN 978-7-5496-2415-7

Ⅰ. ①小… Ⅱ. ①沃… ②孙… Ⅲ. ①长篇小说—德国—现代 Ⅳ. ①I516.45

中国版本图书馆CIP数据核字（2017）第301499号

小心，沙漠有人

作　　者 / （德）沃尔夫冈・赫伦多夫
译　　者 / 孙雪珂

责任编辑 / 戴　铮
特邀编辑 / 任俊芳　姚红成
封面装帧 / 李子琪
责任校对 / 绳　刚　曹振民

出版发行 / 文匯出版社
上海市威海路 755 号
（邮政编码 200041）
经　　销 / 全国新华书店
印刷装订 / 三河市吉祥印务有限公司
版　　次 / 2018 年 3 月第 1 版
印　　次 / 2018 年 3 月第 1 次印刷
开　　本 / 890mm × 1270mm　1/32
字　　数 / 325 千字
印　　张 / 15

ISBN 978-7-5496-2415-7
定　　价 / 64.00 元